PROLOG

Die Nacht ist mild, aber das Mädchen zittert. Die wenigen Autos, die an ihr vorbeifahren, sehen so gemütlich aus, ihre Fahrer eingenistet in ihren eigenen kleinen Welten, nach Hause eilend, um alles hinter sich zu lassen.

Würde jemand von ihnen den Kopf drehen, um die schlanke Gestalt auf dem Bürgersteig zu betrachten, würde ihnen vielleicht auffallen, dass das Mädchen nervös wirkt. Oder sogar verzagt.

Aber niemand nimmt sie wahr, wie sie gerade außerhalb der gelben Lichtkegel der Straßenlaternen geht, das Gesicht von ihrem langen Haar verborgen.

Es schien eine so gute Idee zu sein. Die beste, um genau zu sein.

Aber jetzt? Jetzt war sie nicht mehr so sicher.

Das Mädchen schluckt sein Unbehagen herunter. Nun ja. Es war ohnehin zu spät, um umzukehren.

Er würde schon warten.

EMMA ROWLEY

EIN GUTES MÄDCHEN

Psychothriller

Aus dem Englischen von
Christoph Hardebusch

KNAUR

Besuchen Sie uns im Internet:
www.knaur.de

Aus Verantwortung für die Umwelt hat sich die Verlagsgruppe Droemer Knaur zu einer nachhaltigen Buchproduktion verpflichtet. Der bewusste Umgang mit unseren Ressourcen, der Schutz unseres Klimas und der Natur gehören zu unseren obersten Unternehmenszielen. Gemeinsam mit unseren Partnern und Lieferanten setzen wir uns für eine klimaneutrale Buchproduktion ein, die den Erwerb von Klimazertifikaten zur Kompensation des CO2-Ausstoßes einschließt. Weitere Informationen finden Sie unter: www.klimaneutralerverlag.de

MIX
Papier aus verantwortungsvollen Quellen
FSC® C014496

Ein Imprint der Verlagsgruppe
Droemer Knaur GmbH & Co. KG, München

Redaktion: Catherine Beck
Covergestaltung: Cornelia Niere, München
Coverabbildung: shutterstock.com
Druck und Bindung: GGP Media GmbH, Pößneck
ISBN 978-3-426-52431-2

2 4 5 3 1

Artikel in der Manchester Evening News, *17. Februar 2017:*

Spuren im Fall des vermissten Schulmädchens werden kalt

Aus der Redaktion

Die Detectives, die den Fall eines verschwundenen Schulmädchens aus Cheshire untersuchen, werden ihre Bemühungen reduzieren. Sophie Harlow, 16, wurde letztes Jahr vor ihren GSCEs als vermisst gemeldet, nachdem sie nicht in ihr Zuhause im grünen Dorf Vale Dean zurückgekehrt war. Das löste eine intensive Fahndung aus.

Allerdings wurde die Suche in den Wochen nach ihrem Verschwinden am Abend des 13. Mai letzten Jahres herabgestuft, nachdem die ehemalige Schülerin der Amberton Grammar School Kontakt aufgenommen hatte.

Obwohl der Fall offenbleibt, werden die Detectives nicht mehr aktiv nach ihrem Aufenthaltsort fahnden.

Eine Sprecherin der Greater Manchester Police verteidigte den Umfang und das Engagement der bisherigen Bemühungen. »Wir sind überzeugt, dass es keine verdächtigen Umstände beim Verschwinden von Sophie gibt«, erklärte sie. »Wir behandeln ihren Fall nun als den einer Ausreißerin. Wie bei jeder Vermisstenmeldung werden wir natürlich neuen Hinweisen nachgehen, und wir bitten Sophie, Kontakt mit uns oder ihrer Familie oder Freunden zu halten, um zu bestätigen, dass es ihr gut geht.«

Die Eltern von Miss Harlow wurden von dieser Entscheidung bei einer Besprechung mit den Detectives informiert.

Mark und Kate Harlow, die Berichten zufolge seit dem Verschwinden ihrer Tochter getrennt sind, haben eine Stellungnahme abgelehnt.

Teil 1

1. KAPITEL

Zwei Jahre später

Ich bin eine schlechte Mutter. Das soll man nicht sagen. Alle waren sehr darauf bedacht, dass ich mir nicht selbst die Schuld gebe. Zu Beginn jedenfalls.

Und sie hatten recht, es gab viele Dinge, die wir – die ich – richtig machten. Gutenachtgeschichten, ausgewogene Mahlzeiten, ein schönes, elegantes Zuhause. Urlaub im Ausland, Tennis- und Klavierstunden, ein Nachhilfelehrer für Mathe, als Sophie in der Grundschule leichte Probleme hatte. Wir haben sogar einen mutigen Versuch mit der Geige gestartet, als Sophie sieben Jahre alt war, auch wenn sie so großartig schief klang, das Geräusch so schmerzhaft, dass Mark und ich einmal lautlos lachend vor der Wohnzimmertür standen. Unsere kleine Tochter hat das natürlich nicht mitbekommen. Aber auch wenn Sophie kein besonderes Ohr für Musik hatte, so hatte sie doch alles andere. Wir hatten sogar einen Hund – natürlich hatten wir einen –, einen schwarzen Labrador namens King, so lieb wie gierig. Mark hatte den Namen ausgesucht. Er war mit Hunden wie King aufgewachsen und wollte, dass Sophie auch einen hatte. Ich vermisse King.

Aber vielleicht schätze ich das alles falsch ein, sogar jetzt noch. Vielleicht lag es nicht an mir oder Mark, dass es uns so leicht erschien, dass unsere kleine Familienblase geradezu durchs Leben zu schweben schien – sondern an unserer Tochter, immer lachend und lieb, darauf bedacht, zu gefallen.

»Dein kleiner Schatten«, nannte Mark sie. Immer war sie da, lief hinter mir her, freudig an allem teilhabend, was ich tat. Sie hatte ein Talent dafür, glücklich zu sein. Als sie in die Teenager-Phase kam, gab es natürlich ein paar Ausreißer, aber das war normal. Es würde alles gut enden.

Ich irrte mich.

Aber ich suche nach Entschuldigungen. Denn alles, was ich getan habe, die Autofahrten, die geputzten Nasen, die Küsse, die Jahre der Liebe und Sorge, nichts davon zählt jetzt noch. Am Ende gibt es nur eine Erkenntnis: Ich habe versagt.

Morgens ist es am schlimmsten. Einfach nur in den Tag starten, entscheiden, dass es doch einen Grund gibt, aufzustehen.

»Ich weiß nicht, wie du es schaffst weiterzumachen«, sagten mir manche Leute. Ich weiß nicht, woher sie zu wissen glaubten, dass ich das tat. Lange Zeit empfand ich mich im Stillstand.

Darüber bin ich hinaus. Ich arbeite nicht mehr in einem Büro, aber ich beschäftige mich, auf meine Art. Es gibt so viel zu tun: Telefonanrufe, E-Mails, Briefe. Artikel, die ich lesen muss, Foren, die ich verfolgen muss.

Manchmal ist es überwältigend. Die Leute denken, ich verstecke mich und tue nichts, aber sie verstehen nicht, wie viel ich immer noch leiste. Wenn ich ehrlich bin, schaffe ich es allerdings nicht immer aus dem Bett, bevor die Katze anfängt, mich vor Hunger rauszutreiben.

Meiner Meinung nach liegt der Trick darin, nicht allzu viel darüber nachzudenken. Heute half mir ein Streifen warmen Sonnenlichts quer über meinem Kopfkissen, zu hell für meine Augen. Der Himmel war bereits ein erschreckender blauer Streifen zwischen der Jalousie, die ich nicht ganz geschlossen hatte. Also zwang ich mich, beide Füße auf den Boden zu stellen, und saß dann einen Moment lang auf der Bettkante, der Kopf noch leicht vom Schlaf, und dachte über den kommenden Tag nach.

Der Kalender ist im Moment nicht gerade voll. Nicht wie diese Wochenenden, an denen wir freitags und samstags unterwegs waren, auf Dinnerpartys und Events von der Arbeit und großen Geburtstagen – es gab immer was zu feiern. Mark war so sozial, und ich war immer glücklich damit, in seinem Fahrwasser mitgezogen zu werden.

Aber für heute Abend habe ich Pläne, das ist ja schon mal was. Und jetzt bin ich schon geduscht und habe mir einen starken Kaffee gebraut, um den Kopf zu klären, denn ich habe mir selbst eine Aufgabe für heute gestellt.

Das erste Fotoalbum ist von einer Schicht Staub bedeckt, die mich niesen lässt, als ich es aus dem Regal im Wohnzimmer ziehe. Es fiel mir immer leicht, sie aktuell zu halten und dafür zu sorgen, unsere digitalen Schnappschüsse in glänzende Ausdrucke zu verwandeln, die ich in die Seiten einfügen konnte. Ich lebe nicht in der Vergangenheit, egal, was manche Leute denken. Ich sehe sie mir selten an.

Aber heute muss ich, denn ich habe entschieden, dass das Bild, das ich online und in den Briefen und E-Mails geteilt habe – Sophies letztes Schulfoto –, in die Irre führen könnte. Diesen Sommer wäre sie schon nicht mehr in der Schule, sondern hätte die Oberstufe beendet. Deshalb sorge ich mich, dass es einen falschen Eindruck erzeugen könnte – dass es sogar ungünstig sein könnte, so deutlich eine Schülerin zu zeigen: Sophies weiße Bluse im Kontrast zu ihrem dunkelblauen Pullover, ihr glänzendes blondes Haar zu einem ordentlicheren Pferdeschwanz zusammengebunden als sonst. Das Haar hat sie von mir, auch wenn meins schon lange die Hilfe eines Friseurs benötigt, um blond zu sein. Das Lächeln ist allerdings nur ihres – sonnig, mit einem Hauch von Schalk, der ihr rundes, süßes Gesicht erhellt.

Heute will ich ein gutes, klar erkennbares Bild von ihr ohne Schuluniform finden. Ich wische meine vom Staub grauen Fingerspitzen an den Shorts ab und nehme das Album mit zum Wohnzimmertisch, wo ich es vorsichtig öffne. Sofort wird mir flau im Magen. Ich dachte, ich hätte die Alben damals chronologisch ins Regal geräumt, aber das ist nicht das, was ich gesucht habe. Dieses Album ist eines der ersten, die Fotos sehen schon auf diese ganz bestimmte Art veraltet aus. Wieso ist das so? Es kann nicht nur unsere Kleidung sein – es sind T-Shirts und Flip-Flops, unvergängliche Sommermode.

Und doch gehört diese erste Aufnahme in eine andere Zeit. Sie zeigt Mark, Sophie und mich auf irgendeiner Parkbank sitzend, alle mit einer Waffel Eis in der Hand. Mark ist dünner als jetzt, und ich sehe runder aus, rosiger, aber nicht das lässt unsere Fotoabbilder wie Fremde auf mich wirken. Vielleicht ist es irgendwas in unseren Blicken: Wir sind beide so sorglos, so bereit für eine Zukunft, die ganz sicher nur mehr Gutes bringen würde. Und natürlich ist da Sophie, eine mollige Zweijährige mit einem Büschel heller Haare, mit Beinen, die aus ihren Latzhosen ragen, zu kurz, um die Kante ihres Sitzplatzes zu erreichen.

Ich blättere um.

Oh, daran erinnere ich mich auch. Ich habe dieses Bild aufgenommen. Sophie war auf dem Sofa eingeschlafen, eine Faust noch um Teddy gewickelt, den viel zu teuren Plüschbären, auf den Mark ein Weihnachten bestanden hatte. Das sind Sammlerstücke, keine Spielzeuge für Kinder, hatte ich lachend erwidert. Aber sie hatte ihren neuen Teddy geliebt, ihn am Bein durch das ganze Haus geschleift und darauf bestanden, nachts ihr Kissen mit ihm zu teilen. Nur wenn sie eingeschlafen war, konnte ich ihn vorsichtig nehmen und mit unparfümiertem Waschmittel waschen, damit er nicht anders roch. Sogar als sie älter wurde, endete Teddy jede Nacht irgendwie unter ihrem Kopfkissen.

Ich weiß nicht, wo Teddy jetzt ist. Als wir sie noch hatten, war es nicht so wichtig, auf diese Dinge zu achten …

In der Küche klingelt schrill das Telefon, und ich zucke zusammen, denn der Ton ist im stillen Haus zu laut. Ich schleiche hinüber, wische mir die Augen am Ärmel trocken – wie üblich habe ich kein Taschentuch dabei.

»Hallo?«

»Hallo, Schatz?«

Es ist Dad, seine Stimme rauer als früher.

»Dad, wie geht es dir?«

Ich bin froh, dass ich mich so ruhig anhöre.

»Gut, gut. Weißt du, wir haben uns gefragt, deine Schwester und ich, ob du heute Nachmittag vorbeikommen und hier schlafen magst. Wir dachten, wir könnten bei diesem neuen Italiener essen gehen. Da gibt es …«, er macht eine nachdenkliche Pause, »Sushi.«

»Italienisches Sushi? Bist du sicher?«

»Oh, irgendwie so was. Vielleicht auch Tapas. Ich kann mir das alles nicht merken. Aber es wäre sehr schön. Würde dir das gefallen? Charlotte meint, du kannst in ihrem Gästezimmer bleiben.«

»Oh. Danke, aber ich kann nicht.«

»Oder du könntest bei mir übernachten, wenn du denkst, es wäre zu laut mit den Jungs. Ich kann das Sofa beziehen.« Dad hatte sich zu einem Reihenhaus verkleinert, ein Cottage eigentlich, noch näher bei meiner jüngeren Schwester Charlotte und ihrer Familie. Er deutet öfter an, dass ich es ebenso halten sollte, und erwähnt immer, dass es »so einfach ist, ein kleines Haus zu pflegen«. Ich glaube, die beiden möchten mich näher bei sich haben, dort, wo ich aufgewachsen bin.

»Danke, Dad, aber ich kann nicht. Ich gehe aus.«

»Oh!« Er klingt erfreut und fragt jovial: »Und wohin geht es an einem Samstagabend?«

»Das Sorgentelefon«, erkläre ich kurz angebunden. »Du weißt schon, meine Nachtschicht.«

»Ja, natürlich. Ich dachte nur, dass du inzwischen … meinst du, es würde ihnen was ausmachen, wenn du heute Nacht nicht gehen würdest?«

»Ich wünschte, das ginge … aber ich kann sie nicht hängen lassen. Das wäre nicht richtig.«

Ich beiße mir auf die Lippe. Tatsächlich bin ich sicher, dass es kein Problem wäre. Ich habe mehr als meinen Teil der Schichten übernommen und bin immer bereit, noch mehr zu machen, wenn herumgefragt wird, ob jemand tauschen kann. Es gibt mehr als nur ein paar Gefallen, die ich einfordern könnte.

»Das nächste Mal vielleicht.«

»Ja, das nächste Mal.«

Plötzlich kann ich ihn vor mir sehen, ordentlich in dem karierten Hemd, das er immer zur Arbeit im Garten trägt, allein in der aufgeräumten kleinen Küche, inzwischen ein wenig zusammengesunken. Es ängstigt mich, wie sehr er in diesen letzten Jahren gealtert ist. Es ist nett von ihnen, dass sie es versuchen.

»Tatsächlich wollte ich schon längst vorbeikommen«, erkläre ich. »Neulich hatte ich eine Idee. Erinnerst du dich an den Abend, als wir im Cottage waren?«

»Hm, welcher Abend war das?«

»Der, als du dachtest, du hättest Sophie gesehen.« Darüber will er nicht mehr reden, aber irgendwas in mir will ihn drängen. »Ich weiß, du sagst immer, dass du dich nicht an das Modell des Autos erinnern kannst, dass es zu dunkel war, aber ich habe nachgedacht – ich habe einige Ausdrucke von Autobildern aus dem Internet, und ich könnte sie vorbeibringen, und dann sehen wir, ob irgendeines deinem Gedächtnis auf die Sprünge hilft. Ich glaube mich nicht zu erinnern, dass die Polizei das jemals gemacht hat, oder?«

Einige Sekunden lang schweigt er.

»Katie … es tut mir leid. Du weißt, das war nicht sehr fair von mir.«

»Was meinst du?«

»Ich hätte das nie erwähnen sollen und damit falsche Hoffnungen wecken. Mir war nicht bewusst, dass es dich noch so beschäftigt.«

»Nun, natürlich, ich suche immer nach neuen Hinweisen.«

»Weißt du, Kate, es geschieht sehr häufig, wenn jemand verschwindet, dass Freunde und Familie glauben, denjenigen irgendwo zu sehen.«

»Ich weiß das, aber …«

Zur Abwechslung unterbricht er mich mal mit fester Stimme: »Katie, bitte. Wir haben das schon so oft besprochen. Ich bin zwischendurch umgezogen. Es gibt keinen Grund, warum Sophie das wissen könnte, selbst wenn sie nach mir suchen sollte. Es war dunkel, und ich habe gesehen, was ich sehen wollte. Tatsächlich ist das nicht ungewöhnlich – es ist Teil des Trauerprozesses.«

Therapie-Sprech.

»Du warst wieder bei dieser Gruppe.«

Ich versuche, meine Stimme neutral zu halten, aber sie klingt kalt.

»Es hat deiner Schwester und mir sehr geholfen. Und ich denke, es würde auch dir helfen, wenn du es nur noch einmal probieren würdest.«

»Vielleicht. Irgendwann demnächst – oh, einen Moment. Entschuldige, es klingelt an der Tür. Ich melde mich später, Dad. Ich wünsche dir einen schönen Abend, und richte Charlotte und Phil und den Jungs liebe Grüße aus.«

»Tschüss, Katie.«

Er klingt traurig.

»Tschüss.«

Ich lege auf. Lügen war noch nie meine Stärke.

Dieses Gruppending habe ich ausprobiert, aber ich bin nur einmal hingegangen. Es war unerträglich. Die einzigen Geschichten, die ich hören wollte, mussten ein Happy End haben.

Ich wollte nicht in einer zugigen Kirche sitzen, mit einem Haufen Fremder, die versuchten, mit dem klarzukommen, was ihnen zugestoßen war. Natürlich konnten sie es nicht. Die ganze Angelegenheit war so dämlich.

Außerdem wusste ich, wie das läuft. Ich hatte die Broschüren gelesen, und einiges davon war am Ende durchaus irgendwie nützlich. »Für ein paar wenige Familien«, erklärte eine, »ist es ein Weg, mit der Intensität und alles vereinnahmenden Natur der Suche umzugehen, sie gar nicht erst aufzunehmen oder schnell wieder einzustellen.«

Das tat ich nicht. Ich konnte es nicht, nicht mal, wenn ich gewollt hätte. Aber ich nehme an, es hat mir geholfen, Mark zu verstehen, wenigstens ein kleines bisschen, nachdem Sophie fort war. Denn das war die letzte Sache, über die wir uns nicht einig werden konnten.

Wann man aufgeben sollte.

2. KAPITEL

Das Problem mit Vermissten ist, dass sie nicht immer gefunden werden wollen. Das erklären sie allen Neuen hier, und das sage ich mir, wenn ein weiterer Samstagabend vorbeigeht, ohne dass uns wenigstens Spaßanrufe etwas aufmuntern.

In ihrer Ecke strickt Alma an einem weiteren riesigen gelben Rechteck, ein Pullover, wie sie mir erklärt, während die bösartig aussehenden Nadeln blitzschnell klappern. Ich hoffe, dass sie nicht vorhat, ihn mir zu schenken.

Man braucht uns wirklich nicht beide, aber es ist die beste Vorgehensweise, sagt die Hilfsorganisation. Verantwortungsbewusst. Es ist ihnen sehr wichtig, uns Ehrenamtlichen das Gefühl zu geben, dass man sich um uns kümmert und sorgt und wir sicher sind.

Dafür ist es ein wenig zu spät, will ich sagen, aber ich tue es nicht. Nicht alle hier kennen meine Umstände.

Neue Leute sind für gewöhnlich überrascht, wie still es hier ist. Sie denken, es gibt hier jede Menge Drama, klingelnde Telefone und Leute, die herumrennen und dringende Nachrichten aufschreiben.

Ich nicht. Ich wusste, wie selten Anrufe reinkommen würden. Es ist nicht der Samariterbund. Aber das lässt die Zeit auch nicht schneller vergehen. Heute bekomme ich vom Starren auf den Bildschirm Kopfschmerzen; ich surfe durch meine üblichen Webseiten, hinterlasse Nachrichten.

Vorsichtig reibe ich um meine Augen herum, damit ich nicht mein Make-up verschmiere, und bewege den Kopf von links nach rechts. Durch das Fenster hier im sechsten Stock sieht man einen spektakulären Sonnenuntergang über Manchester.

Seufzend legt Alma ihr Strickzeug zur Seite und schiebt sich von ihrem Schreibtisch weg.

»Zeit für meine Pause, liebe Kate. Schaffst du es allein? Ich brauche nicht lange, ich gehe nur kurz zu Marks und Sparks.«

Wie ein Uhrwerk – genau um neunzehn Uhr.

Obwohl ich denke, dass ich es gerade eben schaffen kann, lächle ich breit.

»Das wird schon. Keine Eile.«

Ich lausche ihren getragenen Schritten, die sie zu den Aufzügen unseres nicht gerade glamourösen Bürogebäudes führen. Regionale Wohlfahrtseinrichtungen haben nicht das nötige Geld für schicke Hauptquartiere. Dennoch sollte man meinen, dass sie uns ein paar Kekse kaufen könnten.

Mein Blick fällt auf die Pinnwand: Da hängt der lobende Artikel, den die Zeitung letztes Jahr Weihnachten über uns geschrieben hat. Auf dem Bild sind wir alle drauf, ein lächelndes Team. Ich stehe in der hinteren Reihe. Sie fürchten, dass wir uns hier im Norden vergessen fühlen. Der Hauptsitz ist in London, Teil einer viel größeren Organisation, in die unser Sorgentelefon vor einigen Jahren eingegliedert worden war. Aber mir ist Bestätigung egal, genauso wie Teambildung. Mir war nur nicht schnell genug eine Ausrede eingefallen, um mich zu drücken.

Seit einiger Zeit helfe ich jetzt schon aus, übernehme die späten Wochenendschichten, wenn andere Menschen mit Familie und Freunden beschäftigt sind. Ich lasse sie glauben, dass ich den Rest der Zeit arbeite. Ich will diese Blicke nicht.

Die Schicht hat um fünf angefangen, und jetzt bin ich auch hungrig. Erst werde ich mir noch eine Tasse Tee aufbrühen, und sobald Alma wieder da ist, gehe ich zu Pret, überlege ich. Alma ist streng. Sie macht nicht mal Toilettenpausen, solange kein Mitarbeiter am Telefon ist, was wohl richtig ist, wie ich vermute. Kurz überlege ich, ob ich nicht nachher eine dieser kleinen Weinflaschen für uns mitbringen soll, ein halber Plastikbecher für jede von uns im Angesicht der Nachtschicht. Aber nein, Alma und ihre Regeln, sie …

Als das Telefon klingelt, zucke ich regelrecht zusammen. Das erste Gespräch des Abends für mich. Ich hebe innerhalb der ersten drei Klingeltöne ab, wie wir es versprechen. Es gibt nicht mal Kopfhörer und Mikrofon.

»Hallo«, beginne ich mit warmer, ruhiger Stimme. »Du hast die Flaschenpost-Hotline erreicht. Ich bin Kate.«

Ein Klicken. Das passiert manchmal, sie verlieren die Nerven, hat man uns im Training erklärt. Weniger wurde uns über die Scherzanrufe gesagt, gelangweilte Teenager und Männer, die sich nach einer fremden Stimme sehnen.

Heute war es bislang ruhig. Alma hatte die letzten paar an der Strippe und hat sich mit geübter Lockerheit um sie gekümmert: »Oh, ich weiß, meine Liebe, es ist schwer, nicht wahr, aber es ist niemals zu spät, Brücken zu bauen, weißt du. In der Zwischenzeit werden sie so glücklich sein zu erfahren, dass du in Sicherheit bist. Bist du sicher, dass du mir nicht deine Nummer geben magst, um zu sehen, dass es dir gut geht, so in ein, zwei Tagen …?«

Genau das machen wir hier: Menschen, die ihr Zuhause verlassen haben, rufen uns an, und wir reichen ihre Nachrichten an Angehörige und Nahestehende weiter.

WEGGELAUFEN?
Schick eine Nachricht, dass du in Sicherheit bist
KEINE FRAGEN
Ruf einfach an und übergib uns deine Nachricht
Wir leiten sie weiter
Schicke eine FLASCHENPOST

Das ist unsere Anzeige. Man findet sie überall, wenn man weiß, wo man nachsehen muss: in Kirchen, Gemeindezentren und Bürgerhäusern, manchmal sogar im Lokalblatt, wenn sie Geld dafür haben.

Tatsächlich ist Alma darin brillant und bekommt die Namen von Eltern heraus, halb vergessene Postleitzahlen, »Wie geht es dir gerade?«, skizziert die traurigen Details von Behandlungszentren und »kein fester Wohnort«, das Strandgut zerbrochener Leben, und dabei klingt sie wie eine einfühlsame Großtante auf einer Familienfeier. Sie mag aussehen wie die Präsidentin des Ortsverbands für Frauenrechte – genau das war sie –, aber Alma weiß, was sie tut. Brücken bauen, Kommunikationslinien offenhalten, Nachrichten an Familien liefern, die verzweifelt etwas, irgendetwas über den geliebten Vater, Cousin oder Sohn wissen wollen … oder über die geliebte Tochter.

Ich hingegen habe Schwierigkeiten, zu Anrufern eine Verbindung aufzubauen. Man sagt mir, ich kann etwas kühl wirken – laut eines Rückmeldungsformulars (das ist hier sehr wichtig, denn es gibt eine endlose Anzahl an Besprechungen und Nachbesprechungen) mangelt es mir an »Empathie«, wenn es um die Lebenssituationen von Anrufern geht. Was ich einigermaßen ironisch finde, um es nett auszudrücken.

Aber wenn ich schon nicht die Beliebteste sein kann, bin ich wenigstens verlässlich.

Wieder klingelt das Telefon, reißt mich aus meinen Gedanken, und ich hebe ab. Das Rauschen knistert in meinem Ohr, lässt mich zusammenzucken, dann wird es leiser.

»Hallo«, sage ich erneut. »Du hast die Flaschenpost-Hotline erreicht.« Ich weiß, der Name ist viel zu niedlich. »Ich bin Kate.«

Keine Antwort. Nur eine weitere Runde Knistern.

»Ist jemand am anderen Ende?«

Vielleicht hat sich jemand verwählt, oder ein automatisches System in einem Callcenter hat sich vertan, bevor sich ein Mitarbeiter aus Glasgow oder Mumbai dazuschaltet und versucht, mir etwas zu verkaufen.

»Hallo?«

Wieder ein Anschwellen des Rauschens, aber darunter kann ich gedämpfte Geräusche wahrnehmen, als würde jemand unter Wasser reden.

Hoffentlich war es kein Scherzanruf. Natürlich haben wir Regeln, man darf nicht mal zu betrunkenen Kids unhöflich sein – »Man weiß nie, warum jemand anruft«, erklärt Alma Neulingen immer ernst. »Sogar ein Scherzanruf kann ein Hilferuf sein.«

Selbst wenn ich hin und wieder den Schweratmenden dran habe, der Obszönitäten flüstert, oder ein paar Teenager, die in den Hörer kichern – solange Alma nicht in der Nähe ist, teile ich ihnen mit ein paar klaren Ansagen meine Meinung mit und sage, dass wir Anrufe verfolgen können, bevor ich auflege. Sie müssen ja nicht wissen, dass wir das gar nicht können.

Die Leitung wird wieder leise, dann ist da jemand, plötzlich real und schnell atmend.

»Hallo, Flaschenpost hier. Du sprichst mit Kate.« Wieder Rauschen, ich nehme den Hörer ein Stück vom Ohr. »Soll ich jemanden für dich anrufen?«

Mehr Knistern.

»Die Leitung ist leider ganz furchtbar. Gibt es jemanden, dem du eine Nachricht schicken möchtest?«

Es klingt, als würde jemand sehr weit entfernt reden, aber ich kann keine Wörter verstehen. Ich kann so lange dranbleiben, wie ich meine, dass es nötig ist. Ich drehe den Bürostuhl und blicke aus dem Fenster. Das letzte Fitzelchen Sonne gleitet hinter die gezackte Skyline, ein paar Strahlen zeichnen Muster auf die Wand hinter mir, als es verschwindet.

Wieder versuche ich es, beginne, mich durch unsere Fragen zu arbeiten: »Bist du an einem sicheren Ort?«

Eine Pause, dann »... mich hören?«

Die Stimme einer Frau, ein blechernes Flüstern gegen das Rauschen.

»Ja, kann ich. Nimm dir so viel Zeit, wie du brauchst.« Ich nehme einen Schluck meines kalt werdenden Tees. Natürlich will ich sie nie verscheuchen.

»Du bist da!«

Die Erleichterung in der leisen Stimme ist fast greifbar. Sie klingt jung – das sind sie oft.

»Keine Sorge, ich bleibe«, versichere ich. »Wann immer du reden willst.«

Der gelbe Zettel, den ich ans Telefon geklebt habe, erinnert mich an unsere neueste Ansage, angeordnet durch Chrissie, die gestresste Koordinatorin der Freiwilligen bei der Hotline.

»Wenn du lieber eine SMS schicken willst, kein Problem. Wir bieten jetzt ...«

Sie unterbricht mich.

»Ich muss schnell sein. Sie müssen ihnen sagen, dass sie sich nicht mehr um ihre Tochter zu sorgen brauchen. Dass sie ... dass es *mir* gut geht ...«

Wieder verlieren sich die Worte im Rauschen.

»Wem? Wem soll ich das sagen?« Mit einem Mal rast mein Herz.

Stille, dann die Stimme, winzig nun, wie sehr weit weg: »... keine Sorgen machen, wenn sie dann nicht mehr von mir hören, es schmerzt nur ...«

Und wieder ist sie weg.

»Ich kann dich nicht verstehen, Süße.«

Meine Finger krallen sich um den Hörer, drücken ihn an mein Ohr, fester und fester, als könnte ich so besser hören. Die Leitung knistert und summt.

Dann wieder diese Stimme, jetzt deutlich, die ich besser kenne als jede andere: »... sind Kate und Mark Har...«

Meine Haut wird am ganzen Körper kalt.

»Sophie?«, frage ich. Erlaube mir endlich, es zu fragen: »Bist du das, Sophie?«

Wieder schwillt das Rauschen an. Es ist unmöglich zu sagen, ob sie noch redet.

»Bist du noch da?« Ich warte, während mir mein Herz in der Brust schmerzhaft laut pocht. »Bist du noch da?«

»Ja, ja, ich bin noch dran«, antwortet sie. »Ich bin noch da.«

»Ich liebe dich, So.«

Am Ende ist das alles, was ich ihr sagen will. Ich weiß nicht, was sie antworten wird, aber dann dröhnt das Freizeichen in der Leitung, viel zu laut in meinem Ohr. Ich atme aus, lege langsam auf.

Jeder Faser in mir kennt diese Stimme.

Meine Tochter. Sophie.

Als Alma zurückkommt, bin ich ruhiger, zumindest nach außen hin. Darin bin ich gut. Du bist so *gefasst,* sagen mir die Leute immer. Und dann: Ich kann nicht glauben, wie *ruhig* du bist. Es ist kein Kompliment.

Aber ich stelle fest, dass ich nicht wirklich ruhig sitzen bleiben kann. In meinem Kopf werden diese paar Wörter wieder und wieder abgespielt: »Kate und Mark Har...« Sie war im Begriff gewesen, Harlow zu sagen, da bin ich sicher. »Kate und Mark Harlow.«

Sofort erzähle ich Alma, was geschehen ist, dass mein Anruf endlich kam, der, den ich immer erwartet hatte. Der Grund für mein Ehrenamt, wie sie jetzt weiß, ohne dass ich es ihr erklären muss.

»Nun, ich bin so glücklich, meine Liebe«, sagt sie nach einer Pause. »Ich weiß, dass du lange warten musstest.«

Ich erwidere ihre Umarmung, damit sie nicht sieht, wie sich meine Augen mit Tränen füllen. Ihr weicher Cardigan riecht nach ihrem Parfüm – Rose und Vanille.

Dann gibt sie mir den Rest der Schicht frei: Sie denkt, es ist am besten, wenn ich nach Hause gehe. Das hier schafft sie schon allein. Für Alma, die Veteranin des Sorgentelefons, sind Brüche und Zusammenschlüsse von Familien alltägliches Geschäft, so wie Einkaufen im Supermarkt und Spaziergänge mit ihrem Dackel.

Ich stelle fest, dass ich zittere, trotz der zwei Löffel Zucker in dem Tee, den Alma mir gemacht hat (»gegen den Schock, meine Liebe«). Ich will hier raus, will was tun. Und dann ist da noch was am Rande meines Denkens, wenn ich es nur zu fassen bekommen würde …

Ich schüttle den Kopf. Sei vernünftig. Zuerst hinterlasse ich eine Nachricht auf dem Anrufbeantworter der zuständigen Polizeibeamtin. Falls es noch nicht zu spät ist, fahre ich vielleicht zu Dad. Ihm will ich es persönlich, von Angesicht zu Angesicht sagen. Und dann muss wohl ich Mark informieren. Es ist das Richtige. Als Vater von Sophie muss mein Ex Bescheid wissen.

Sobald sie aufgelegt hatte, hatte ich versucht, die Anruferkennung zu bekommen, obwohl ich die Antwort schon kannte. »Der gewünschte Dienst ist nicht verfügbar.«

Selbst wenn wir wollten, können wir unsere Anrufer nicht identifizieren – es ist eine der Grundregeln, und das System ist so eingerichtet, dass es unmöglich ist.

Aber diese Stimme würde ich immer und überall erkennen. Vielleicht war sie leise, und die Verbindung war schlecht, aber sie war es. Sie möchte eine Nachricht an Kate und Mark schicken: an mich und ihren Dad. Dass wir uns keine Sorgen machen sollen – und uns keine Sorgen machen sollen, wenn wir nichts mehr von ihr hören. Was bedeutet das?

In mir wird das Verlangen unerträglich, roh und schmerzhaft. Wenn ich doch nur länger mit ihr hätte reden können. Dann hätte ich sie überreden können, nach Hause zurückzukehren. Ich weiß es. *Komm nach Hause, Sophie,* bitte ich mit Nachdruck, als könne ich sie allein durch die Intensität meiner Gefühle überzeugen. *Komm nach Hause.*

Erst als ich schon fast am Auto bin, erkenne ich es. Mitten auf dem Parkplatz halte ich inne, mit einem Mal steif. Jetzt verstehe ich, was mich plagt.

An diesen Anruf habe ich schon oft gedacht, ihn mir so häufig vorgestellt, auf jede Art. Wie sie sein könnte. Entfernt. Wütend. Aufgebracht.

Aber niemals zuvor habe ich mir vorgestellt, dass sie so klingen würde, so … verängstigt.

3. KAPITEL

Der Kaffee, der schon lauwarm aus dem Automaten kam, ist inzwischen kalt. Das verbessert seinen Geschmack kein bisschen. Da ich mit dem Rücken zu ihm stehe, verziehe ich das Gesicht.

»Nun, irgendwas müssen Sie doch unternehmen können, um sie zu finden«, stelle ich ruhig fest und drehe mich um. »Es muss doch was geben. Irgendeine Art von Speicherung beim Telefonanbieter vielleicht – irgendwas.«

Ich klinge zuversichtlicher, als ich bin, denn auch das kann ich gut.

»Ich meine, die Polizei verfolgt doch alle naselang Anrufe.«

»Ich verstehe Ihre Frustration, Mrs Harlow, wirklich.«

Der junge Beamte, der den Bericht über meinen Anruf verfasst, ist höflich, sogar beflissen, fragt nach jedem Detail. Ihn dazu zu bringen, mit den Informationen auch etwas anzufangen, ist aber eine ganz andere Sache.

»Aber wir können nichts tun, bis wir nicht einen Blick in die Akte geworfen haben und da auf dem Stand der Dinge sind. Was noch diese Woche passieren wird, das versichere ich Ihnen.«

»Diese *Woche?*« Ich sehe den Ausdruck in seinem Gesicht. »Okay, ich weiß, wie sich das anhört. Aber es war nicht das, was sie gesagt hat. Sondern, wie sie es gesagt hat.«

»Ja, das haben Sie erwähnt. Sie haben da ein Gefühl«, wiederholt er meine Worte.

Ich schenke ihm einen bösen Blick, aber er verzieht keine Miene.

»Aber hat sie um Hilfe gebeten? Nach der Polizei gefragt? Hat jemand sie bedroht, sie angegriffen?«

»Nein, das habe ich Ihnen doch schon gesagt«, erwidere ich und versuche, meine Frustration im Zaum zu halten. Er weiß längst, dass sie nichts davon gesagt hat. »Sie sagte, wir sollen uns keine Sorgen um sie machen. Aber ... aber sie hat nicht gesagt, dass sie in Sicherheit ist.«

»Und niemand sonst hat sie gehört oder wenigstens den Anruf mitbekommen?«

»Nein, wie gesagt, Samstagnacht ist nur die kleine Besetzung da. Meine Kollegin war gerade in der Pause.«

»Und diese Anruferin ...«

»Sophie«, unterbreche ich ihn.

»Wie Sie sagen, Sophie ... sie hat den Anruf beendet ...«

»Ja, natürlich habe nicht ich aufgelegt. Das würde ich nie tun.«

»Also sie hat den Anruf beendet, als sie erkannt hat, dass sie mit Ihnen spricht?«

»Ich denke schon, ja, aber das muss natürlich ein Schock gewesen sein.«

»Nun denn. Vielleicht ruft sie wieder an?«

Ich knirsche mit den Zähnen. Vorher war ich immer so dankbar, so *schuldbewusst*. Ich bin die Mutter, deren Tochter weggelaufen ist. Aber jetzt bin ich nur aufgebracht. Wütend.

Tatsächlich weiß ich nicht, was ich erwartet hatte, aber jedenfalls mehr als das. Zumindest ein Gefühl der Dringlichkeit.

Auf meine Nachricht hatte es keine Antwort gegeben. Ich hatte die Nummer von Kirstie, unserer bisherigen Beamtin, gespeichert. Als es keine Reaktion gab, bin ich einfach direkt zu der Wache in Amberton gefahren, dem nächsten Städtchen bei Vale Dean, dem Dorf, in dem ich wohne. Man hatte mich in das Zimmer geführt, und dann war der Polizist gekommen, um den Bericht aufzunehmen. Noch war es früh genug und ruhig, die Säufer waren noch nicht auf dem Marktplatz unterwegs.

Jetzt allerdings nicht mehr. Es kam mir vor, als ob ich stundenlang gewartet hätte, gewartet, dass was passiert. Und jetzt ist klar, dass ich noch länger warten werde.

»Sie sagen, sie hat Ihnen gesagt, dass Sie sich keine Sorgen machen sollen«, stellt er fest. Er spielt mit einer Seite seines Notizblocks. »Wissen Sie, mit achtzehn, wenn da jemand nicht zurück nach Hause kommen will ... nun ja. Die Wahrheit ist, Mrs Harlow, dass es vielleicht gar keine Angelegenheit für die Polizei ...«

»Keine Angelegenheit für die Polizei? Meine Tochter, die seit zwei Jahren vermisst wird, ruft mich an, und es ist keine Sache der Polizei?«

Meine Stimme bricht, und er senkt den Blick. Er schämt sich für mich. Er glaubt, ich klammere mich an einen Strohhalm.

»Sie verstehen das nicht«, sage ich niedergeschlagen. »Ich kenne meine Tochter. Oder kannte sie. Bitte, Constable …«, ich versuche mich an seinen Namen zu erinnern, »Jesson. Wissen Sie …« Ich zögere, während sich ein Gedanke langsam in meinem Kopf entfaltet. »Haben Sie eine Schwester namens Jessica? Ist Cross-Country für die Grafschaft gelaufen?«

»Oh, nein, Jessica ist meine Cousine«, erklärt er mit etwas mehr Wärme in der Stimme. »Der Name ist schwierig, aber dafür vergisst man ihn nicht. Sie ist jetzt an der Uni, Jura.«

Als ihm der wahrscheinlichste Grund dafür einfällt, dass ich den Namen kenne, hält er inne.

»Sie muss ein paar Jahre älter sein als Sophie. War sie auch Läuferin?«

»Ist sie«, erwidere ich. »Nicht war.«

»Ist«, korrigiert er sich, dann fährt er leiser fort: »Okay, es gibt wirklich nichts, was wir heute Nacht noch tun können. Das geht an unsere Ermittler, verstehen Sie? Es ist keine kleine Sache, Anruflisten zu besorgen, sogar in …«

Sogar in Fällen mit Priorität, beende ich seinen Satz in Gedanken. Anders als dieser.

»Sogar wenn es kein Samstagabend ist. Aber ich habe Ihre Bedenken eingetragen. Wir kontaktieren Sie.«

Mehr werde ich heute Abend nicht erreichen. Was kann ich schon noch tun?

»Vielen Dank«, sage ich und stehe auf. Es ist sinnlos, mich mit ihm anzulegen.

Als ich die Polizeiwache verlasse, ist es dunkel. Auf dem Weg zum Auto muss ich mich durch eine Junggesellinnen-Partygruppe schlängeln, die durch die Straßen torkelt. Ich bin daran gewöhnt, nicht im Einklang mit dem Rest der Welt zu sein.

Auf dem Heimweg schalte ich das Radio ein, arbeite mich durch die Sender mit Discomusik, bis ich eine Anrufsendung mit hirnlosem Geplapper finde, die mich ablenkt.

»... also haben es Teenager heutzutage schwerer als zu unseren Zeiten? Eine neue Studie behauptet, dass Probleme mit psychischer Gesundheit unter jungen Menschen ansteigen – aber was denken *Sie*? Rufen Sie mich an. Und jetzt hat Bob aus Stockport eine ziemlich kontroverse Ansicht über die Körperwahrnehmung, nicht wahr, Bob? Er ist jetzt dran und ...«

Ich schalte wieder aus. Während ich die Ausläufer der Stadt hinter mir lasse und die Häuser Feldern weichen, kommen die Erinnerungen zurück.

Damals war ich unterwegs, auf einem überdrehten Mädelswochenende, bei dem ich unsicher war.

»Sie ist eigentlich eher Charlottes Freundin«, hatte ich gesagt, während ich mir das geplante Programm ansah: Wellness, zur Rennbahn.

Sophie hatte mich ermutigt mitzumachen: »Du solltest gehen. Vielleicht gefällt es dir.«

Später hatten die Polizisten gesagt, dass sie wohl schon wusste, dass sie dann verschwinden würde: Vielleicht – und sie formulierten das sehr vorsichtig – war eine Mutter einen Hauch aufmerksamer als ein Vater.

Es war immer ein Streitpunkt zwischen uns gewesen: Ich war ständig darauf bedacht, unsere Tochter zu Hause zu halten, sicher, nah, besorgt über ihre schulischen Leistungen; Mark vertraute immer darauf, dass schon alles gut werde, darauf bestehend, dass Teenager ihren Freiraum benötigten, dass ich sie am Ende nur wegstoßen würde.

Vielleicht war es ihr Alter. Vielleicht konnten Teenager außerhalb von London in ebenso viel Ärger geraten wie in der Hauptstadt, auch wenn ich mir das nicht vorstellen konnte. Und sie schienen so viel Freiheit zu haben, hier in Vale Dean, alle rasten mit ihrem Führerschein, kaum dass sie siebzehn wurden, über die Landstraßen. Es hatte mich mit großer Angst erfüllt.

Ständig gab es Streit: Sophie, das Make-up von Tränen verschmiert, weil ich sie an einer weiteren Party oder einem weiteren Konzert gehindert hatte.

»Aber alle gehen. Holly geht. Danny fährt uns, du musst das nicht mal machen.«

»Oh, das macht es natürlich gleich besser. Ein Siebzehnjähriger, der gerade erst den Führerschein gemacht hat!«

»Es wäre dir doch egal, wenn es andere wären. Sei doch ehrlich, du kannst nur meine Freunde nicht leiden.«

»Es ist einfach nicht sicher, Sophie. Ich kann dir das nicht erlauben.«

Und dann der letzte Streit, über nichts eigentlich. Ich wollte, dass sie mit uns Abendbrot aß, aber sie wollte in ihrem Zimmer essen.

»Um nebenbei Hausaufgaben zu machen.«

Ich erinnere mich an das Ende, es war wie immer: Sophie schmiss die Tür hinter sich zu.

»Lass mich doch einfach in Ruhe. Ich ertrage das nicht mehr! Verstehst du nicht? Ich will einfach meine Ruhe!«

»Sophie …«

Auch wenn sie danach ein wenig ruhiger war als sonst, dachte ich, dass es vorbei war, als ich ging. Als Charlotte mich am Donnerstagabend abholte, umarmte sie mich richtig. Charlottes hellbrauner Bubikopf war sorgfältig frisiert. Sie hasste es, wie ihre Haare sich kräuselten, und wollte lieber glattes Haar, wie Sophie und ich es haben.

»Wir sehen und Sonntag«, rief ich. »Hab dich lieb, So.«

»Bis Sonntag«, antwortete sie über meine Schuler. »Hab dich lieb, Mo.«

Unser kleines Ritual, schon seit sie ein Kleinkind war und ich sie abends ins Bett brachte. So war mein Spitzname für sie; Mo, für Mum, war ihre Idee, einfach nur, weil sie den Reim lustig fand.

Es blieb hängen. Ich vermisse es immer noch.

Als wir schon wieder auf dem Rückweg vom Wochenende waren, mit Charlotte hinter dem Steuer, rief Mark an. Einfach nur, um sich »mal zu melden«, aber es klang zu gezwungen unbesorgt.

»Also, äh, Sophie war letzte Nacht bei Holly, hat sie gesagt. Gibt es noch eine andere Holly in der Schule? Verwechsel ich sie?«

Er konnte sich ihre Freunde nie merken.

Natürlich kam dann alles raus: Am Tag zuvor, Freitagmorgen, hatte Mark sie wie immer zur Schule gefahren – Amberton Grammar lag auf seinem Arbeitsweg im Stadtzentrum. Als er schon mit laufendem Motor auf sie gewartet hatte, war sie noch mal ins Haus gelaufen, erzählte er später, mit der Behauptung, etwas vergessen zu haben.

»Sophie«, rief er und hupte. »Beeil dich!«

Später erklärte er, ihm sei nichts aufgefallen.

Aber als er sie am Schultor abgesetzt hatte, hatte sie Schwierigkeiten, den Rucksack über die Schulter zu werfen, und die Klappe war ein Stück runtergefallen.

»Ist der Rucksack wirklich groß genug?«, hatte er sie aufgezogen. »Was hast du denn alles da drin?«

Immer schien sie die halbe Welt mit sich rumzutragen, den gesamten Inhalt ihres Spinds auf dem Rücken.

»Ach, nur … nur ein paar Schlafsachen«, erwiderte sie. »Du weißt doch noch, dass ich bei Holly übernachte, oder?«

»Nein.« Er blickte sie fragend an. »Sophie, weiß Mum davon?«

»Ja. Sie sagt, es geht in Ordnung.« Sie trat von einem Fuß auf den anderen. »Wir gehen nur den Stoff noch mal durch, mampfen Pizza. Das ist okay, oder?«

»Ich weiß nicht, Sophie«, entgegnete er und dachte nach.

Ein wenig schuldbewusst sah sie aus, erklärte er später, aber er bezog es auf das Offensichtliche: Sie beide wussten, dass es mir nicht gefallen würde. Aber er war schon spät dran, wollte sich beeilen, und was konnte schon groß passieren? Sie hatte viel Stress in der Schule. Und natürlich gab es da noch einen anderen Grund, warum es ihm passte, wenn sie nachts nicht zu Hause war.

Hinter ihm hupte jemand.

»Also, darf ich?«

»Na gut, aber komm morgen nicht so spät zurück. Spätestens zum Mittagessen«, rief er ihr nach.

»Okay, danke, Dad. Bis morgen.«

Erst als sie am späten Samstagnachmittag immer noch nicht wieder da war, rief er auf ihrem Handy an. Und als er sie nicht erreichte, bei Hollys Eltern. Ich hatte die Nummer an die Pinnwand geheftet – Sophie war so oft dort. Sollte jemand Sophie abholen?

Nein, Sophie sei gar nicht da. Hollys Mutter hatte sie ans Telefon gerufen. Nein, wiederholte sie, Sophie habe nicht bei ihr übernachtet. Tatsächlich hatte sie sie seit Freitagmorgen nicht mehr gesehen.

»Ich bin sicher, dass alles gut wird«, sagte Charlotte immer wieder, nachdem Mark aufgelegt hatte, während ich immer wütender wurde – und darunter immer besorgter. Es fiel mir schwer zu glauben, dass er sie so kurz vor den Abschlussarbeiten hatte gehen lassen.

Als er ungefähr eine Stunde später wieder anrief, stellte ich mein Handy auf Lautsprecher. Ich wusste sofort, dass sie nicht wieder aufgetaucht war.

»Katie ...«, hatte er gesagt und klang fast schon verwirrt. »Sophie. Sie hat einen Brief dagelassen.« Er räusperte sich.

Einen seltsamen Moment lang fragte ich mich, ob er weinen würde.

»Sie ist weggelaufen.«

Zwei uniformierte Beamte – professionell und ernst – kamen noch am selben Abend nach meinem Anruf bei der Notrufnummer. Nein, man müsse nicht 48 Stunden warten, versicherten sie uns. Das sei nur eine urbane Legende. Wir hätten das Richtige getan.

Während wir auf dem Sofa im Wohnzimmer saßen und uns an Tee festhielten, überschütteten sie uns mit Fragen.

Nein, wir wissen nicht, wohin sie gegangen ist. Ja, wir haben ihre Freunde angerufen, alle, die uns eingefallen sind. Nein, sie ist nicht bei meiner Schwester, und ihr Großvater hat auch nichts von ihr gehört, er macht sich große Sorgen. Nein, andere Verwandte gibt es nicht. Nein, sie ist vorher noch nie weggelaufen. War sie zu Hause glücklich? Ja. Zumindest glauben wir das. Gab es zuletzt Streit? Nun, ja, aber sie ist ein Teenager ...

Es fiel mir schwer, über das Irreale der Situation hinwegzukommen, mit diesem Gefühl, dass ich jeden Augenblick den Schlüssel in der Hintertür hören könnte, und dann stünde Sophie in der Küche.

Sowohl ihre EC-Karte als auch ihr Handy waren noch da – ich hatte sie in der Schublade ihres Nachttischs gefunden. Charlotte behauptete, dass das ein gutes Zeichen sei. Sophie musste bald zurückkommen. Aber auch wenn sie nicht viel mitgenommen hatte, war das, was sie dabeihatte, wichtig. Ihr Reisepass war weg. Das war eine der ersten Fragen gewesen: wo wir ihn aufbewahrten. Ich hatte ihnen die Schreibtischschublade im Wohnzimmer gezeigt.

Irgendwann fragten sie, auf wie viel Geld Sophie Zugriff hatte.

»Nicht viel, sie ist ja letzten Monat erst sechzehn geworden, sie geht noch zur Schule.«

Mark war fahrig, verlegen. Ich hatte ihm immer vorgeworfen, sie zu verziehen. Währenddessen rechnete ich im Kopf zusammen. Da war ihr generöses Taschengeld, das Geld ihres Ferienjobs als Kellnerin vom letzten Sommer, Geburtstagsgeschenke.

»Wir haben sie ihr eigenes Konto führen lassen«, erläuterte Mark den Polizisten und wurde unter ihren Blicken rot. »Sie hat auf ein Auto gespart.«

Wir klangen so naiv. Behaglich, vertrauensselig – und unverzeihlich naiv. Später erfuhren wir, dass sie ihr Konto leer geräumt hatte. Alles in allem war es eine stattliche Summe.

Und natürlich gab es da noch den Brief. Ihre runde, sprudelnde Handschrift auf einem herausgerissenen Blatt eines ihrer Schulhefte.

Es tut mir sehr leid, aber ich muss weggehen. Bitte versucht, Euch keine Sorgen um mich zu machen. Alles wird gut. Ich liebe Euch alle, Sophie xxx

Drei Küsse, wie wir sie immer in unsere Geburtstagskarten und die Notizzettel am Kühlschrank schrieben. Einer für Dad, einer für mich, einer für sie. Und eine kleine Blume, wie ein Gänseblümchen, schnell mit dem Kugelschreiber gemacht, neben ihrem Namen. Das machte sie immer, schon seit sie klein war. Sie hatte es für mich angefangen, denn sie wusste, dass mich Blumen glücklich machten.

Die beiden Polizisten hörten nicht auf, jedes Details wieder und wieder mit Mark durchzusprechen.

»Und wann haben Sie den Brief gefunden, Mr Harlow?«

»Heute Nachmittag, nachdem ich bei Hollys Eltern angerufen hatte.« Er konnte niemandem in die Augen sehen. »Es lag auf dem Kopfkissen, deshalb habe ich es zuerst nicht bemerkt.«

Ich glaube, Charlotte hatte geschnauft.

»Es hätte doch keinen großen Unterschied gemacht, oder?«, fragte er beinahe bettelnd.

Sie hatten ihm versichert, dass sie zuversichtlich seien und so weiter. Aber ich wusste es, zahllose Nachrichtensendungen und Fernsehverfilmungen zuckten durch meinen Kopf: Die ersten Stunden waren entscheidend.

Das war der Anfang vom Ende für uns. Selbstverständlich hatte er zugeben müssen, was mir längst klar war. Als Sophie noch mal hineinlief, während er im Auto wartete, hatte sie den Brief auf ihr Kissen gelegt, wohl wissend, dass er ihn frühestens am Abend sehen würde. Aber er hatte seine eigenen Übernachtungspläne – woanders –, und so hatte er ihn erst gefunden, als er am nächsten Tag nach Hause kam und besorgt alles absuchte.

»Es hätte bestimmt nichts geändert, selbst wenn er ihn früher gefunden hätte«, versicherte mir Charlotte in den folgenden Tagen. Und vielleicht hatte sie recht.

Aber ich konnte es ihm nicht verzeihen.

4. KAPITEL

Es ist schon zu spät, um Dad aufzuwecken, rede ich mir ein, während ich vor dem Haus parke. Ich ertappe mich bei einem Seufzen. Nach Hause zu kommen hebt schon lange nicht mehr mein Gemüt. Das Haus ist zu groß für mich, aber ich kann auch nicht weg. Was, wenn sie wiederkommt und wir alle fort sind?

In der Einfahrt kommt mir eine kleine Gestalt entgegen, und ich bücke mich, um Tom zu streicheln – einen roten Kater. Als wir uns trennten, nahm Mark den Hund mit. Es ist verrückt, wie sehr ich ihn vermisse, erzählte ich meiner Schwester. King, nicht Mark. Sie lachte nicht.

Zumindest bedeutete das, dass ich Tom aufnehmen konnte. Meine Nachbarin Lily hatte im Supermarkt einen Aushang gesehen, der »ein kostenlose Kätzchen« anbot, und ich rief die Nummer an; eine Frau kam angehetzt, einen Karton in den Händen, aus dem es wild fauchte. Sofort erkannte ich, dass der Kater schon halb ausgewachsen war, und fand später heraus, dass er nicht stubenrein war. Lily hatte sich über all das sehr aufgeregt.

Vielleicht war die Geschichte ein Hinweis: Sie war impulsiv, nicht ihr übliches, vernünftiges Selbst. Wenigstens verlangt der Kater nicht viel von mir. Mit einem Mal bin ich erschöpft, als das Adrenalin, das mich durch den Abend getragen hat, aus mir verschwindet wie Blubberblasen aus Limonade.

Als ich das Licht unten ausmache, höre ich im Halbdunkel die Geräusche des Hauses um mich herum: leises Knarzen und Summen, das sich setzt, während die Wärme des Tages entschwindet. Auf dem Weg die Treppe hoch erinnere ich mich daran, dass ich die Jalousien-Firma anrufen muss. In einem seltenen Ausbruch von Aktivität habe ich die alten Vorhänge des Fensters an der Treppe abgenommen. Mehr habe ich nicht geschafft, und jedes Mal, wenn ich daran vorbeikomme, fällt es mir ein.

Draußen in der Dunkelheit kann ich den Umriss des Nachbargebäudes sehen, Parklands, die Türme von Gerüsten umgeben, fremdartige Formen vor dem Nachthimmel. Natürlich ist kein Licht an. Die Kurve der Straße sorgt dafür, dass wir an der anderen Seite nicht mal Nachbarn haben, zumindest nicht richtig.

Ein Schmerz des Verlangens zuckt durch meinen Leib, nach unserer schicken Wohnung in London – viel zu klein für uns, haben wir gedacht, mit Teenager und Hund.

Die längste Zeit war der Gedanke an einen Umzug hierher genau das gewesen – ein »Was wäre wenn?«, über das man bei einem Glas Wein nach dem Abendessen mit Freunden schwadronieren konnte, sozusagen die Flucht aus dem Dunst der Großstadt planen. Dann bekam Mark das Angebot, das Büro in Manchester zu erweitern. Als Sohn einer Royal-Airforce-Familie war er heiter unbesorgt über einen Neuanfang.

»Alle kommen vorbei und besuchen uns. Es ist nur die M6 hoch, dann noch ein Knick. Hast du dir angesehen, wie viel Platz wir dort haben könnten?«

Und wir wären viel näher bei meiner Familie. Charlotte war in der Umgebung von Macclesfield geblieben, wo wir aufgewachsen waren. Sie, Phil und die Jungs lebten gerade mal zehn Minuten von Dad entfernt, während Marks Eltern ohnehin das halbe Jahr in Frankreich verbrachten.

Über einige Dinge redeten wir nicht: die Distanz zwischen uns.

Wir hatten uns in einer Bar in der Innenstadt kennengelernt, eine kleine Geburtstagsfeier, zu der mich eine Freundin mitgenommen hatte – er im Zentrum einer Gruppe lachender Menschen, wie so oft. Er war ein Golden Retriever in Menschenform, hatte Charlotte gesagt, als ich ihn ihr vorgestellt hatte, und hatte die Augen verdreht. Seit der Oberstufe war sie mit Phil zusammen, der noch vernünftiger und geerdeter war als sie, und er hatte sie während der ersten schweren Jahre ihrer Karriere als Lehrerin begleitet. Aber am Ende nahm Mark auch sie für sich ein. Als ich schwanger wurde, die Erste in unserem Freundeskreis, gab es keinen Zweifel, was zu tun war. Noch in dem Sommer hatten wir geheiratet, und ich hatte niemanden getäuscht, als ich langsam ein halbes Glas Champagner trank.

Und selbst wenn ich mich manchmal im Stillen fragte, wie viel wir wirklich gemeinsam hatten, wenn ich hin und wieder überrascht war, mich mit einem Ehemann, einem Haus, einem Säugling, ja sogar einem Hund wiederzufinden, kann ich doch nicht behaupten, dass es mich allzu sehr beunruhigt hätte. Selbst als uns bewusst wurde, dass es nach Sophie keine Kinder mehr geben würde – nachdem wir erkannt hatten, dass beide es nicht mehr versuchen wollten –, ging es uns gut. Glaube ich.

Also trafen wir die Entscheidung. Wir würden gehen. Es gab Tränen von Sophie, eine ganze Menge – sie wollte ihre Freunde nicht verlieren –, aber es wäre sicher auch gut für sie. In London werden sie so schnell erwachsen.

Dass wir so rasch das Haus gefunden hatten, hatte uns gefreut: im waldigen Cheshire, nah genug an der Stadt, dass Mark zur Arbeit pendeln konnte, aber dennoch, für Londoner zumindest, so unglaublich grün und ruhig. Hier draußen, wo das Dorf ins Umland übergeht, stehen die Häuser weit auseinander, die meisten davon prächtige viktorianische Anwesen hinter niedrigen Steinmauern, erbaut von Baumwollhändlern. Wenn man die Park Road weiterfährt, weg vom Dorf, kommt man an den Eingang des Wildparks, einst der Landsitz, der Vale Dean seinen Namen gab.

Ich hatte eine freiwillige Auszeit genommen. Meinen Job – Spenden für ein Kunstinstitut sammeln – hatte ich geliebt, aber das Gehalt war nicht so hoch wie das von Mark als Anwalt, und die ständigen Kürzungen in den Kulturetats störten mich sehr. Für eine Weile müsse ich mich nicht ums Arbeiten sorgen, hatte Mark gesagt, sondern könne mich auf das Haus konzentrieren. Den Gedanken, dass er gar nicht wollte, dass ich arbeite, hatte ich unterdrückt.

Während ich aus dem Fenster auf den Schatten von Parkland sehe, kann ich fast seine Stimme hören: »Das ist ein Schandfleck, ein so schönes Haus so verfallen zu lassen. Wolltest du nicht den Stadtrat anrufen?«

Ich unterdrücke ein Frösteln. Genug der Vergangenheit. Ich weiß, wohin ich heute Nacht gehen muss.

Auf der Schwelle halte ich inne und berühre das rosafarbene Herz, das von der Klinke hängt. Sie hatte gerade angefangen, ihr Zimmer ein wenig einzurichten, hatte Interesse entwickelt, alles erwachsener zu gestalten, und ich hatte es ihr erlaubt. Insgeheim hatte ich über ihren Geschmack gelächelt: blumige Kissen in hellem Blau und Violett, die Wände »apfelweiß« gestrichen. Mein kleines Mädchen war noch da, dachte ich, auch wenn sie stundenlang in ihrem Zimmer verschwand oder aus dem Haus stürmte – »weg« war die einzige Antwort, die mir entgegengeschleudert wurde, während ich ihr nachsah.

»Sie ist ein Teenager, Kate«, sagte Mark, von den Gesprächen darüber gelangweilt. »So sind die nun mal.«

Die Tür ist nie ganz geschlossen, steht immer einen Spalt offen. Ich drücke sie auf. Ein Hauch von Möbelpolitur liegt in der Luft – Silvia, unsere Putzfrau, war gut darin, und hat einfach weitergemacht, als wäre Sophie nicht fort, bis ich ihr sagte, sie bräuchte nicht mehr zu kommen. Es war einfach nicht mehr nötig.

Im Bett rolle ich mich am schmiedeeisernen Kopfende zusammen – sie hatte die Hälfte selbst bezahlt und versprochen, sich nicht zu beschweren, sollte es ungemütlich sein –, und mir entfährt ein tiefer Atemzug, von dem ich gar nicht gemerkt hatte, dass ich ihn angehalten hatte.

Mein Blick wandert durch den Raum, über den Schal der Schule, achtlos über den Drehspiegel geworfen; über die Wand, die lächelnden Gesichter der Boyband, die sich inzwischen aufgelöst hat; über die Stofftiere auf ihrer Kommode, verblassende Souvenirs einer Kindheit. Alles ist so wie immer. Ich kann es nicht ertragen – und gleichzeitig fühle ich mich ihr hier näher. Fast kann ich so tun, als sei sie nur kurz hinausgegangen, so als wäre sie mit dem Hund spazieren und könnte jeden Moment zurückkommen.

Aber heute kommt das übliche tröstliche Gefühl nicht. Ich bin nervös, sogar meine Haut kribbelt, also stehe ich wieder auf. Vielleicht liegt es daran, dass ich nicht mehr so tun kann, als wäre sie nur kurz weg – ich weiß, dass sie da *draußen* ist, irgendwo. Ein letzter Blick durchs Zimmer, meine Finger auf der Klinke, dann gehe ich ins Bett.

Mit einem Ruck wache ich auf, mein Herz dröhnt in meiner Brust, mein Nachthemd klebt im kalten Schweiß an mir. Mein Mund ist ausgedörrt.

Ein Blick auf den Wecker: Die grünen Zahlen verraten mir, dass es noch mitten in der Nacht ist. Verdammt. Ich hätte eine Tablette nehmen sollen. Es war ein Experiment, ob ich ohne auskomme, ob ich das kann.

Mein Traum … es ist wie ein Jucken im Hirn. Sophie …

Schlagartig erinnere ich mich. Ich lief durchs Haus, suchte nach ihr. Wieder einer von denen. Schlecht geträumt klingt so kindisch; ein Albtraum.

In den Monaten direkt danach hatte ich so viele. Fast immer waren sie sich sehr ähnlich. Ich komme nach Hause, öffne die unverschlossene Tür. »Sophie«, rufe ich. »Ich bin da.« Drinnen wirkt es, als sei sie gerade erst weg. Ein hingeworfener Ranzen mit herausrutschenden Büchern, ihr Mantel über das Geländer geworfen; Hockey- und Tennisschläger auf dem Boden, all die Überbleibsel ihres Schullebens. In der Küche findet sich eine halb getrunkene Tasse Tee, die Schränke sind offen, Schubladen halb herausgezogen, als habe sie nach irgendwas gesucht. Ich gehe die Treppe hoch, wobei ich weiß, wie das in Träumen so ist, dass ich nur einen Schritt hinter ihr bin – dass ich sie finden werde, wenn ich nur schnell genug bin.

Und so entfaltet es sich, wie von einem Uhrwerk angetrieben: Ich gehe in das blaue Schlafzimmer, entdecke den Schrank weit geöffnet, unsere Wintermäntel aufs Bett geschleudert und die Schuhe überall verteilt, als wäre ein Wirbelsturm hier durchgewütet. Im nächsten Schlafzimmer genau der gleiche Anblick, Bettlaken und Bezüge in einem Haufen auf dem Boden. Im Badezimmer hängen die Handtücher am Badewannenrand, während Wasserhähne laufen.

Aber immer noch weiß ich, dass alles gut sein wird, wenn ich sie nur einhole. Und so gehe ich weiter, jetzt durch unser Schlafzimmer, in dem Federn durch die Luft schweben, die Matratze auf dem Boden liegt, die Kissen aufgeschlitzt sind, der Spiegel eingeschlagen. Ich suche weiter. Und dann nehme ich den letzten Treppenabsatz, gehe zu ihrem Zimmer, dessen Tür immer noch offen steht. Als ich langsam eintrete, packt mich endlich die Angst …

Dann wache ich auf, wie immer, und erinnere mich: Sie ist weg. Wirklich weg. Ich habe sie nicht gefunden, sage ich mir, während ich die Schublade meines Nachttischchens öffne und nach der kleinen Packung suche, die mir Linderung verspricht. Es hat mich verrückt gemacht: ihre Unordnung. Immer bin ich hinter ihr her, habe aufgeräumt und geplaudert. Aber jetzt werde ich sie niemals mehr einholen.

5. KAPITEL

Sonntag ist reine Wartezeit. Trotz der schlechten Nacht bin ich voller nervöser Energie. Halbherzig räume ich die Küche auf, dann sehe ich in den Kühlschrank. Der ist peinlich leer. Man gewöhnt sich daran, Familienpackungen Saft und Pasta in den Einkaufswagen zu packen, aber es ist beängstigend, wie schnell man damit endet, sich nur noch von Rührei und welkendem Salat zu ernähren. Mit einem Mal ärgere ich mich über mich selbst – was ist, wenn sie zurückkommt, was würde sie von alldem halten? –, also hole ich meinen Autoschlüssel.

Auf dem Weg ins Dorf rufe ich Dad über die Freisprechanlage an.

»Ich habe Neuigkeiten, über Sophie …«

»Haben Sie sie gefunden?«

Die Leichtigkeit seiner Stimme lässt mich zusammenzucken.

»Nein, das nicht. Aber ich habe gestern bei der Hotline einen Anruf entgegengenommen. Sie war es, da bin ich sicher.«

Schnell erzähle ich ihm das Wesentliche.

Wie immer ist er vorsichtig und genau, fragt mich, wie lange der Anruf gedauert hat, um wie viel Uhr er kam, was die Polizei dazu sagt.

»Und die Leitung … gab es da eine Verzögerung?«

»Ich bin nicht sicher«, erwidere ich. »Es war eine schreckliche Verbindung. Lauter Rauschen und Knacken.«

Er zögert.

»Aber das ist doch gut, nicht wahr? Du sagst, Menschen rufen bei der Hotline an … dafür gibt es sie. Sie suchen Kontakt. Das ist ein Schritt in die richtige Richtung.«

»Ja«, antworte ich. »Es ist nur … ich mache mir Sorgen. Sie klang … gar nicht wie sie selbst.«

Ich will nicht erzählen, was sie wohl am Ende über das Abbrechen des Kontakts gesagt hat, wie der Anruf sowohl meine Hoffnung neu entflammt hat, aber auch Ängste geweckt. Ich vergesse, wie alt er ist. Aber auf das, was dann kommt, bin ich nicht vorbereitet.

»Katie, dieser Anruf ... ich verstehe, dass du aufgeregt bist ...«

»Aufgeregt würde ich das nicht nennen, Dad.«

Das bringt ihn nicht aus dem Konzept.

»Aber was, wenn ... wenn es nicht das ist, was du denkst?«

»Du glaubst, ich irre mich? Dass Sophie nicht angerufen hat?«

Er bleibt ruhig.

»Nein, nein, das denke ich nicht. Aber was, wenn ... vielleicht hast du sie falsch verstanden? Du hast selbst gesagt, die Verbindung war schlecht. Kannst du dir wirklich sicher sein – Hand aufs Herz! –, dass es Sophie war? Dass es nicht ein anderes junges Mädchen war, das wegen seiner Eltern angerufen hat? Und weil du dir so sehr gewünscht hast, von ihr zu hören ...«

Ich kann es nicht fassen.

»Ich bilde mir das nicht ein. Sie hat meinen Namen gesagt, und Marks. Das hat sie, sie hat meinen Namen gesagt.«

Meine Stimme wird höher, ich weiß, wie das klingt.

»Okay.« Er hört sich traurig an. »Aber selbst dann. Ich möchte nur nicht, dass du ... dass du dich verrennst, selbst wenn es Sophie war. Es ist schon eine lange Zeit ohne Sophie, und jetzt ist auch Mark weg. Du bist ganz allein in dem großen Haus. Ich weiß nicht, ob du dich genug um dich selbst kümmerst.«

Mir gefällt es nicht, wenn er so ist. Es ist besser, wenn er mir erzählt, was er aus dem Baumarkt geholt hat oder ein wenig Tratsch aus dem Bridge-Klub. Seit Mum gestorben ist, hat Dad sich gut gefangen, dabei war er durch den Verlust seiner lachenden, überschwänglichen Frau plötzlich ruderlos. Wegen der vorsichtigen Erwähnungen seiner »neuen Freundin Trish« im Klub nehme ich an, dass er jetzt einen weiteren Schritt vorwärts getan hat, und ich bin froh, dass er sich ein neues Leben aufbaut. Das einzige Problem ist, dass er sich von mir das Gleiche wünscht.

»Und was macht Clive so, gibt es Neuigkeiten aus dem Klub?«, frage ich, um das Thema zu wechseln.

»Er ist damit beschäftigt, mit seinem neuen Auto anzugeben. Walnussholz im Armaturenbrett, sehr chic.«

Clive mit dem ziemlich orange gefärbten Haar ist wohl in den Fängen einer Nach-Midlife-Crisis und genießt jeden Moment.

Aber Dad lässt sich nicht ablenken.

»Nun, bitte sorg dich nicht so sehr, wenn du das schaffst. Es klingt gut, wirklich. Sag mir Bescheid, sobald du was von der Polizei hörst.« Eine Pause. »Hast du mit deiner Schwester gesprochen?«

Ich versuche, meine Stimme locker klingen zu lassen: »Nein, ich habe sie noch nicht erreicht.«

»Ich werde am Sonntag wieder zum Mittagessen hingehen. Natürlich wärst du uns willkommen, das weißt du. Die Jungs würden sich so freuen, dich wiederzusehen, sie sind schon so erwachsen.«

»Bitte mach mir keine Schuldgefühle wegen meiner Neffen, Dad, nicht ausgerechnet jetzt.«

»Ruf sie einfach an. Wenn es passt.«

»Ich versuche es. Aber du kannst ihr ja von Sophies Anruf berichten, wenn du sie siehst. Ich muss jetzt los.« Noch eine Lüge. »Bis bald.«

»Tschüss, Sweetie.«

Verrenn dich nicht. Die Gedanken wirbeln durch meinen Kopf, während ich über den Parkplatz gehe. Der heiße Asphalt riecht auf seine ganz eigene Art – Sophie hat das geliebt. Wenn Dad nur wüsste, wohin sich mein Geist treiben lassen konnte. Ich weiß, was mit Mädchen passiert, die auf der Straße leben, ich kenne die Geschichten nur zu gut. Drogen, Männer, falsche Entscheidungen. Und dann werden diese Entscheidungen immer schlimmer, für Geld, um zu überleben.

Aber nicht meine Sophie. Darüber werde ich nicht nachdenken, denn ich habe mir angewöhnt, nicht in diesen dunklen Abgrund der Möglichkeiten zu stürzen. Solange sie redet, verständlich, und anruft, könnte es schlimmer sein, versuche ich mich selbst zu überzeugen. Viel schlimmer.

Sie lebt. Sie hat mich angerufen. Sie versucht, in Kontakt zu kommen. Über mehr muss ich nicht nachdenken.

Heute werde ich Hühnchen kaufen und mir einen ordentlichen Braten machen. Früher habe ich leckere, sorgfältig gekochte Mahlzeiten für uns drei zubereitet, die Rezepte aus den oft benutzten Kochbüchern von Jamie Oliver und Nigella Lawson.

Aber ich habe es noch nicht mal zur Hälfte durch die Gemüseabteilung geschafft, da sehe ich das gesträhnte Haar. Darum habe ich aufgehört, hier am Wochenende einzukaufen. Sofort drehe ich mich um und gehe Richtung Ausgang.

»Kate! Kate! Bist du das?«

Zu spät. Ich hebe die Augenbrauen, setze ein Lächeln auf und wende mich ihr zu.

»Ellen, hi. Wie geht es dir?«

Ich hoffe, meine Betonung kann als Enthusiasmus ausgelegt werden.

»Ach, du weißt schon, beschäftigt wie immer. Ich habe dich ja seit einer *Ewigkeit* nicht gesehen. Wie geht es dir?«

»Gut, danke. Wie geht es deiner Familie, und …«, ich zermartere mein Gehirn nach den Namen, »… den Jungs?«

»Denen geht es super. Neil hatte gerade Prüfungen, und wir warten hoffnungsfroh auf die Ergebnisse, aber er hat so viel gearbeitet. Es hat ihm so Spaß gemacht.«

Lächelnd nicke ich. Vor meinem geistigen Auge erscheint kein Bild von ihm. Sie legt den Kopf unsicher auf die Seite.

»Und du?«

»Alles ist in Ordnung, danke. Ich beschäftige mich schon.«

Ich wünschte, ich hätte Make-up aufgetragen und mein Haar nicht nur zum üblichen Pferdeschwanz zusammengebunden.

»Oh, wirklich?«

»Mhm, ich bin immer noch bei der gemeinnützigen Organisation. Ich arbeite bei der Hotline.«

Es ist keine richtige Lüge. Ich behaupte ja nicht, Vollzeit dort zu sein. Oder bezahlt zu werden.

»Weißt du«, erwidert sie vorsichtig, »ich engagiere mich viel im Tennisklub, so die soziale Seite mit ein wenig Spendensammeln. Du solltest mal mitkommen. Wie wäre es mit Donnerstagabend?«

Ich kenne die Leute, und ich hatte in den Monaten danach mehr als genug von denen.

»Vielen Dank«, erwidere ich fröhlich. »Ich muss mal in den Kalender schauen.«

Nicht fröhlich genug. Ellens Mund wird zu einer schmalen Linie.

»Mach das.«

Damit schiebt sie ihren Einkaufswagen an, mehr um eine Show abzuziehen, als um irgendwohin zu gehen.

»Ich will dir nur helfen. Es ist nur … du da draußen, in dem großen Haus. Lindsey macht sich große Sorgen, weißt du?«, fügt sie hinzu, wobei sie den Kopf senkt und mich von unten bedeutungsschwanger ansieht.

Ein Lachen bricht aus mir heraus.

»Lindsey? Aber sicher doch.«

Ich erinnere mich an Lindsey Brookland, mit ihren gebleichten Zähnen und der engen, grellen Sportkleidung, in den Wochen, als ich noch versuchte, so weiterzumachen, als wäre nichts geschehen. Sie hatte mich auf der Post gestellt.

»Und du hast wirklich *keine Ahnung*, wohin sie gegangen sein könnte? Es gab keine Anzeichen, dass sie *unglücklich* war?«

Der Funkeln des Jagdinstinkts in ihren Augen verriet ihre Gedanken: So was passiert Leuten wie uns nicht. Nicht, wenn man es richtig macht. Schon vorher konnte ich Lindsey nicht leiden.

Und dann, eines Tages, hatte ich es verstanden, als wir auf ein Sommergetränk zum Klub gegangen waren, weil Mark meinte, es würde uns guttun. Ich ging nach draußen, einfach nur, um all den Fragen zu entkommen, dem Gewicht der Neugier und Besorgnis anderer Menschen zu entfliehen. Als ich wieder reinkam, sah ich sie in der Ecke des Zimmers. Etwas in der Art, wie sie beieinanderstanden, die Köpfe nah zusammen.

Und so wusste ich jetzt: Sie war es.

Ich hatte nie genau gefragt, bei wem er in der Nacht von Sophies Verschwinden gewesen war. Weil ich dann etwas deswegen hätte unternehmen müssen, und mir mangelte es noch an Energie. Vermutlich hatte ich angenommen, es wäre irgendeine junge, beeindruckte Frau aus dem Büro. Passierte nicht genau das, wenn ein Ehemann so viel arbeitete? Aber nein, er hatte sich die Zeit für die geschiedene Blondine aus dem Tennisklub genommen. Was für ein Klischee!

»Natürlich macht sie sich Sorgen«, reißt Ellen mich zurück in die Gegenwart. »Würdest du das nicht erwarten?«

Ellen, mit ihrem Gespür für soziales Geflecht, kreist immer um die lokale Bienenkönigin. Mir fällt dazu nichts ein.

»Eigentlich nicht.«

Daraufhin öffnet Ellen den Mund und schließt ihn wieder.

»Nun, ich muss los«, erklärt sie schnell. »Heute kommt Besuch zum Abendessen, und es ist so voll hier drin, nicht wahr? Warum ich das auf den letzten Drücker mache, weiß ich auch nicht!« Ihr Hals verfärbt sich rosa. »Genug geredet. Aber denk über Donnerstag nach …«

Sie ist nervös, versucht, ihren Einkaufswagen wegzuschieben.

»Ellen«, sage ich und lege die Hand auf ihren Wagen. »Warum soll ich erwarten, dass Lindsey sich Sorgen um mich macht?«

Schon bevor sie es ausspricht, weiß ich, was sie sagen wird. Aber ich zwinge sie dennoch.

Ihre Schultern sinken ab, sie hebt die Hand zum Mund. Schon immer hatte sie eine Schwäche für das Dramatische.

»Oh, Katie«, erwidert sie. »Ich dachte wirklich, du wüsstest es. Sie und Mark … nun, ihr beide seid jetzt getrennt, schon eine ganze Weile.« Sie wirft mir einen schüchternen Blick durch ihre Wimpern zu. »Es ist doch ganz normal, dass er … er zu ihr zieht.«

6. KAPITEL

Bis ich aus dem Supermarkt komme, reiße ich mich zusammen. Ich weiß nicht mehr, was ich Ellen genau gesagt habe, um sie zum Schweigen zu bringen – »Mach dir keine Sorgen, alles ist gut. Bis dann.« Dann habe ich den Einkaufskorb weggestellt, bin direkt wieder zum Eingang und hinaus auf den Parkplatz.

Irgendwie hatte ich angenommen, dass es mit der Zeit einfach verblassen würde. Aber jetzt ist er da, zieht von seiner Mietwohnung in der Stadt zurück in ein Haus mit Familie. Die meiste Zeit sind Lindseys Kinder bei ihr, aber er hat das Familienleben immer genossen. Mit einem Mal merke ich, dass mein Gesicht nass ist.

Das passiert, wenn man versucht, normal zu sein. Die Vergangenheit erwischt einen.

Es ist schwierig, sich an diese ersten Tage zu erinnern. Es gelang mir, Fragen zu beantworten und Tee für die Polizisten und Dad und Charlotte zu kochen, die immer da zu sein schienen, um zu helfen. Dann spülte eine weitere Flutwelle der Panik über mich hinweg, hinterließ mich mit Schrecken: Wo war sie?

Polizisten sprachen mit Lehrern und Schülern an ihrer Schule. Am Freitag hatte sich Sophie als anwesend eingetragen, das stand fest. Aber so kurz vor den Prüfungen war der Stundenplan kaum noch gültig, und es wurde erwartet, dass die Schüler die meiste Zeit lernend in der Bibliothek verbrachten.

Dann hatte Jennifer Silver gesagt, sie habe Sophie auf dem Weg zu den Umkleiden gesehen, direkt nachdem sie sich eingetragen hatte, mit ihrer großen Tasche auf dem Rücken. Mir hatte Sophie lachend erzählt, dass Jennifer Silver eine Wichtigtuerin sei. An diesen kleinen Informationen hielt ich mich fest. Sophie waren sie so wichtig.

Im Umkleideraum fand man Sophies marineblauen Rock und den Pullover, sorgfältig an einen Haken gehängt. Sie war einfach in ihrer Straßenkleidung durch die Vordertür hinausgegangen, wie es den älteren Schülern erlaubt war. In einem Rundbrief an die Eltern hatte der peinlich berührte Rektor versprochen, die Regeln zu überarbeiten.

Am Ende kam es aufs Gleiche raus: Sie war schon am Freitagmorgen verschwunden.

Lange benötigte die Polizei nicht, um Videoaufnahmen zu finden. Der Busbahnhof in Amberton war voller Menschen gewesen, aber sie hatten ein Bild angehalten, als sie sich in Richtung der Kamera gedreht hatte, das Ganze vergrößert, eine körnige, weiß-schwarze Gestalt auf dem Bildschirm.

»Mrs Harlow …?«, hatte der Beamte gefragt. »Ist das Ihre Tochter?«

Ich musste mich erst räuspern.

»Ja.«

Noch immer konnte ich nicht glauben, dass sie es wirklich getan hatte. Aber da war sie, in Jeans und mit ihrer Winterjacke für die Temperaturen zu warm angezogen – immerhin wird sie nicht frieren, hatte ich gedacht –, wie sie in einen Bus stieg. Obwohl ich ihre Miene nicht lesen konnte, versuchte ich dennoch, sie aus den Punkten auf dem Bildschirm zu entziffern.

Der Bus fuhr eine von diesen endlosen Routen nach Süden, die wegen ihrer niedrigen Preise von Studenten geliebt wurden. Man hatte den Fahrer ausfindig gemacht; er meinte, er könne sich daran erinnern, dass sie eine Fahrkarte nach London gelöst hatte, aber sicher waren weder er noch die Polizei. Sie waren nicht mal sicher, wo sie ausgestiegen war.

»Es ist einfacher, in einer Großstadt unterzutauchen«, hatte Kirstie gesagt, die Beamtin, die uns als Familienliaison zugeteilt worden war, um uns in der furchtbarsten Zeit das Händchen zu halten. Sie war Schottin, Mitte dreißig, vermutete ich, und sie hatte keine Angst, uns die Wahrheit zu sagen, auch wenn sie dabei immer freundlich blieb. Aber am Ende gab es einfach nicht so viel zu berichten.

Sie durchsuchten ihr Handy, ihr Facebook-Konto – nichts Ungewöhnliches. Aber ihre Suchen im Internet, auf dem Laptop, den sie für ihre Hausaufgaben und zum Ansehen von Filmen nutzte, sprachen eine andere Sprache.

»Gelegenheitsarbeit«

»Barbezahlung«

»Nebenjobs«

»Studentenjobs«

Seiten um Seiten, die fast ihre gesamten Gedanken aufzeigten.

»Wenn sie ins Ausland gegangen wäre, wüsste man das, oder?«, frage ich voll aufsteigender Panik. »Sie hat ihren Reisepass mitgenommen, aber das wird doch alles elektronisch gespeichert, das kann man doch rausfinden, oder?«

»Die Aufzeichnungen sind sehr umfassend«, erwiderte Kirstie. »Vor allem bei Flügen.«

»Natürlich ist keine Grenzüberwachung unfehlbar«, warf der Beamte ein, der sie an diesem Tag begleitete, ein jüngerer Mann. »Es ist nicht ausgeschlossen.«

Manchmal kochte meine Frustration über: Ich wollte, dass sie mehr anstieß.

»Sie ist ... ist ein Kind. Sie geht noch zur Schule!«

»Sie ist sechzehn«, sagte Kirstie einmal. »Und sie ist ein schlaues Mädchen, sagen Sie. Viele Teenager gehen mit sechzehn von zu Hause weg.«

Ich glaube, sie wollte mich beruhigen.

»Keine Mädchen wie Sophie.«

Ihre Meinung dazu las ich in ihrem schnellen Blick durch unser geräumiges Wohnzimmer. Sie wusste: Schlimme Dinge passierten auch Menschen in schönen Häusern. Aber ich wusste, was ich gemeint hatte: Ich konnte einfach nicht verstehen, warum sie weggelaufen war.

Ja, wir hatten unsere Streitereien. Sie wollte mehr Freiheiten; sie beschwerte sich über die viele Arbeit in Vorbereitung auf die Prüfungen. Sie liebte Kunst und verbrachte gern Stunden damit, sich mit dem Teil der schulischen Aufgaben zu beschäftigen, aber sie verstand nicht, warum mir Mathe und die wissenschaftlichen Fächer so wichtig waren.

»Aber das ist doch kein Grund für sie«, protestierte ich.

Kirstie musste mir nicht widersprechen: Sophies Abwesenheit tat das laut genug.

Zumindest gab es keine Anzeichen für … nun ja, sonst irgendwas. Zu leicht konnte ich mir vorstellen, wie es geschah: hohes Gras am Kanal, ein Spaziergänger mit Hund am frühen Morgen, das aufgeregte Tier: »Aus! Warte, was ist das? O mein Gott!«

Die Bilder, die mich zu überwältigen drohten, die mich vom Schlaf abhielten, während Mark leise neben mir schnarchte – ich musste sie verdrängen. Also beschäftigte ich mich. Ich fing im Kleinen an, fuhr nachts durch die Straßen, einfach nur, um zu schauen. Dann machte ich mehr, fuhr in die Stadt, parkte hinter verlassenen Lagerhallen und an den Eisenbahnbrücken, um ihnen meine Fotos zu zeigen: Sophie in ihrer Schuluniform; Sophie beim Essen zu ihrem sechzehnten Geburtstag im April; Sophie mit Regenjacke auf dem Schulausflug zum Lake District.

Mark warnte mich, dass es gefährlich sei.

»Wir müssen die Profis ihren Job erledigen lassen.«

Aber wie sie meine Fotos vorsichtig im Schein der Straßenlaternen betrachteten, wusste ich, dass mir diese erschöpften Menschen nichts tun würden.

»Ich halte Ausschau nach ihr«, versprachen sie mir. »Ich höre mich mal um.«

Meine Antwort an Mark war, dass er ja mitkommen könnte, wenn er sich solche Sorgen um mich machte. Ein wenig tat er das, später, als er wieder zur Arbeit ging, dann noch an den Wochenenden.

Auch an uns hatte die Polizei Fragen. Gab es einen Ort, an den sie gegangen sein könnte? Jemanden, mit dem sie in Kontakt stand? Irgendjemand, der uns einfiel?

Zu viert redeten Dad, Charlotte, Mark und ich endlos, durchwühlten unsere Hirne am Küchentisch bis spät in die Nacht. Zurück nach London? Seit sie zwölf war, lebte sie dort nicht mehr – alle ihre Freunde waren hier. Irgendein hübsches Städtchen an der See, wo wir mal Urlaub gemacht hatten? Wir konnten kaum glauben, dass sich Sophie noch an die Zeiten erinnerte, als wir unsere Urlaube eher in der Umgebung gemacht hatten, bevor Mark so viel verdiente. Dennoch schrieben wir all unsere Einfälle und Ideen auf und gaben sie an Kirstie weiter.

Und dann gab es noch die andere Sorte Fragen, die persönlicherer Art. Wie ging es Sophie mit ihren Abschlussvorbereitungen? Wie wichtig ist schulischer Erfolg in der Familie? Ging Sophie mit Freunden aus? Durfte sie? Könnten Sie uns bitte noch einmal erklären, einfach nur zum besseren Verständnis, worüber genau Sie zuletzt gestritten haben? Und Sie haben Ihre Mutter verloren, Mrs Harlow, wenn wir recht verstehen, auf erschütternde Art?

Ich atmete tief ein. Mir war nicht bewusst, dass Mark ihnen davon erzählt haben könnte. Der Fahrer war auf dem Nachhauseweg, morgens nach einer Hochzeit, nachdem er ein paar Stunden geschlafen hatte, um sich auszunüchtern. Außer, dass er nicht ausgenüchtert war und weit über dem Limit lag, als er seinen großen Wagen in das Auto vor sich gerammt hatte. Mum war auf dem Weg zum Gartencenter gewesen. Zumindest war es schnell vorbei.

»Das … das war ein Schlag, ja, aber ich glaube nicht, dass es in irgendeiner Weise Einfluss auf mein Verhalten Sophie gegenüber genommen hat …«

Meine Stimme wurde leiser. Vielleicht hatte es das doch, gerade in dem Alter, in dem sie mehr Freiheit nötig hatte.

Und darunter hörte ich die unausgesprochenen Fragen, die aber genauso laut klangen: Ist es Ihre Schuld? Haben Sie das getan? Haben Sie Ihre Tochter vertrieben?

Sophie, ich habe versagt. Es tut mir so leid.

Schlussendlich war es Charlotte, die mir sagte, ich solle zum Arzt gehen und mir Medikamente verschreiben lassen. Und Doktor Heath war sehr verständnisvoll, stellte mir ein Rezept aus, das mir endlich Schlaf erlaubte; noch mehr für tagsüber, »falls ich sie brauche«. Ich war ihm sehr dankbar dafür.

7. KAPITEL

In der Sicherheit meines Zuhauses fülle ich eine Tasse mit Wasser aus dem Hahn und trinke sie leer – zweimal. Mir ist heiß, ich bin aufgeregt – und versinke wieder im Morast. Ich muss mich an meine Abläufe halten, mich nicht von Veränderungen aus dem Konzept bringen lassen. Deshalb ist die verdammte Ellen Fraser mir unter die Haut gekrochen. In mir steigt die bekannte Unruhe auf, das elektrische Summen der Angst. Ich will es ruhiger stellen. Ich weiß, wie das geht. Aber dieser Tage muss ich vorsichtig sein.

Stattdessen muss ich einfach das Spielchen weiterspielen und mich ablenken: Ich werde Lily besuchen.

Draußen ist selbst die Nachmittagssonne noch stark genug, um meine bleiche Haut rosa zu färben. Während ich mich durch die verwilderten Büsche zwischen unseren Häusern zwänge, den flachen Hügel hoch, neige ich den Kopf, um Parkland durch die Blätter über mir zu bewundern. Selbst für den Standard von Park Road ist es eine Schönheit unter den wehenden Plastikplanen und den zugenagelten Fenstern – es besteht nur aus sich dem Himmel entgegenreckenden Schornsteinen und verziertem Mauerwerk, diese überbordende Detailfreude, die man im Viktorianischen Zeitalter liebte.

Das kleine Cottage aus roten Ziegeln, in dem Lily lebt, liegt an der Seite der Zufahrt, die zu dem großen Haus führt, ein ganzes Stück weg von der Straße und mit eigenem Garten.

Früher war es das Haus der Verwalter von Parkland, erklärte sie mir einst; man hatte die Zimmer einzeln vermietet. Mein Eindruck ist, dass die Bewohner immer nachlässiger geworden sind. Sie blieb mit ihrem inzwischen verstorbenen Ehemann, selbst nachdem man die anderen Wohnungen als Vorbereitung einer Sanierung nicht mehr neu vermietet hatte. Zumindest konnte ihre Miete nicht sehr hoch sein.

Inzwischen habe ich meinen eigenen Schlüssel, damit sie nicht aufstehen muss. Jedenfalls habe ich es so begründet. Ich mache mir Sorgen, dass ihr was passieren könnte, wenn ich fälschlicherweise davon ausgehe, dass sie nicht zur Tür kommt, weil sie schläft oder beim Kaffeekränzchen ist.

Als ich eintrete, schlägt mir der Geruch nach Lebkuchen entgegen. Ich schnuppere. Er hat eine rauchige Note.

»Lily? Ich bin's.«

Erst in ihrem hellen Wohnzimmer finde ich sie, in ihrem Sessel. Ihre Augen sind geschlossen.

»Lily«, wiederhole ich lauter.

Sie hebt den Kopf und sucht nach ihrer Lesebrille. Einen Moment lang ist sie verwirrt, dann erkennt sie mich.

»Oh, hallo, Schatz, du sieht reizend aus.«

Ich kann das Lachen nicht unterdrücken – sie sagt jedes Mal, dass ich reizend aussehe.

»Lily, hast du mal wieder gebacken?«

»Wie bitte? Du nuschelst.«

Ihr Gehör ist nicht mehr so gut wie früher, aber ich glaube nicht, dass sie das zugeben würde.

Ich wiederhole mich und füge hinzu: »Ich gehe fix runter und mache uns eine schöne Tasse Tee.«

»Oh, gern, Schatz, und bring was zum Knabbern mit«, ruft sie hinter mir her.

»Klingt gut.«

Ihre kleine Küche ist die Treppe hinunter, halb unter die Erde gebaut. Ich öffne die kleinen, weit oben gelegenen Fenster, so weit es geht, und sehe in den Ofen, wedle dabei den Rauch weg. Die Lebkuchenmänner sind schwarz und ans Backblech geschweißt. Man kann sie nicht mehr retten. Später, wenn das Blech abgekühlt ist, werde ich sie entsorgen.

Aus der Dose Kekse, die ich ihr geschenkt habe, arrangiere ich eine Handvoll auf einem Teller. Lily wird ohnehin nur an einem knabbern, selbst jetzt noch sorgt sie sich um ihre »Figur«.

Wie immer ist es hier wie geleckt, aber unter dem Geruch nach Bleiche – Lily glaubt fest an starke Chemiereiniger – liegt etwas Dunkleres. Feuchtigkeit. Ich merke es mir und will sehen, was man deswegen machen kann. Lily redet nur in groben Zügen von ihrer Lebenssituation und ist sehr reserviert, was Geld angeht, auf diese altmodische Art.

Während meines ersten Winters hier haben wir uns kennengelernt, als sie mit ihrem uralten Ford meinen Wagen touchierte, hinten bei der Ampel Richtung Dorf. Laut ihr hatte das Eis die Straße rutschig gemacht.

»Oje«, hatte sie gesagt, als wir an der Telefonzelle standen: Ihre Stoßstange hing an meiner fest. »Es tut mir leid. Kann ich Ihnen eine schöne Tasse Tee zum Aufwärmen anbieten, während wir uns darum kümmern?«

Ich hatte sie die Straße zurück zu unseren Einfahrten begleitet und war ihr in ihren Flur gefolgt. Ihr Gang war steif; eine Hüftverletzung, hatte sie mir später erklärt: »Nur ein wenig schmerzhaft.« Sie hatte uns beiden einen Earl Grey aufgebrüht. »Ich kann diesen Tee aus dem Supermarkt nicht trinken, Schatz, aber wer kann das schon? Oder sollen wir einen Sherry nehmen?«

Tatsächlich bin ich nicht sicher, ob es das war, was Mark gemeint hatte, als er mir vorschlug, ich solle mich um Freunde aus der Gegend bemühen und nicht die ganze Zeit zu Hause rumsitzen, während Sophie in der Schule war. Nicht zu arbeiten war schwieriger als gedacht – die Tage vergingen so schleppend.

»Warum verbringst du so viel Zeit mit dieser alten Dame?«, hatte er einmal verärgert gefragt. »Immer wenn ich anrufe, bist du bei ihr. Sollten sich nicht die Sozialdienste um sie kümmern?«

»Ich glaube, da kommt schon jemand. Ich sehe gern nach ihr. Sie ist lustig.«

Meiner Mutter ähnelte Lily gar nicht. Die hatte selten in einen Spiegel geschaut und hätte über die Vorstellung gelacht, komplettes Make-up aufzulegen und ihre Fingernägel rosa zu lackieren, um einen weiteren Tag mit, nun ja, Kaffee und Kuchen in der Kirche zu verbringen. Aber irgendwas an Lilys Art, das Leben mit Volldampf anzugehen, ihre heroische Weigerung, sich eine schöne Zeit zu machen, erinnert mich an Mum. Jedenfalls, als wir uns damals trafen.

»Lily, hast du den Lebkuchen vergessen? Er ist total verbrannt«, frage ich, als ich wieder oben ankomme. Ich stelle den

Tee vor ihr ab – natürlich in einer richtigen Tasse mit Unterteller.

»Sei nicht albern.« Sie runzelt die Stirn. »Selbstverständlich habe ich das nicht vergessen. Ich habe nur kurz meine Augen ausgeruht.«

»Lily, du musst aufpassen. Der Ofen hat schon gequalmt. Hat dein Rauchmelder nicht Alarm geschlagen?«

Ich bin mir sicher, dass ich ihn erst letzte Woche überprüft hatte.

»Ach, das Ding«, erwidert sie. »Der hat nicht mit diesem grauenhaften Gepiepe aufgehört. Also habe ich ihn ausgeschaltet.«

Ich stehe noch mal auf und blicke in den Flur.

»Lily, da hängen Kabel runter. Hast du die Batterien rausgenommen?«

Ihre Augen sind im Sonnenlicht des späten Nachmittags sehr blau.

»Nein ...«, widerspricht sie, fast wie ein Kind.

»Okay.«

Ich kann neue Batterien einsetzen, wenn ich das nächste Mal vorbeikomme, und die Abdeckung wieder festkleben. Trotz des Schrecks fühle ich mich schon wieder ruhiger, einfach nur durch den Besuch hier, weg von meinem Leben. Mit dem hier kann ich umgehen.

Aus der Schublade hole ich die abgenutzten Spielkarten.

»Egal. In was wirst du mich heute schlagen?«

8. KAPITEL

Am Montagmorgen kommt endlich der Anruf von der Polizei – eine Nachricht auf dem Anrufbeantworter, gerade als ich unter der Dusche war. Ob ich wohl zur Wache kommen könnte? Der Name sagt mir nichts. Deputy Inspector Ben irgendwas. Ich höre sie noch mal ab. Sind es schlechte Neuigkeiten? Gute? Ich kann es nicht erkennen. Gut, entscheide ich für mich, lass sie gut sein. Sie müssen gut sein.

Es vergeht keine Stunde, da bin ich schon auf der Wache, mein Haar noch feucht. Und dann warte ich.

Eine halbe Stunde vergeht in dem kleinen, fensterlosen Raum, in den sie mich gesteckt haben. Oder noch mehr – ich habe erst um drei auf die Uhr geschaut. Ich erhebe mich von dem Plastikstuhl und habe die Hand schon auf der Klinke, als sich die Tür öffnet und ich zurücktreten muss.

»Müssen Sie irgendwo hin, Mrs Harlow? Es tut mir leid, dass ich Sie habe warten lassen. Nehmen Sie doch bitte wieder Platz.«

Den kenne ich noch nicht: dunkle Haare, schwere Lider, was ihn verschlafen wirken lässt, ungefähr mein Alter.

»DI Ben Nicholls«, stellt er sich vor und setzt sich mir gegenüber hin. Er hält mir nicht die Hand zur Begrüßung hin.

»Kate. Bislang hatten wir immer mit Kirstie zu tun.« Er scheint sie nicht zu kennen. Ich werde nervös, fahre fort: »Kirstie Waller? Kurze blonde Locken? Vor ein paar Monaten hat sie mir gesagt, dass sie in Elternzeit geht und alles an Kollegen abgibt.«

Keiner von uns beiden hatte an dem Schein gekratzt, dass die Ermittlungen zu einem Ende kommen könnten. Deshalb war ich ihr dankbar.

»Keiner der Beamten, mit denen ich Kontakt hatte, scheint noch da zu sein«, erkläre ich jetzt. »Alle sind im Ruhestand oder im Urlaub.«

Ohne ein Lächeln nickt er.

»Ich bin auf dem Laufenden, was den Fall angeht, ich habe die Akte schon gelesen.«

»Okay.«

Der Small Talk ist wohl schon vorbei.

»Wenn ich das richtig verstehe, wünschen Sie, dass wir Aufzeichnungen der Telefonate von der Hilfsorganisation besorgen, bei der Sie arbeiten ...«

»Ja, das müssen Sie«, werfe ich ein. »Meine Tochter hat mich angerufen, sie wird vermisst, seit Jahren schon, sie hat mich angerufen, und ich muss einfach wissen, wo sie ist, ich muss mit ihr sprechen ...«

»Mrs Harlow, darf ich Sie unterbrechen?«

Ich lehne mich wieder zurück.

»Ich möchte nicht, dass Sie zu viel erwarten«, erklärt er. »So eine Hotline hat gute Gründe für diese Privatsphäre-Regelungen. Und wir können die nicht so einfach umgehen, um einen Anruf zurückzuverfolgen, auch nicht, wenn Sie sich Sorgen um Ihre Tochter machen.«

»Aber warum nicht?«

»Auch Polizisten müssen sich an Regeln halten. Es bedürfte sehr guter Gründe, um diese Regelungen auszuhebeln. Die Hotline hat die Verpflichtung, die Anonymität ihrer Klienten zu sichern ...«

»Aber ich bin ihre Mutter!«

»Und genau deshalb könnte es sein, dass sie nicht möchte, dass wir den Anruf verfolgen, nicht wahr? Falls es sich um Ihre Tochter gehandelt hat.«

Ich zucke zusammen.

»Sie hätte bei Ihnen zu Hause anrufen können. Aber sie hat bei der Hotline angerufen, um, wie Sie sagen, Ihnen mitzuteilen, dass Sie keine weitere Kontaktaufnahme erwarten sollten.«

Es ist ungewohnt, dass Polizisten so direkt sind. Also ist er doch nicht verschlafen.

»Aber ich weiß es einfach. Irgendwas stimmt da nicht.«

Ich muss ihn dazu bringen, die Sache ernst zu nehmen. Aber ich erwische mich selbst: Natürlich stimmt da etwas nicht, wenn Ihre Tochter weggelaufen ist. Wie kann ich mich verständlich machen?

»Mrs Harlow, wenn jemand vermisst wird – ich weiß, wie schwierig das ist …«

»Nein, das wissen Sie nicht«, erwidere ich schlicht.

»Okay, vielleicht weiß ich das nicht. Und ja, es ist so, unter manchen Umständen sind andere Dinge … möglich. Aber um es unverblümt zu sagen, ich sehe hier keine unmittelbare Gefahr oder irgendwelche anderen Faktoren, die uns dazu veranlassen würden, einen Gerichtsbeschluss zu beantragen, um den besagten Anruf zurückzuverfolgen. Seit sie weggelaufen ist, hat sie sehr deutlich gemacht, dass sie das so will …«

»Ja, gut«, gebe ich zu, viel zu laut. »Ich erinnere mich.«

Über all das will ich gerade nicht nachdenken.

»Um ehrlich zu sein«, fährt er fort, »würden wir mit sehr geringen Erwartungen an die Sache herangehen und ohne den Glauben, dass es notwendig ist. Es gefällt Ihnen vermutlich nicht, Mrs Harlow, aber alles, was uns Sophies Handlungen sagen, ergibt ein konsistentes Bild: Sie ist ein Teenager, aber mit achtzehn jetzt erwachsen, und sie will nicht nach Hause kommen. Aber …«

Ich öffne den Mund, will protestieren.

»*Aber* was ich versprechen kann, ist, dass ich Erkundigungen einziehen werde. Als Erstes nachhorchen, ob es Möglichkeiten gibt, dass die Hilfsorganisation uns unterstützen kann.«

»Na gut«, erwidere ich, unsicher, was genau er mir zusagt. »Soll ich auch nachfragen? Wäre das hilfreich? Immerhin arbeite ich für sie.«

»Glauben *Sie,* dass es helfen würde?«

»Nun ... nein.«

Ich spüre, wie mir die Röte ins Gesicht steigt. Mehr als irgendwer sonst weiß ich, wie viel Wert dort auf Vertraulichkeit gelegt wird und dass niemals Informationen dieser Art ohne Zustimmung an Angehörige oder Freunde weitergegeben werden. Es ist der eine Grundsatz.

»Wann, denken Sie, können Sie mir mehr sagen?«

Ich bemerke, wie mir die Situation entgleitet.

»Das kann ich nicht sagen. Aber nehmen Sie meine Karte.« Er schiebt sie mir über den Tisch. »Darauf steht auch meine Mobilnummer. Bei dringenden Mitteilungen können Sie die nutzen.«

Er steht auf, ist im Begriff zu gehen, und zum ersten Mal ist da eine Ahnung von mehr als nur forscher Professionalität.

»Mrs Harlow, darf ich vorschlagen, dass Sie sich nicht allzu viele Hoffnungen machen? Wenn Menschen so lange verschwunden sind, ist es am Ende selten ... das, was wir uns wünschen würden. Menschen wollen manchmal nicht heimkehren. Je länger sie fort sind ...« Er muss nicht weiterreden. »Falls Ihre Tochter Sie angerufen hat, muss Ihnen das für den Moment vielleicht genügen. Vielleicht müssen Sie akzeptieren, dass sie nicht wieder zurückkommt.«

»Vielleicht müssen Sie akzeptieren, dass sie nicht wieder zurückkommt.« Die Worte wiederholen sich auf der Fahrt nach Hause wieder und wieder in meinem Kopf, während ich mich in den Stoßverkehr aus der Stadt einfädle und mir die tief stehende Sonne in die Augen scheint.

Das ist also das, was die Polizei sagt. Es ist auch das, was Mark zum Schluss gesagt hat, was meine Familie sich jetzt nicht zu sagen traut – aber ich kann es in ihren Augen lesen, jedes Mal, wenn wir uns sehen.

Haben sie recht? Einen Augenblick lang zwinge ich mich dazu, ernsthaft über die Frage nachzudenken. Ist es endgültig an der Zeit, sie loszulassen – wenigstens für jetzt? Bei dem Gedanken, dass es für immer sein könnte, wird mir schlecht. Bis sie bereit für mehr ist. Es sieht nicht so aus, als hätte ich eine Wahl. Vermutlich wäre es das Beste.

Mit dem Gedanken kommt eine seltsame Ruhe, fast schon Leichtigkeit. Akzeptanz?

Das Gefühl trägt mich nach Hause, bleibt bei mir, als ich aufschließe und meine Schlüssel auf den Tisch im Flur werfe. Wie wäre es wohl, wenn ich es akzeptieren könnte … als ich schon die Treppe hochlaufe, bemerke ich, wohin ich, ohne nachzudenken, gehe. Weiter die Stufen hinauf, bis ganz nach oben, meine Schritte jetzt langsamer, und ich öffne die Tür zu Sophies Zimmer. Die Vorhänge sind wie immer geschlossen, und als ich das Licht anschalte, wirkt der Raum mit seinem unberührten Bett seltsam künstlich hergerichtet. Diesmal kann ich mir nicht einreden, dass Sophie nur kurz unterwegs ist.

Vielleicht war es das, was sie mir mit dem Anruf sagen wollte, fällt mir jetzt ein. Die Chance, sich zu verabschieden, wenigstens für eine Zeit. Sie gehen zu lassen.

Mit einem Mal überkommt mich ein überwältigendes Verlangen. Ich muss gegen das Bedürfnis ankämpfen, zu ihrem Schrank zu gehen und zu versuchen, ihren Duft an ihrer Kleidung wahrzunehmen. Stattdessen gehe ich zu ihrer Kommode und lege meine Hände auf das alte Kiefernholz. Einen Herzschlag lang bin ich wie verloren – was suche ich noch mal? Natürlich, Panda. So sehr von ihr geliebt, als sie noch klein war, dass seine Ohren längst ab sind und die Füllung an den Nähten herausquillt. Nur Teddy sah noch mitgenommener aus.

Aber Panda ist oben auf dem Schrank beim Rest von Sophies Stofftieren, zwischen dem Esel und dem müde dreinblickenden Hasen.

Silvia muss ihn dorthin gelegt haben, denke ich, als sie noch zum Putzen gekommen ist, bevor nur noch ich übrig blieb. Sie wird ihn wohl aus Versehen heruntergeworfen und sich dann nicht mehr daran erinnert haben, wo er lebt. Es ist mir wichtig, dass alles gleich bleibt, also hole ich ihn vorsichtig vom Schrank und lege ihn zurück auf die Anrichte, wo er immer war.

Er fällt vornüber. Aber ich weiß, warum – Panda wird immer von seiner Decke gestützt, Sophies uralter, flauschiger rosa Decke, die noch aus Kindertagen stammt. Sie muss von der Glasoberfläche der Anrichte gerutscht sein.

Blind taste ich an der Seite zwischen Kommode und Anrichte umher. Sie ist nicht dort. Ich packe die Anrichte und ziehe das schwere Holz einige Zentimeter nach vorne, sodass ich dahinterschauen kann.

Vielleicht hat Silvia sie in die Wäsche gepackt, Stoff wird so schnell staubig. Sie war immer sehr darauf bedacht, nichts durcheinanderzubringen, aber vielleicht wusste sie einfach nicht ... dennoch bin ich plötzlich innerlich zerrissen, muss mir wieder Tränen aus den Augen blinzeln.

Denn ich muss ganz an den Anfang denken, als sie mich immer wieder gefragt hatten, was Sophie mitgenommen hat. Sie wäre niemals ohne ihr Deckchen gegangen. Das wusste ich, selbst als sie sechzehn und es ihr peinlich war. Ich wusste, dass sie nicht einschlafen konnte, wenn Deckchen nicht unter ihrem Kopfkissen steckte – eine Angewohnheit aus der Kindheit, die sie noch nicht abgelegt hatte. Aber sie war natürlich ohne gegangen, hatte sie dagelassen, mit all dem Rest ihres Lebens, das sie so einfach fortgeworfen hatte. So gut kannte ich sie am Ende eben doch nicht. Und jetzt, da ich Deckchen halten will, kann ich es nicht finden.

Es ist nur eine so kleine, dumme Sache. Es sollte mir eigentlich egal sein. Aber die Leichtigkeit war längst verflogen, und das bekannte Summen der Angst schwoll an.

Nein, ich kann nicht akzeptieren, dass sie weg ist. Nichts davon hat jemals einen Sinn ergeben, egal, was sie mir gesagt haben. Tut es immer noch nicht.

»Ich liebe dich, So«, hatte ich am Telefon gesagt. Und sie hatte aufgelegt.

Das würde sie niemals tun. Es war »Ich liebe dich, So«, »Ich liebe dich, Mo«. Einfach nur eine dieser lustigen Familientraditionen aus der Kindheit. Das würde sie nie vergessen. Aber warum sollte sie mich damit bestrafen, mir das vorzuenthalten, mir diese Zärtlichkeit zu verweigern? Ist sie so wütend?

Ein Frösteln läuft über meine Haut. Lag ich so falsch, so furchtbar falsch, dass ich nicht erkannt habe, dass es gar nicht Sophie war, sondern nur eine verwirrte, notleidende Anruferin, und ich nur das gehört habe, was ich hören wollte?

Nein. Das kann nicht sein. Es war Sophie. Ich kenne meine Tochter. Ich kenne sie.

Irgendetwas stimmt nicht. Was auch immer man mir sagt. *Was auch immer sie mir gesagt hat.*

In diesem Moment entscheide ich mich. Jetzt bin ich sicher, mit einer seltenen Klarheit des Geists.

Ich werde mich nicht mehr darauf verlassen, dass sie Sophie finden. Es hat bislang nichts gebracht.

Dies ist meine letzte Chance. Meine letzte Chance, Sophie zu finden.

9. KAPITEL

In meinem Bauch tanzen Schmetterlinge, während ich auf den Parkplatz im Dorf biege. Ich merke, dass ich nervös bin. Am Morgen hatte mich überrascht, wie beschwingt ich mich fühlte, dieser Optimismus war so ungewohnt. Während der Kater um meine Beine strich, hatte ich mir sogar die Mühe gemacht, ein Rührei zu braten und zwei Tassen Milchkaffee zu trinken. Jetzt rumort das unangenehm in mir. Aber ich habe mich entschieden. Dieses Mal werde ich nicht nur herumsitzen und darauf warten, dass mir die Polizei mitteilt, was passiert.

Ich habe einen Plan.

Punkt eins meiner Liste ist ein Gespräch mit Holly Dixon – einfach nur, um zu fragen, was sie denkt, ob es einen mir unbekannten Grund gibt, warum Sophie nicht zurückkommt. Und vielleicht hat sie dann eine Idee, kennt jemanden, mit dem ich reden kann. Funktioniert das nicht so? Alles, um dieses alte Gefühl der Machtlosigkeit loszuwerden. Ich bin entschlossen, aktiv zu bleiben, diese Regung von Sinnhaftigkeit nicht aufzugeben. Mein Trauercoach (Lara mag den Begriff »Beraterin« nicht, sie sagt, wir sind Partner) wäre stolz auf mich. Wenn ich mich noch mit ihr treffen würde.

Gestern Abend habe ich eine Nachricht auf Hollys Handy hinterlassen in der Hoffnung, dass sie ihre Telefonnummer nicht gewechselt hat. Es ist lange her, dass wir geredet haben. Ich berichtete lang und ausführlich von Sophies Anruf, dass ich später alles noch genauer erklären könne, und fragte, ob wir uns treffen könnten. Innerhalb von zwanzig Minuten summte mein Handy.

Okay, schaffe 11 morgen, Kaffee?

Wir machten aus, uns im Dorf zu treffen. Aber nicht in dem süßen Café, in dem man Nippes kaufen konnte. Da kannte ich zu viele Leute. Meine Wahl war die Pizzeria, Teil einer Kette, die niemand gut fand, als sie eröffnet wurde, und deren Belegschaft aus anonymen Australiern bestand. Ich mochte sie.

Fünf Minuten zu früh, aber Holly sitzt schon an einem Ecktisch.

»Du hast dir die Haare gefärbt«, begrüße ich sie. »Blau!«

Aber immer noch so viel Make-up, fällt mir auf.

»Oh, ja«, erwidert sie und berührt eine Meerjungfrauensträhne. »Na ja, das Lila hat mich gelangweilt. Alle haben so gefärbt, hast du das nicht bemerkt?«

Mit einem Lächeln sehe ich mich um. Heute ist es recht leer, aber viel lila Haare gibt es nicht zu sehen, alles nur geschmackvolle honigfarbene Strähnen, sowohl die Schulmädchen als auch ihre Mütter.

»Es ist hübsch«, erkläre ich.

Schnell versteckt sie ein Flackern der Überraschung. Es fällt mir zu spät wieder ein.

Früher hat Holly dauernd bei uns übernachtet. Sophie und sie verschwanden oben im Zimmer, und nachts hörte man sie laut lachen, während sie weiß Gott was in Sophies Bad veranstalteten. Einmal kamen sie morgens mit rosa Haaren heraus.

»Es lässt sich auswaschen, Mum, keine Sorge!«, hatte Sophie mir versichert, während Holly mich von der Seite ansah, amüsiert darüber, wie ich versuchte, meinen Zorn zu zügeln.

Teenager suchten immer nach einer Reaktion, das wusste ich. Aber der Besuch beim Friseur, bis Sophie wieder ihr natürliches Babyblond hatte, war teuer gewesen. Und sie war sehr undankbar.

»Aber ich finde es cool, Mum. *Ich* will es nicht anders färben.«

Wir bestellen Cappuccinos. Auf meine Frage nach ihrer Mutter antwortet sie, dass es ihr gut gehe.

Nachdem Sophie verschwunden war, haben wir uns immer mal wieder gesehen, aber nach den ersten Begegnungen hatten wir offenbar eine unausgesprochene Abmachung getroffen, nur zu lächeln und zu nicken. Mir war zu Ohren gekommen, dass Holly nach der Mittleren Reife die Schule verlassen hatte, aber es ging ihr wohl gut. Derzeit machte sie eine Ausbildung zur Krankenpflegerin. Ihre Lehrerin, sagt sie, »ist total b…«, sie fängt sich, »… problematisch«.

Aber es gefällt ihr.

Was sie mir nicht zu sagen braucht, ist der Grund, warum ich ihr bislang aus dem Weg gegangen bin. Die Wunde, die Sophie in ihr Leben gerissen hat, verheilt. Sie lebt ihr Leben, wie Sophie es nicht tut. Ich frage weiter, will plötzlich mehr Details wissen, auch wenn es schmerzt. Aber dann entsteht eine unvermeidliche Pause.

»Also, warum wolltest du dich treffen?«, fragt Holly.

Ich hole tief Luft. »Ganz offensichtlich wart Sophie und du euch sehr nahe.« Hastig erzähle ich ihr von dem Anruf, die knöchernen Details ihrer Worte an der Hotline. »Ich habe so ein Gefühl … dass sie nach Hause zurückkommen möchte.«

Schon als ich es ausspreche, klingt es nicht nach viel, aber Holly nickt mit ernster Miene.

»Ich auch«, erklärt sie. »Ich wusste, dass sie eines Tages wiederkommen würde.«

Noch eine Erinnerung: Holly liebte Horoskope und all diesen Kram – sie hatte sogar ein altes, abgenutztes Set Tarotkarten, was Sophie tief beeindruckt hatte. Ich hatte sie gemeinsam über die Karten gebeugt gesehen, in Sophies Zimmer, die Köpfe zusammengesteckt, Sophies helles Blond, Holly eine gebleichte Kopie davon, beide kichernd.

»Ich muss nur einige Sachen für mich sortieren«, erläutere ich ihr nun. »Warum sie weggelaufen ist. Falls sie wieder anruft, muss ich einfach … ich muss es einfach wissen. Sollte etwas sie abhalten, selbst jetzt noch?«

»Nun, es stand doch damals alles in den Zeitungen«, erwiderte Holly rundheraus.

Als ich mich daran erinnere, wie entblößt ich mich damals fühlte, zucke ich zusammen. Ich hatte alles mitgemacht, Aufrufe in den Medien, Artikel in der Abendzeitung, eine Videobotschaft für die Sechs-Uhr-Nachrichten gemeinsam mit Mark, in der wir Sophie baten: »Komm bitte nach Hause zurück. Wir sind nicht böse, wir wollen nur wissen, dass es dir gut geht.«

Dann waren wir in den nationalen Nachrichten gelandet. Es gab einige Artikel, die längeren erwähnten Marks Job in der Kanzlei und machten viel Gewese um Sophies bevorstehende Prüfungen. Ihre Schule, diese kleine Provinzschule, wurde als »akademisches Treibhaus« bezeichnet. Es gab die Einlassung eines »Nachbarn«, der beschrieb, dass wir neu aus London hergezogen waren, »nur die eine Tochter, hohe Erwartungen«. Den Artikel musste ich mehrfach lesen.

»Sie behaupten, Sophie hätte zu viel Druck verspürt«, sagte ich Mark an dem Morgen. »Das deuten sie an. Druck von uns.«

»Nun, es ist sinnlos, sich darüber Sorgen zu machen, was geschrieben wird«, erwiderte Mark kurz angebunden. Da fing es an, dass er nicht mehr gern darüber sprach.

»Hohe Erwartungen«, las ich, wie es da schwarz auf weiß stand.

»Das ist Unsinn«, stellte Mark laut fest, der über meine Schulter gebeugt mitlas. »Das ist nur der Preis, den wir bezahlt haben, als wir das Haus gekauft haben. Jetzt ist es viel mehr wert. Siehst du, die schreiben nur Unsinn.«

Beinahe hätte ich ihn geschlagen.

Aber bald verschwanden die Artikel ohnehin. Ein Pärchen von Internatsschülern benutzte die Kreditkarten ihrer Eltern, um nach Antigua zu fliegen, und sie weigerten sich, nach Hause zu kommen, was Sophies allzu gewöhnliche Geschichte von den Titelseiten verschwinden ließ. Das war sogar noch, bevor die Ermittlungen versandeten.

»Ja, das wurde in den Zeitungen behauptet«, stelle ich jetzt fest. »Aber was denkst du?«

»Nun«, beginnt Holly vorsichtig. »Ich weiß, dass es schwierig für sie war, dass sie gute Noten brauchte. Aber ich wusste nie so genau, was mit ihr los war. Sie war nicht immer ... so offen im Gespräch.«

»Aber du warst so selbstsicher.«

»Ich war ein Teenager«, erwidert sie mit Nachdruck. Ich verberge ein Lächeln – sie kann nicht älter als neunzehn sein, aber ich weiß, was sie meint. »Das war das, was alle von mir glauben sollten. Sophie mochte mich, wenn ich wusste, was ich tat, wenn wir Spaß hatten. Aber nicht so sehr, wenn ich Mist gebaut habe.«

»Wie damals, als du dachtest, du wärst schwanger?«, platzt es aus mir heraus.

Holly hatte bei mir in der Küche gesessen, als ich an dem Abend nach Hause gekommen war, die Füße auf dem Stuhl neben ihr.

»Hallo, Kate, das ist eine schicke Tasche, warst du wieder einkaufen?«

Ich hatte ihr erlaubt, mich beim Vornamen zu nennen. Und es bereut.

Die Mädchen verschwanden mit ihrer Pizza nach oben, um sich fertig zu machen. Sie wollten ausgehen, nur um die Ecke zu Emily aus der Schule, hatten sie behauptet. Als jemand draußen hupte, rannten sie hinaus, und ich ging später in Sophies Zimmer, um die Teller einzusammeln. Als ich den überquellenden Mülleimer bemerkte, nahm ich ihn auch gleich mit.

Sie hatten ihn ganz unten versteckt, also war es eigentlich Pech, dass ich beim Auskippen in die Mülltonne draußen die Packung sah und sofort erkannte: »99% Sicherheit«.

Mark war beruflich unterwegs, in einer anderen Zeitzone, also goss ich mir ein Glas kalten Weißwein ein und setzte mich zum Nachdenken an den Küchentisch. Fünfzehn. Sophie hatte noch einige Monate bis zu ihrem Geburtstag. Sexuell vor dem Gesetz noch nicht mündig, aber vielleicht nicht ganz so überraschend.

Als die Mädchen wieder zu Hause einfielen, saß ich noch immer dort, und als sie sahen, was auf dem Tisch lag, wurden ihre Gesichter bleich.

»Das ist meiner«, sagte Holly sofort, ihre übliche Prahlerei war verschwunden. »Es tut mir leid, aber ich konnte das nicht zu Hause machen. Es ist alles gut, wirklich, ich schwöre. Ich musste nur sichergehen. Bitte sag meiner Mum nichts.«

Kleinlaut saßen sie am Tisch, während ich für Holly online einen Termin bei einer Beratungsstelle ausmachte. Danach war ich zufrieden mit mir selbst, wie verständig ich mit dieser unangenehmen Situation umgegangen war. Ich konnte das, ich konnte Sophie helfen, durch ihre Teenagerjahre zu navigieren.

»Nein, nicht das«, erwidert Holly und reißt mich zurück in die Gegenwart. »Nein, ich meine, wenn ich wütend war. Meine Mum und mein Dad … da war viel los.« Sie zieht die Schultern hoch. »Es war gut, als sie sich getrennt haben.«

»Kann ich den Damen noch was zu trinken bringen?« Der Kellner schwebt um uns herum, breit lächelnd. »Tee? Kaffee?« Er zuckt fröhlich mit den Schultern. »Prosecco?«

»Magst du? Wenn du einen nimmst, mache ich mit«, biete ich ihr an.

»Nicht für mich, danke. Ich muss noch fahren«, erklärt sie und fügt hinzu: »Mein Parkticket verfällt bald.«

Aber jetzt, da sie mir gegenübersitzt, will ich sie hier behalten, will diese Verbindung zu Sophie halten.

»Hast du noch Kontakt mit Danny? Sophies Freund?«

Sie zögert, spielt mit dem rosa Flauschball an ihrem Schlüsselbund.

»Ja. Hör mal«, sie hebt den Kopf, sieht mich fest an. »Ich habe mit ihm darüber geredet. Deshalb habe ich zugestimmt, dich zu treffen. Ich möchte nicht, dass du irgendwas hochbringst zwischen uns. Das wäre nicht fair. Es war so schon schwierig genug.«

Ich hänge hinterher.

»Hochbringen ... seid ihr zusammen?«

»Ja«, sagt sie ernst. »Es ist kein Geheimnis. Wir haben es nur nicht ... offensiv vor uns hergetragen.«

»Seit wann?« Und dann sprudeln die Worte aus mir heraus, bevor ich sie aufhalten kann: »Was denkst du, wie es Sophie damit gehen würde?«

Mit einem Mal werde ich wütend, die beste Freundin meiner Tochter, ihr Freund. Dieses alte Klischee.

»Ich weiß nicht, wie es ihr damit gehen würde.« Ihr Kinn reckt sich mir entgegen, ihr Hals ist rot gefleckt. »Sie ist jetzt lange weg. Wenn es ihr wichtig wäre ...«

»Es tut mir leid«, erkläre ich, der hochkochende Zorn verebbt so schnell, wie er gekommen war. »Das geht mich nichts an.«

»... wenn ich ihr wichtig wäre, oder er«, fährt sie gnadenlos fort. »Wenn irgendjemand von uns ihr wichtig wäre, dann wäre sie wiedergekommen.« Dann fährt sie sanfter fort: »Ich habe sie sehr vermisst. Er auch. Wir haben mehr Zeit miteinander verbracht. Und dann, na ja …«

»Schon gut, ich verstehe. Es tut mir leid, dass ich das gefragt habe.« Ich will nur noch nach Hause und die Tür hinter mir zumachen. Sophie ist aus ihren Leben verschwunden. Wie ein Stein, den man in einen Teich wirft. Und jetzt verschwinden sogar die Wellenringe. Ich winke nach der Rechnung, aber der Kellner nimmt sich Zeit – es ist wohl offensichtlich, dass die Stimmung umgeschlagen ist. Da fällt es mir ein.

»Du warst Sophie wichtig«, versichere ich Holly. Aus irgendeinem Grund möchte ich, dass sie das versteht. »Als ich die Packung im Müll gefunden habe – deinen Schwangerschaftstest –, da gefiel mir das nicht. Ganz und gar nicht. Und sie ist für dich in die Bresche gesprungen.«

Bei ihrer Verteidigung von Holly war Sophie so ernst gewesen: »Du darfst ihrer Mum nichts sagen, du verstehst das nicht. Sie ist ein gutes Mädchen.«

Es ist schwierig, sich an Zeiten zu erinnern, da eine ungewollte Schwangerschaft das Schlimmste zu sein schien, was einer Familie passieren konnte.

»Sie hat sich wirklich für dich eingesetzt«, bekräftige ich.

»Nun, das war ja wohl das Mindeste«, erwidert Holly, während sie sich umsieht und nach dem Kellner schaut, um ihn zur Eile zu bewegen. »Immerhin war es ihr Test.«

»Es war ihr Test? Was … wie?«

Sie zuckt mit den Schultern, wirkt ungeduldig.

»Sie war mit Danny zusammen. Wir waren Teenager. Es war keine große Sache.«

Jetzt bin ich an der Reihe zu spüren, wie mir Röte ins Gesicht steigt. Fast kann ich Sophie hören: »Gott, Mum, du bist so neugierig. Ich brauche meine Ruhe!«

Ihre Zimmertür schlug zu.

»Ich … mir war nicht bewusst, dass es so … ernst war.«

Hollys Mundwinkel zucken.

»Na ja, das ist nichts, worüber er und ich reden. Aber offensichtlich.«

»Warum hast du gelogen?«

»Weil du ausgeflippt wärst. Das wäre ziemlich lange das Aus für Sophie und Ausgehen gewesen, oder nicht?«

Dagegen kann ich nichts sagen.

»Ist das noch wichtig?«, fragt sie. »Das ist alles lange vorbei.« Sie schiebt ihre leere Tasse weg. »Es gefällt dir vielleicht nicht, aber wir reden nicht mehr über die Zeit – über Sophie. Wir denken an die Zukunft.« Sie nimmt ihre Tasche, steht auf. »Ich weiß, dass es schwierig ist. Aber ich weiß nicht, warum sie nicht zurückgekommen ist.«

»Okay«, sage ich langsam nickend. »Ich verstehe. Ich übernehme das. Tschüss, Holly.«

Sie geht schon.

»Tschüss, Kate.«

Es klingt noch immer seltsam in meinen Ohren.

10. KAPITEL

Als ich schon fast wieder zu Hause bin und gerade in meine Einfahrt abbiegen will, erhasche ich aus dem Augenwinkel etwas Rotes: Die Haustür von Lily steht offen. Sorge überkommt mich, und ich fahre an der Abzweigung zu meinem Haus vorbei und bis zu ihrem, wo ich auf dem Kies vor dem Cottage parke.

»Lily?«, rufe ich, während ich in das Haus laufe. »Lily, geht es dir gut?«

Ich finde sie im Wohnzimmer, sie steht händeringend in der Ecke, ihre Augen blicken ins Nichts.

»Lily?«, frage ich sanft. »Was ist los?«

»Er ist fort«, erwidert sie. »Der kleine Junge. Wieder fort …«

Oje. Ich setze sie in einen Sessel und gehe in die Küche, um ihr eine Tasse Tee zu machen. Normalerweise beruhigt sie sich nach ein, zwei Minuten wieder, wenn sie so verwirrt ist. Als ich zurückkomme, sitzt sie immer noch im Sessel, aber starrt jetzt aus dem Fenster, mit Tränen in den blauen Augen.

»Oh Lily, was ist denn?«

»Mein Junge. Ich finde ihn nicht.«

»Von welchem Jungen redest du, Lily?«

»Mein kleiner Junge«, wiederholt sie ungeduldig. »Ich habe überall gesucht. Ich finde ihn nicht.«

»Soll ich dir suchen helfen?«, frage ich langsam. Ich glaube mich zu erinnern, dass man ihnen nicht widersprechen soll, wenn sie verwirrt sind.

»Ich habe überall gesucht. Im ganzen Haus, ich habe im Garten gerufen. Aber ich erinnere mich nicht an seinen Namen« Sie verkrampft die Hände im Schoß. »Er ist fort. Fort!«

Da sie so aufgewühlt ist, versuche ich, sie in die Gegenwart zurückzuholen. Ich knie mich neben sie hin.

»Ich glaube nicht, dass es einen kleinen Jungen gibt. Erinnerst du dich, Lily? Es ist alles gut, hier ist niemand.«

Das scheint sie etwas zu beruhigen. Aber ich nehme mir vor nachzusehen, welche Hilfen es für sie geben könnte. So geht es nicht weiter.

Für mich selbst mache ich kein Abendessen. Nur ein paar Cracker auf einem Teller, ein wenig Humus, einen aufgeschnittenen Apfel. Das alles esse ich im Stehen, während ich versuche, die Quelle meines Unbehagens herauszufinden. Es wird Lily sicher gut gehen. Aber das Gespräch mit Holly hängt mir nach. Ich fühle mich zappelig, aus der Balance geworfen.

Sogar ich verstehe, dass ihre Freunde ihr Leben weiterleben müssen, dass sie nicht wie ich in der Vergangenheit festhängen können. Aber das Gespräch hat meine Wahrnehmung ihrer Freundschaft verschoben, die mir vorher glasklar erschienen war: Sophie war ruhiger, verantwortungsbewusster und Holly die Abenteurerin, die ihre Grenzen austestete. War das doch nicht so?

Ich frage mich, wo ich wohl sonst noch überall falschliege.

Auf dem Sofa angekommen, schalte ich den Fernseher ein und wandere durch die Kanäle, ohne wirklich hinzusehen. Ich schalte ihn wieder aus und nehme eines der alten Magazine vom Beistelltisch. Die Stille, die ich so genossen habe, als ich hierhergezogen bin, lastet nun auf mir – wie eine schwere Decke, die ich fast spüren kann. Mein schönes, leeres Heim. Mit einem Mal bin ich entsetzlich wütend. Wie konnte sie uns das antun? Mir das antun?

Mein Hals schnürt sich zu, ich kann die Trauer kommen spüren. Lieber bleibe ich wütend. Ich werfe das Magazin fort, die Seiten flattern in einem Bogen durch die Luft. Es geht mir nicht besser. Also gehe ich ganz bewusst zum Kamin und schmeiße die Vase mit den Blumen vom Sims. Wasser und Blütenblätter fliegen umher.

Es ist befriedigend. Also mache ich weiter, all mein geschmackvoller Nippes. Der schwere Jade-Elefant, da fliegt er. Ebenso die Reiseuhr, ein Geschenk von Marks Eltern. Die mochte ich eigentlich noch nie! Die Karten dahinter fliegen zu Boden.

Das lässt mich innehalten, denn ich erinnere mich, dass ich sie absichtlich dort aufgestellt hatte. Ich wusste nicht, was ich sonst mit ihnen anstellen sollte. Verstecken wollte ich sie nicht: der Grund, warum wir glaubten, es gehe ihr gut.

Auf allen vieren hebe ich sie sorgfältig aus den Trümmern vom Teppich. *Es tut mir leid, Sophie. Ich bin nicht wütend.* Dicke Tränen fallen herab, aber ich achte darauf, dass sie nicht die Karten benetzen, während ich alle nebeneinander auf den Glastisch lege. Es ist ihnen nichts passiert. Ich drehe sie um. Nicht verschmiert oder geknickt. Ihnen ist nichts passiert. Die oberste Karte zeigt ihr Alter, die Tinte des Kugelschreibers ist dunkler. Aber die Handschrift würde ich überall erkennen.

Die erste kam zwei Wochen nach ihrem Verschwinden an. Als ich runterkam, sah ich sie zwischen einer Heizungsrechnung und der Speisekarte eines neuen chinesischen Schnellimbisses. Das Bild zeigte einen Strand, geschwungener gelber Sand unter einem strahlend blauen Himmel, mit roter Schrift links oben, die schrie: SPANIEN! Ich drehte sie um. Adressiert war sie an »Kate und Mark Harlow«. Die Nachricht war kurz.

Ich weiß, dass Ihr Euch sorgt. Bitte tut das nicht. Es geht mir gut, und ich bin in Sicherheit. Ich hab Euch lieb.
Sophie xxx

Die Karte hatte in meiner Hand gezittert. Sophie hatte immer so geschrieben, als sei sie in großer Eile, die Wörter sprangen über die Seiten. Und da war ihre Kritzelei neben ihrem Namen, wie immer, eine kleine fröhliche Blume.

Alle hatten das als positives Zeichen gesehen. Darauf hatten wir gewartet: eine echte Entwicklung. Nicht nur das, sondern sogar mehr, denn Sophie war bewusst mit uns in Kontakt getreten. Wir hatten die Karte der Polizei überlassen. Wie immer waren sie besonnen, aber ich konnte es in Kirsties Miene erkennen: Das waren gute Neuigkeiten.

Was es jedoch bedeutete, war weniger klar. Der Poststempel stammte aus London.

»Hat sie jemanden gebeten, sie für sie einzuwerfen? Einen Freund auf Durchreise?«, hatte sich Mark gefragt.

Er hatte es auf sich genommen, die ganzen Telefonanrufe zu übernehmen, um die Neuigkeit an das ganze Netz aus Familie und Freunden weiterzuleiten, seine Eltern, mein Dad, meine Schwester und den ganze Rest.

»Ja, natürlich. Es macht uns Hoffnung … es ist nicht mehr so bedrückend.«

Es hatte sogar betrübtes Lachen gegeben. Ich konnte mir vorstellen, was sie am anderen Ende der Leitung sagten. Diese Sophie. Aber *wirklich*. Aber wir wussten ja, dass sie nach Hause zurückkommen würde, das tun sie doch immer.

Danach hatte er eine Flasche Champagner geöffnet und in unsere besten Champagnerflöten gegossen. Als ich nichts sagte, packte er mich an den Armen. Das hatte mich erschreckt. In seinen Augen schimmerten Tränen, als er sagte: »Es wird alles gut, das verspreche ich. Vielleicht kannst du dich ein wenig entspannen?«

Ich meine, ich hätte genickt. Aber ich konnte es nicht. Es war, als würde man hoffen, das Abdrehen eines Wasserhahns könnte eine Flutwelle aufhalten.

Bald informierte uns die Polizei, dass die Experten übereinstimmten, dass es ihre Handschrift sei. Aber wie die Karte zu uns gekommen war, wussten sie nicht. Meine Vorstellungen davon, wie sie den Weg bis zu einem Briefkasten zurückverfolgten, sich die Aufnahmen der Sicherheitskameras besorgten und darauf eine kleine Gestalt sahen, die die Karte einwarf, verblassten bald. Der Stempel verriet, dass die Karte im Norden Londons abgeschickt worden war. Das war alles.

Dann erfuhren wir, dass alles, was durch das Postsystem läuft, mit allerlei seltsamen Dingen in Berührung kommt, Chemikalien, Blut und einigem, wovon man lieber nichts weiß. Dennoch schafften sie es, Fingerabdrücke von der Karte zu bekommen. Die Datenbanken spuckten nichts Besorgniserregendes aus, keine Übereinstimmungen mit Gefängnisausbrechern oder Ähnliches.

Die Nachricht, dass sie uns eine Postkarte geschickt hatte, fachte das Interesse der Medien wieder etwas an, aber die Artikel waren in einem lockeren Ton gehalten, den ich nicht erwartet hatte: Sophie wurde als kecke Rebellin auf einer Spritztour porträtiert, die ihren Eltern Postkarten schreibt. Ein Kolumnist fragte, ob sie für ihre Abenteuerlust gelobt werden sollte, eine andere, ob ihr Verschwinden so viele Sorgen bereitet hätte, wäre sie ein Junge. Dazu gab es jedoch die Besorgnis, dass es die Polizei Ressourcen kostete, und die Erinnerung daran, dass ernste Fälle Aufmerksamkeit benötigten.

Und dann ... geschah nichts. Für eine ganze Weile.

Irgendwann hörte ich auf, selbst auf die Suche zu gehen, was Mark etwas beruhigte, da er sicher war, dass ich nicht durch irgendwelche verlassenen Lagerhäuser in der Stadt streifte. Wo auch immer sie steckte, wurde mir bewusst, sie war nicht innerhalb meiner Reichweite – zumindest nicht physisch.

»Also hatten Sie nur das eine Kind?«, fragte die Frau, während sie sich ihre Handtasche auf den Arm schob. »Und dann sind Sie wieder arbeiten gegangen?«

»Ja«, antwortete ich verblüfft. Ich versuchte, mich daran zu erinnern, wer sie war. Eine Mutter aus der Schule? Sie war an einem Zeitungsstand zu mir gekommen, hatte mir den Arm getätschelt: »Wie geht es? Gibt es Neuigkeiten?«

»Warum denn?«, hakte sie nach, ohne ihre Neugier zu verbergen.

Nein, ich kannte sie überhaupt nicht.

»Warum wa... Entschuldigung, aber meine Parkuhr läuft ab. Ich sollte los.«

Stattdessen ging ich online und begann, mich durch Foren zu arbeiten, spezifische für Ausreißer, für Gemeinschaften von Menschen, die im Ausland lebten, wo Reisende vorbeikommen könnten, Foren für Postarbeiter, die auf ihren Runden ein Auge offen halten konnten. Überall hinterließ ich ein Bild von Sophie mit dem Text »Haben Sie Sophie Harlow gesehen?«.

Meine Beiträge hielt ich liebevoll, besorgt, aber hoffnungsvoll. Niemals verzweifelt, niemals wütend. Den Anschein wahren.

Es gab bei dieser selbst gestellten Aufgabe kein wirkliches Ende. Danach gab es wenig Grund, das Haus zu verlassen oder auch nur vom Laptop im Arbeitszimmer aufzustehen. Ein wenig Alkohol, um mich zu entspannen. Und dazu hatte ich natürlich die Medikamente, um die Ecken etwas runder zu machen, mir zu helfen, einzuschlafen. Ich beschäftigte mich.

Ein paarmal versuchte Mark, mit mir zu reden. Er bot sogar kleinlaut an, »dieses Wochenende zu erklären«. Mir war bewusst, dass er die Nacht meinte, in der er Sophies Brief nicht gesehen hatte. Über die Jahre hatte es kaum Ausrutscher gegeben. Aber jetzt war es mir egal.

»Ich will einfach nicht darüber reden«, erklärte ich. Er wirkte erleichtert. Schon vorher hatte er begonnen, wieder ins Büro zu gehen, einfach nur, »um auf dem Laufenden zu bleiben«.

Die Journalisten riefen nicht mehr an. Auch wenn das alles war, was die Polizei zu interessieren schien: ein Anruf. Kann Sophie uns bitte anrufen, damit wir feststellen können, dass sie in Sicherheit ist? Im Geist fügte ich hinzu, was nicht gesagt wurde: Damit wir den Fall abschließen können.

Die zweite Postkarte kam im Dezember, lag auch wieder im Hausflur.

Ihr wollt sicher mehr als eine Karte, aber es geht mir gut, und ich bin glücklich. Bitte macht Euch keine Sorgen.
Sophie xxx

Mit ihrer üblichen Blume. »Frankreich«, stand vorne drauf, über einem veralteten Bild des Eiffelturms. Wieder in London abgestempelt.

Dieses Mal gab es keinen Champagner.

Am nächsten Abend kam Mark von der Weihnachtsfeier seines Betriebs angetrunken nach Hause – ich war natürlich nicht mitgegangen.

»Denkst du nicht, dass es wirklich an der Zeit ist, damit aufzuhören?«

Ich wandte mich ihm zu, wie er in der Tür zum Arbeitszimmer stand, in dem ich wie üblich am Computer saß. Seine Worte klangen etwas undeutlich.

»Mark, du bist betrunken.«

»Vielleicht«, entgegnete er. »Aber du hast gut reden. Die ganze Zeit verkriechst du dich hier.«

Ich blieb still.

»Mit deinen Pillen«, fuhr er fort. »Versteckst du dich.«

In dem darauf folgenden Streit hatte ich endlich gesagt, was ich so lange zurückgehalten hatte.

»Wenn du den Brief gefunden hättest, wenn du nicht gewesen wärst, wo auch immer du warst, wäre vielleicht alles anders gekommen.«

Er versteifte sich. Aber er machte nicht den erwarteten Rückzieher.

»Und manche würden sagen, dass das alles deinetwegen passiert ist. Überängstlich, wegen deiner Mutter. Und jetzt kompensierst du das.«

»Oh, wirklich?«, erwiderte ich kalt, denn ich hörte das Echo einer anderen Stimme in seiner. »Und wer genau hat dir diese Küchenpsychologie erklärt?«

Da wurde er rot. Bingo. Also gab es *sie* noch in seinem Leben.

»Was man über dich wissen muss, Mark«, erklärte ich ihm, »ist, dass du hauptsächlich seicht bist.«

Ich wandte mich von seiner verletzten Miene ab. Er wusste nicht, wie man schmutzig kämpft.

Danach zog ich mich zurück. Wir blieben höflich zueinander, bewegten uns in unserem großen Haus sorgfältig umeinander herum. Es war nur eine Frage der Zeit. Nach dem ersten furchtbaren Weihnachten ging er, als wir beide an Charlottes Tisch saßen und versuchten, uns für die Jungs normal zu benehmen. Er sagte mir, wir könnten das alles später regeln, wenn es sich »gesetzt« habe.

Die Ermittlungen der Polizei wurden nie offiziell eingestellt. Derzeit sind sie nicht aktiv, erklärten sie. Erst als ich den Artikel in der Lokalzeitung las, verstand ich, was das letzte Treffen an diesem grauen Februartag bedeutet hatte, aber ich hätte es vorher wissen müssen: Sie sagten, ich könne die Postkarten zurückhaben und auch den Abschiedsbrief; sie hatten alle nötigen Informationen von ihnen.

Als die dritte letzten Sommer ankam – aus Österreich diesmal, hohe Berge und herumtollende Gämsen, der Stempel wieder aus London –, nahm Kirstie die Details am Telefon entgegen.

Mir geht es gut, ich bin glücklich. Ich möchte noch nicht nach Hause kommen. Ich hoffe, Ihr versteht das.
Sophie xxx

Ebenso bei der letzten, etwa sechs Monate später, dieses Jahr im Januar.

Es ist okay, ich passe auf mich auf, und mir geht es gut. Bitte lasst mir meine Freiheit.
Sophie xxx

Diesmal war es Venedig, grinsender Gondoliere, mit einem weiteren Stempel aus London. Über ihre Bitte nach Freiheit hatte ich viel nachgedacht. Bedeutete das, sie wusste von meinen Versuchen, sie irgendwie zu kontaktieren?

Ich stellte mir eine ruhige Kirche irgendwo vor, eine gebräunte Sophie, vielleicht ein paar Zentimeter größer, die kurz innehält und entscheidet hineinzugehen. Die ihren Begleitern – wer? In meinem Kopf junge Männer mit wilden Bärten, Mädchen mit langen Haaren und in dieser Reisekleidung: weite Hosen, große Leinensäcke – sagt, dass sie hineingeht, um eine Kerze anzuzünden. Das hat sie früher gern getan. Ihre Schritte werden langsamer, als sie das Poster sieht, mit dem letzten Schulfoto von ihr, das ich in Umschläge gestopft und mit der Bitte, es aufzuhängen und sie in den Predigten zu erwähnen, an Kirchen geschickt hatte. »Sophie«, steht da, »komm nach Hause.«

Endlich hat meine Nachricht ihr Ziel erreicht. Sie geht näher, streckt die Hand aus …

Der Kater maunzt, drückt den Kopf gegen meine Beine. Er muss wieder hungrig sein.

Jetzt starre ich die Nachrichten vor mir an, die mir so vertraut sind wie Schlaflieder. Sie war immer so lebhaft, aber das sind pflichtbewusste Schreiben nach Hause – nicht, um eine Verbindung mit jenen zu schaffen, die sie zurückgelassen hat, sondern einfach nur, um uns wissen zu lassen, dass sie in Sicherheit ist, dass es keine Notwendigkeit für panische Versuche gibt, sie zu finden. *Bitte lasst mich in Ruhe.*

Mein Kopf ist wie umnebelt, müde von der Hitze und dem, was gerade geschehen ist. Also sitze ich nur da, mit den Postkarten und dem Abschiedsbrief vor mir, aber nicht wirklich etwas sehend. Ich muss daran denken, die Wäsche reinzuholen, falls ich mich dazu aufraffen kann. Die Buchstaben verschwimmen vor meinen Augen.

Es ist kaum ein klarer Gedanke, aber – ich lese nach unten, die jeweils ersten Buchstaben, wie sie auf der ersten Postkarte stehen, versuche, ein Muster zu erkennen.

Ich weiß, dass Ihr Euch sorgt. Bitte tut das nicht. Es geht
mir gut, und ich bin in Sicherheit. Ich hab Euch lieb.
Sophie xxx

I, B, U …

Nein. Man sollte meinen, ich wüsste es inzwischen besser. Ich habe Tage damit verbracht, mir diese Karten anzusehen, die Buchstaben zu vertauschen, nach Anagrammen oder geheimen Botschaften zu suchen. Es gibt keine. Ich beuge mich hinab und kraule den Kater.

»Komm mit«, sage ich, spüre seinen harten Schädel unter dem Samt des Fells. »Es gibt Futter.«

11. KAPITEL

In der Nacht träume ich erneut. Ich folge Sophie durch mein Haus, wie immer, stets einen Raum hinter ihr, einen Hauch zu langsam.

Aber dieses Mal ist es anders. Ich kann sie nicht sehen, aber irgendwie weiß ich, wie es in Träumen so ist, dass es nicht meine Sophie ist, das verspielte Teenie-Mädchen, das ich jage. Es ist das Kleinkind Sophie, der Wonneproppen mit den seidigen blonden Locken. Und es ist nicht das Haus, wie ich es kenne, weiche Teppiche und geschmackvoll eingerichtet. Es hat halb gestrichene Räume mit blanken Böden, als ob wir gerade erst eingezogen wären oder kurz davorstünden, auszuziehen.

Wir spielen ein Spiel. Kreischendes Babylachen erklingt von außerhalb des Zimmers, so fröhlich wie Sonnenschein.

»Drei, zwei, eins ... bereit oder nicht, jetzt komme ich!«

Damit erhebe ich mich von meinem Versteck hinter dem Sofa und stampfe zu ihr, meine Schritte dramatisch laut auf den nackten Holzdielen. Noch immer kann ich sie nicht sehen, aber ich kann sie hören – ihr Gelächter ertönt wieder, hoch und unkontrolliert.

Nur ist es zu weit weg, merke ich plötzlich. Sie ist weiter gelaufen, als sie sollte in diesem riesigen Haus.

»Bereit oder nicht, jetzt komme ich!«, rufe ich erneut, noch lauter. »Sophie? Sophie!«

Meine Stimme hallt in den leeren Räumen. Schon ist das Lachen verstummt und das Haus nur noch von meinem Echo erfüllt.

Als ich aufwache, gegen den Schlaf ankämpfe, benötige ich einen Moment, um mich daran zu erinnern, wo ich bin. Der Traum wirkte so echt, ich kann fast noch das Lachen hören.

Wieder einer – ich dachte, diese Träume hätten eigentlich aufgehört. Es muss der Anruf sein, der wieder Dinge aufwirbelt. Ein Griff in die Schublade meines Nachtschränkchens, und ich spüle die Tablette schnell mit einem Schluck Wasser herunter. Sie wird mir einen betäubten Rutsch bis in den Morgen schenken. Wenn ich nicht schlafe, kann ich die Situation nicht ertragen, und ich kann mir nicht erlauben abzurutschen.

Nachdem ich meinen letzten Termin abgesagt hatte, muss ich morgen dringend hin. Mir gehen die Tabletten aus – ich dachte, ich käme ohne sie klar. Ich drehe mich um und schüttele mein Kissen auf. Jedes Mal, wenn ich zum Arzt gehe, starrt mich das halbe Wartezimmer prüfend an und fragt sich, ob die Strapazen mich inzwischen gebrochen haben.

Vielleicht liegt es am Licht. Mein Handy habe ich nicht am Bett, denn ich habe zu viele warnende Artikel über das wach haltende elektronische Leuchten gelesen. Aber der Mond ist heute Nacht so hell, dass man in seinem Licht fast lesen könnte.

Ein Gedanke gleitet durch mein Hirn, gerade als ich mich wieder ein wenig entspanne.

Bei meinen Träumen gibt es wenigstens einen kleinen Trost. Wenn ich aufwache und mein Bewusstsein wieder das Ruder übernimmt, gibt es nicht diesen Moment des Entsetzens, wenn ich mich an meine Realität erinnere. Ich weiß nach den Träumen immer schon, dass sie fort ist.

Es ist zu früh für einen Anruf, denke ich, während ich im Bademantel die Treppe hinunterstolpere. Wer es auch ist, lässt nicht den Anrufbeantworter drangehen, sondern klingelt immer wieder neu durch.

»Hallo?«

Meine Stimme ist rau vom Schlaf.

»Mrs Harlow? DI Nicholls. Dieser Anruf von Sophie, an die Hotline …«

»Morgen. Und wie geht es Ihnen?«

»Gut. Also, hat jemand den Anruf mitgehört?«

»Das habe ich Ihnen schon gesagt.« Ich richte mich auf, sehe auf die Uhr: Es ist nach neun. Doch nicht so früh. Das war wohl die Tablette. »Nun, Alma hatte mit mir Nachtschicht. Sie war unterwegs. Aber sobald sie ins Büro zurückkam, habe ich ihr davon erzählt.«

»Wie lange hat der Anruf gedauert, Ihrer Meinung nach?«

»Ich weiß es nicht. Es fühlte sich sehr lang an, aber …« Ich weiß, wie die Zeit einen hereinlegen kann. »Eine Minute? Zwei?«

Er zögert.

»Was denken Sie, wie viele Mitarbeiter die Hotline hat?«

»Keine Ahnung. Sollten Sie das nicht die Organisation fragen?«

»Raten Sie«, bittet er. »Grob.«

Ich verziehe den Mund.

»Fünfzig?«

Vielleicht mehr. Nicht alle halten das aus, es werden immer neue Ehrenamtliche gesucht. Und natürlich arbeiten wir nicht in Vollzeit.

»Wie viele sind Ihrer Erfahrung nach für gewöhnlich im Dienst?«

»Ich weiß nicht genau … drei?«

Ich mag die Samstagnächte, wenn es nur Alma und mich gibt: Das ist genug sozialer Kontakt für mich.

»Und wie oft arbeiten Sie?«

Jetzt verstehe ich, worauf er hinauswill.

»Wissen Sie, daran habe ich auch schon gedacht. Es war so ein Glück. Denken Sie nur … wenn ich den Anruf verpasst hätte. Aber … ich glaube, es hätte jeder sein können.«

»Ja. Ein ziemlich großer Zufall«, stellt er fest. »Und ist es immer so ruhig, nur Sie allein?«

»Nein«, erwidere ich. »Ganz und gar nicht, aber samstagnachts reichen zwei von uns. Die Hotline ist keine große Sache. Es gibt auch eine Warteschleife für Anrufe.«

Normalerweise müssen wir das gar nicht nutzen.

»Das hat mir die Hilfsorganisation auch bestätigt.«

Also *hat* er sich erkundigt. Nach mir?

»Konnten Sie den Anruf ermitteln?«

»Daran arbeiten wir noch.«

»Mir ist da nämlich ein Gedanke gekommen …«

Ich berichte ihm vom Schwangerschaftstest, der von Sophie war, und dass ihre Freundin Holly mir das erzählt hat.

»Und Sie denken, dass so eine ungewollte Schwangerschaft … was? Sie von zu Hause weglaufen ließ?«

»Wenn man es so sagt, klingt es dämlich«, stelle ich fest. Ich spüre, wie mein Gesicht warm wird. »Nein, denke ich nicht. Ich wollte … es Sie nur wissen lassen. Falls es wichtig sein könnte.«

»Ah, nun, selbstverständlich. Das ist gut zu wissen«, erwidert er mit neutraler Stimme. »Aber ich würde Sie bitten, keine Ermittlungen auf eigene Faust anzustellen. Das ist selten … nützlich.«

»Ja, nun, es war nur eine Plauderei, ich …«

»Danke, Mrs Harlow.«

Damit legt er auf.

Als ich mich auf den Weg mache, bin ich immer noch verärgert – der Anruf hat mich abgelenkt, und dann habe ich gemerkt, dass ich mich beeilen muss. Aber die Praxis meines Hausarztes ist nicht weit weg, nur auf der anderen Seite von Vale Dean, in Amberton. In letzter Zeit sollte ich nicht allzu viel Zeit zwischen den Untersuchungen verstreichen lassen.

Der vielleicht größte Schock war die Erkenntnis, dass das Leben nicht einfach anhält. Dass man weitermachen muss, und das nicht nur auf die *Halt-die-Ohren-steif*-Art, wie ich sie mir vage vorgestellt habe: ein Lächeln zustande bringen, wenn Menschen einem Anteilnahme zeigen. Sondern eben so, dass man sich mit all dem Geröll eines Lebens herumschlagen muss: Rechnungen, Versicherungen, für Essen in den Schränken sorgen, Ärzte, Zahnärzte und der ganze Rest.

»Kate«, begrüßt mich Dr. Heath, als ich mich an seinem Tisch in den Stuhl setze. »Sie sehen so müde aus.«

»Oh, danke«, erwidere ich. »Sagen Sie einer Frau niemals, dass sie müde aussieht!« Ich klinge wie eine kokette Tante auf einer Weihnachtsfeier. »Das ist nur der Code für *Sie sehen furchtbar aus.*«

»Nein.« Sein freundliches Gesicht ist ernst. »Das meine ich nicht.«

»Nein, natürlich nicht. Ich habe nur einen Scherz gemacht.«

Er ist niemand Besonderes, dieser Dr. Heath – groß, Brille, Haare in dieser Unfarbe, weder hell noch dunkel –, aber daran liegt es nicht. Es gefällt mir einfach nicht, einen männlichen Arzt zu haben. Nicht zum ersten Mal denke ich, dass ich zu jemandem wechseln sollte, der nicht in meinem Alter ist. Irgendjemand nah an der Pensionierung oder frisch von der Universität. Und am besten eine Frau.

Oder vielleicht ist es das gar nicht. Vielleicht weiß er einfach zu viel über mich.

»Wie geht es Ihnen?«, unterbricht er meine Gedankengänge.

»Ganz gut«, antworte ich langsam und weiche seinem Blick aus, indem ich mir das gerahmte Bild hinter ihm an der Wand ansehe: eine glitzernde nächtliche Skyline. Er hat mir mal erzählt, dass er eine Zeit lang in Sydney gelebt hat: Ich glaube, er versteht, warum mir das Dorfleben manchmal schwerfällt.

»Ich nehme immer noch die Tabletten.«

»Und helfen sie Ihnen?«

»Sie helfen auf jeden Fall. Ich hatte gerade erst einige schlechte Nächte.«

»Schlechte Nächte?«

Ich atme tief ein. »Es ist so viel los gerade. Ich hatte Ihnen doch erzählt, dass ich hin und wieder bei dieser Hotline arbeite?«

Er nickt, und ich erzähle ihm schnell von Sophies Anruf. Ich bemühe mich, nicht allzu emotional zu klingen. Ihm gegenüber muss ich vernünftig wirken.

Seine Stirn legt sich in Falten, während er mir zuhört.

»Natürlich, ich verstehe, warum Ihnen das Probleme bereitet. Das ist nachvollziehbar.« Er wirft einen Blick auf seinen Monitor. »Und Sie trinken zusätzlich zu den Medikamenten keinen Alkohol? Sind Sie da ganz sicher?«

»Nein, keinen. Alles in Ordnung.« Zur Bekräftigung schüttele ich den Kopf. Nichts lässt ein Problem so deutlich werden wie das Verleugnen.

»Okay. Nun, fürs Erste kann ich das Rezept gern erneuern, wenn Sie denken, dass Sie die Tabletten weiterhin benötigen.« Offiziell sind es Schlafstörungen und Angstzustände. Eine spaßige Kombination. »Aber bei Ihrer Dosis sollten Sie wirklich nicht mittendrin aufwachen.«

»Ich *habe* versucht, sie zu reduzieren, verstehen Sie?«

»Es ist gut möglich, dass Sie dieses Mittel unter dem momentanen Druck brauchen. Wie wäre es, wenn Sie sich an das Rezept halten, und wir sehen dann zu, dass wir es langsam ausschleichen.«

Vor Erleichterung sacke ich zusammen. Er hat mich immer unterstützt, selbst nach … allem.

»Was ist mit den Nebenwirkungen?«, erkundige ich mich. »Ich habe gelesen, dass ich die Tabletten nicht länger als ein paar Monate nehmen sollte und …«, ich spüre, wie mir die Röte ins Gesicht steigt, »das tue ich ja jetzt schon.«

Er schüttelt den Kopf.

»Machen Sie sich darüber keine Gedanken.« Noch ein Blick auf den Bildschirm. »Aber hier steht, dass ich Sie an eine Trauerbegleiterin überwiesen habe. Wie steht es da, sehen Sie sie noch?«

Er weiß, dass das nicht der Fall ist, ist aber zu höflich, um es selbst auszusprechen.

»Wir machen gerade eine kleine Pause.«

»Kate …« Er sieht mich über den Rand seiner Brille hinweg an. »Medikamente sind die eine Sache, aber es ist wichtig, dass Sie die Wurzel des Problems angehen. Falls das mit der Trauerbegleiterin nicht gepasst hat, gibt es andere, wissen Sie? Vielleicht hat die Chemie nicht gestimmt? Es gibt Wartezeiten, aber es wäre sicher gut, wenn ich Ihnen eine Überweisung ausstelle. Soll ich?«

»Nun, warum nicht?«, erkläre ich, füge aber leicht säuerlich hinzu: »Aber die Wurzel des Problems ist nun mal leider nicht zu beseitigen, nicht wahr? Sie ist nicht wieder zurückgekommen.«

»Ich kann das kaum begreifen … aber ich bin immer für Sie da.«

Vielleicht liegt es daran, dass er mir nicht nahesteht, aber in mir öffnet sich etwas.

»Ich fühle mich einfach nur in jeder Hinsicht als Versagerin. Ich bin als ihre Mutter gescheitert, bin ihr nicht gerecht geworden. Auch jetzt noch. Weil ich sie nicht gefunden habe.«

Die Tränen steigen empor, sie sind nie weit von der Oberfläche entfernt.

Er lehnt sich vor, seine blauen Augen hinter den Brillengläsern voller Sorge.

»Ich weiß.« Das habe ich ihm schon vorher gesagt. Und es hat nichts gebracht. »Ich glaube nur, wenn Sie zu einer Art … Akzeptanz der Situation – Ihrer neuen Wirklichkeit – gelangen könnten, würde es Ihnen besser gehen. Ich weiß, dass das nichts ändern wird. Aber Sie könnten eher Ihren Frieden mit allem machen, wenn man das so sagen kann. Deshalb glaube ich fest daran, dass eine Therapie helfen kann.«

Ich will es hinausschreien: Ich will nichts akzeptieren. Ich werde niemals akzeptieren, dass meine Tochter weggelaufen ist; man sollte es nicht von mir verlangen. Gerade erst habe ich es Ihnen erzählt: Sie hat mich angerufen.

»Okay«, sage ich stattdessen. Schon bereue ich meinen Ausbruch. Also rutsche ich im Stuhl hin und her und löse es auf die britische Art: Ich wechsle das Thema. »Okay. Also, was ich noch fragen wollte …« Ich atme tief ein. »Falls Sophie einen Schwangerschaftstest gemacht hätte, bevor sie weggelaufen ist, hätten Sie das in Ihren Akten?«

Er richtet sich auf.

»Und warum glauben Sie, dass sie schwanger war?«

»Oh, das tue ich nicht. Nicht wirklich. Aber eine ihrer Freundinnen hat es gesagt.«

Doch es geht mir schon den ganzen Vormittag durch den Kopf. Was wäre, wenn? Was wäre, wenn? Was wäre, wenn es mehr als nur ein Test war? Wenn das Ergebnis nicht das war, was sie Holly gesagt hat? Wie schrecklich, das alles allein durchzustehen. Ein Eingriff. Das würde tatsächlich so viel erklären …

»Nun«, hebt er an. »Das ist nicht unbedingt eine Sache, über die ihr Arzt informiert wäre.« Er zögert. »Das Patientengeheimnis ist selbstverständlich wichtig. Aber ich glaube, Sie verstehen, dass das nicht unbedingt eine Angelegenheit wäre, die sie mit ihrem Familienarzt bespricht.«

Er hebt die Augenbrauen, und ich verstehe: Sie hat ihm nichts gesagt.

»Und es gibt viele andere Möglichkeiten. Jugendfürsorge. Kliniken.«

»Natürlich.« Ich wusste, dass es nur eine vage Hoffnung war. Ich sammle meine Sachen ein, werde mir bewusst, dass meine zehn Minuten vorbei sind.

»Aber Sie haben der Polizei davon berichtet?«

»Ja, ich habe es diesem Detective erzählt. Er schien nicht zu glauben, dass es wichtig sei.«

Wieder runzelt er die Stirn.

»Ich wäre davon ausgegangen, dass alle Details wichtig sind, auch jetzt noch.«

»Glauben Sie?« Ich fühle mich bestätigt – und etwas besorgt. »Danke. Und beim nächsten Mal komme ich früher.«

»Jederzeit.«

12. KAPITEL

Als ich durch Amberton fahre, geht kein Wind, nur ein paar Wolkenfetzen hängen hoch oben still am Himmel. Ganz bestimmt wird es bald ein Gewitter geben, dieses Wetter muss einfach umschlagen. Obwohl mein Ziel nicht weit entfernt ist, fällt mir die Veränderung auf, wie die Häuser kleiner werden, weniger gepflegt, dort, wo die Innenstadt in die Vororte übergeht.

Obwohl ich schon fast zu Hause war, hatte ich mich noch anders entschieden, hatte umgedreht und war zurückgefahren.

Ich bin auf dem Weg zu Danny, Sophies Ex-Freund, und werde ihn nach dem fragen, was Holly mir erzählt hat. Seit dem, was DI Nicholls mir am Telefon gesagt hat, frage ich mich, ob ich mich seltsam verhalte. Dann wurde mir bewusst, dass ich fast den ganzen Tag nur Zeit verschwendet hatte, und ich wurde wütend auf mich. *Mach es einfach.*

In der Garage liegt ein Körper, halb unter einem aufgebockten Auto verborgen. Das war wohl Len, Dannys Großvater. Bevor das alles passiert war, bin ich einige Male hierhergekommen, weil ich mich erst an das große Auto gewöhnen musste und überall Kratzer und Dellen hatte, die ich vor Mark geheim hielt. Also kannte ich ihn gut genug, um ihn zu begrüßen, wenn wir uns zufällig begegneten.

Danach war ich nicht mehr hierhergekommen. Aber das hätte alles bedeuten können, vielleicht war es einfach nicht mehr nötig. Ich habe die grobe Idee, dass ich den Wagen für die jährliche Inspektion abgebe und dann schaue, ob Danny da ist. Irgendetwas sagte mir, dass er nicht so entgegenkommend sein wird wie Holly, also hatte ich entschieden, nun, gar nicht erst zu fragen, ob wir uns treffen könnten. Zur Sicherheit habe ich meine Sportsachen an, dann kann ich nach Hause joggen, wenn ich den Wagen hierlasse.

Ich parke auf dem kleinen gepflasterten Hof. Ein alter Collie liegt hinter der Garagentür und bellt zwei Mal, mehr aus Gewohnheit denn als Warnung.

Als ich auf die offenen Türen zugehe, erscheint Len schon unter dem Auto und wischt seine Hände am Overall ab. Viel älter als ich ist er wohl nicht, aber er sieht so aus. Sein Haar ist seit unserer letzten Begegnung ergraut.

»Morgen. Was kann ich für Sie tun?«

Nicht mal ein Hauch Erkennen.

»Hi, äh, ich weiß nicht, ob Sie sich erinnern, mein Name ist Kate Harlow, mein …«

»Ich weiß, wer Sie sind.«

Seine Miene bleibt leer.

»Ah, gut.« Der Collie kommt angelaufen und steckt seine Nase in meinen Schritt. Ich schiebe ihn sanft weg. »Nun, mein Wagen braucht die jährliche Inspektion.«

Er nickt in Richtung Büro.

»Treten Sie ein, und wir erledigen den Papierkram. Sollte nicht länger als ein paar Tage brauchen.«

»Der Papierkram oder die Inspektion?« Er lacht nicht, während ich ihm folge. »Ist Danny da?«

Er dreht sich zu mir um.

»Und warum interessiert Sie das?«

Ich bleibe auch stehen. Der Collie schnüffelt jetzt an meinen Füßen.

»Ich würde gern mit ihm reden, wenn das in Ordnung ist.«

Höflich – aber es ist keine Frage. Das Fell des Hunds ist staubig, aber ich streichle seinen drahtigen Rücken und weiche dabei Lens Blicken aus.

»Worüber? Haben Sie und Ihre Leute nicht genug angerichtet?«

Das lässt mich aufstehen.

»*Meine* Leute? Was angerichtet?«

»Sie haben beinahe das Leben meines Jungen ruiniert, ihn weggesperrt.« Seine Stimme ist kalt, er hat die Arme vor der Brust verschränkt.

»Soll das ein Witz sein? Es war eine polizeiliche *Ermittlung* …«

»Und wer hat die Bullen gleich zu ihm geschickt, mit dem Finger auf ihn gezeigt und sie glauben lassen, er habe was damit zu tun?« Jetzt wird er lauter. »Ich kenne Leute wie Sie. Sie denken, Sie und Ihre Tochter seien zu gut für ihn …«

»Halt, halt.« Ich hebe die Hände. »Das habe ich niemals gesagt. Ich habe nie gesagt, dass sie zu gut war. Sie haben uns nur gefragt, mit wem sie unterwegs war, das ist alles, und …«

Als er einen Schritt auf mich zumacht, springt der Hund um uns herum und bellt aufgeregt.

»Wissen Sie, dass die Leute sich immer noch das Maul zerreißen? Ich habe ihm gesagt, er soll sich nicht mit der albernen, verzogenen …«, ich kann sehen, wie er nach dem sucht, was er mir als Nächstes entgegenschleudern will, »… Tussi …«

Er spuckt das Wort geradezu aus. Meine Hände sind noch erhoben, wehren ihn ab.

»Großvater!« Eine hochgewachsene Gestalt kommt um die Ecke, als der besorgte Collie jammernd gegen mich stößt. »Was ist los?«

Er wird langsamer, erkennt mich.

»Mrs Harlow.«

»Hallo, Danny«, sage ich und drücke den hechelnden Hund von mir weg. »Können wir kurz reden?«

»Sie sind hier nicht willkommen.«

Len schreit nicht mehr, aber sein Gesicht ist noch immer rot.

»Das ist mir egal«, erkläre ich, die Tünche des Anstands ist weg. »Ich muss mit ihm reden, es ist wichtig.«

»Großvater, es ist okay«, wirft Danny ein. »Ich kümmere mich darum.«

Offensichtlich ist Len unentschlossen, sein Mund steht halb offen.

»Kümmer dich um Billie, der dreht ja durch.«

Darauf packt Len den Hund am Halsband und streichelt ihn gedankenverloren. Die Berührung beruhigt ihn.

»Na gut. Ich bin hier, falls was ist.«

Jetzt sieht er kleiner aus, sein Zorn verflogen und durch Bestürzung ersetzt.

Während ich Danny in das kleine Büro folge, zittere ich. Danny schiebt mir einen Stuhl hin. Nachdem die Gefühle durch mich hindurchgerast sind, bin ich ruhig und entsetzt über mich selbst, wie laut ich ihm gegenüber geworden bin.

»Ich dachte, zwischen uns wäre es in Ordnung«, sage ich, plötzlich den Tränen nah.

»Es tut mir leid wegen Len«, erklärt Danny mit dieser leisen Stimme. »Er will mich nur beschützen. Es war sehr schwierig für ihn. Er wird nicht jünger. Die Polizei … egal.«

Er setzt sich, wartet, dass ich es ihm gleichtue.

»Wie geht es dir?«, frage ich, dann schelte ich mich in Gedanken. Wir sind nicht hier, um seichte Konversation zu betreiben.

»Es geht mir gut«, berichtet er mit einem Hauch von Widerstand im Ton. »Ich leite die Werkstatt mehr oder weniger. Großvater hat mir viel Verantwortung überlassen. Er arbeitet ohnehin lieber an Autos, als Bücher zu führen. Wir haben einen Lehrling eingestellt.«

»Herzlichen Glückwunsch!« Ich rutsche in den Mutter-vor-der-Schule-Modus. »Klingt, als wäre das alles sehr gut für dich.«

»Ja«, erwidert er demonstrativ. »Ist es. Besser, als alle gedacht hätten.«

Es gibt eine Flaute. Ich glaube, er ist noch größer geworden. Er ist breiter geworden, hat die Hundewelpen-Statur verloren.

»Und du bist jetzt mit Holly zusammen.«

»Und?«, fragt er feindselig.

»Ich wollte nicht …« Ich gebe die Höflichkeiten auf. »Ich weiß, dass wir seit Sophies Verschwinden nicht geredet haben. Aber ich …« Ich merke, wie ich mich von dem Klein-Klein entferne. »… ich versuche zu verstehen, warum sie weggelaufen ist, wenigstens ein bisschen. Um vielleicht zu verstehen, wann sie zurückkommen könnte. Was denkst *du*, was passiert ist, Danny?«

»Sie hatte die Schnauze voll«, erwidert er. »Manchmal müssen Leute einfach weg von allem.«

Nicht du, geht es mir unerwartet durch den Kopf. Du bist geblieben, um deinem Großvater zur Seite zu stehen.

»Warum interessiert es Sie überhaupt, was ich denke? Damals hat es das nicht.«

»Aber ich habe mit dir geredet, genau wie die Polizei«, erkläre ich stockend. »Um zu sehen, was du wusstest …«

»Was ich *wusste*«, wiederholt er und öffnet den Aktenordner auf dem Tisch. »Wissen Sie eigentlich, dass die dachten, ich hätte was damit zu tun?«

»Ich habe es vermutet.«

Allen Hinweisen nachgehen, so hatten sie es genannt, bevor die erste Postkarte einen Teil der Dringlichkeit genommen hatte. Natürlich hatten sie sich den Freund vorgenommen, besonders einen Jungen wie ihn. Aber das will ich nicht laut aussprechen, so wie er da sitzt, nun ja, erwachsen.

»Sie haben mich drei Stunden lang festgehalten«, erzählt er. »Jede Menge Fragen über mich gestellt, über Sophie, darüber, was wir so getrieben haben. Und dann sind sie zu all unseren Nachbarn gegangen. Ob ich der Typ Mensch sei, der … der irgendwas tun könnte. Ihr wehtun. Es hat alles echt schwierig gemacht. Für Großvater … Kinder haben uns Sachen ans Haus geschmissen.«

»Das war mir nicht bewusst.« Dass es so schlimm war, hatte ich mir nicht vorstellen können, füge aber hinzu: »Aber selbstverständlich mussten sie allem nachgehen. Ihr wart ein, nun, ungewöhnliches Pärchen …«

In der Schule war Danny ihr eine Klasse voraus – bis er abging. Und nein, es gefiel mir nicht, als Sophie mir beiläufig erzählte, dass sie mit ihm zusammen war. Bei seinem Großvater verwildern, seine Eltern wer weiß wo. Tatsächlich waren es nur Kleinigkeiten, eine Rangelei vor dem Pub; das Mal, als ein Lehrer seine

Schlüssel im Auto stecken ließ und jemand damit eine Spritztour machte. Am nächsten Tag stand es in der Einfahrt, der Lack voller Schlamm. Aber irgendwie wurde dabei immer der Name Danny Nixon erwähnt. Sogar ich hatte ihn vorher schon gehört.

Jetzt ist er über den Papierkram vor sich gebeugt. Seine Wimpern sind, wie Sophie mir in überraschend vertrauensseliger Stimmung erzählt hat, unfassbar lang – sie machen seine ansonsten so harten, kantigen Züge weich. Jetzt sehe ich, dass sie recht hatte.

»So war es nicht«, stellt er schließlich fest. »Es war … irgendwie unschuldig.«

»Ach wirklich?«

Ich will gar nicht so sarkastisch klingen, kann es aber nicht verhindern.

»Ja, wirklich.« Seine Ohren werden rot. »Wir waren nicht viel mehr als Freunde.«

»Freunde.«

»Freunde. Es gab für uns ja keine Zukunft.«

Plötzlich steigt die Erinnerung in mir auf, wie ich einmal nach Hause kam und sie alle in meiner Küche vorfand, Sophie, ihn, Holly, ihr Lachen ersterbend, als ich reinkam. Als sie zusammen waren, hat Sophie ihn nicht viel häufiger mitgebracht, aber Teenager finden schon Möglichkeiten, nicht wahr? Sophie war dauernd mit ihm unterwegs, im Kino, wie sie sagte, oder bei irgendwem zu Hause.

»Falls Sie es wirklich wissen wollen, ich glaube, sie fand es gut, dass es Sie geärgert hat«, erläutert er jetzt. »Aber sie hat mich auch ein wenig eingeschüchtert.«

Ich hebe die Brauen.

»Das stimmt. Es war die ganze Sache. Ihr Leben, ihr Zuhause.« Er blickt zur Seite. »Ihre Familie. Ich meine, ihr Dad wollte ihr ein Auto kaufen! Und er holte sie von der Schule ab und all das, es ist nicht gerade einfach …«

Seine Stimme wird leise. Dann: »Haben Sie Ihren Autoschlüssel? Wir haben noch alle Informationen hier. Sie können den Wagen morgen abholen.«

»Oh, natürlich, klar.« Ich werde entlassen. »Bitte sehr.«

»Ich muss ein paar Sachen erledigen«, erklärt er milde. »Es tut mir leid, dass das alles so aufregend für Sie war.«

Obwohl er höflich ist, weiß ich, dass unser Gespräch beendet ist. Als ich aufstehe, streiche ich automatisch über meine Jeans, um den Dreck des zerschlissenen Bürostuhls abzuwischen. Ich bemerke, wie er mich dabei beobachtet, und höre verlegen auf.

»Okay, vielen Dank.«

Len ist mit dem Hund irgendwohin verschwunden, also ist mein Weg Richtung Straße frei. Aber ein Impuls lässt mich im Türrahmen innehalten und mich umdrehen.

»Sophie hing an ihrem Dad. Aber er hat sie nicht abgeholt«, füge ich hinzu. Es ist kleinlich, aber ich kann nicht anders. »Ich war das, wenn sie später fertig war. Mark war immer auf der Arbeit.«

Er zuckt mit den Achseln.

»Tschüss, Danny.«

Ich hätte mir ein Taxi rufen sollen. ich bereue das Laufen, während mir der Bürgersteig die Hitze des Tages entgegenschleudert. Meine Muskeln sind steif. Zu viel Zeit vor dem Computer. Aber schon bald werde ich ruhiger, wie immer, sobald ich tatsächlich vorankomme, die Straßen entlang, die mich von den Reihenhäusern ins Umland bringen. Warum mache ich das nicht mehr? Ich nehme an, ich habe mich in den letzten Monaten einfach daran gewöhnt, drinnen zu sein. Oder im letzten Jahr. Spätestens als Mark den Hund mitgenommen hat, schien es immer weniger Gründe zu geben, mich aufzuraffen.

Mein Plan ist es, außen am Dorf vorbeizulaufen. Das ist ohnehin der schönere Weg, am Rand der Felder und unter den Bäumen. Ich biege vom Asphalt ab auf den Weg, den ich nehmen will. Sofort wird es kühler, denn die Blätter spenden mir Schatten.

Meine Gedanken beginnen umherzuwandern, spulen sie ab wie ein Faden.

Holly hat behauptet, der Schwangerschaftstest sei von Sophie gewesen. Danny behauptet hingegen, er und Sophie hätten nicht miteinander geschlafen. Jemand liegt falsch. Oder lügt. Und falls das so ist, wer?

Vielleicht wollte Danny nicht mal jetzt mir gegenüber, der missliebigen Mum von Sophie, zugeben, dass sie nicht mehr mein kleines Mädchen war, nicht so, wie ich dachte. Ich nehme an, dass es aus Respekt geschah, irgendwie.

Und dennoch. Ich hätte schwören können, dass er mir die Wahrheit sagt.

Bedeutet es überhaupt was?

Beinahe stolpere ich, fange mich gerade noch ab. Mein Schnürsenkel ist offen. Ich halte an, knie mich hin, um ihn zuzubinden.

Mir kommt ein Gedanke: Was wäre, wenn der Test nicht negativ war? Wäre das schlimm genug gewesen, damit meine vernünftige, liebe Tochter von zu Hause wegläuft?

Tatsächlich schüttle ich den Kopf und murmle vor mich hin, während ich weiterlaufe. Das kann ich nicht glauben. Ich hätte Sophie doch unterstützt. Natürlich wären Mark und ich nicht glücklich gewesen, aber es wäre nicht das Ende der Welt geworden. Wir wollten nur ihr Bestes. Mit Sicherheit war das nicht genug, um sie dazu zu bringen, wegzulaufen.

Aber ich weiß auch, was so viele Familien behaupten. Ich habe die Forschungen dazu gelesen, die trockenen Kommentare von Fallstudien. »Wir können uns keinen Grund vorstellen, warum er verschwinden sollte.« »Sie hat uns keinerlei Hinweise gegeben, es kam komplett überraschend.«

Mit einem Mal sehe ich wieder Len vor mir, das Gesicht rot vor Zorn. Es hatte mich schockiert. Danny wirkte immer so ruhig, so leise. Aber was, wenn er das Temperament seines Großvaters geerbt hatte? Der Pfad öffnet sich zu den Feldern, weite Flächen aufgerissener, dunkler Erde unter dem gewaltigen Himmel.

Ein schwarzer Schemen birst aus der Hecke vor mir, lässt die Zweige wackeln. Ich halte an, mein Herz rast, obwohl ich erkenne, dass es nur ein Vogel ist – ein großer, eine Krähe oder ein Rabe vielleicht. Ich habe ihn wohl aufgeschreckt. Während ich ihm hinterherblicke, wie er über das Feld davonfliegt, tief und schnell, fällt mir wieder auf, wie still es hier ist. Keine Menschenseele weit und breit.

Als ich weiterlaufe, beschleunige ich meine Schritte.

13. KAPITEL

Die letzten Tage habe ich gefühlt durchtelefoniert. Ich habe mehrere Nachrichten auf dem Anrufbeantworter der Hotline hinterlassen, dazu einige E-Mails; nicht an Alma, sondern an die Vorgesetzten. Aus den Tiefen meiner Schubladen hatte ich die Broschüren gesucht, die man mir zur Einführung gegeben hatte, um nach Kontakten im Hauptbüro zu suchen. Es wirkt mehr wie ein großer Konzern, als ich gedacht hätte: An den öffentlichen Nummern vorbeizukommen ist schwierig.

Mein Wunsch ist unwahrscheinlich: alle Informationen des Anrufs, den ich angenommen habe – und die Nummer, von der aus angerufen wurde. Ich weiß nicht mal, ob es Aufzeichnungen davon gibt oder wie das funktioniert. Und es verstößt gegen alle Regeln, aber ich muss einfach fragen. Was soll ich sonst tun?

Ich habe alle angerufen, deren Nummern ich hatte, sogar die Geschäftsführerin. Schlussendlich hat mir ihr persönlicher Assistent, ein junger Mann namens Jason, so höflich wie möglich gesagt, dass ich bitte aufhören soll anzurufen.

»Jemand wird sich wegen Ihrer Anfrage mit Ihnen in Verbindung setzen, Mrs Harlow. Sobald das möglich ist.«

Daraus hatte ich geschlossen, dass sie noch überlegten, was sie tun wollten.

Und ich erzählte Mark von dem Anruf. Nun, nicht persönlich. Ich wollte nicht mit ihm reden, also habe ich ihm eine E-Mail an die Arbeitsadresse geschickt, in der ich so kurz wie möglich die Details zusammengefasst hatte: dass während meiner Arbeit bei der Hotline am Samstag ein Anruf von Sophie reingekommen war, der Anruf aber in dem Moment beendet wurde, als ich erkannte, wer dran war.

Wenn man das so las, war es nicht gerade eine vielversprechende Entwicklung, ich weiß. Noch hat er nicht geantwortet, aber er wird es gelesen haben. Er arbeitet seine E-Mails im Büro immer gut ab.

Immer wenn ich meinen Anrufbeantworter abhöre, ist meine Familie drauf: Dad, der einzige Mensch, den ich kenne, der noch draufspricht, statt aufzulegen und das Handy anzurufen. Aber Charlotte hat jetzt auch damit begonnen. Vermutlich weil sie weiß, dass ich ohnehin nicht abhebe.

Heute Morgen gab es eine weitere Nachricht.

»Kate, ich muss dringend mit dir reden. Ist das Handy aus? Ich brauche ein paar Nummern für Alfies Geburtstagsparty nächsten Monat. Er hätte dich gern dabei.«

Er ist noch keine zwei Jahre alt, denke ich mir, es wird ihm wirklich nicht auffallen, solange er seinen Lieblingslöffel hat, um damit auf den Boden zu schlagen.

»Und ich hätte dich gern dabei. Sehr gern.«

Ich seufze.

»Kannst du mich bitte anrufen? Außerdem habe ich mit Dad gesprochen. Wir sollten uns unterhalten. Über diesen Anruf … was er bedeutet …« Ihr Ton verändert sich. »Kate, bist du da? Hörst du das? Heb ab, Kate …«

Wie macht sie das nur? Ich schließe die Küchentür hinter mir, verdränge ihre Stimme.

Dazu machte ich noch einen Lauf, zurück zur Werkstatt, um meinen Wagen abzuholen. Danny war nicht da. In der Werkstatt sah ich Len, aber er ignorierte mich. Ein junger Mann, den der Flausch auf seinen Wangen nicht älter wirken ließ, übergab mir das Auto.

Aber das Laufen schien irgendwas in mir befreit zu haben. Trotz meiner Sorgen um Sophie und den im Sande verlaufenden Anrufen habe ich mehr Energie als seit Ewigkeiten. Etwas treibt mich voran, trotz aller Hürden. Zum ersten Mal seit langer Zeit habe ich guten Grund für meine Hoffnung.

Bei alldem habe ich Lily nicht vergessen. Nach langer Wartezeit habe ich endlich einen Anrufbeantworter beim Gemeinderat erreicht, der mich informierte, dass die Person im Urlaub sei; aber ich könne eine Nachricht hinterlassen. Nun ja, es ist August. Ich will herausfinden, was genau passiert: Bis jetzt habe ich keine Anzeichen dafür gesehen, dass sich außer mir jemand um sie kümmert.

In der Zwischenzeit probiere ich etwas Neues aus, ab heute Nachmittag, wenn ich nach ihr sehe: Anstatt ihr zu höflich zu widersprechen, wenn sie verwirrt ist, will ich versuchen, sie ein wenig aus der Reserve zu locken. Darüber habe ich etwas gelesen, der Gedanke dahinter ist, dass es für sie weniger verwirrend ist. Wir alle können es manchmal gebrauchen, dass man unseren Träumen Nachsicht entgegenbringt.

So ganz sicher bin ich nicht, wie ich das Thema anbringen soll, während sie über ihre Lieblingssendungen plaudert – ihr Favorit *Coronation Street*. Mark mochte es nie, wenn ich sie geschaut habe, und sein Jammern wurde so nervig, dass ich immer umgeschaltet habe. Seit er weg ist, habe ich bewusst weitergeschaut. Und ich rede mit ihr über die Hilfsorganisation, über Alma und ihren Hund, über die anderen Ehrenamtlichen, die manchmal dabei waren. Sonst habe ich nicht viel zu erzählen.

Schließlich kommt sie auf ihn zu sprechen, während wir auf ihrem geblümten Sofa sitzen und Tee trinken. Es ist so weich, dass man tief hineinsinkt, die Knie fast höher als der Kopf.

»Der kleine Junge«, erkundigt sie sich. »Wo ist er hin?«

Ich weiß es nicht.

»Erzähl mir von ihm, Lily. Wie ist er so?«

Ihre Augen leuchten auf.

»Oh, er ist so ein lieber kleiner Junge. Immer am Basteln. Und diese blonden Locken!«

»Blonde Locken?«

»O ja«, antwortet sie selbstbewusst. »Genau wie ich, als ich noch ein kleines Mädchen war.«

»Lily«, sage ich vorsichtig. »Mir war nicht bewusst, dass du und Bob Kinder hattet.«

Ich weiß, dass sie keine hatten. Auch wenn ihr Ehemann Bob schon lange verstorben ist, hat er doch ein kunstvoll gerahmtes Foto am Ehrenplatz auf dem Tisch im Flur. Als wir uns kennenlernten, hat sie sehr diskrete Andeutungen über die »familiären Enttäuschungen« gemacht. Bevor sie Bob traf, hatte sie ein Schuhgeschäft in Leeds, und die beiden haben sich ein gutes Leben geschaffen, wie sie mir sagte.

Sie antwortet nicht.

»Wie ist sein Name, Lily?«

»Ich weiß nicht … das habe ich wohl vergessen. Kennst du ihn?«

»Nein. Aber ich würde ihn gern kennenlernen«, füge ich hinzu.

»Nun …« Lily blickt an mir vorbei und entscheidet sich dann: »Ich weiß nicht, wann er das nächste Mal hier sein wird.«

Das beruhigt mich. Falls Lily sich einen kleinen Jungen einbildet, der ihr Gesellschaft leistet – das Kind, das sie niemals hatte? –, dann zeigt ihre Zurückhaltung, dass sie tief in sich doch weiß, dass ich ihn nicht treffen kann.

»Und was ist mit dir, Schatz?«, fragt sie jetzt. »Hast du von deiner Nancy gehört?«

Ich hätte nicht gedacht, dass sie sich erinnert. Damals, als ich ihr erzählt hatte, dass meine Tochter weggelaufen war und ich nicht wusste, wo sie war, hatte das Lily verstört. Am Ende hatte ich ihr gesagt, dass Sophie auf einer langen Reise war.

Ich räuspere mich.

»Sie hat mich angerufen, ja. Neulich. Aber sie heißt Sophie, nicht Nancy.«

Sie nickt.

»Nancy war dann wohl die andere. Oh, sie hat nur Ärger gemacht!« Lily sieht niedergeschlagen aus. »Ich bin dieser Tage ein wenig durcheinander, was?«

Wenn sie merkt, was mit ihr geschieht, ist das sehr schwierig.

»Nur ein wenig, Lily, aber das ist okay. Und jetzt fängt *Corrie's* an, glaube ich.«

Mit einem Mal bin ich wach. Ich liege auf dem Rücken, das Bettzeug klamm, das dunkle Zimmer stickig.

Der Lauf hat genau so gewirkt, wie ich gehofft hatte. Ich schlief schnell ein, ohne Gedanken, die mich bedrängten. Nicht nachdenken, nicht nachdenken, nicht nachdenken. Das ist mein Mantra, bis der Schlaf kommt.

Aber jetzt, mitten in der Nacht, liege ich wach. Wieder einmal.

Und dann spüre ich es. Weniger eine Gänsehaut als vielmehr irgendein älterer Sinn, eine stille, elektrische Wahrnehmung. Die Präsenz im Zimmer. Langsam, unaufhaltsam wende ich ihr den Kopf zu.

Die Gestalt in der Tür bewegt sich nicht.

Ich schließe die Augen, öffne sie wieder. Und immer noch steht sie da.

Langsam geht er auf mich zu …

Und dann wache ich wieder auf, diesmal wirklich, und suche nach dem Lichtschalter.

Natürlich ist niemand da. Aber mein Herz donnert immer noch, mein ganzer Leib ist voller Adrenalin. Ein weiterer bekannter Traum. Recht üblich nach einem traumatischen Erlebnis, hatte meine Trauerbegleiterin Lisa mir einmal erklärt. Eine physische Manifestation der wahrgenommenen Bedrohung meiner Welt – in meinem Gehirn, das zu verstehen versucht.

Trotzdem macht es mir Angst.

Ein Griff nach den Tabletten in meiner Schublade. Diesmal nehme ich zwei, um sicherzugehen. Sie werden ihre Wirkung entfalten, wie immer, und ich lehne mich zurück, lese ein Buch, halte den Kopf beschäftigt, bis ich müde werde.

Während ich in den Schlaf gleite, tanzen Fragmente meines Tages vor mir. Das Gesicht von Len, rot und wütend.

Der Collie, jaulend und verängstigt. Der schwarze Schemen aus dem Busch. Und Lily: »Nancy war dann wohl die andere.«

Gerade als ich wegdrifte, taucht eine Frage auf und bleibt für eine Sekunde in meinem Geist hängen: Wer ist Nancy?

14. KAPITEL

Das ewige Starren auf den Bildschirm ermüdet mich. Den ganzen Morgen bin ich tiefer und tiefer in ein Internet-Loch gefallen, habe mich in die Regeln für Teenager und Privatsphäre hineingewühlt. Natürlich hat Dr. Heath recht. Wenn ein Teenagermädchen schwanger wird, müssen Menschen im Gesundheitswesen die Eltern nicht informieren, wenn … ich will nicht weiter darüber nachdenken. Aber Sophie hätte alles Mögliche tun können, und ich hätte keine Ahnung gehabt. Man respektiert ihre Privatsphäre. Und dazu kann sie in jedes Gesundheitszentrum in der Stadt gehen, um sich Hilfe zu suchen; der Hausarzt muss nicht involviert sein.

Oder vielleicht verstehe ich das auch alles falsch und ziehe voreilige Schlüsse. Das alles wirkt so vertraut und sinnlos, tief in Webseiten eingetaucht, grabend und grabend, ohne irgendwo anzukommen.

Ich starre aus dem Fenster des Arbeitszimmers. In letzter Zeit ist es so heiß, dass sich die Blätter der Bäume gelb verfärben. Oder ist es schon Herbst? Es fällt mir so schwer, den Überblick zu behalten. Ich fühle mich dumm und verschlafen. Ein Schläfchen wäre jetzt gut …

Aber war da nicht etwas, das ich tun sollte, irgendwas, das ich überprüfen musste? Es tanzt am Rande meines Bewusstseins, so wie man sich manchmal nicht an etwas erinnern kann, während man einschläft ... gestern Abend bin ich schnell eingeschlafen, müde vom Laufen. Aber ich bin sicher, dass ich noch einmal wach geworden bin, eine Tablette oder zwei geschluckt habe ...

Und damit fange ich den Gedanken wieder ein: Wer ist Nancy? Die von Lily. Ihr Leben fasziniert mich oft, sie kann so verschlossen sein.

Obwohl ich nicht mit einem Ergebnis rechne, tippe ich den Namen doch ein. Nur um nachzusehen.

Nancy – eine kurze Pause, dann tippe ich weiter – Vale Dean. Mehr weiß ich nicht.

Oh. Verstehe. Ich beuge mich vor.

Neue Bitte an das vermisste Mädchen aus Vale Dean!
Die Schwester der seit zwanzig Jahren vermissten Schülerin sagt, sie habe die Hoffnung nie aufgegeben
Zwanzig Jahre nach ihrem Verschwinden wird Nancy Kerrigan immer noch vermisst
Vermisst
Vermisst
Vermisst

Also gab es ein anderes Mädchen, das verschwunden ist.

Nancy.

Lange benötige ich nicht, um zu lesen, was sich online finden lässt. Die Artikel sind kurz, aus den Archiven von Lokalzeitschriften auf deren Webseiten gestellt. Der zwanzigste Jahrestag war 2012, bevor wir hierhergezogen sind, aber die Grundlagen erkenne ich schnell.

Nancy Kerrigan war aus Vale Dean und verschwand im April 1992, als sie sechzehn war.

Sie ist keine von diesen Menschen, von denen ich gehört habe und an die ich nicht mehr denken möchte.

Die Hausfrau, die hinausging und einen Zettel daließ: »Bin in zwei Minuten zurück«. Der Säugling, der nur für einen Moment im Auto allein gelassen und niemals gefunden wurde. Die Kinder, die man nur beim Vornamen kannte – zu vertraute Spitznamen, die ihre Familien nie nutzten. Und all die Seiten online, die sich mit ihnen beschäftigten, die Artikel und Foren. Was ist passiert? Wohin sind sie verschwunden? Spurlos.

Meine Familie bat mich, diese selbstzerstörerische Qual zu lassen. Irgendwann habe ich auf sie gehört.

Und das ist so anders als unsere Situation, sage ich mir. Dem Himmel sei Dank, dass wir von Sophie gehört haben, dass sie nicht einfach verschwunden ist. Aber die Geschichten erfüllen mich dennoch mit kaltem Grauen.

Ich zwinge mich weiterzulesen, aber aus der Zeit, als es geschehen ist, finde ich nicht viel. Nur die Artikel zum zwanzigsten Jahrestag und die Wiederholung der Bitte um Information. Es gibt eine Schwester, die zitiert wird.

»Es ist eine sehr schwierige Zeit im Jahr«, sagt Olivia Kerrigan, 29. »Ich habe niemals die Hoffnung verloren, dass wir wieder etwas von ihr hören. Ich denke sehr viel an meine Schwester.«

Viel mehr gibt es nicht, aber ich scrolle weiter.

Ah, ich verstehe. Deshalb habe ich vorher nichts von ihr gehört. Doch kein großes Rätsel. Sie ist weggelaufen. Deshalb hat Lily sich vertan.

Nancy hat ebenfalls einen Brief dagelassen.

Ich frage mich flüchtig, ob ich mich übergeben muss. Mit einem Mal muss ich mehr wissen. Was geschah dann? Kam sie nie zurück? Haben sie jemals wieder etwas von ihr gehört? Ich fühle mich ertappt, als hätte ich davon wissen müssen. Aber warum sollte ich? Das ist so lange her.

Denk nach. Es ist Samstag, also wird Lily unterwegs sein – Leute von der Kirche holen sie zum Kaffeekränzchen ab. Das ist okay, ich kann sie nachher fragen. Ob sie sich an Details erinnern kann. Meine Hoffnung stirbt ein wenig. Selbst an guten Tagen ist es schwierig, etwas von ihr zu erfahren. Sie hasst es, zugeben zu müssen, dass sie etwas vergessen hat. Manchmal tut sie so, als habe sie mich nicht verstanden: »Wie bitte, Schatz?«

Olivia Kerrigan, 29. Dann muss sie jetzt 35 Jahre alt sein. Jünger als ich. Das holt die Geschichte von Nancy näher heran, zieht sie aus der Vergangenheit her.

Aber es bedeutet nichts für *dich,* gebe ich mir selbst zu bedenken, das ist kein Zeichen. Nein. Denk so was nicht. Es existieren so viele Familien wie meine. Das hat mich die Arbeit bei der Hotline gelehrt. So viele Familien, deren Kinder nicht nach Hause kommen – kommen *wollen,* erinnere ich mich, als ich schon in der Schublade im Hausflur nach den Autoschlüsseln suche. Die Bibliothek ist nicht weit, eine Abzweigung von der Hauptstraße im Dorf. Dann kann ich meinen Geist beruhigen.

Das Telefon klingelt, als ich schon fast draußen bin. Ich warte, bis der Anrufbeantworter drangeht, die Stimme weht laut aus der Küche herüber. Es ist wieder einmal Charlotte.

»Kate«, sie klingt belagert, Lärm im Hintergrund: die Jungs. »Kate, ignorierst du jetzt etwa meine Anrufe? Das geht gar nicht.«

Nein, sie klingt aufgebracht. Nichts macht Charlotte wütender, als ignoriert zu werden. Das hätte ich wissen müssen, es war mein letzter Ausweg, um sie zu ärgern, als wir noch klein waren, wenn alles andere nicht funktionierte. Die Miene neutral halten und sie ausblenden.

Heutzutage ist das schwieriger.

»Ich muss wirklich dringend mit dir reden, Kate. Das meine ich ernst, Katherine.« Wie Mum mich genannt hatte. Sie ist ganz sicher wütend. »Mit mir tust du nicht, was du mit allen anderen getan hast. Das lasse ich nicht zu. Ruf mich zurück, oder ich komme vorbei. Bald.«

Scheiße. Beinahe halte ich inne, hebe ab, rufe sie an, dann sage ich mir, dass ich warten sollte – erst einmal gehe ich zur Bibliothek, bevor sie schließt, dann rufe ich sie an. Eventuell.

Um in die Archive gelassen zu werden, muss ich mit dem Bibliothekar sprechen und unterschreiben, dass ich mich nicht mit ihrem Mikrofilm davonstehle. Aber nachdem er mich in das Lesegerät eingewiesen hat, eine Art beleuchteter Vergrößerungskasten mit Bildschirm, lässt er mich in dem winzigen dunklen Raum allein.

Heute Nachmittag ist Märchenstunde, und durch die angelehnte Tür wehen Ausschnitte der Geschichte, die dem halben Dutzend Kindern vorgelesen werden.

»Es war einmal eine Prinzessin, die lebte in einem großen Schloss …«

Es gibt hier nur Archive der lokalen Zeitungen, Wochenzeitschriften, sie haben nicht einmal Ausgaben der Abendzeitung. Aber da ich schon mal hier bin, kann ich auch nachforschen. Vor mir steht ein ganzer Haufen kleiner Pappschachteln, in jeder sind Wochen und Monate von *Amberton Telegraph*-Ausgaben auf winzige Filmrollen kopiert. Der Bibliothekar hat es mir gezeigt und die richtige Rolle dabei gleich eingelegt.

Ich scrolle hinunter, drehe den Knopf an der Maschine und sehe zu, wie die Seiten voller alter Nachrichten vor mir verschwimmen, bis ich mich dem Datum nähere, an dem Nancy verschwunden ist, Freitag, der 10. April 1992.

Jetzt bewege ich mich langsamer durch die Zeit. Als ich den Trick raushabe, ist es einfach, die richtige Stelle zu finden: eine Bitte an das weggelaufene Mädchen aus Vale Dean. Das Datum ist der 15. April, der Mittwoch, nachdem sie verschwand, die erste Erwähnung in der Zeitschrift. Sie hat es auf die Titelseite geschafft, direkt neben einen Artikel über den Verdacht auf Brandstiftung am Fußballplatz von Amberton.

Der Artikel über sie ist erstaunlich kurz, nur eine Überschrift und ein paar Hundert Wörter, die berichten, dass die Polizei um Informationen bittet, nachdem Nancy Kerrigan, 16, aus Vale Dean, verschwunden ist. Dann steht da noch, dass sie einen Brief dagelassen hatte, der ihre Absicht wegzulaufen mitteilte.

Es gibt noch eine Handvoll Details, aber nicht viel mehr. Vermutlich wurde das alles schon in den größeren Zeitungen berichtet. Sie ging auf die Amberton Grammar, so wie alle Kinder hier, wenn sie angenommen werden. Es ist immer noch eine angesehene Schule. *Ihre Familie sorgt sich um sie.*

Die Ausgabe der nächsten Woche fehlt – der Mikrofilm springt ohne eine Lücke zur übernächsten weiter. Aber der Artikel dort enthält mehr Details: Ein 16-jähriger Junge wurde vernommen, aber wieder freigelassen. Der Rest wiederholt nur, was ich schon weiß. Es wirkt nicht so, als würde Panik ausbrechen.

Was ist aus dem Jungen geworden?

Aber ich finde nichts mehr über ihn und verliere mich, als ich auf dem Lesegerät durch die Seiten scrolle. Meine Aufmerksamkeit wird von den Details jahrzehntealter Bürgermeisterbesuche und Baubehördenstreitereien angezogen. Ein Mitglied der Regierung wurde außerhalb der Stadt mit Eiern beworfen, und der Fotograf hat ihn so abgelichtet, voller Wut in seinen grauen Nadelstreifen. Die Kirche erhofft sich Hilfe für ein neues Dach. Das tut sie heute noch, glaube ich. Je mehr sich die Dinge ändern …

Mein Rücken wird steif, meine Lende verklemmt. Um mich ein wenig zu bewegen, verlasse ich die Kammer und gehe zum Wasserspender. Ich bin griesgrämig und erschöpft. Sophie sollte in meinen Gedanken sein, stelle ich fest, und nicht das. Aber was genau kann ich tun? Ich sollte ehrlich zu mir sein: Ich suche nach Ablenkung.

»Wie geht es voran?«, erkundigt sich der Bibliothekar. Er ist groß, schlank, mit einer freundlichen Aura. Ich habe ihm gesagt, dass ich die lokale Geschichte recherchiere.

»Nicht so gut. Mir fehlen ein paar Ausgaben auf den Filmen, die ich mir angesehen habe. Gibt es keine vom 22. April 1992?«

»Oh, nun ja«, antwortet er mit gerunzelter Stirn. »Es wird alles digitalisiert, weshalb wir nicht mehr ganz den Überblick haben, wenn ich ehrlich bin. Wonach suchen Sie eigentlich?«

»Nach einem Mädchen von hier, das verschwunden ist. Nancy Kerrigan.«

»In der Zentrale in der Stadt werden sie mehr Zeitungen archiviert haben. Ich glaube, da brauchen Sie einen Termin. Vielleicht geht das nur als Studentin. Sind Sie Studentin?«

»Nein.« Ich bemerke, dass er auf eine Erklärung wartet. »Es ist ein persönliches Projekt. Ich versuche, die Auswirkungen von … Vermissten auf kleine Gemeinschaften herauszufinden.«

»Ah, nun, das sollte dann kein Problem sein«, stellt er fest. »Und eine faszinierende Geschichte.«

Das erregt meine Aufmerksamkeit.

»Nancy? Die Vermisste? Haben Sie von ihr gehört?«

»Oh, das war sehr traurig«, erklärt er fröhlich. »Natürlich ist es lange her, so zwanzig Jahre?«

»Beinahe dreißig. Kannten Sie sie? Kommen Sie von hier?«

»Ja, tue ich, ich bin hier aufgewachsen. Aber sie war etwas älter als ich.« Er ist wohl jünger, als er aussieht. »Aber wir sind hin und wieder zu dem Haus gegangen, nachdem die Familie weggezogen ist, haben uns gegenseitig dazu angestachelt, auf das Grundstück zu gehen. Sie wissen, wie Kinder so sind.«

»Welches Haus?«

»An den Namen erinnere ich mich nicht. Sie wissen schon, das große graue. An der Park Road, frei stehend, da am Ende.«

»Sie hat in Parklands gewohnt?«

»Genau, so heißt es. Parklands.« Er deutet meinen überraschten Blick falsch. »Damals war es ganz anders, ein schönes Haus. Prachtvoll sogar. Es gab große Gartenpartys …«

Also hatte Nancy in Parklands gewohnt. Kein Wunder, dass Lily sie verwechselt hatte. Noch ein Mädchen, das von zu Hause weggelaufen war. Und dann war ihre Familie weggezogen. Wie konnten sie nur? Was, wenn sie eines Tages zurückkam, und sie waren nicht da? Die Tür geschlossen, eine neue Familie im Haus, wie bei Peter Pan. Ich unterdrücke die anschwellende Sorge. Das ist nicht meine Geschichte. Aber ich bin jetzt neugierig.

»In der Zeitschrift stand, dass ein Junge vernommen wurde?«, hake ich nach.

»Ach, daran erinnere ich mich nicht.« Er beginnt aufzuräumen, legt Bücher zur Seite, dann hält er inne. »Aber meine Cousine ist mit Nancy in die Schule gegangen. Vielleicht erinnert sie sich. Ich könnte mal fragen, ob sie für Ihr Projekt mit Ihnen reden würde.«

»Oh, okay. Würden Sie?«

Mich überrascht die Hilfsbereitschaft der Menschen hier immer wieder. Ich habe zu lange in London gelebt. Ich fische ein Stück Papier aus meiner Handtasche und nehme den Stift vom Tresen, bevor er es sich anders überlegt.

»Mein Name ist Kate.«

Meinen Nachnamen schreibe ich nicht dazu. Mir gehen die Fragen auf den Geist.

»David.«

Er winkt mir ungelenk zu.

»Das hier ist meine Telefonnummer, falls Sie …« Mein Handy klingelt in der Handtasche. »Es tut mir leid.«

Während ich nach meinem Handy suche, legt er den Kopf zur Seite und wirft einen bedeutungsschwangeren Blick zur Märchenstunde.

»Ich gehe am besten kurz vor die Tür«, flüstere ich. Draußen ziehe ich mein Handy hervor. Die Nummer ist unterdrückt.

»Hallo?«

»Hallo, Mrs Harlow? DI Nicholls.«

»Ja, ich bin's. Hallo?«

»Können Sie wohl heute noch auf die Wache kommen? Es gibt neue Entwicklungen.«

»Oh, okay. Jetzt gleich?«

Ein Blick auf meine Uhr. Kurz nach vier.

»Ja, bitte, falls es passt.«

»Worum geht es?«

»Es gibt neue Entwicklungen«, wiederholt er.

Angst ergreift Besitz von mir.

»Sind es schlechte Neuigkeiten? Haben Sie …«

»Es wäre wirklich besser, wenn Sie vorbeikämen, um darüber zu sprechen«, unterbricht er mich mit fester Stimme.

»Ja, natürlich. Ich bin in zehn Minuten da.«

Als ich auflege, lecke ich meine trockenen Lippen. Etwas gräbt sich in meine Handfläche. Erst als ich hinsehe, erkenne ich, dass ich immer noch den Stift des Bibliothekars in der Hand halte, meine Finger darum geklammert. Ich gehe wieder hinein.

»Oh, ich dachte schon, Sie wären gegangen.« Der Bibliothekar – David – schaut aus der Kammer mit den Mikrofilmen. »Sehen Sie sich das hier an.«

Ich folge ihm hinein.

»Bitte entschuldigen Sie, ich habe alles rumliegen lassen, nicht wahr? Ich hole nur eben meine Jacke.« Ich will nur weg, meine Gedanken kreisen um das, was kommt. »Und hier ist Ihr Stift.«

Ungeschickt ziehe ich meine Jacke von der Lehne des Stuhls, auf dem nun er sitzt.

»Ich sollte die Archive wirklich einmal ordnen«, stellt er fest. »Aber, wissen Sie, bei allem, was man von uns erwartet, wir sind jetzt zu zweit und machen die Arbeit von dreien, und trotzdem gibt es Gerede über eine mobile Bibliothek, was die arme Lynn sehr erschreckend findet, sie kann ja nicht mal fahren …«

Das Foto auf dem Bildschirm ist schwarz-weiß, eine schlechte Kopie.

»Sie haben recht, der Film springt an der Ausgabe vorbei. Ich habe sie auf einer anderen Rolle gefunden, ein paar der Ausgaben, die uns fehlten. Damals waren sie noch so gründlich, dass sie sie später hinzugefügt haben.« Er lacht reumütig. »Wenn wir doch heutzutage nur noch diese Mittel zur Verfügung hätten. Oh, ist alles in Ordnung?«

Ich kann nicht antworten. Ich stehe wie angenagelt da.

In der zweiten Woche hatte man sie noch einmal auf die Titelseite gepackt – aber diesmal mit einem Bild. Nancys Schulfoto, ein Porträt vor dem grau gescheckten Hintergrund, den Fotografen immer zu benutzen schienen. Nancy Kerrigan. Blonde Haare, ein rundes Gesicht, dieses süße Lächeln. Auch in den Augen.

Nancy, nicht Sophie. Atme. Es ist okay.

»Danke«, höre ich mich sagen. »Das ist wirklich sehr hilfreich. Und Sie haben ja meine Nummer.«

Es hat mich überrascht, mich unvorbereitet erwischt, mehr nicht.

Sie ist das Ebenbild meiner Tochter.

15. KAPITEL

Nicht mal ein Hauch Wind geht, als ich fahre und die Scheiben alle runterkurble, um den Schweiß unter meinen Armen zu trocknen. Es wird schon alles gut sein, rede ich mir ein. Denk nicht daran, was sein könnte, was sie gefunden haben könnten. Aber ich kenne diese Art, diese geübte Professionalität, wenn sie eine neue Horrornachricht überbringen: »Mrs Harlow, wir haben Videoaufnahmen von Sophie am Busbahnhof.«

Was ist es wohl jetzt – was haben sie herausgefunden …

Hör auf!

Ich schalte das Autoradio an und drehe es laut. Gerade laufen Nachrichten. Ein Mitglied der Regierung wurde aufgenommen, wie er über die Wähler gelästert hat, das wird wohl zum Rücktritt führen. Ein bekannter Fußballer hat Steuerprobleme. Und jetzt zum Wetter: Die Hitzewelle wird uns noch erhalten bleiben. Es gibt eine Warnung wegen Wasserknappheit in fünf Landkreisen, bitte nehmen Sie davon Abstand, mit dem Gartenschlauch …

Es wirkt erleichternd auf mich. Als ich an der Wache ankomme und wieder in eines der kleinen Wartezimmer gesteckt werde, bin ich fast ruhig. Alle Flure im Gebäude sind mit Teppich ausgelegt, was die Geräusche dämpft. Als DI Nicholls eintritt, zucke ich vor Schreck zusammen. Er nickt mir zu und legt etwas Dickes auf den Tisch.

An den Rändern wellt sich das Papier. Auf dem Einband sind braune Flecken – Nässe? Das Tagebuch hat immer noch den Aufkleber, ein großes weißes Rechteck – ein Autoaufkleber von unserem letzten Familienurlaub in Florida: »Mickey (ein rotes Herz) liebt mich«. Ich hatte Sophie im Souvenirladen aufgezogen: »Ich wusste gar nicht, dass du noch Mickey magst.«

»Nein, Mum, das ist cool«, hatte sie mir geduldig erklärt. »*Ironisch.*«

Als ich beinahe automatisch danach greife, berührt er sanft meinen Arm. *Warten Sie einen Moment.*

Ich lehne mich zurück, von der Berührung überrascht.

»Wissen Sie, was das hier ist, Mrs Harlow?«

»Das gehört Sophie.« Ich klinge wütend. »Woher haben Sie das?«

»Warum glauben Sie, dass es Sophie gehört?«

»Weil ich es ihr gekauft habe. Als es zurück in die Schule ging.«

»Können Sie mir sagen, wann Sie es das letzte Mal gesehen haben?«

»Nein. Ja. Ich meine … nicht kürzlich. Vor Jahren. Als …« Sophie noch da war.

Es war kurz vor Weihnachten, nur ein paar Monate bevor sie weglief. Ich war in ihrem Zimmer, während sie in der Schule war. Das Schuljahr war da recht lang, wie die Termine eben so kamen. Ich hatte gerade ihre Wäsche eingeräumt, als ich es hinten in der Schublade fand. Das kleine, klobige Notizbuch erkannte ich sofort, zwei dünne Seiten für jeweils eine Woche, und ich griff danach, bevor ich wirklich nachdachte.

Die ersten Seiten waren angefüllt mit Details über ihre Hausaufgaben, Erinnerungen an Dinge, die sie noch für die Schule erledigen musste, aber nach einigen Monaten hatte sie diese guten Absichten aufgegeben. Danach hatte sie angefangen, es wie ein normales Tagebuch zu benutzen: Aufzeichnungen über Ereignisse in der Klasse oder über lustige Sprüche ihrer Freunde. Und all ihre kleinen Zeichnungen, Cartoon-Tiere, die mich von den Seiten aus anstarrten, sich hinter Blumen versteckten. Ich lächelte bei ihrem Anblick, während ich durch die Seiten blätterte. Hin und wieder wurde Danny erwähnt: Dieses Jahr waren sie ein Pärchen geworden, nicht dass sie mir das so berichtet hatte. Aber es war offensichtlich, als Sophie und er mehr und mehr Dinge allein unternahmen, nur zu zweit, ohne Holly oder den Rest.

6. Dezember 2015
Kino mit Danny. Holly wollte auch, also habe ich ihr gesagt, sie kann mitkommen. Er war angepisst. Ich wollte ihn nicht ärgern, aber warum sollte sie nicht dabei sein können? Egal. Der Film war super, es war so interessant zu sehen, wie sie mit den Farben gespielt haben und …

Sie hatte mehr über den Film als über den Streit mit Danny geschrieben.

Den Rest überflog ich nur. Es war nichts wirklich Persönliches darunter. Dennoch hatte ich sicher zwanzig Minuten damit verbracht, mich darin gesonnt, meine Teenager-Tochter besser kennenzulernen, die jetzt immer so verschlossen war, und all die Dinge zu erfahren, die sie mir nicht mehr erzählte.

Erst dann begriff ich. Was um Himmels willen tat ich gerade? Hätte meine eigene Mutter mein Tagebuch gelesen, ich wäre fuchsteufelswild geworden, egal, wie unschuldig ihre Absicht war. Beschämt legte ich es zurück.

Natürlich fiel es ihr auf – ich hätte es ahnen können. Ich hatte es nicht ganz so zurückgelegt, irgendwas in der Schublade aus dem Gleichgewicht gebracht. Vielleicht hatte sie es auch einfach nur geraten: Es fiel ihr immer leicht, mich zu durchschauen. An dem Abend stand sie mit ernster Miene in der Küchentür.

»Mum, hast du mein Tagebuch gelesen?«

Mir stieg tatsächlich die Röte ins Gesicht.

Danach versteckte sie es woanders. Ich hatte nie gesucht – ich fühlte mich so schuldig –, aber ich hatte es nie wieder gesehen. Nachdem sie verschwand, suchten wir danach, natürlich – die Polizei ebenfalls, als wir es erwähnten –, aber es fehlte so viel. Manchmal war sie gnadenlos in ihrer Art, Dinge zu entsorgen.

»Das habe ich lange nicht gesehen«, stelle ich jetzt fest. »Wo um alles in der Welt haben Sie das gefunden?«

»Die Amberton Grammar hat sich gemeldet. Es gibt da ein Feld hinter der Schule, jenseits des Schulgeländes?«

»Ja, das kenne ich. Manchmal spielen die Kinder da, und es gibt hin und wieder Cross-Country-Läufe.«

Ein paarmal hatte ich dort Sophie zugesehen. Es war eine riesige Wiese, viel zu uneben für ein richtiges Spielfeld, von struppigen Bäumen umgeben.

Er nickt.

»Die Schulsekretärin hat uns angerufen. Offenbar hat ein Spaziergänger mit Hund es gesehen und bei ihr abgegeben – er dachte wohl, es wäre von einem Schüler. Natürlich hat sich die Dame daran erinnert, wer Sophie ist, und so ist es bei uns gelandet.«

»Darf ich es mir ansehen?«

»Lassen Sie mich.« Erst jetzt fällt mir auf, dass er Latexhandschuhe trägt. Er blättert zur ersten Seite. »Ist das Sophies Handschrift?«

»Oh«, entfährt es mir. »Sie hat ja alles ausgefüllt.«

Es handelt sich um so ein altmodisches Tagebuch, mit einem Feld für den Namen, die Adresse und so weiter. Ich meine, das wäre alles leer gewesen, als ich es zum ersten Mal sah. Mein Blick folgt der Schrift, ich erfreue mich daran, wie vertraut die Formen sind, die dicken, runden Buchstaben mit den kurzen Spitzen.

Name: *Sophie Harlow*
Alter: *16*
Adresse: *Oakhurst, Park Road, Vale Dean, Cheshire*
Kontakt: *Sharlow90@yaymail.com*

Er blättert weiter. Sie hat einen blauen Kuli benutzt, fest aufgedrückt. Sie hat immer so geschrieben, als wollte sie Löcher ins Papier stanzen, bis sogar ihre Lehrer aufgegeben hatten, sie dazu zu bringen, einen Füllfederhalter zu benutzen – zu viele verbogene Federn.

»Ja«, erkläre ich. »Das ist ganz sicher ihre Handschrift.« Ich runzle die Stirn: Irgendwas ist da … aber er blättert schon weiter, dann hält er inne.

12. November 2016
Heute Feldhockey. Eisregen. Mrs Wilson

– ihre Sportlehrerin –

hat mich wieder im Visier. Gib dir mehr Mühe, was ist bloß los mit deiner Einstellung. Ich war nicht in Stim-

mung. Es war zu kalt. Holly hat blaugemacht. Und gesagt, ich hätte auch gehen sollen. War mit dem Hund spazieren. So viele Hausaufgaben.

Ich nicke ebenfalls. Von dem, was sie geschrieben hat, würde niemand ahnen, was dann kam.

Langsam blättert er weiter. Aber die Wörter verlieren jede Bedeutung. Wie konnte das uns nur passieren, frage ich mich wieder. Wie kann das mein Leben sein? Dissoziation hatte es meine Therapeutin genannt – ich weigere mich, meine Realität anzunehmen. Das hatte sie mir genau so gesagt, in den Monaten danach.

»Mrs Harlow?«

Fast habe ich vergessen, dass er da ist. Er hebt die Brauen, lässt die Seiten zurückflattern.

»Das ist ihres. Kann ich jetzt selbst schauen?«

Ich strecke eine Hand aus, will einfach nur etwas berühren, das ihr gehört hat.

»Einen Augenblick noch, bitte.« Seine behandschuhte Hand schwebt über dem Tagebuch. »Wissen Sie, da steht ein Detail, das uns überrascht hat.« Er hält inne. »Hat Sophie Ihnen mitgeteilt, dass sie schwanger war?«

»Nein, hat sie nicht«, antworte ich sofort. »Ich meine – nein, sie war nicht schwanger.«

»Sie glaubte es aber, zumindest nach ihren Einträgen hier drin«, erklärt er. »Also wussten Sie das nicht?«

»Das … das war niemals Teil der Ermittlungen.«

Die Phrase, direkt aus dem Beamtenapparat, klingt falsch in meinen Ohren.

»Ich meine, ihre Freundin – Holly aus der Schule –, ich habe Ihnen berichtet, dass ich mit ihr gesprochen habe. Sie sagt, Sophie habe einen Schwangerschaftstest gemacht. Aber das Ergebnis war negativ.«

»Ich verstehe.«

Sorgfältig durchsucht er wieder die Seiten, und ich beuge mich vor, um ihre Handschrift zu sehen. Aber bald sind die Seiten leer – beginnend mit den Monaten, nachdem sie mich erwischt hatte. Silvester und Neujahr sind ebenfalls leer.

Aber nur für eine Weile, bemerke ich. Nicholls hält an, dreht das Tagebuch herum, sodass ich es besser lesen kann, und schiebt es näher an mich heran. Die Wörter sind mit dicken blauen Strichen fast ins Papier gekerbt.

10. April 2016
Ich habe lange nichts hier reingeschrieben. Sie hat es gefunden. Danach fühlte ich mich anders. Aber ich muss das jemandem erzählen, auch wenn es nur ein blödes Tagebuch ist.
Mum hat den Test gefunden. Sie ist so ein neugieriges Biest. Holly hat es auf sich genommen. Aber ich weiß nicht, was ich tun soll. Ich will es Danny nicht sagen. Er wird es nicht gut aufnehmen, aber er sollte es wissen, schätze ich. Ich wünschte, ich könnte einfach verschwinden – ich brauche einfach nur ein wenig Zeit, um nachzudenken. Mir reicht das alles hier.

Er blättert um. Einige Tage sind leer, dann nur ein paar Sätze:

Ich hatte recht. Ich habe eine andere Seite von ihm gesehen. Er hat mich erschreckt, mehr nicht. Eigentlich ist es lächerlich.

»Ist das Sophies Handschrift, Mrs Harlow?«, fragt er mich mit neutraler Stimme.

Meine Gedanken sind ein einziges Wirrwarr.

»Ja. Ja, ist sie.«

»Es gibt nicht viele Referenzen dazu. Nur eine Handvoll Einträge, nachdem sie es erfahren hat. Sie sagen, ihre Freundin hat behauptet, es wäre ihr Test?«

»An dem Abend. Ja.«

Mir ist heiß und kalt zugleich, in meinem Kopf dröhnt es. Aber er hört nicht auf zu reden.

»Es gibt noch etwas.« Sieht er wenigstens einen Augenblick lang peinlich berührt aus? »Dieser Schwangerschaftstest, sie schreibt, dass sie sich darum *kümmern* muss. Hier.«

Er findet die Stelle und hält mir die Seiten hin.

22. April
Jetzt ist es erledigt. Es war schrecklich. Aber ich bin erleichtert. Direkt danach bin ich in die Schule, und es war so, als wäre nichts passiert. Ich habe gesagt, es ging mir nicht so gut und dass ich beim Arzt war, was ja irgendwie sogar stimmte. Niemand hat es überprüft. Niemand weiß was.
Aber ich weiß es. Ich wünschte, ich könnte einfach verschwinden. Neu anfangen.

Auf der nächsten Seite ist noch ein Eintrag:

Danny ist mal wieder schwierig. Ich habe gedacht, wenn ich tue, was er will, mich darum kümmere, dann lässt er mich in Ruhe, aber ich weiß nicht.
Deshalb habe ich mich entschieden: Ich gehe. Ich will ein anderes Leben für mich. Ich habe einen Plan. Ich kann gegen Bares irgendwo arbeiten. Später vielleicht ins Ausland. Das weiß ich nicht so genau. Aber ich finde einen Weg. Einen Neuanfang, einfach nur, bis ich damit

besser klarkomme. Ich kann nicht so weitermachen, als wäre nichts geschehen.
Ich weiß nicht, was ich ihm sagen soll. Ob ich überhaupt was sagen soll.
PS: Ich werde mit dem Schreiben hier aufhören, es ist zu riskant. Ich muss es verstecken. Irgendwo, wo sie es nicht findet.

»Danach kommt nichts mehr«, erklärt er mir.

»Kann ich es mitnehmen?«

Tränen machen meine Stimme rau. Das ist ein Stück von Sophie, von meiner Tochter.

»Wir müssen das für den Moment behalten.«

»Also ermitteln Sie weiter?«

»Die Akte wurde nie geschlossen.«

Ich werfe ihm einen Blick zu – er muss doch wissen, dass nichts mehr unternommen wurde.

»Aber wir werden ein paar Erkundigungen einziehen.«

»In welche Richtung? Danny hat gesagt, dass sie nicht miteinander geschlafen haben. Das hat er mir direkt gesagt. Glauben … glauben Sie, dass er was Schlimmes gemacht hat?«

Mein Atem geht schneller, aber er schüttelt den Kopf.

»Es gibt keinen Grund für uns, das anzunehmen. Aber es ist nun etwas klarer, warum Sophie verschwunden und warum sie so lange fortgeblieben ist.«

Danny, denke ich. Oder wir? Wie wir reagieren würden?

»Sie klingt so wütend«, stelle ich fest.

»Mir ist bewusst, dass es für Sie sehr schwierig gewesen sein muss, das zu lesen. Aber Sie haben richtig gehandelt: uns über den Anruf informiert, uns all Ihre Sorgen mitgeteilt. Denn das hat dazu geführt, dass Sophie bei uns wieder frisch im Kopf war, als das Tagebuch gebracht wurde. So was sollte nicht unter dem Radar laufen, natürlich nicht, aber manchmal wird die Bedeutung nicht so klar …«

Das kann ich mir gut vorstellen. Jemand gibt das Tagebuch ab, es wird pflichtbewusst aufgenommen und irgendwo ins Archiv gelegt mit einer Notiz an Kirstie, es sich anzusehen oder vielleicht an die Familie zu übergeben, wenn sie aus der Elternzeit kommt. Falls sie jemals wieder arbeitet. Der Gedanke lässt mich frösteln: dass es glücklich gelaufen ist, dass sie die Brisanz verstanden hatten.

»Glauben Sie, dass sie deshalb weggelaufen ist? Weil sie Angst hatte? Oder dass *er* ihr Angst gemacht hat?«

Ich kann das nicht mit meinem Bild von Danny in Einklang bringen, dieser leisen Gestalt. Aber ungebeten taucht sein Großvater vor mir auf, Lens rotes, spuckendes Gesicht.

»Ich werde Sie umgehend informieren, sollte sich was Neues ergeben«, erwidert Nicholls und erhebt sich.

Ich tue es ihm gleich. Das ist so viel, was ich verarbeiten muss.

»Wie geht es jetzt weiter?«

»Wir nehmen eine Aussage von Ihnen auf, über das Tagebuch, den Schwangerschaftstest und das alles. Mein Kollege wird gleich kommen, wenn Sie also bitte hier warten würden.«

»Okay.«

Draußen sind Stimmen zu hören, eine davon wird lauter. »Aber ich meinte eher langfristig.«

»Ich halte Sie auf dem Laufenden«, beruhigt er mich.

Draußen sind die Worte mit einem Mal so laut, dass man sie versteht: »Aber *warum?* Warum können Sie mir nicht sagen …«

Mark.

»Sophies Vater – ist er auch hier?«

»Ich bin davon ausgegangen, dass Sie nicht unbedingt gemeinsam mit mir reden wollen würden«, erklärt er trocken. »Wenn Sie es vorziehen, ihn nicht zu treffen …«

Eine Frauenstimme von draußen, leiser, dann seine laut darüber: »Nun, ich bin ein viel beschäftigter Mann, müssen Sie wissen. Wenn Sie mich schon hierherbitten …«

»Es ist okay«, sage ich Nicholls. Ich öffne die Tür, und Mark steht da mitten auf dem Flur, eine uniformierte Beamtin hinter ihm, nur ihre erhobenen Augenbrauen verraten ihren Ärger.

»Kate«, sagt er überrascht. »Und *Sie*«, fährt er unhöflich fort, als Nicholls an mir vorbeigeht. »Ich denke, Sie und ich müssen uns mal unterhalten. Nun? Was ist los?«

»Mrs Harlow?« Die Polizistin hält mir die Tür auf. »Ich bin Detective Sergeant Hopper. Folgen Sie mir bitte.«

Ich tue, wie mir geheißen. Beinahe hatte ich vergessen, wie er wird, wenn er aufgeregt ist, wie er auf sein pompöses Auftreten zurückgreift. Immerhin rettet es mich davor, mit ihm reden zu müssen.

Danach stehe ich vor der Wache an die Wand gelehnt und atme tief ein, die Abendluft kühl in meiner Brust. Die Aussage hat nicht viel Zeit in Anspruch genommen. Es war nicht mein erstes Mal.

Die Polizistin war gut, sehr gründlich. Sie hat alles festgehalten, was mir über den Abend einfiel, an dem ich den Test gefunden hatte, was Holly neulich erzählt hat, dann Danny, und ist dann noch mal alles durchgegangen. Woher meine Gewissheit stammt, dass es Sophies Tagebuch ist, wie sicher ich mir bin. Aber ich fühle mich, als ob ich einen Zehnkilometerlauf hinter mir hätte, meine Beine zittern.

Jetzt, da ich Zeit zum Nachdenken hatte, reagiert mein Körper auf das Gelesene. Sophie. Mein kleines Mädchen, verängstigt, allein. Ich kann es kaum ertragen. Und Danny – was hat er getan? Sie bedroht, ihr Angst eingejagt?

Aber immerhin wissen wir jetzt mehr. Wir kommen allem näher, wissen besser, was sie davongetrieben hat. Das ist es, was ich immer wollte. Die Dinge geraten wieder in Bewegung. Einfach war es nicht, würde es nie sein.

Ich atme ein, dann wieder aus, strecke mich. Vielleicht fühlt sich das so an. Fortschritt.

16. KAPITEL

Über das Wochenende wurde es noch heißer. Montagmittag ist der Himmel ein grandioses, wolkenloses Blau, und die Temperatur erreicht mit 30°C einen neuen Höchststand. In der Küche ist das Licht grün-golden vom Schatten der Bäume im Garten, und ich sitze vor meinem Salat, den ich mir zu Mittag gemacht habe.

Im Radio reden sie darüber, wie andere die Hitze überstehen – das ist kein Tag, um im Büro zu versauern, scherzen sie, weshalb Arbeitgeber mit Rekordzahlen bei Krankmeldungen rechnen sollten. Da ich keinen Job habe, ist mir das gleich. Aber zum ersten Mal denke ich darüber nach, dass es vielleicht an der Zeit ist, mich hier mal umzusehen. Und der Gedanke erfüllt mich nicht mit Panik.

Am Samstag war ich nicht bei der Hotline. Schlussendlich hatten sie sich doch gemeldet: eine Nachricht auf meinem Handy, um mir zu sagen, dass man mich nicht benötigte – nicht Alma, jemand weiter oben in der Nahrungskette. Schon an ihrer Stimme konnte ich erkennen, dass sie keine Ehrenamtliche war. Es wäre am besten, wenn ich erst mal nicht mehr dort arbeite wegen der Belastung durch die jüngsten Ereignisse.

Natürlich ist mir bewusst, dass sie nicht glücklich damit sind, dass ich mit der Neuigkeit gleich zur Polizei gegangen bin oder dass ich sie gebeten habe, den Anruf zurückzuverfolgen. Aber es ist ja auch eine ungewöhnliche Situation, den Anruf einer eigenen Verwandten entgegenzunehmen. Ich denke mal, sie haben schon Meetings abgehalten, um Prozeduren zu besprechen, wie mit dieser Eventualität in Zukunft umgegangen wird.

Wie auch immer, ich war die letzten Tage beschäftigt.

Erst mal musste ich wieder zur Wache, denn DS Hopper, die Polizistin, die meine Aussage aufgenommen hatte, rief noch einmal an und bat um Handschriftproben, falls sie das Tagebuch vergleichen mussten. Mit großer Sorgfalt kramte ich alte Übungshefte hervor und Geburtstagskarten, die ich mir ohnehin nicht mehr ansehen kann. *Herzlichen Glückwunsch, Mum. Für die beste Mum der Welt.* Und ältere, mit Buntstift auf gefalteten Karton geschrieben, in diesen bedächtigen Kinderbuchstaben: *Mummy. Ich hab dich lieb. Sophie xxx*

Und natürlich die Karten aus der Zeit danach, zum Schutz in einem braunen Umschlag.

»Das ist mehr, als wir brauchen, Mrs Harlow«, stellte sie fest, lächelte dabei aber. »Vielen Dank dafür.«

Sie ist netter als Nicholls und sagt mir, dass sie nicht alles davon einlagern müssen und dass ich den Rest später wieder abholen kann.

Heute Morgen war ich joggen, genau wie gestern, trotz der Hitze genoss ich das Gefühl, die Beine zu bewegen und meine Lunge zu strapazieren, bevor ich verschwitzt und erschöpft nach Hause kam. Ich habe nach Lily gesehen. Sie war verschlafen, sagte, ich habe sie aus einem Schläfchen geweckt. Auch wenn sie sich nicht viel beschwert, macht ihr die Hitze doch zu schaffen.

Am Nachmittag machte ich mir laute Musik an und begann, den Stapel Rechnungen abzuarbeiten, den ich hatte auflaufen lassen. Selbstverständlich habe ich keine hohen Ausgaben, und Mark hat bislang nicht versucht, mich zu einem Umzug zu überreden – vielleicht fühlt er sich zu schuldig –, aber ich nehme an, ewig kann ich nicht so weitermachen. Ich habe sogar eine E-Mail beantwortet, Freunde aus London, die pflichtbewusst versuchen, den Kontakt nicht einschlafen zu lassen, trotz meines Schweigens. Kleine Schritte zurück in die Welt.

Aber vor allem habe ich versucht, nicht mehr zu verweilen. Auf den Prozess zu vertrauen. Solange ich in Bewegung bleibe, funktioniert es irgendwie. Es war einfach nur Pech, dass ich bei der Polizei Holly traf, als ich den Umschlag abholen wollte.

Als ich wieder zum Wagen ging, rauchte sie draußen eine Zigarette.

Ich war nicht sicher, ob ich so tun sollte, als habe ich sie nicht gesehen, aber sie entschied es für mich. Sie lief direkt zu mir, kam mir zu nah, ihr Atem warm in meinem Gesicht – Zigaretten und Pfefferminz.

»Sie müssen dafür sorgen, dass es aufhört«, bat sie mich. »Sagen Sie denen, dass die das falsch verstehen.«

»Was verstehen sie falsch, Holly?«

»Sagen Sie ihnen, dass ich mich vertan habe. Dass es mein Test war, dass ich das nicht so gemeint habe.« Sie hatte geweint, die Haut um ihre Augen war gerötet. »Sagen Sie ihnen, es war meiner. Bitte.«

»Ich muss die Wahrheit sagen«, erwiderte ich sanft.

Einen Moment zögerte ich, dann ging ich weiter. Hinter mir hörte ich sie schniefen, leise und hoffnungslos. Sie folgte mir nicht.

Also behauptet sie jetzt, es war ihr Schwangerschaftstest. Vermutlich war das zu erwarten, ein Versuch, ihren Freund zu schützen. Ich mache ihr wirklich keine Vorwürfe. Er muss ein verdammt guter Lügner sein. Vermutlich glaubt sie ihm.

Bislang haben sie Danny wohl nicht verhaftet, sondern nur verhört. Bis jetzt. Ich weiß nicht, wie viel sie mir zu diesem Zeitpunkt mitteilen müssen oder auch nur würden.

Sogar ich habe geglaubt, dass er mir in der Werkstatt die Wahrheit gesagt hat. Aber heute Morgen habe ich wieder Dad angerufen. Er sagt, ich solle mir keine Sorgen machen, solle mich ablenken, zumindest im Augenblick. Ich habe ihn auf den neuesten Stand gebracht, vom Tagebuch erzählt, von den wieder aufgenommenen Ermittlungen. Nicht erwähnt habe ich, dass ich selbst auch wieder Nachforschungen angestellt hatte, weil er mich nur davor warnen und mir sagen würde, dass ich all diese Unannehmlichkeiten den Profis überlassen solle. Außerdem war das ja schon wieder vorbei.

Er möchte mich besuchen oder wenigstens, dass ich verspreche, ihn demnächst zu besuchen. Sein Vorschlag ist, dass sie beide kommen, er und Charlotte, ohne die Kinder.

»Ich mache mir Sorgen um dich, Kate, so ganz allein da.«

»Es geht mir gut, Dad. Du musst dir keine Sorgen machen. Es ist wirklich gut.«

»Aber ich mache mir welche. Charlotte auch, weißt du?«

»Ich weiß, Dad.«

Aber das ist ein altes Gespräch, und wir rutschen in uns wohlbekannte Rollen. Beinahe beruhigend. Dass die Dinge sich fast so normal anfühlen. Mein *normal*.

Den größten Teil der Post habe ich sortiert und sitze am Küchentisch, recht zufrieden mit mir selbst, als mir der braune Umschlag in meiner Tasche neben dem Tisch auffällt. Der Rest von der Wache. Ich sollte ihn jetzt durchsehen, sonst wird er wieder zu etwas, mit dem ich mich monatelang nicht beschäftigen will.

Schnell gehe ich rüber und reiße den Umschlag auf, schütte den Inhalt auf den Tisch. Sophies Übungshefte werde ich zurück an ihren Platz im Bücherregal räumen, die Geburtstagskarten kommen in meine Schachtel für besondere Erinnerungsstücke im Wohnzimmer, und die Postkarten – die Postkarten werde ich wie gewohnt auf den Kaminsims stellen. Fertig. So erledigt man Dinge, rede ich mir ein, ohne alles in eine gewaltige Aufgabe zu verwandeln.

Aber stattdessen verteile ich die Postkarten auf dem Tisch vor mir. All ihre bekannten Nachrichten. Ich wünschte, ich hätte auch das Tagebuch. Vielleicht darf ich es bald abholen. Ich versuche, mich an die Einträge zu erinnern, an den genauen Wortlaut – aber es ging so schnell, ich hatte kaum Zeit, alles aufzunehmen.

Nur an die erste Seite kann ich mich gut erinnern, ihr Name und ihre persönlichen Angaben. Jetzt fällt mir ein, dass da was war, irgendwas, das seltsam wirkte …

Name: *Sophie Harlow*
Alter: *16*
Adresse: *Oakhurst, Park Road, Vale Dean, Cheshire*
Kontakt: *Sharlow90@yaymail.com*

Etwas Kaltes gleitet mein Rückgrat hinab.

Das war nicht ihre E-Mail-Adresse.

Jedenfalls nicht diejenige, die ich kannte, in die ich mich ungezählte Male eingeloggt habe, deren Inhalt ich so gut kannte wie meine eigenen. Ich springe auf und laufe hoch, zwei Treppenstufen auf einmal nehmend. Ich schalte den Computer an und logge mich in mein E-Mail-Konto ein. Der Ordner »Sophie«, in dem ich all ihre Mails an mich gespeichert habe. Besonders viele sind es natürlich nicht, so oft gab keinen Grund, mir zu schreiben. Einfach nur Kram, von dem sie glaubte, er würde mir gefallen: blödsinnige Lokalnachrichten, lustige Tiervideos.

Ja, ich hatte recht. Sharlow90@gmail.com. Alle kommen von dieser Adresse, diejenige, die wir der Polizei gesagt und auch die, die sie durchforstet haben. Sie hatte sich nicht mal die Mühe gemacht, das Programm zu schließen, was wir merkten, als wir ihren Laptop fanden.

Vielleicht hat sie sich vertan, überlege ich mir, einfach was Falsches geschrieben. Yaymail statt gmail. Das passiert schnell: Es gibt so viele von diesen Maildiensten da draußen; der hier gehört zu unserem Kabelanschluss, meine ich. Aber noch während ich das denke, schüttle ich den Kopf: Sie war sechzehn Jahre alt, wenn es etwas gab, das sie wusste, dann ihre E-Mail-Adresse.

So. Vielleicht hatte sie zwei.

Nur um sicherzugehen, logge ich mich in das Konto ein, das ich kenne.

Es war nicht schwierig: Wir hatten ihr Passwort – loopysophie – im Schmierheft direkt neben ihrem Laptop auf dem Tisch gefunden, fast so, als wüsste sie, dass wir da zuerst nachsehen würden. Die Polizei hatte auch den Laptop mitgenommen, um die Festplatte nach Hinweisen zu durchsuchen, bevor wir ihn zurückbekamen: alles sauber. Ich strenge mein Hirn an, um mich zu erinnern: Hatte sie jemals von einem zweiten E-Mailkonto erzählt? Ich bin sicher, dass ich mich erinnern würde.

Ich habe mich einige Zeit nicht bei ihr eingeloggt. Ich kümmere mich um die wenigen Spam-Mails, lese jede genau, bevor ich sie in den Papierkorb verschiebe: ein Angebot für »leistungssteigernde Pillen« für Männer, ein paar gefälschte Softwareupgrades.

Sophie hat nicht viele Mails geschrieben. Teenager klebten geradezu an ihren Smartphones, das las ich zumindest in den Magazinen, gebannt in eine Furcht einflößende Welt, zu der ihre Eltern keinen Zutritt hatten. Aber Sophie war anders, ließ ihr Handy immer so lange irgendwo im Haus herumliegen, bis der Akku leer war, sodass man es nicht mal anrufen konnte, wenn wir danach suchten. Sie wirkte auf eine Art unnahbar, wie ich es nie gewesen war, so mit sich selbst zufrieden.

Damals erfreute mich das. Sogar als ich ihr sagte, dass sie keine Bilder von sich online stellen sollte, weil man nie wusste, wer danach suchte oder wo sie landeten, beschwerte sie sich nicht. Sie verstand, dass es besser war, keine Spur zu hinterlassen. Was wäre in fünf Jahren, wenn sie auf Jobsuche ging?

Aber am Ende war alles, was ich wollte, eine Spur von Sophie, einen Weg, über den sie mich erreichen konnte. Und ich machte mir Sorgen, dass wir genau deshalb zu langsam waren, als sie verschwand. Ihre Schulfreunde sagten, dass sie sich am Wochenende nicht gemeldet hatte, hatte ihnen keine Sorgen gemacht: Sie war immer etwas unzuverlässig mit ihren Antworten. Als sie dann doch mit uns zu Hause Kontakt aufnahm, ausgerechnet per Postkarte, schien das alles stimmig zu sein.

Nehme ich an. Es kam mir damals nicht richtig vor und jetzt auch nicht.

Jetzt melde ich mich ab und versuche, mich in das andere Konto einzuloggen, das bei yaymail.com.

Du loggst dich von einem anderen Gerät aus ein, teilt mir die Webseite mit.

Dann soll ich die seltsam verformten Buchstaben und Zahlen eintippen, um zu beweisen, dass ich kein Roboter bin.

Danach gebe ich das Passwort ein: *loopysophie*.

Passwort stimmt nicht mit der E-Mail-Adresse überein.

Ich probiere es weiter, mit verschiedenen Variationen.

LoopySophie

loopiesophie

Sophieloopie

Kein Erfolg. Ich versuche es weiter.

Zu viele Fehlversuche, teilt mir mein Bildschirm schließlich mit. Jetzt muss ich die Sicherheitsfragen beantworten.

Die erste erscheint: *Wie hieß dein erstes Haustier?*

Na, das ist einfach. Morris, der Kater, als sie noch klein war. Der Kater war so geduldig, mehr wie ein Hund als eine Katze, er erlaubte sogar, dass Sophie ihm nachkroch und ihm ungeschickt an sich drückte.

Ich gebe es ein: *Morris*.

Schon wieder die Fehlermeldung.

Nun, es kann doch wohl kaum King sein, unser Hund, aber ich gebe es dennoch ein.

Wieder erscheint die Fehlermeldung.

Ich versuche es weiter, verschieden geschrieben, Großbuchstaben, klein, *Kater, Morrisderkater, Hund, Hundi* und so weiter, bis mich das System aussperrt.

Frustriert stehe ich auf und brühe mir eine Tasse Tee auf. Denk nach, komm schon. Was würde Sophie denken?

Eine weitere Stunde vergeht. Vermutlich war es doch nur ein Versehen, und sie hat eine falsche Mailadresse eingetragen. Ich komme einfach nicht an den Sicherheitsfragen vorbei und bin in einer Schleife fehlgeschlagener Versuche gefangen, nach denen ich für jeweils eine Viertelstunde aus dem Konto geworfen werde.

Vielleicht liege ich komplett falsch. Vielleicht spielt mein Gedächtnis verrückt, und sie hat gar keine andere Mailadresse. Aber dann sehe ich es vor meinem geistigen Auge, ganz deutlich: ihre vertraute runde Schrift auf dem Papier des Tagebuchs.

Gereizt rolle ich in meinem Stuhl weg vom Arbeitstisch. All die Zweifel, die ich von mir geschoben habe, fluten zurück – die Dinge, die ich nicht verstehe. Aber dieses Mal halte ich an dem Gefühl fest und lasse meinen Gedanken freien Lauf, ohne sie zu zensieren. Nicholls zeigt mir das Tagebuch: »Ist das Sophies Handschrift?«

Ein Neuanfang, einfach nur, bis ich damit besser klarkomme.

»Ja«, hatte ich ihm gesagt. »Das ist ganz sicher ihre Handschrift.«

Eine andere Antwort erscheint jetzt. *Ja. Das ist ganz sicher ihre Handschrift. Aber es ist nicht Sophie.*

Nicht die Sophie, die ich kenne. Das Ganze ist so flach, so schal, ihr Tonfall, alles. So seltsam das klingt, aber sie ist so … ernsthaft! Ich kenne meine Tochter. Sophie … die die Schule abbricht?

Deshalb habe ich mich entschieden, ich gehe. Ich will ein anderes Leben für mich.

Das ist genau wie die Postkarten: so fern, so leer. So wenig wie sie.

Und dann ist da noch diese andere Sache, an die ich bewusst nicht denke: das Bild von Nancy. Dieses Haar, das süße runde Gesicht, die Verschmitztheit in ihrem Lächeln. Genau wie Sophie. Was ist mit ihr geschehen?

Nun, wenigstens da kann ich was tun. Ich stehe auf.

17. KAPITEL

Vale Dean ist die Sorte Ortschaft, in der es keinen McDonald's, dafür aber zwei Andenkenläden und vier Maklerbüros gibt, drei zu großen Ketten gehörend. Ich halte bei dem anderen, und kleinsten, lokal und unabhängig, und gehe hinein.

Den Mann hinter dem Tresen kenne ich von den »Zu Verkaufen«-Schildern: Graham Hescott, sicher eine Generation älter als die eifrigen jungen Männer in den anderen Maklerbüros. Ich sage ihm, dass ich mich zwar verkleinern, aber dabei in der Gegend bleiben möchte. Ja, ich werde allein wohnen. Das Wort Scheidung muss ich nicht aussprechen. Er ist lange genug im Geschäft, um es sich zu denken.

Dann zeigt er mir einige Möglichkeiten, hauptsächlich Wohnungen in Neubaugebieten oder die teureren Varianten, die beim Aufteilen der alten viktorianischen Anwesen entstanden sind.

Ich frage: »Was ist mit dem großen Haus an der Park Road – Parklands? Sollten daraus nicht Wohnungen werden?«

»O ja«, erklärt er. »Aber die brauchen ganz schön lange dafür.«

Wir wechseln einen missbilligenden Blick. Es war nicht richtig, die Häuser hier verfallen zu lassen. Das war schlecht für den Immobilienmarkt.

»Wäre es sinnvoll, wenn ich mich dort melde, meinen Namen auf die Liste der Anwärter setzen lasse?«

»Wenn Sie früh genug einsteigen, bekommen Sie eventuell einen Abschlag auf den Kaufpreis«, stellt er nickend fest. »Wir können Sie mit den Verwaltern in Verbindung setzen. Lassen Sie mich mal sehen …«

Seine Maus klickt. Während ich warte, weht der Ventilator auf dem Tisch durch meine Haare. In seinem Anzug muss er fast gekocht werden.

»Hm.« Sein Tonfall ist zweifelnd. »Ich sehe mir gerade unsere Unterlagen an. Könnte etwas schwierig werden … die Bauarbeiten scheinen schon seit einiger Zeit stillzustehen.«

Das weiß ich natürlich.

»Warum?«

Er zuckt mit den Schultern.

»Dafür gibt es viele mögliche Gründe. Das Geld könnte ausgegangen sein, vielleicht wurde die Bank nervös. Obwohl der Markt gerade gut anzieht.« Er wirft mir einen heimlichen Blick zu. Bloß keine möglichen Käufer verschrecken. »Und natürlich kann die Erbschaftssteuer sehr hoch sein.«

»Erbschaftssteuer?«

»Leute werden von ihr überrascht. Viele denken gar nicht daran.«

»Also sind die Besitzer verstorben?«

Er nickt.

»Es fiel ihrer Tochter zu, vor ein paar Jahren. Ein Freund von mir war Anwalt, bis er in den Ruhestand ging.«

»Ihre Tochter?«

Das können nicht die Kerrigans sein, Nancys Familie. Die haben es sicher vorher verkauft. Sie müssen schon vor langer Zeit umgezogen sein.

»Ich habe wirklich versucht, mich mit ihr in Verbindung zu setzen, um zu sehen, ob sie es verkaufen möchte, aber sie war nicht sehr kommunikativ. Aber das war keine schlechte Entscheidung. So wie der Markt sich in der Gegend entwickelt hat, sogar bevor man es in einzelne Wohnungen aufteilt …« Er sieht meine Miene, interpretiert sie als Abneigung gegen seinen Enthusiasmus als Makler. »Aber keine Sorge, Mrs Harlow, es wird einiges in ihrem Preissegment geben. Ich denke wirklich, dass Sie sich die Neubauten an der Carr Road ansehen sollen, die werden sehr viel eher fertig werden.«

»Haben Sie eine Broschüre für mich?« Ich lächle so freundlich, wie ich kann. Es fühlt sich unnatürlich an. »Aber haben Sie nicht doch eine Kontaktadresse für die Besitzer von Parklands, bitte? Ich lebe momentan direkt nebenan, und es wäre sehr praktisch, wenn ich mit ihnen reden könnte, über so ein paar Dinge …«

Ich hebe bedeutungsschwanger die Augenbrauen.

»Oh«, sagt er etwas entrüstet. »Also sind Sie nebenan, das Haus mit den Erkern.«

Ich kann sehen, wie er versucht, mich einzuordnen, sich fragt, warum da irgendeine Glocke in seinem Kopf klingelt … in einem Augenblick wird es ihm einfallen.

»Das hätten Sie mir sagen sollen. Haben Sie vor, es zu verkaufen?«

»Vermutlich. Ja, sehr wahrscheinlich«, antworte ich, als ich ihn aufmerken sehe. »Sobald mein Ehemann und ich … sobald mein Ex-Mann …«

Ich lasse es ausklingen, wie in Trauer. Das ist so theatralisch. Aber jetzt riecht er ein gutes Geschäft und möchte sehr gern behilflich sein.

»Einen Moment«, bittet er und tippt, langsam, mit zwei Fingern. »Ah … ja. Nur eine Telefonnummer. In den USA.« Er liest sie mir sorgfältig vor, und ich schreibe sie auf den Rand der Broschüre. »Haben Sie es?«

»Ja.« Ich lächle wieder, diesmal ehrlich. »Danke. Oh, wie heißt sie denn?«

»Entschuldigen Sie bitte, das hätte ich natürlich erwähnen müssen. Kerrigan, Olivia Kerrigan.«

Zu Hause suche ich die Nummer im Internet, bevor ich anrufe. Tatsächlich ist es eine kanadische Vorwahl, nicht amerikanisch, aber mehr finde ich nicht heraus, denn es gibt keine genaue

Übereinstimmung in den Suchergebnissen. Stattdessen suche ich nach »Olivia Kerrigan«, aber während ich mir durch die zu alten, zu jungen oder zu unwahrscheinlichen – eine Cheerleaderin in Oregon, eine Doktorin für Biochemie in Irland – Olivia Kerrigans klicke, verliere ich die Geduld. Vielleicht trägt sie da drüben nicht mal mehr ihren Mädchennamen.

Wonach suche ich überhaupt? Also haben sie das Haus nie verkauft, das ist keine große Sache. Aber bevor ich mich selbst davon abhalten kann, gehe ich zum Telefon und wähle die Nummer.

Ich habe mich entschieden, ehrlich zu sein: Ich bin eine Nachbarin, die versucht, in Kontakt zu treten, um über das Haus zu reden. Das kann vieles bedeuten. Und dann werde ich schon sehen, wie es weitergeht.

Ich muss einfach wissen, was mit Nancy geschehen ist. So kann mir ihre Schwester das sagen, und ich werde bestätigt bekommen, dass es nichts gibt, was Nancys Verschwinden – Weglaufen, korrigiere ich mich – mit meiner Tochter in Verbindung bringt. Natürlich nicht. Und diese bohrende Stimme in meinem Geist wird wieder schweigen.

»Hallo, hier spricht Kate Harlow.« Ich lege meine freundlichste Telefonstimme auf. »Ich wohne in Oakhurst, direkt neben Parklands in Vale Dean. Mir wurde gesagt, Sie sind die Besitzerin? Würden Sie mich bitte kontaktieren?« Ich hinterlasse die Nummer des Festnetzanschlusses, wiederhole sie akribisch. »Vielen Dank.«

Nun, das ist erledigt. Vielleicht ist das nicht einmal mehr ihre Nummer. Vielleicht ist sie umgezogen.

Aber ich finde keine Ruhe, gehe durch die Zimmer im Erdgeschoss, schalte mich durch die Nachrichtensender, um dem beruhigenden Gerede der Politiker zu lauschen. Als die Sendung endet, finde ich »Der Weiße Hai« auf einem anderen Sender und sehe ihn mir noch einmal an. Monsterfilme mochte ich schon immer, es ist die Realität, die ich nicht im Fernsehen ertrage: düstere Dramen über Trennungen und Babys und die Traurigkeiten des Alltags.

Danach schalte ich den Fernseher endgültig aus und gestehe mir selbst ein, worauf ich eigentlich warte: dass Nancys Schwester mich zurückruft. Das ist lächerlich, sage ich mir und gehe ins Bett.

Heute ist es windiger, ich kann es von draußen hören, in den Bäumen. Ein Spätsommersturm kommt wohl bald.

Halb die Treppe hoch, schrecke ich zurück, als ich am Rande meines Gesichtsfelds eine Bewegung wahrnehme. Mein Herz rast, selbst als ich das rote Fell erkenne: Es ist nur Tom, der einen wilden Lauf zum Absatz hinlegt. Er erstarrt vor mir, starrt mir in die Augen. Noch immer hat er die Schübe aus Energie, schießt durch das Haus, wie es ihm gefällt.

Von meiner Angst genervt, gehe ich die restlichen Stufen empor und bleibe beim Fenster stehen, um ihn auf den Arm zu nehmen. Dabei bemühe ich mich, ganz normal zu gehen.

»Was hast du jetzt vor?«, frage ich ihn. »Du bist aus dem Nichts gekommen, was?«

Während ich sein weiches Fell glatt streichle, sehe ich aus dem Fenster in den Garten, der in den violetten und grauen Farben der Nacht unter mir liegt. Das Fenster wirft ein blasses Rechteck aus Licht auf den Rasen, darin mein Schattenwurf, lang gezogen bis zu den Rhododendronbüschen, die zu einer dunklen Masse verschmelzen. Ich muss sie stutzen lassen, sie wuchern schon.

Noch ein Windstoß, der ihre Äste schweifen lässt, die ganze Wand aus Blättern bewegt sich wie eins. Und dabei fällt mir fast nebenbei auf, dass ein Schattenfleck nicht ganz im Einklang tanzt, dass eine kleine Ecke der Büsche nicht vom Wind bewegt wird.

Es ist ein Schatten, der nicht ganz die gleiche Form hat wie der Rest, wie mir jetzt auffällt, ein Schemen, so in die Pflanzen gedrückt, dass man fast nicht erkennen kann, dass er etwa menschengroß ist.

Ich stehe sehr ruhig. Da ist nichts. Nur eine optische Täuschung. Oder der Gärtner hat, als er noch kam, ein Stück Spalier an die Büsche gelehnt, eine Form, die sich in etwas komplett Harmloses auflösen wird, ein Sack voller Blätter auf einem Abfalleimer.

Und das sage ich mir, und das ist auch alles gut, während meine Hand nach der Lampe auf dem Tischchen unter dem Fenster greift und, mit einem Klick, alles in Dunkelheit hüllt. Meine Augen benötigen einen Moment, um sich anzupassen.

Die Bewegung ist schnell – fast nur ein Flimmern. Beinahe übersehe ich sie. Nur ein kleiner weißer Klecks in der Nacht, ein fahles Oval zum Fenster emporgereckt. Um genau zu sein, ist es so schnell weg, dass ich nicht erkennen kann, was ich da sehe: was da in meinem Garten ist und mich anstarrt.

Dann taucht das Gesicht ab, und der Schemen verschwindet in den Schatten. Wer auch immer das war, die Person ist weg.

Vom Telefon in der Küche aus rufe ich den Notruf an. Mir ist egal, dass ich auch bis zum Morgen warten könnte. Dann schnappe ich mir mein Handy von seiner Ladestation in der Ecke und ziehe mich nach oben in mein Schlafzimmer zurück, wo die geschlossenen Vorhänge mir Sicherheit vorgaukeln. Dennoch ist es eine lange Viertelstunde, bis ich das langsame Knirschen von Reifen auf Kies höre.

Diese Polizisten kenne ich noch nicht – beide Mitte zwanzig, das Gesicht des kleineren durch den Bart auch nicht weniger rund –, aber sie sind selbstsicher und professionell.

»Da war eine dunkle Gestalt, unbeweglich … nein, ich kann sie nicht genauer beschreiben … nein, ich habe nicht gesehen, wie sie aussah … ich habe nicht gesehen, wohin sie verschwunden ist.«

Obwohl die Geschichte dünn ist, schreiben sie pflichtbewusst alles auf.

Mit ihren Taschenlampen machen sie eine große Schau daraus, einmal ums Haus zu gehen und in den Blumenbeeten nach ungewöhnlichen Schuhabdrücken zu suchen.

»Erscheint Ihnen das hier ungewöhnlich?«, fragen sie mehr als einmal.

»Das kann ich nicht wirklich sagen«, erkläre ich, als ich einen weiteren Fleck platt gedrückter Erde untersuche und versuche, einen Abdruck zu erkennen.

Sie haben ihren Polizeiwagen in der Einfahrt abgestellt.

»Es gab mal ein Tor«, fühle ich mich bemüßigt festzustellen. »Aber wir haben damals keins installiert … hier ist es so sicher.«

Mehr Nicken und wir machen einen weiteren Gang ums Haus, durch den warmen Wind. Ich stecke mein Haar in den Kragen und versuche, nicht zu zittern. Es ist nicht die Temperatur.

Mich überkommt das schleichende Gefühl, dass ich sie enttäusche, weil ich nichts Konkretes aufweisen kann.

Weil wir nichts finden. Im Gebüsch lauert niemand, es gibt kein unheimliches Rascheln im Unterholz, keine dunkle Gestalt springt heraus, als das Licht der Taschenlampen auf die rosa Blüten der Rhododendren fällt.

Als ich ihnen drinnen einen Tee koche, fühle ich mich leicht lächerlich, wie ihre Uniformen sich mit dem Grau meiner Lehnsessel beißen. Sie lassen mir eine Broschüre über Sicherheitstechnik da und bitten mich, die Fenster im Erdgeschoss zu verschließen, auch bei dieser Hitze, Gelegenheit macht Diebe. Ich weiß das alles, bin immer vorsichtig, aber ich nicke trotzdem.

Dann kommt mir ein Gedanke: »Meine Nachbarin Lily lebt ganz allein. Ich denke nicht, dass Sie sie aufwecken sollten, aber könnten Sie danach noch bei ihrem Haus vorbeischauen? Gleich an der Gabelung der Einfahrt hoch, das kleine Cottage.«

»Wir können uns mal umsehen«, bietet der Ältere an. Sein Schädel glänzt unter meiner Lampe rosa zwischen dem sandfarbenen Haar. »Zehn zu eins, falls es was war, dann ein Opportunist, der nur geschaut hat, ob jemand zu Hause ist. Es ist die Jahreszeit dafür, die Leute sind im Urlaub. Dann diese großen Häuser hier in der Gegend …«

»Vor gar nicht allzu langer Zeit gab es die Straße runter einen Einbruch«, wirft der Bärtige fröhlich ein. »Die Besitzer hatten nicht mal die Milch abbestellt, das war so auffällig. Hätten auch gleich eine Einladung schreiben können!«

Das bringt ihm einen warnenden Blick seines Kollegen ein.

»Und natürlich könnte es auch gar nichts gewesen sein. in der Dunkelheit spielen einem die Augen manchmal Streiche …« Er sieht mich an, zu höflich, um zu sagen, dass ich mir das alles nur eingebildet habe, bevor er hinzufügt: »Ich wollte nicht, dass meine Mum allein in so einem großen Haus wohnt.«

So gerade gelingt es mir, nicht zu lachen. Für wie alt hält er mich? Aber wenn er wirklich Mitte zwanzig ist, ist es doch nicht so absurd.

»Vielleicht haben Sie recht«, erkläre ich, will beruhigt werden. »Ich konnte es nicht genau sehen. Vielleicht war es nur der Wind in den Schatten, nur eine Täuschung.«

»Ein einfaches Versehen«, stimmt der Jüngere lächelnd zu.

Aber schon als sie sich wieder auf den Weg machen, spielt sich die Szene in meinem Geist ab und bleibt dort, ein Bild, das ich nicht verbannen kann. Nicht mal, als ich ihnen zum Abschied hinterherwinke und den Sicherheitsriegel vorlege. Es bleibt da: dieser große Schemen im Garten, mit dem bleichen Oval vor der Dunkelheit.

Jetzt kommt mir ein Gedanke. Als ich die Lampe ausgeschaltet habe, verschwand die Gestalt in den Büschen.

Aber vorher, als ich aus dem Fenster gesehen hatte und das Licht mich in meinem Haus gezeigt hatte? Jemand hatte zu mir hochgesehen.

18. KAPITEL

Es ist schon seltsam, wie anders Dinge am Tag erscheinen können. Der Morgen hat seine übliche Magie gewirkt, und ich fühle mich viel besser: Sogar wenn jemand da war und ich mich nicht getäuscht hatte, würden die Polizisten wohl recht behalten. Es war nur Zufall, jemand, der versuchte herauszufinden, ob eines der Häuser im Sommer leer stand. Nun, jetzt wussten sie, dass es bei meinem nicht so war.

Bevor ich ins Bett ging, habe ich alle Türen und Fenster überprüft, zwei Mal. Es ist ein gutes Haus, Schlösser an den Fenstern und doppelt verglast, mit Riegeln am Hintereingang. Und auch jetzt noch fühlt es sich im Vergleich zu London so sicher an.

Aber ich weiß, dass das Haus ein Ziel sein könnte, hier am Rande des Dorfs, hinter einer Einfahrt, auf die man von der Straße aus kaum Einblick hat. Also werde ich mich nach einem Alarmsystem umsehen und eine Kette für die Haustür besorgen, zusätzlich zu all den Schlössern. Es wird alles gut werden.

Trotzdem war es eine lange Nacht. Erst als der Nachthimmel draußen vor meinem Fenster schon wieder hell wurde, konnte ich einschlafen, und bis dahin las ich, um meinen Kopf vom Fantasieren abzuhalten. Ich wollte keine Tablette nehmen. Nur, damit ich nichts verpasste.

Morgens wachte ich später als sonst auf, verschlafen und aus dem Gleichgewicht. Dann erinnerte ich mich an die Geschehnisse der Nacht. Und damit kam mein nächster Gedanke: Lily. Jetzt beeile ich mich mit meiner Morgentoilette.

Ich will selbst nach ihr sehen. Ich bin sicher, dass es ihr gut geht, aber trotzdem gehe ich nicht unter die Dusche, ziehe nur meine Joggingsachen an und nehme, so schnell ich kann, die Abkürzung durch die Büsche zwischen den Grundstücken.

Eine angsterfüllte Minute warte ich nach meinem Klopfen, bis ich ohne Antwort ins Haus gehe. Langsam schreite ich durch den Hausflur.

»Lily? Ich bin's. Bist du zu Hause?«

Es ist still. Vielleicht hört sie mich nicht? Ich spüre, wie mein Herz schneller schlägt.

Aber sie ist wie üblich im Wohnzimmer, meine Schultern entspannen sich wieder.

»Oh, hallo Schatz«, begrüßt sie mich mit einem Lächeln. »Es ist ein wenig früh für dich, oder?«

Meistens gehe ich nachmittags zu ihr.

»Ich dachte, ich sehe auf dem Weg zum Einkaufen bei dir vorbei und frage, ob du was brauchst.« Ich habe längst entschieden, dass ich die letzte Nacht nicht erwähnen werde. »Wir haben uns eine Weile nicht gesehen. Wie geht es dir?«

»Mir geht es gut, Schatz. Und dir?«

Nein, letzte Nacht ist sie sicher nicht aufgeschreckt worden, das erkenne ich.

Dann frage ich sie, wie es ihr die letzten Tage ergangen ist: Wie war ihr Kaffeekränzchen in der Kirche? Ihre Erzählung darüber, wie eine der anderen Ladys, Violet, versucht, den einsamen Herrn Sidney für sich zu gewinnen, bringt mich zum Lachen – es scheint, als ob sie ihn mürbe macht.

Aber ich kenne die Geschichte schon, bis hin zu Lilys vernichtendem Urteil: »Sie gibt sich Mühe, das will ich ihr zugestehen.«

Ich überlege, ob sie sich überhaupt an das letzte Treffen erinnert. Sie erwähnt nicht, dass ich am Wochenende da war und sie schläfrig und verwirrt vorgefunden habe.

Aber dennoch wirkt sie wieder mehr wie die alte Lily, wacher und mehr wie sie selbst. Sogar jünger. Vielleicht geht es ihr morgens besser.

Eine Zeit lang plaudern wir, sprechen über ihre Soap Operas, dann verklingt das Gespräch.

»Lily, ich würde dich gern etwas fragen.«

Sie legt den Kopf leicht auf die Seite.

»Ja?«

»Über Nancy.«

»Über wen?«

»Nancy. Das Mädchen, das du neulich erwähnt hast, das wie meine Sophie aussieht?«

Einen Moment lang zögert sie, dann schüttelt sie den Kopf.

»Ich glaube nicht, dass ich eine Nancy kenne.«

»Nancy Kerrigan? Erinnerst du dich, sie hat in dem großen Haus gewohnt? Vor Jahren schon.«

»Nein, Schatz, ich erinnere mich nicht.« Ihr Innehalten ist fast nicht zu bemerken. »Ich hoffe doch, dass ich nicht schon wieder was vergessen habe.«

Daraufhin beschließe ich, erst mal zu gehen. Ich will sie nicht bedrängen oder dadurch aufregen, dass ich nach einer weiteren Sache jage, die aus ihrer Erinnerung verschwunden ist. Vorher gehe ich noch in ihr Badezimmer oben und denke über unser Gespräch nach, während ich mir die Hände wasche.

Also erinnert sich Lily nicht an Nancy. Nun, vielleicht hat sie nicht einmal die Nancy gemeint, die in Parklands gelebt hat. Und woher würde Lily sie überhaupt kennen, frage ich mich. Nancy. Sophie. Es könnte einfach ein Zufall sein, die Namen klingen recht ähnlich – ein Versprecher.

Mein Spiegelbild schüttelt den Kopf. Nein, das glaube ich nicht. Zu einfach. Eher hat der Gedanke an Sophie eine Erinnerung wieder hochkommen lassen – an ein anderes Mädchen, das verschwunden ist.

Irgendwann hat sie also das mit Nancy erfahren. Falls sie eine Weile hier gelebt hat, ergibt das Sinn. Leute reden. Und es dann vergessen, denke ich mir, als ich mir die Hände am bestickten weißen Handtuch abtrockne. Heutzutage vergisst sie nur allzu oft Dinge.

Aber es ärgert mich, dass ich nicht weiterkomme. Und dann spüre ich den Impuls, wie ein Jucken unter der Haut. Ich muss das nicht tun. Ich sollte nicht. Es wäre ein Bruch der Privatsphäre. Ich sollte nicht …

Bevor ich mehr darüber nachdenken kann, tue ich es einfach: Ich öffne den Badezimmerschrank über dem Waschbecken.

Nach Lavendel duftende Hautmilch von Yardley of London. Elizabeth Ardens Blue Grass Duft. Diese Gesichtscreme, von der sie mir erzählt hat, die Joanna Lumley nutzt. Und ihre Fläschchen mit Medizin.

Eine der braunen Flaschen, gefüllt mit einer klaren Flüssigkeit, sehe ich mir genauer an. Der Name sagt mir nichts – ich kneife die

Augen zusammen, um das Kleingedruckte zu lesen, wünsche mir, ich hätte meine Brille dabei: »… enthält Morphium«.

Herrje. Das Zeug kenne ich. Flüssiges Morphium, ein sehr starkes Schmerzmittel. Ich wusste, dass ihr ihre Hüfte Probleme bereitete, aber … wow. Arme Lily. Sie muss entsetzliche Schmerzen haben. Und da stehen so viele Fläschchen, mindestens ein halbes Dutzend, einige fast leer. Wie viel Morphium braucht sie denn?

Wieder lese ich das Etikett: Mrs Lily Green, The Carriage House, Park Road, Vale Dean. Natürlich ist es für sie. »Bei Schmerzen nach Bedarf einnehmen.«

Ihre Ärzte wissen natürlich, wie viel sie verträgt. Aber selbst dann … ich runzle die Stirn. Es bürdet ihr eine Menge auf, mit solcher Medizin umzugehen, sich an Zeiten und Dosierungen zu erinnern. Sollte sie wirklich so viel davon im Haus haben? Vielleicht wissen sie nicht, wie es ihr in letzter Zeit geht. Kein Wunder, dass sie so benebelt und verwirrt gewesen war – und wenn meine Vermutung, dass sie an Demenz leidet, stimmt, könnte das nicht alles noch schlimmer machen?

Noch ein Blick auf das Fläschchen in meiner Hand. Noch keine Rückmeldung vom Gemeinderat. Ich entscheide, es bei der Praxis zu versuchen; da muss sie Patientin sein.

Einen Moment lang durchfährt mich eine heiße Welle: Ich fühle mich so überfordert. Ich lehne mich ans Waschbecken. Ich kann damit umgehen, ich schaffe das. Aber es kommt alles auf einmal. Sophie. Lily. Nancy.

Lily, die so tut, als wisse sie nichts von Nancy.

Warum denke ich das? »Nein, Schatz, ich erinnere mich nicht. Ich hoffe doch, dass ich nicht schon wieder was vergessen habe.«

Warum geht mir das im Kopf herum? Sie wirkte nicht besorgt, als habe es etwas in ihr berührt. Im Gegenteil: Sie war ruhig, fast schon resigniert. Obwohl sie etwas vergessen hat. Mal wieder.

Und dann verstehe ich. Das war es: Dieses Mal war sie kein bisschen aufgebracht.

Als ich gehe, sehe ich noch einmal nach Lily – sie schläft in ihrem Sessel, also ziehe ich die Vorhänge zu, damit die Sonne ihr nicht ins Gesicht scheint. Da ich es nicht mehr eilig habe, gehe ich die Einfahrt hinunter – weniger Insekten und Äste – und nicht durch die Büsche zwischen unseren Häusern. Gerade als ich links abbiegen will, zurück nach Hause, halte ich inne.

Stattdessen gehe ich nach rechts, folge dem Rest des Wegstücks bis nach Parklands. Sollte jemand in meinem Garten gewesen sein, was wäre, wenn die Person dorthin gelaufen ist? Man hört ja allerlei über Hausbesetzer und Obdachlose. Eigentlich glaube ich, dass so etwas eher was für Städte ist, nicht an Orten wie Vale Dean, aber ich will sichergehen, bei Tageslicht.

Es sind nur etwa fünfzig Meter, aber während ich mich nähere, fühle ich mich wie ein Eindringling – so nah war ich noch nie an Parklands heran. Tatsächlich ist es noch ruhiger als mein Haus; weiter weg von der Straße, und die Bäume dämpfen jedes Geräusch. Man könnte ebenso gut irgendwo im Nirgendwo sein.

Es gibt ein eisernes Tor mit einer dicken Kette davor. Aber ich gehe einfach zu der Stelle, wo der Holzzaun umgefallen ist, und dann hinter dem Tor wieder auf den Weg.

Von Nahem ist es noch größer: massiv und beeindruckend, und der überwucherte Garten lässt seine Proportionen zu groß für das Grundstück wirken. Das müssen – wie viele? – drei, vier Stockwerke sein. Der Rasen vorne ist eher eine wilde Wiese, das Gras so hoch, dass es meine Hände berührt.

Ich zittere. Was mache ich hier? Was tue ich, wenn da wirklich jemand ist, ein Obdachloser, oder – was? Ein verwirrter Dogenabhängiger, nervös und aggressiv, wenn er aufgeschreckt wird? Ich weiß nicht, was ich tun würde. Ich sollte das der Polizei überlassen.

Aber ich gehe dennoch weiter, unter meinen Füßen knirscht der Kies, und ich steige über eine dunkelgraue Schindel, die vom Dach gefallen ist. Aus der Nähe kann ich sehen, wie alt und zerfetzt die Plastikplanen da oben sind, während die verbleibenden Stangen des Gerüsts fast aussehen, als wären sie einfach nur von den Arbeitern zurückgelassen worden. Vermutlich hat man sie nicht weiter bezahlt.

Dennoch ist es schön, weiche Cheshire Ziegelsteine mit Bändern von hellem Mauerwerk, die sich mit Rosetten verziert um das Gebäude schlingen. Es müssen Hunderte sein – Rosen, keine Rosetten, wie ich feststelle –, die sich über die ganzen Steine ziehen.

Noch näher gehe ich heran, die Stufen empor, unter das Vordach, wo die Luft kühler ist und der Boden mit alten Blättern bedeckt, die vor der Tür einen Haufen bilden. Auch hier ist es beeindruckend: der steinerne Bogen mit weiteren hübschen Blumenmotiven, jede mit ordentlichen Blütenblättern. Aber die Farbe der Tür wirft Blasen und ist brüchig, das hellere Holz scheint dazwischen durch.

Ich packe den Türknauf rechts und drehe erst vorsichtig, dann fester. Natürlich ist abgeschlossen. Es sieht nicht so aus, als sei hier in den letzten Jahren jemand ein oder aus gegangen, so wie die Blätter vor der Tür liegen, aber ich probiere auch den linken Knauf und …

Ich wirble herum.

»Oh!«

Der Mann ist eine dunkle Gestalt vor dem Sonnenlicht, schwarz vor dem Grün der Bäume und dem gelben Gras hinter ihm. Dann erkenne ich ihn: Nicholls, so unpassend mit Anzug und Krawatte.

»Mein Gott, haben Sie mich erschreckt.« Ich habe keinen Laut gehört. Ich weiß nicht, warum ich mich umgedreht habe. Ich fange an, nervös zu lachen, hebe die Hand vor die Kehle. »Was machen Sie hier?«

»Nichts läge mir ferner, als Sie zu erschrecken.« Er lächelt nicht. »Ich habe gehört, dass es hier einen Eindringling gab. Letzte Nacht?«

»Oh, natürlich. Sehr schnell.« Ich hätte nicht gedacht, dass ein Detective Inspector so interessiert sei. Die Beamten letzte Nacht waren weit weniger aufgestiegen. »Haben Sie etwas herausgefunden?«

»Es gibt keine Hinweise auf einen Einbruch. Sieht alles sicher aus. Dennoch«, fährt er fort, »würde ich Ihnen raten, nicht auf eigene Faust nach Eindringlingen zu suchen.«

»Ah, nein. Natürlich nicht.« Schuldbewusst verschränke ich die Arme hinter dem Rücken. Da kommt mir ein Gedanke: »Haben Sie Ihren Wagen an der Straße abgestellt?«

Ich bin an keinem Auto vorbeigekommen. Er schüttelt den Kopf.

»Man kann da hinten am Weg parken.« Er weist an Parklands vorbei. »Es gibt einen kleinen Pfad, der bis zur Straße führt.«

»Oh«, erwidere ich sinnbefreit. »Das wusste ich nicht.«

»Ich kann Sie begleiten, wenn Sie möchten.«

Ich sträube mich dagegen, so einfach entlassen zu werden.

»Eigentlich wollte ich Sie noch fragen – was geschieht jetzt? Mit Danny, mit Sophies Tagebuch? Kommt er auf Kaution frei?«

»Nein, es gibt keine Kaution.«

Erleichtert schließe ich die Augen.

»Weil es keine Anklage gibt.«

»Nicht? Ich hatte angenommen, so wie Sie das Tagebuch behandelt haben, dass …«

Ich verliere mich, werde leise.

»Wir haben dazu keinen Grund, Mrs Harlow. Es gibt keinen Hinweis auf ein Verbrechen.«

»Warum haben Sie ihn dann verhört?«, erkundige ich mich scharf. »Und was ist mit dem Anruf, sind Sie bei der Organisation weitergekommen?«

»Sobald ich mehr weiß, werde ich Sie natürlich informieren.«

Seine Miene ist ausdruckslos.

»Ich verstehe.«

Also ist Danny frei, zu tun und zu lassen, was er will. Und den Anruf haben sie sicher auch nicht zurückverfolgt; darauf würde ich wetten.

Mit einem Mal will ich nur nach Hause.

»Gut, ich muss los.« Ich schüttle meine Schlüssel, eine sinnlose Geste. »Ich muss nur den Weg runter. Tschüss.«

»Auf Wiedersehen, Mrs Harlow.«

Ich spüre, wie er mir hinterhersieht, als ich gehe, meine Schritte laut auf dem Kies. Es ist dumm, ich weiß, aber irgendwie spüre ich, dass ich mich nicht umdrehen oder beeilen darf – als wäre das ein Fehler. Verhalte dich einfach normal. Alles ist gut.

Aber als ich zu Hause ankomme, rast mein Herz.

Ich weiß nicht, warum, aber ich fühle mich, als sei ich irgendetwas entkommen.

19. KAPITEL

Ich verbringe den Nachmittag drinnen, die Jalousien im Arbeitszimmer heruntergezogen, und versuche ein weiteres Mal, mich in Sophies E-Mail-Konto einzuloggen. Zunächst habe ich Hoffnung. Sicher wird mir eine Idee kommen, so schwierig kann es nicht sein.

Aber ich schaffe es immer noch nicht, bleibe im Kreislauf gefangen: falsche Antwort auf die Sicherheitsfrage, dann die Sperrung des Kontos. Danach probiere ich verschiedene Passwörter, tippe Variationen ihres »loopysophie«-Passworts ein, bis ich dazu übergehe, einfach Wörter auszuprobieren, die sie gewählt haben könnte. Amberton, wie ihre Schule, Charlotte, ihr zweiter Vorname.

Veilchenblau, ihre Lieblingsfarbe. Welche Bands mochte sie? Popstars? Ich beginne, Namen einzugeben, dann Namen mit Nummern, 2000 für ihr Geburtsjahr. 99, einfach so. Am Ende gebe ich auf, meine Augen sind müde und verklebt.

Ich werde eine Nacht darüber schlafen. Und wenn ich es dann nicht schaffe, übergebe ich es der Polizei.

Den Kopf auf die Hände gestützt, stöhne ich. Ich kann mir Nicholls genau vorstellen, so höflich wie immer: »Und was genau glauben Sie, dass es bedeutet, wenn ein Mädchen im Teenageralter mehr als eine E-Mail-Adresse hat, Mrs Harlow?«

Er wird denken, dass ich nach einem Ausweg suche. Dass ich einfach nicht akzeptieren kann, dass Sophie das alles allein durchgemacht hat. Dass sie lieber weglaufen als sich mir anvertrauen würde. Was wohl die Wahrheit ist. Ich kann das nicht.

Eine Nacht drüber schlafen, sage ich mir. Dann treffe ich eine Entscheidung.

Als ich mich ein bisschen für die Nacht beruhigen will, indem ich die Küche aufräume und schon saubere Flächen noch einmal abwische – seit alle weg sind, herrscht viel weniger Unordnung –, klingelt das Telefon. Ich überlege, es einfach ausklingeln zu lassen.

»Wer zum Teufel kann das sein?«, frage ich murmelnd die Katze. Das haben Charlotte und ich früher immer zueinander gesagt, wenn jemand noch nach dem Abendessen anrief, eine Hommage an unseren liebsten Sketch von Peter Kay. Ich sehe auf die Uhr am Herd: 21:35. Sogar nach den Standards meiner Familie werde ich wie eine alte Dame. Ich hebe ab.

»Hallo?«

Einen Herzschlag lang überrascht mich das leise Knistern in der Leitung, wirft mich zurück in die Nacht an der Hotline …

»Mrs Harlow?« Die Frauenstimme ist weich, mit amerikanischem Akzent. Ich entspanne mich ein wenig. Es ist nicht wieder Sophie.

»Ja, am Apparat.«

»Hier spricht Olivia Marnell. Sie hatten mir eine Nachricht wegen des Hauses hinterlassen.«

Ich brauche einen Moment, um es einzuordnen, dann erkenne ich: nicht amerikanisch, sondern kanadisch. »Vormals hieß ich Olivia Kerrigan.«

Sie ist sehr höflich, fast schon rechtfertigend. Ich habe erklärt, wer ich bin, und über den Zustand von Parklands gesprochen – vorsichtig zuerst. Mir scheint, sie weiß gar nicht so genau, in welch schlechtem Zustand es ist. Schlussendlich werde ich sehr direkt: Es ist ziemlich heruntergekommen, zumindest schon, seit ich eingezogen bin. Die Bäume sind so groß, ihre Wurzeln könnten den umliegenden Gebäuden Probleme bereiten, geschweige denn ihrem.

Endlich versteht sie.

»Oje.« Ein Seufzen. »Ich muss um Entschuldigung bitten. Meine Eltern … sie wollten sich nicht damit beschäftigen. Aus persönlichen Gründen. Und jetzt ist mir das zugefallen, und es gibt so viel, worum ich mich kümmern muss, was Arrangements angeht, nachdem meine Mutter verstorben ist.« Sie klingt müde. »Aber ich werde das Haus angehen. Ich werde mir überlegen, was ich damit machen möchte, ob verkaufen oder renovieren. Es sollte nicht verfallen.«

»Nein«, stimme ich zu. »Es könnte wieder ein wunderschönes Haus werden.« Wie kann ich das Thema anschneiden? Ich entscheide mich, dass Ehrlichkeit die beste Strategie ist. »Aber ich verstehe, dass es für Ihre Eltern sehr schwierig gewesen sein muss, gerade als sie älter wurden. Ich habe gehört …«, eine absichtliche Pause, »… dass es eine Familientragödie gab. In der Vergangenheit.«

In der Leitung bleibt es still.

»Verzeihen Sie«, sage ich schnell. »Ich hätte das nicht erwähnen sollen.«

»Nein, das ist in Ordnung«, erwidert sie langsam. »Ich bin nur nicht daran gewöhnt, darüber zu reden. Mein Mann, meine Kinder – sie kannten meine Schwester nicht. Und nachdem Dad starb, hat Mom … nun, niemand weiß wirklich davon.«

»Was ist denn passiert? Ich habe gehört, sie sei weggelaufen.«

»Ja«, bestätigt sie schlicht. »Das stimmt.«

»Und danach haben Sie nie wieder etwas von ihr gehört?«

»Nein. Wir haben nie wieder etwas von ihr gehört«, echot sie.

Irgendwie schockiert mich das. Aus irgendeinem Grund hatte ich gedacht, dass es ein Zeichen gegeben hatte, einen Anruf vielleicht oder … ich weiß nicht, etwas, das in der Zeitung nicht erwähnt wurde.

»Aber Menschen verschwinden nicht einfach, nicht heutzutage …« Ich halte inne, bevor ich noch was Ungeschicktes sage.

»Ich fürchte doch. Das waren auch andere Zeiten damals, kein Facebook und so was.«

»Selbst dann«, protestiere ich gereizt. Wie kann diese Frau nur so … schicksalsergeben klingen? Mit einem Mal verstehe ich, dass ich zu hören hoffte, was ich hören will: Nancy ist zurückgekommen.

»Wie war Nancy?«, frage ich. »Also nur, falls es Ihnen nichts ausmacht.«

Ich will sie nur am Telefon halten.

»Wie war sie?« Wieder seufzt sie. »Sie war schlau. Eine gute Schülerin. Sie mochte Pferde … sie hatte ein Pony, Blossom, das sie liebte.« Olivia lacht auf. »Es war bösartig. Wir haben es danach verkauft.«

»Aber wie war sie zu Ihnen?«

»Zu mir? Ich weiß nicht. Sie war meine ältere Schwester. Zwischen uns lagen sechs Jahre, also habe ich zu ihr aufgesehen. Manchmal hat sie mich geärgert, und ich habe geweint. Aber manchmal hat sie mir auch Zöpfe geflochten, und ich durfte mit ihrem Make-up spielen. Und sie konnte mich zum Lachen bringen wie niemand sonst.«

»Und was war mit, hm, Jungs?«

Ich kann sie lächeln spüren.

»Davon weiß ich nicht wirklich was. Als sie ging, war ich erst zehn. Aber sie war sehr hübsch. Sie liebte die Aufmerksamkeit. Ich kann mir nicht vorstellen, dass es was Ernstes gab.«

»Ich habe gelesen, dass er, also Nancys Freund, später von der Polizei vernommen wurde.« Darauf springt sie nicht an, aber ich frage weiter: »Sie können sich wohl nicht zufällig an seinen Namen erinnern?«

»Nein, kann ich nicht. Sie haben mit vielen ihrer Freunde gesprochen.« Ihre Stimme wird härter. »Sind Sie Journalistin?«

»Nein, wirklich nicht. Es tut mir leid. Ich wollte Sie nicht bedrängen. Es ist nur ... es tut mir leid.«

Aber jetzt ist sie aufgebracht: »Das ist genau das, weshalb meine Eltern weggezogen sind ... um all der Neugier zu entkommen. Um mich vor den Fragen zu beschützen. Wir sind nach Kanada, um einen Neuanfang zu haben.«

Ich fühle mich schuldig: Unter dem Zorn höre ich das Zittern in ihrer Stimme.

»Ich wollte Sie wirklich nicht belästigen. Es ist nur ... meine Tochter ist ebenfalls verschwunden. Sie ist weggelaufen.« Ich kann es auch gleich zugeben. »Ihre Familiengeschichte hat etwas in mir berührt, weil sie aus der gleichen Gegend sind, und ich hatte mich gefragt, was passiert ist.«

»Oh«, sagt sie besänftigt. »Nun, das hätten Sie erwähnen müssen. Man trifft nicht viele ...«

Leute wie uns, füge ich hinzu. Die Zurückgebliebenen.

»Ich schätze, ich bin Ihnen einige Jahre voraus.«

Von ihr gibt es keine leeren Versicherungen oder Plattitüden.

»Also was denken Sie, was mit Nancy passiert ist?«

»Ich weiß es nicht«, antwortet sie. »Ich weiß es nicht, und dort lasse ich es, in den Händen Gottes, oder was auch immer es gibt.«

»Warum ist sie weggelaufen?«

»Nun, meine Eltern wollten sie auf ein Internat schicken. Sie dachten, es wäre das Beste für sie ... sie waren sehr konservativ, verstehen Sie? Ich habe mich gefragt, ob es das war ... sie wirkte nie sehr aufgebracht deswegen. Aber man weiß es nie wirklich.«

»Aber glauben Sie, dass sie ... dass es ihr gut geht?«

Sie schweigt. Diesmal hängt sie ganz sicher auf. Und mit einem Mal will ich ihre Antwort gar nicht hören.

»Schon gut, ich hätte nicht fragen sollen ...«

Aber sie unterbricht mich: »Nancy ist tot.«

Beinahe beiläufig, als wäre das offensichtlich.

»Tot?«

»Natürlich ist sie tot«, erklärt sie etwas weicher. »Das weiß ich seit Langem.«

»Ja?«

»Oh, ich habe keine Ahnung, was passiert ist, worin sie verwickelt war. Wer sie mitgenommen hat. Aber ich weiß, wenn sie noch am Leben wäre, dann wäre sie vor langer Zeit zurückgekommen.«

»Damals ist man noch per Anhalter gefahren, wissen Sie?«

Das lässt sie so stehen. Jetzt wünsche ich mir sehr, dass ich niemals mit ihr geredet hätte.

»Aber warum waren dann alle so sicher, dass sie weggelaufen ist, dass nichts Schlimmes – um Himmels willen – passiert ist? Hat man nicht nach ihr gesucht?«

Ich klinge wütend, so als hätte man Nancy enttäuscht.

»Nun, am Anfang natürlich«, erwidert sie immer noch so ruhig, dass es mich wütend macht. Nein, *schicksalsergeben.* »Aber niemand dachte, dass ihr was zugestoßen sei. Zunächst glaubten sie, dass sie zurückkommen würde. Wissen Sie, sie hat einen Brief dagelassen.«

»Einen Brief. Und darauf stützte sich alles?«

Bei Sophie waren wir wenigstens sicher, rast es mir durch den Kopf, denn es gab die Aufnahmen vom Busbahnhof, die Postkarten danach …

»Das Hausmädchen hat ihn gefunden, auf dem Bett, morgens. Sie ist in der Nacht weggelaufen. Obwohl, irgendwie«, fährt sie nachdenklich fort, »war das schlimmer. Weil es meinen Eltern Hoffnung gemacht hat.«

Darüber will ich nicht nachdenken.

»Was stand in dem Brief? Ich hoffe, Sie finden die Frage nicht zu aufdringlich. Es ist nur …«

Ich rede nicht weiter. Mir fällt kein Grund ein, warum ich das wissen müsste.

»Das ist okay. Ich erinnere mich gut daran, sogar jetzt noch.«

Nun, da sie über Nancy spricht, scheint sie gar nicht mehr aufhören zu wollen. Vermutlich aus denselben Gründen, weshalb Familienmitglieder mich auf der Hotline anrufen.

Im Singsang rezitiert sie ihn auswendig herunter: »*Es tut mir leid, aber ich muss weggehen. Bitte macht Euch keine Sorgen um mich, alles wird gut werden. Alles Liebe, Nancy.*«

»Oh«, entfährt es mir. »*So* kurz.«

»Sie war nie wirklich eine Schreiberin, unsere Nancy. Mehr eine Macherin.«

Draußen im Dämmerlicht pirscht sich Tom an irgendetwas heran, gleitet langsam durch das Gras.

»So kurz wie der von Sophie«, stelle ich fest, während ich den Kater beobachte. Er erstarrt, eine Pfote erhoben. »Und es war ganz sicher ihre Handschrift?«

Ein weiterer bedächtiger Schritt vor.

»Ja, das konnten wir alle sehen. Darüber gab es nie einen Zweifel ...«

»Nein, hier auch nicht.«

Danach gibt es nicht mehr viel zu sagen. Ich bedanke mich bei ihr, bevor ich auflege. Und meine es ernst. Sie war großzügig, sowohl mit ihrer Zeit als auch mit ihrer Offenheit.

Ich bleibe beim Telefon. Eigentlich sollte ich gehen, aber ich kann mich nicht bewegen. Ein kaltes Gefühl zieht sich am Grunde meines Bauchs zusammen.

Es muss Zufall sein.

Kurze, kleine Briefe. Keine langen Erklärungen, keine wütenden Rechtfertigungen, keine Vorwürfe. Nur kurze, ernste Abschiede, in ihrer eigenen Handschrift. Wer könnte also wirklich bezweifeln, dass sie es so gemeint hatten?

Und dazu der Anruf, erinnere ich mich. Nancy hat nie angerufen.

Aber eine Wendung geht mir wieder und wieder durch den Kopf: »Ich muss weggehen.«

Ich muss Sophies Brief nicht lesen, um sicher zu sein, dass es gleich klingt, dennoch gehe ich ins Wohnzimmer und nehme ihn vom Kaminsims. Da steht es:

> *Es tut mir sehr leid, aber ich muss weggehen. Bitte versucht, Euch keine Sorgen um mich zu machen. Alles wird gut werden. Ich liebe Euch alle, Sophie xxx*

Einfach nur die gleichen Worte, und diese Phrase, geteilt von zwei verschwundenen Mädchen, die Jahrzehnte auseinanderliegen. Sicher nichts, was einen alarmieren sollte. Ganz sicher nichts, was nicht simpler Zufall sein könnte – oder die Verzweiflung einer Mutter, die etwas sehen will, wo nichts ist.

Das weiß ich, wirklich. Aber ich kann mich nicht davon abhalten, die Frage zu stellen.

Warum klingt ein fast dreißig Jahre alter Abschiedsbrief genau so, als habe meine Tochter ihn geschrieben?

20. KAPITEL

Am nächsten Tag hole ich den Computer aus dem Arbeitszimmer und mache mich am Küchentisch breit, wo es luftiger ist. Es ist einfach zu heiß, um weiter in dem kleinen Loch zu bleiben. Ich mache mir einen guten Kaffee und nehme meinen großen Notizblock, auf dem ich meine Notizen während des Telefonats niedergeschrieben habe. Als ich sie mir ansehe, fällt mir auf, dass sie schmerzlich kurz sind:

Olivia Kerrigan

– sorgfältig unterstrichen, dann:

Nancy
Abschiedsbrief
»Aber ich muss weggehen.«
Sollte ins Internat?

Um irgendwas dazu schreiben zu können, füge ich hinzu:

Parklands noch im Besitz der Kerrigans, aber Schwester sagt, es ist an der Zeit, zu verkaufen.

Jetzt bin ich bereit für ... was? Ich weiß nicht, was ich damit anfangen soll.

Ich starre in das Sonnenlicht draußen. Mein Geist wandert herum. Gerade will ich nur aufhören. Aufhören zu denken. Und irgendwo weit weg sein, wo mich niemand kennt. Für eine Sekunde, nur für eine, verstehe ich den Impuls davonzulaufen ...

Als die Türklingel läutet, brauche ich einen Moment, um mich zu fangen.

»Oh, hi!«

Noch immer hänge ich etwas hintendran, versuche, das freundliche Gesicht und den blauen Wagen zuzuordnen. Dann erkenne ich ihn ... außerhalb seiner Praxis.

»Dr. Heath, oh, hallo.«

»Hallo, Kate, wie geht es Ihnen?«

»Mir geht es gut. Und Ihnen?«

Ich versuche, mir meine Überraschung nicht anmerken zu lassen.

»Ich war für einige Hausbesuche in der Gegend und früher fertig als erwartet. Da dachte ich, ich sehe mal nach Ihnen, bevor ich zurück in die Praxis fahre.«

Mir fällt auf, dass er mich erwartungsvoll ansieht.

»Entschuldigung, ja, natürlich. Kommen Sie herein.« Ich gehe einen Schritt zur Seite. Als Gastgeberin fühle ich mich eingerostet und unbehaglich. »Möchten Sie einen Kaffee? Soeben frisch gemacht.«

»Ja, bitte. Ich war gerade bei einem Patienten, der mir Instantkaffee in kaltem Wasser mit verdorbener Milch gegeben hat. Ich musste das Gebräu unauffällig in einem Pflanzenkübel entsorgen.«

Ich muss lachen und beruhige mich ein wenig, während er mir in die Küche folgt. »Also, wie ist es Ihnen ergangen?«

»Oh, gut.« Ich suche nach einer Tasse, kehre ihm den Rücken zu. »Nun, Sie wissen schon. Es ist viel los.«

Wie genau soll man auf diese Frage antworten, wenn der Fragende schon weiß, dass es nicht gut ist?

»Und schlafen Sie? Benötigen Sie noch die Tabletten?«

»Ja«, erwidere ich sofort. »Ich brauche sie.«

Diese Hilfe will ich nicht verlieren. Nur in den letzten Nächten habe ich sie nicht mehr genommen, seit der Gestalt im Garten. Und die letzte Nacht war tatsächlich gut, wie mir gerade auffällt. Der Schlafmangel der Nacht davor hat mich so müde werden lassen, dass ich einfach eingeschlafen bin.

Vielleicht hilft das ganze Joggen. Heute Morgen war ich wieder, einfach nur in den Feldern ums Haus. Ich spüre das Ziehen in meinen Unterschenkeln, mein Körper ist noch immer nicht an den Sport gewöhnt. Aber es ist ein guter Schmerz.

»Und wie kommen Sie mit …«, mir fällt ein, dass ich ihm von Sophies Anruf erzählt habe, »den Nachforschungen klar?«

»Oh, ich weiß nicht.« Ich gieße ihm einen Kaffee ein. »Keine Ahnung, wohin das führt … ich meine, sie werden den Anruf nicht zurückverfolgen. Wegen der Anonymität der Anrufer. Aber sie sehen es sich näher an.«

»Und was bedeutet das?«

»Das weiß ich nicht. Der Detective sagte, sie würden mit der Hilfsorganisation sprechen.«

Was genau machen sie, wenn sie überhaupt was machen? Nicholls hat mir so gut wie nichts mitgeteilt. Noch immer bin ich allein mit meinen erbärmlichen Versuchen, selbst einen Durchbruch zu erzielen. Ich räuspere mich.

»Nehmen Sie Milch, Dr. Heath? Sie ist frisch, versprochen.«

»Nennen Sie mich Nick, Kate. Und ich möchte Sie nicht verärgern. Empfinden Sie die Polizei als hilfreich?«

Ich verdrehe die Augen. »Keine Ahnung. Dieser Detective, Nicholls …«

»Nicholls?«

»Er heißt Ben Nicholls. Ich kann nicht sagen, was er wirklich tut …«

Ich drehe mich um und reiche ihm die Kaffeetasse. Als ich ihn anlächle, wirkt sein Gesicht besorgt. Aber wenn er mir jetzt Sympathie entgegenbringt, breche ich zusammen.

»Tatsächlich wollte ich mit Ihnen reden. Meine Nachbarin, Lily Green, direkt die Einfahrt hoch, im alten Kutscherhaus? Nun, sie muss in ihren Achtzigern sein … ich sehe immer mal wieder nach ihr.« Er trinkt einen Schluck Kaffee und nickt. »In letzter Zeit ist sie immer verwirrter, und ich mache mir Sorgen.«

Wie sage ich das richtig?

»Mir ist aufgefallen, dass sie recht schwere Medikamente bekommt: Schmerzmittel. Morphium.«

»Das ist Ihnen also aufgefallen?«

»Ja.«

»Wo? In ihrem Schlafzimmer? Hat sie ihre verschreibungspflichtigen Medikamente einfach herumstehen lassen? Darüber sollte man sich Sorgen machen, gerade wenn Kinder im Haus sind, aber sonst …«

»Nein, ich habe das in ihrem Badezimmerschrank gesehen. Als ich etwas gesucht habe.«

»Also haben sie in ihre Hausapotheke geschaut«, stellt er fest.

Darauf antworte ich nicht.

»Okay. Kate, ich muss Ihnen als Ihr Arzt sagen, dass mich das ein wenig beunruhigt. Nach allem, was passiert ist …«

»Nein, das ist es nicht.« Ich lache, aber es klingt gezwungen. »Sie verstehen das falsch. Ehrlich. Ich bin nicht … ich habe nicht nach ihren Medikamenten gesucht. Das war nie … das war nie mein Problem.«

Aber er hört mir nicht zu.

»Als das letztes Jahr passiert ist, dachte ich, dass ich das Richtige tue. Ich nahm Sie beim Wort. Dass Sie nicht wussten, wie die Tabletten im Zusammenhang mit Alkohol wirken, dass Sie vernünftig sind. Also habe weiterhin welche verschrieben, es musste keine Konsequenzen haben. Obwohl Ihre Familie sehr aufgebracht war.«

»Ich weiß.«

Charlotte hatte mich gefunden, nachdem Mark schon einige Monate fort war. Ich hatte sehr viel Glück.

Das war in der Zeit, als es mit dem Schlaf gar nicht mehr ging. Sogar mit Tabletten. Vielleicht hatte es einen Gewöhnungseffekt gegeben. Ich hatte mir angewöhnt, ein paar mehr zu nehmen, als ich sollte, einfach nur, damit sie noch wirkten. Dann, eines Nachts, letztes Jahr im April, hatte ich eine Flasche Wein beim Fernsehen getrunken und war auf dem Sofa eingeschlafen. Ich wollte mir nichts antun, wirklich nicht. Ich war nur so müde, dass ich mein Gehirn einfach abschalten wollte.

Erst im Krankenhausbett wachte ich wieder auf.

Danach hatte Charlotte mir weinend berichtet, dass meine Lippen schon blau waren, als sie mich gefunden hatte. Sie hatte gesagt, dass sie einfach wusste, dass etwas nicht stimmte. Es war Sophies Geburtstag. Als ich an diesem Tag nicht ans Telefon gegangen bin, war sie vorbeigekommen und hatte den Schlüssel benutzt, den ich ihr gegeben hatte, als wir eingezogen waren. Und ich bin ihr so dankbar, natürlich bin ich das. Aber manchmal ist es einfach schwierig, jemanden um sich zu haben, der einen behandelt, als sei man eine Bombe kurz vor der Explosion.

»Kate?« Dr. Heath will mehr von mir hören. »Sie müssen verstehen, dass mich das in eine schwierige Situation bringt, wenn Sie mir berichten, dass Sie die Hausapotheke einer Nachbarin durchwühlt haben. Das ist ein Warnsignal. Verstehen Sie?«

»Ja.« Ich fühle mich wie ein Kind, dem man eine Standpauke hält. »Aber …«

»Die Medikamente Ihrer Nachbarin sind wirklich deren Verantwortung, egal, wie alt sie ist.«

Jetzt ist es, als würde ich meiner Nachbarin ihr Alter samt Demenz vorwerfen.

»Ich weiß das doch. Aber ich bin nicht sicher, ob sie genug Unterstützung hat, und erst recht niemanden, der nachsieht, ob sie auch ihre Tabletten zur richtigen Zeit einnimmt. Ich habe den Sozialdienst über den Gemeinderat kontaktiert, aber niemand hat sich bislang bei mir gemeldet.«

Er seufzt.

»Das System ist nicht perfekt. Aber hören Sie … wie wäre es, wenn ich in der Praxis nachfrage, ob sie Patientin bei einem Kollegen ist, dann kann ich einen Blick auf die Medikation werfen.«

»Würden Sie das tun?«

Darauf hätte ich selbst kommen können. Natürlich wird Lily dort eine Akte haben. Alle aus dem ganzen Umland gehen zu dieser Praxis für Allgemeinmedizin in Amberton.

»Aber ehrlich gesagt sollten Sie an Ihre eigene Gesundheit denken.«

Dabei sieht er an mir vorbei auf den Tisch. Mein Blick folgt seinem, zu meinem offenen Block mit den gekritzelten Notizen. Ein chaotischer Geist. Beschämt beuge ich mich vor und schließe ihn.

»Sie sind hier sehr allein. Gehen Sie genug vor die Tür? Treffen Sie Freunde und Familie?«

»Ja, etwas mehr.«

Das ist die Wahrheit, wenn man an die Wege zur Werkstatt und in die Bibliothek denkt, bin ich mehr unterwegs als seit, nun ja, einer langen Zeit. Nur bin ich nicht sicher, ob er Gespräche mit dem örtlichen Bibliothekar für eine aufblühende neue Freundschaft hält.

»Und meine Familie unterstützt mich.«

Wenn ich sie zurückrufe.

»Hm.« Er ist nicht überzeugt, aber dann sieht er die Küchenuhr. »Ich muss los. Aber machen Sie doch bald einen Termin aus. Nur um in der Spur zu bleiben.«

Das ist wohl eine gute Idee.

»Das mache ich, versprochen. Und danke.«

»Tun Sie das. Danke für den Kaffee.«

Als er gegangen ist, fühle ich mich leer. Es ist schön, Gesellschaft zu haben, sogar wenn es aus beruflichen Gründen geschieht. Und sein Besuch hat mich an allerlei erinnert. Meine Grenzen. Meine Fehler.

Aber er hat mir auch eine Idee mitgegeben. Ich werde eine Beziehung ausbauen, denke ich mir, während ich wähle. Auch wenn ich nicht sicher bin, ob Nick Heath den Grund dafür gutheißen würde.

David, der Bibliothekar von neulich, ist überrascht, aber auch erfreut, von mir zu hören, als ich ihn so beiläufig wie möglich an seinen Vorschlag erinnere, mit seiner Schwester zu sprechen. Sobald Leute ahnen, dass man etwas von ihnen will, kann es sein, dass sie dichtmachen. Aber er nicht.

»Lassen Sie mich Ihnen Vickys Nummer geben. Ich hatte es erwähnt, aber sie ist so mit ihren Kindern eingespannt. Und ich muss gestehen, dass sie nicht gerade die organisierteste Person ist, die ich kenne …«

Ich weiß nicht, ob ich jemals fassen kann, wie hilfsbereit die Menschen hier sind.

»Vielen Dank, David. Ich rufe sie gleich an.«

Beim ersten Mal geht sie nicht ran, wohl aber zehn Minuten später.

»Hallo?« Sie klingt gestresst. »Jesse, nein! Leg das weg!«

»Hallo, Vicky?«, frage ich. »Hier spricht Kate. Ihr Bruder hat vielleicht erwähnt, dass ich anrufe?«

»Ach ja, natürlich. Das hat er, oder? Also, wie kann ich Ihnen helfen?«

Schnell berichte ich davon, dass ich ein Projekt über Vermisste angefangen habe, mit dem Fokus auf unsere Gegend.

»Sozialwissenschaften«, erkläre ich, obwohl ich weiß, wie dünn das klingt. Aber genau wie ihr Bruder unterhält sich Vicky gern.

»Nancy Kerrigan.« Sie seufzt. »Ich fand sie so hübsch.« Sie erzählt, dass Nancy die schönsten Haare hatte. »Nicht wie mein dürres Durcheinander! Ich hatte eine Dauerwelle damals ... was Schlimmeres hätte ich mir gar nicht aussuchen können! Zu meinem Babyspeck, wenn man das so nennen kann – immerhin habe ich ihn immer noch.« Sie lacht unbekümmert. »Sie war einfach eines dieser Mädchen, wissen Sie. Jemand, dem sie nachgeeifert haben.«

Aber Details über die Gründe des Verschwindens hat sie kaum.

Es gingen Gerüchte in der Schule herum, wie das so ist, dass Nancy nach London ist.

»Der Herrgott weiß, warum sie das tun sollte, wenn ich jetzt darüber nachdenke. Was sollte sie denn da?«

Aber es scheint, dass sie alle Verbindungen zu ihrem Freund und ihrer Familie gekappt hatte, und niemand wusste mehr. Sie hatte eine Tasche gepackt und Geld mitgenommen – so hieß es.

Bald danach waren zwei Polizisten in die Schule gekommen, und einer nach dem anderen waren Nancys Freunde aus dem Unterricht zum Rektor gerufen worden. Aber niemand konnte der Polizei Antworten geben. Schlussendlich waren die Polizisten gegangen, und in der Schule war wieder Normalität eingekehrt, noch vor den langen Sommerferien.

Von Nancys Jahrgang waren danach nicht alle wiedergekommen. Einige hatten Kochkurse und solche Sachen belegt, andere waren auf das College in der Nachbarstadt gewechselt, wo es keine Schuluniformen gab. Dadurch, dass sich ihr Jahrgang verteilt hatte, erschien es auf irgendeine verrückte Art nicht so seltsam, dass noch ein Mädchen plötzlich verschwunden war. Fast so, als hätte sie einfach nur einen Vorsprung vor den anderen gehabt.

»Jetzt fühlt es sich anders an«, erklärt mir Vicky. »Sogar jetzt noch denke ich manchmal an sie. Damals war ich, hm, so vierzehn. Ich glaube nicht, dass ich es verstanden habe. Jetzt bin ich Mutter, und ich sehe meinen kleinen Jungen an, und seine Schwester – sie ist noch ein Säugling, aber so pflegeleicht, wirklich –, und ich denke mir, diese armen Eltern, was haben die wohl getan?«

Ich will nicht über die armen Eltern reden: Ich kann spüren, dass sie damit noch eine ganze Zeit verbringen könnte.

»Ja, das war sehr traurig«, werfe ich ein, wohlwissend, wie herzlos ich klinge. »Ich meine mich zu erinnern, dass da ein Freund im Spiel war, als sie verschwand. Über den würde ich gern mehr herausfinden, damit ich mit ihm reden kann.«

Halb erwarte ich, dass sie wie Olivia sagt, dass sie sich nicht erinnert, aber sie kichert.

»Er war ein richtiger Kerl. Dunkles Haar.« Ganz offensichtlich war Vicky als Teenager deutlich besser über Liebschaften informiert als Nancys zehn Jahre alte Schwester.

»Oh?«

»Sie waren aber nicht in meinem Jahrgang; er muss ein paar Stufen drüber gewesen sein.«

»Wie hieß er?« Ich versuche, nicht allzu ungeduldig zu klingen.

»Hm, mal überlegen … James, Jack, irgendwas mit J. Jay!«, juchzt sie. »Genau, Jay!«

»Und der Nachname?«

»Oooh, das weiß ich nicht. Er ist weggezogen. Und so, wie die Preise hier in die Höhe schießen, wüsste ich nicht, wie sich jemand leisten kann, wieder hierherzuziehen!«, erwidert sie fröhlich, in ihrer Entscheidung, hier zu bleiben, bestätigt. Leiser spricht sie weiter: »Natürlich gab es Gerede.«

»Ja?«

»Ach, Sie wissen schon.«

Nein, weiß ich nicht.

»Was für Gerede?«

Sei nett zu ihr, Kate.

»Nun ja, Teenager streiten sich, nicht wahr? Einige sagten, Nancy und Jay hätten sich getrennt, dass er der wahre Grund gewesen sei, weshalb sie weggelaufen ist. Das weiß ich natürlich nicht sicher. Es gibt nichts Konkretes. Aber auf jeden Fall ist seine Familie weggezogen, das muss im Sommer gewesen sein. Er kam nicht wieder zurück in die Schule.«

Ein halber Name.

»Ich verstehe.«

Zurück auf Anfang.

»Aber wissen Sie«, fügt sie wieder enthusiastisch hinzu, »ich habe noch meine ganzen alten Schulfotos bei meiner Mum. Das nächste Mal, wenn ich sie besuche, könnte ich mal reinsehen, wenn Sie das möchten. Vielleicht hilft das ja meinem Gedächtnis auf die Sprünge.«

»Könnten Sie das tun? Ich wäre Ihnen sehr dankbar.«

Es klingt sehr ungewiss.

»Kein Problem, wirklich. Die Sache ist … Jesse! Vorsicht mit dem Baby! Lass sie! … die Sache ist«, fährt sie verschwörerisch fort, »in der Garage gab es ein Loch im Dach, und all die Kartons, mein altes Zeug, sind total nass geworden.« Sie lacht. »Ich hätte das schon vor Jahren mal durchgehen sollen. Aber ich will Ihnen nicht zu viele Hoffnungen machen.«

»Nun, trotzdem danke.«

Ich sorge dafür, dass sie sich meine E-Mail-Adresse notiert und meine Telefonnummer, auch wenn ich weiß, dass ich nie von ihr hören werde.

»Gar kein Problem. Also, wo landet das alles? Schreiben Sie irgendeinen Artikel? Es macht mir nichts aus, falls Sie mich zitieren, ja?«

21. KAPITEL

Als Jesse ein weiteres Telefon abhebt und die Leitung mit kindlichem Gebrabbel füllt, hänge ich auf. Von Vicky habe ich alles erfahren, was sie weiß.

Wieder online, gehe ich sorgfältig vor, suche nach allen Kombinationen von Jay mit »Nancy Kerrigan« und »Amberton Grammar«, und was mir sonst noch einfällt, das mich zu seinem vollständigen Namen führen könnte, um herauszufinden, wo er jetzt ist. Ich will einfach nur in Erfahrung bringen, was geschehen ist: Ich will feststellen, dass er nichts mit Nancys Verschwinden zu tun hatte, dass er ein ganz normales, respektables Leben in irgendeinem Reihenhaus irgendwo gelebt hat, in dem das Verschwinden seiner Freundin aus Schulzeiten nur eine traurige Episode aus der Vergangenheit ist. Etwas, an das er an Weihnachten denkt oder an ihrem Geburtstag. Einfach nur traurig. Mehr nicht.

Und noch mehr verbiete ich mir, darüber nachzudenken, warum ich das nun wissen muss.

Eine Weile sehe ich mir die Neuigkeiten an, die sie an Ehemalige der Schule verschicken. Ich speichere das PDF, um zu sehen, ob ein Jay erwähnt wird. Aber nichts.

Als der Anruf kommt, bin ich noch in der Küche und koche mir einen Tee, während die Sonne schon tiefer steht. Aus Gewohnheit lasse ich das Telefon bis zu Ende klingeln. Es muss irgendein Werbeanruf sein oder noch einmal Charlotte. Die Stimme des Mannes auf dem Anrufbeantworter schreckt mich auf.

»Mrs Harlow, DI Nicholls hier. Bitte rufen Sie mich zurück …«

Noch bevor er zu Ende sprechen kann, habe ich das Zimmer durchquert und hebe ab: »Hallo? Am Apparat.«

Er erklärt mir, dass es Neuigkeiten gibt, die er mir lieber persönlich mitteilen möchte.

»Haben Sie sie gefunden?«, höre ich mich mit viel zu hoher Stimme fragen.

»Nein. Nein, tut mir leid. Ich wollte keine falschen Hoffnungen wecken. Hätten Sie jetzt Zeit? Ich hatte es auf Ihrem Handy versucht …«

Ich werfe einen Blick auf den Tisch – mal wieder habe ich vergessen, es aufzuladen. »Ja, natürlich. Soll ich auf die Wache kommen?«

»Nicht nötig. Ich bin ohnehin in der Gegend und komme vorbei.«

Ich lege auf, nehme den Kater auf den Arm und vergrabe das Gesicht in seinem Fell. Er miaut protestierend. »Noch ein Besucher. Wir sind echt ein sozialer Mittelpunkt«, erkläre ich Tom.

Aber ich bin nervös. Sehr nervös. Auch die Nacht darüber schlafen hat mich Sophies E-Mail-Konto nicht nähergebracht. Ich werde es an die Polizei übergeben.

Doch vorher muss ich den Verantwortlichen deutlich machen, wie wichtig es sein könnte.

»Wie es sich herausgestellt hat, waren wir nicht die Einzigen, die sich für die Anruflisten der Hilfsorganisation interessiert haben. Die Flaschenpost-Hotline hatte ein Problem mit Belästigung. Ein Anrufer war besonders unangenehm. Sexuelle Belästigung, immer wenn eine Frau dranging. Drohungen. Und er hat nicht abgelassen.«

»Oh, richtig. Sie meinen so einen obszönen Anrufer.«

Nicholls war aufgetaucht, hatte Tee abgelehnt – »Nur Wasser, danke« – und angefangen zu reden. Für einen Moment lasse ich zu, mir bewusst zu machen, wie seltsam mein Leben derzeit ist: Ein Detective im Anzug sitzt mir am Küchentisch gegenüber, während ich darauf warte, dass er zur Sache kommt. Er ist ganz ruhig, ohne Eile.

Und was er sagt, stimmt. Die Schweratmer sind der Fluch jeder Hotline, jedes Sorgentelefons, aber niemand will das publik machen aus Sorge, dass es Nachahmer ermuntert. Aber wenn man die Ehrenamtlichen oft genug verärgert, dann können die weiter oben, nach viel Nachdenken, jemanden blocken. Ich verstehe nur noch nicht, was das mit mir zu tun hat.

»Also«, hebt er an. »Wie sich herausgestellt hat, hat die Hilfsorganisation schon wegen dieses einen Anrufers mit der Polizei gesprochen, über die Zentrale in London. Und zugestimmt, dass wir uns die Anruflisten der letzten Monate ansehen können, um dessen Identität festzustellen. Sie wollten ihn anzeigen.«

In mir schlägt die Hoffnung Purzelbäume. Waren das gute Neuigkeiten? Hatten sie so Sophies Nummer oder Standort herausgefunden?

Er fährt fort: »Meine Kollegen bei der Metropolitan Police hatten angefangen, sich Nummern anzusehen, von denen mehrfach angerufen wurde. Den Mann haben sie einfach gefunden: Er hat nicht verstanden, dass die Vertraulichkeit bei justiziabler Belästigung nicht mehr greift. Dieser Typ hat hundertfach angerufen, von seinem Festnetzanschluss aus, irgendwo in den West Midlands, während seine Frau tagsüber arbeiten war.«

Darum hatte ich von diesem Widerling nichts mitbekommen: Ich mache nur Nachtschichten.

»Außerdem haben wir nicht viele, die mehrfach anrufen«, füge ich hinzu. Keine echten. Wir bekommen Nachrichten an Freunde und Familie, und ansonsten sollen wir Menschen an längerfristige Hilfsmöglichkeiten weiterleiten. »Aber entschuldigen Sie, wie genau hilft mir das in meiner jetzigen Situation? Sophie hat nur einmal angerufen.«

»Darauf komme ich noch zu sprechen«, erläutert er sanft. »Nun, die Hilfsorganisation hat die Details von Sophies Anruf nicht freigegeben.«

Also hat er darum gebeten.

»Und es gab keinen zwingenden Grund für uns, das durchzusetzen.«

Ich nicke, auch wenn ich nicht zustimme, aber ich verstehe es.

»Als ich also von diesen anderen Ermittlungen gehört habe, habe ich einen Blick auf die Informationen geworfen, die sie zu den wiederholten Anrufen gesammelt hatten – nennen Sie es professionelle Neugier –, und habe dabei etwas Ungewöhnliches entdeckt.«

Eine Sekunde lang habe ich das Gefühl, er wartet auf eine Antwort von mir, dann redet er weiter: »Es gab Dutzende Anrufe an die Hotline von einer Nummer hier aus der Gegend.«

Das verwirrt mich.

»Nun ja, es ist eine landesweite Hotline, aber jeder kann anrufen.«

»Ja, jeder kann anrufen. Und im Zusammenhang mit dieser Nummer gab es keine Belästigung, gar nichts. Wir konnten das schon an der Länge der Anrufe erkennen. Meine Kollegen hatten sie auch schon zurückverfolgt, zu einer Telefonzelle.« Er sieht mich erwartungsvoll an. »Es ist die Telefonzelle am Ende der Park Road. Dieser Straße.«

Die eine nahe der Kreuzung, keine hundert Meter von hier entfernt, wenn überhaupt.

Er reibt sich das Kinn. »Können Sie mir verraten, was da los ist, Mrs Harlow?«

»Nein«, antworte ich verblüfft.

»Ist Ihnen vielleicht jemand aufgefallen, der sich dort an der Telefonzelle herumtreibt?«

»Von hier aus kann man sie nicht sehen.« Das ist offensichtlich. »Sie können mit den Leuten von der anderen Straßenseite sprechen, die wohnen etwas näher daran.«

»Stimmt.« Er runzelt die Stirn.

»Vielleicht habe ich eine Mobilnummer für Sie, falls Sie wollen, es gab mal eine Nachbarschaftsliste, die man uns beim Einzug gegeben hat …«

Ich will mich erheben.

»Nein, schon gut.« Aber er steht nicht auf. »Sie müssen nach dem Verschwinden Ihrer Tochter unter immensem Druck gestanden haben.«

Seine Worte sind sorgfältig gewählt.

»Es geht mir gut.«

Eine Lüge. Und ich merke, dass es eine Richtung einschlägt, die mir nicht gefällt.

Er reibt sich den Nacken, eine kleine Geste des Unbehagens. »Wenn ich das richtig verstehe, war da in Ihrer Vergangenheit etwas. Probleme mit geistiger Gesundheit.«

Ich starre ihn an, mein Mund eine dünne Linie.

»Eine Überdosis. Benzodiazepine. Und Alkohol.«

»Es war keine Überdosis. Jedenfalls nicht so, wie Sie es meinen. Es war ein Versehen.«

»Wer auch immer aus der Telefonzelle angerufen hat, es waren Dutzende und Dutzende Male …«

Plötzlich verstehe ich. »Oh, Sie glauben, ich weiß etwas darüber.«

»Mrs Harlow, niemand macht Ihnen Vorwürfe, ich frage nur …«

»Sie denken, ich tätige Scherzanrufe«, stelle ich tonlos fest. Es ist keine Frage.

»Das habe ich so nicht gesagt.«

Das muss er auch gar nicht.

»Und Scherzanruf würde ich dazu auch nicht sagen. Vielleicht eher …«, fragend hebt er eine Augenbraue, »… Hilferufe?«

In seinem Blick liegt Verständnis. Ich ertrage es nicht.

»Wie auch immer, ich war das nicht«, erkläre ich. »Ja, ich hatte obsessive Gedanken, überängstliche Vorstellungen.« Dem stelle ich mich. »Ich konnte das Verschwinden meiner Tochter – meiner Sophie – nicht hinter mir lassen. Es fiel mir schwer, damit umzugehen. Und da ich nicht schlafen konnte, nahm ich Tabletten. Aber ich habe keine Anrufe getätigt.« Obwohl es sogar in meinen eigenen Ohren schwach klingt, füge ich hinzu: »Es gibt viele Kinder in der Gegend, vielleicht spielen die Streiche.«

Wer um Himmels willen würde von hier anrufen? Da kommt mir ein Gedanke: »Sophies Anruf kam aber nicht auch aus der Telefonzelle, oder?«

»Nein.« Er schüttelt den Kopf. »An dem Abend gab es keine Anrufe von dort. Natürlich haben Sie zu der Zeit bei der Hotline gearbeitet. Ihre Kollegin Alma Seddon hat das bestätigt.«

Jetzt verstehe ich: In seinen Augen habe ich mich quasi selbst belastet. Natürlich gab es an dem Abend keinen Anruf aus der Gegend hier. Ich war bei der Hotline. Aber sonst …

»Hören Sie, es ist nicht kriminell, eine Hotline anzurufen und dann aufzuhängen«, sagt er leise und zieht etwas aus der Tasche seines Jacketts. »Egal, ob oder nicht … ich wollte Sie nur informieren, dass es einige hervorragende Möglichkeiten für Hinterbliebene gibt.«

Damit reicht er mir eine Broschüre, die ich schon mal gesehen habe, und ich starre sie an, während er über posttraumatische Belastungsstörungen doziert, über die verschiedenen Organisationen, die sich auf Hilfe dafür spezialisiert haben. Immerhin erwähnt er nicht die, bei der ich mich engagiere, das muss ich ihm zugestehen.

»Ich danke Ihnen«, presse ich hervor. Sei höflich. Behalte die Kontrolle. »Es ist ohnehin gut, dass sie hergekommen sind. Ich wollte noch mit Ihnen über Sophies Tagebuch reden, über die E-Mail-Adresse darin. Ich bin über einige Übereinstimmungen mit einem anderen Fall gestolpert, den ich Ihnen noch zeigen wollte …«

Als ich aufsehe, bemerke ich seinen Gesichtsausdruck: Ich begreife es noch immer nicht.

Mein Herz schlägt heftig.

»Was genau *passiert* bei den Ermittlungen? Nach dem Tagebuch … was Sophie über Danny geschrieben hat. Sie haben mit ihm gesprochen. Und mit Holly Dixon, nicht wahr? Geht es da weiter?«

Er antwortet langsam, so als müsse er sich die Worte zurechtlegen. »Ja, wir haben sowohl mit Danny als auch mit Holly geredet. Ihre Version stimmt nicht wirklich mit Ihrer überein, was ihre Gespräche betrifft. Was wohl nicht überraschend ist.«

Das kann ich mir vorstellen: Vor meinem geistigen Auge sehe ich die weinende Holly vor der Wache, wie sie mich bittet zu behaupten, der Schwangerschaftstest sei ihrer gewesen. Und Danny, der darauf besteht, nicht mit Sophie geschlafen zu haben.

Nicholls lehnt sich vor, zieht meine Aufmerksamkeit auf sich. »Und sie haben erklärt, dass es da Spannungen zwischen ihnen gegeben hat. Bevor Sophie weglief.«

Das kann ich nicht bestreiten – ich war von keinem der beiden ein Fan.

»Wenn ein Mensch verschwindet, ist es verlockend, einen Schuldigen zu suchen.«

»Darum geht es nicht«, widerspreche ich. »Ich sage nicht, dass sie … etwas *getan* haben, aber ich weiß einfach, dass irgendwas nicht stimmt. Etwas, das sie fernhält. Sie haben das Tagebuch, Sie haben es mir gezeigt!«

»Das Tagebuch erklärt, dass sie schwanger wurde und ihr Freund darüber nicht glücklich war. Das ändert nichts, zumindest nicht grundlegend.«

»Aber warum haben Sie das alles nicht vorher gesagt? Sie haben mich glauben lassen …«

Hat er das wirklich? Ich dachte, dass sie es ernst nehmen, dass die Sache wieder in Bewegung geraten war. Ich versuche mich zu erinnern, was sie mir gesagt hatten.

»Ich sagte: Wenn ich Neuigkeiten habe, teile ich sie natürlich mit.« Und genau das tut er: Aber es sind Informationen, die mich in ein schlechtes Licht rücken, die andeuten, dass ich unzuverlässig bin, unausgeglichen. Mir wird schlecht, Panik steigt in mir auf.

»Aber Sophie war am Telefon verängstigt.« O Gott. »Sie glauben mir doch, dass sie mich angerufen hat, oder?«

Wie immer ist er sehr sorgfältig, ganz der Profi.

»Sie sagten, ihre Stimme war nur ein Flüstern. Die Verbindung war schlecht. Dann haben Sie Ihren Namen gehört, und den Ihres Ex-Manns – die Vornamen. Und …«

»Und ich habe gehört, was ich hören wollte«, beende ich seinen Satz erschöpft.

»Das sage ich gar nicht, nicht unbedingt.«

Was er nicht sagt: Es ist egal. Zumindest der Polizei.

Es reicht mir jetzt.

»Ich drehe nicht durch. Nein.« Ich stehe auf. »Vielen Dank für Ihren Besuch, DI Nicholls.«

»Mrs Harlow …«

»Vielen Dank. Ich begleite Sie zur Tür.«

Bis ich die Tür hinter ihm schließe und den Motor seines Wagens höre, reiße ich mich zusammen.

Die Broschüre habe ich immer noch in der Hand. Ich zerknülle sie und lasse sie auf den Boden fallen. Zitternd vor Wut lehne ich mich an die Vordertür. Das ist wenigstens besser als Verzweiflung. Wie kann er es wagen, auch nur anzudeuten, dass diese Anrufe von mir kommen?

Mit Gewalt drücke ich die aufkommende Unsicherheit weg, die sich anfühlt, als würde sich meine Welt verdrehen. Es konnte doch nicht wahr sein, oder? Angst umklammert mein Herz. Natürlich war ich es nicht. Ich weiß es.

Aber wenn meine Familie erfährt, was die Polizei denkt. Mark. Sie würden davon ausgehen, dass es wieder passiert und ich ausraste.

In der Küche gieße ich mir ein großes Glas Wasser ein, trinke es direkt aus. Ein Blick auf den Laptop, auf den Notizblock daneben. Ich muss mir die Wahrheit eingestehen.

Alles ist wieder auf Anfang. Ich bin keinen Schritt näher daran, meine Tochter zu finden. Die Polizei ermittelt nicht.

Nein, korrigiere ich mich. Schlimmer: Sie vertrauen mir nicht mehr.

Die E-Mail von der Hotline war zu erwarten, nehme ich an. Das sage ich mir zumindest, als ich sie am Abend lese.

»Liebe Kate«, beginnt sie. »Wir möchten Ihnen für Ihren Einsatz für die Flaschenpost-Hotline danken.«

Das ist natürlich der angenehme Teil. Der Rest klingt anders.

Meine Dienste werden nicht länger benötigt. Es ist anders formuliert, natürlich wird eher betont, dass die Arbeit bei der Hotline für die ehrenamtlichen Helfer sehr aufwendig ist und man mir vorschlägt, dass ich eine Auszeit nehmen könnte, um darüber nachzudenken, wie ich mein Können anderweitig einsetze.

Ich mache mir nicht mal die Mühe einer Antwort.

22. KAPITEL

Inzwischen weiß ich gar nichts mehr mit mir anzufangen. Ich zwinge mich aufzustehen, auch wenn ich nicht wirklich weiß, wozu. Frühstück vor dem Fernseher, Stunden verschwendet, meine schlechte Angewohnheit. Ich fühle mich so erschöpft und besiegt. Dann beginne ich, unnötigerweise das Zimmer aufzuräumen, wische Staub, der kaum vorhanden ist. Danach gehe ich in die Küche, hebe zwei Mal den Hörer ab, halte inne und frage mich.

Soll ich Dad anrufen? Charlotte? Ausnahmsweise suche ich menschliche Nähe. Aber was kann ich sagen, das nicht alles noch schlimmer machen würde? Das sie nicht denken lässt, dass ich den Verstand verliere?

Dann fällt er mir ein: der eine Mensch, der mich nicht richten wird.

Ich schnappe mir meine Schlüssel und gehe hinaus.

Lily sitzt auf ihrem üblichen Platz, döst in ihrem Sessel inmitten eines Strahls Sonnenlicht. Ihr Kopf ist auf die Brust gesunken – das kann nicht bequem sein.

»Lily«, rufe ich. »Lily.«

Ihre Augen öffnen sich, blinzeln sie wach.

»Oh, hallo, Schatz«, begrüßt sie mich, hebt langsam den Kopf. »Ist er schon weg?«

Sie spricht wohl von ihrer Pflegekraft. Aber ich frage mich, ob er wirklich da war oder ob sie mal wieder verwirrt ist.

»Ja, ich bin's nur. Soll ich uns eine Tasse Tee kochen?«

»Wunderbar. Ja, bitte.«

In der Küche überprüfe ich die Milch und mache uns jeweils eine Tasse. Es beruhigt mich, dass alles aufgeräumt und sauber ist.

Schon habe ich die beiden Porzellantassen in den Händen, schöne Stücke, mit Veilchen bemalt, als ich die Ecke einer sorgsam gefalteten Zeitung auf der Anrichte sehe, auf dem Telefonbuch.

WEGGELAUFEN?
Schick eine Nachricht, dass du in Sicherheit bist
KEINE FRAGEN
Ruf einfach an und übergib uns deine Nachricht
Wir leiten sie weiter
Schicke eine FLASCHENPOST

So gerade eben gelingt es mir, nichts zu verschütten.

»Lily, warum hast du die Zeitung da, mit der Anzeige für die Hotline?«, frage ich drängend, als ich zurück ins Wohnzimmer gehe. Ich höre, wie aggressiv meine Stimme klingt, und versuche, sanfter zu sprechen. »Du weißt doch, dass ich da arbeite. Dass ich mich da engagiere?«

Sie antwortet nicht.

Also stelle ich die Teetassen auf das kleine Beistelltischchen und versuche es erneut: »Hast du vielleicht versucht, mich auf der Arbeit anzurufen? Ein paar Mal sogar?«

Erst bin ich nicht mal sicher, ob sie mir zuhört, aber dann redet sie überraschend lebhaft.

»Weißt du, du hast gesagt, ich kann immer anrufen. Du hast gesagt: Lily, wenn du irgendwas brauchst, zögere nicht, mich anzurufen. Nun, du weißt, dass ich gesagt habe, dass es mir gut geht, aber du hast darauf bestanden. Nun, ich habe gesagt, ich brauche keine …«

»Nein, nein, das ist gut so. Es tut mir leid. Es ist nur … mir war nicht bewusst, dass du wusstest, dass ich da Ehrenamtliche bin.«

Mein Herz ist schwer.

»Natürlich weiß ich das. Ich erinnere mich an Sachen.«

Sie ist verärgert. Ein Zeichen dafür, dass sie sich verletzlich fühlt, das weiß ich jetzt. Fühlt sie sich etwa schuldig?

»Ach Lily, ich wohne doch direkt nebenan. Und du hast meine Nummer, falls jemals was ist.«

Offenbar hat sie versucht, mich bei der Hotline zu erreichen. Und dann ... was? Hat sie aufgehängt? Nach mir gefragt? Aber aus der Telefonzelle? Mir war nicht bewusst, dass es ihr so schlecht geht, dass sie derartig verwirrt ist. Was ging ihr nur im Kopf herum?

Da habe ich eine Idee: Ich ziehe den Schemel vor sie.

»Lily, wie geht es deinem kleinen Jungen?«

»Mein kleiner Junge ...«

Ihre Stirn legt sich in Falten.

»Ja«, sage ich auffordernd. »Dein kleiner Junge, von dem du mir erzählt hast.«

»Ich habe keinen kleinen Jungen«, erwidert sie tonlos.

»Oh. Ich dachte ...«

»Ich weiß nicht, wovon du redest.«

»Es tut mir leid, Lily. Ich dachte, du redest gern über deinen kleinen Freund. Du sagtest, er hatte blonde Locken, genau wie du. Sah er auch wie dein Mann Bob aus?«

Das war ein Fehler.

»Wir hatten keine Kinder.« Sie ist aufgebracht. »Du bist ein gemeines Mädchen.«

Erschrocken ziehe ich mich zurück. Lily ist mir nie böse. Aber ich habe gelesen, dass zusätzlich zu Verwirrung und Vergesslichkeit solche Stimmungsumschwünge ein Symptom für das sind, was ich befürchte: Demenz.

»Es tut mir leid, Lily. Ich wollte dich nicht ärgern.«

»Na gut«, entgegnet sie quengelig. »Aber du fragst zu viel. Ich mag das nicht.«

Sie klingt wie ein Kind.

»Okay. Wir lassen das Thema.« Ich nehme einen tiefen Atemzug. »Ich muss ein paar Dinge erledigen, aber ich schaue bald wieder nach dir. Ich wünsche dir einen schönen Nachmittag.«

Was zum Teufel ist mit ihr los? Zu Hause eile ich an den Laptop, der noch auf dem Küchentisch steht, und gebe den Namen des Medikaments ein, das ich in ihrem Badezimmerschrank gesehen hatte. Ich finde eine Webseite mit Informationen für Patienten und überfliege sie: »Verschreibungspflichtig ... genaue Regeln ...«

Einen Absatz lese ich zweimal: »Niemals die Tabletten zerbrechen, zerkleinern oder sie kauen oder lutschen. So könnte die gesamte Dosierung auf einen Schlag in Ihren Kreislauf gelangen, was eine potenziell tödliche Überdosis darstellen könnte.«

Ein weiterer Hinweis lässt mir flau im Magen werden: »Was soll ich tun, wenn ich eine Einnahme vergesse?«

Dazu gibt es einen Warnhinweis: Niemals die doppelte Dosis einnehmen, um eine vergessene zu ersetzen.

Inzwischen ist Lily so vergesslich. Und sie hat so viel davon, Fläschchen voller Tabletten und Flüssigkeit. Wofür sind die alle?

Damit ist die Entscheidung gefallen. Lily ist nicht in der Verfassung, sich selbst darum zu kümmern, erst recht nicht, wenn ihre Medizin sie noch mehr verwirren könnte. Der Hinweis auf der Flasche, nach Bedarf einzunehmen – sie könnte es den ganzen Tag schlucken.

Es ist mir klar, dass ich mich einmische – ich will nicht darauf warten, dass Dr. Heath ein ruhiges Wort mit einem Kollegen wechselt. Bevor ich weiter darüber nachdenken kann, rufe ich in der Praxis an und falle über die überraschte Arzthelferin her. Sie bestätigt mir nicht einmal, dass Lily dort Patientin ist, was meine Stimmung nicht gerade hebt.

»Es ist gefährlich«, schließe ich. »Wer auch immer Lily – ich meine, Mrs Green – das verschreibt, könnte ernsthafte Probleme bekommen. Es ist …«, ich suche nach einem Wort, das juristisch klingt, »fahrlässig.«

»Mrs Harlow«, erklärt die Arzthelferin, Valerie. »Ich verstehe. Ich habe alles notiert und werde Ihre Nachricht weiterleiten.«

»Okay. Gut. Und wird man mich zurückrufen? Weil ich nämlich weiter anrufen werde, bis das passiert.«

»Ja«, antwortet sie.

Ich könnte schwören, dass ich knirschende Zähne höre.

»Jemand wird Sie zurückrufen.«

Hoffentlich nicht ich, kann ich sie im Geiste sagen hören, bevor sie auflegt.

Als das erledigt ist, fühle ich mich etwas besser. Aber es ist nicht die Schuld der Arzthelferin. Mir ist bewusst, dass ich meinen Ärger an ihr ausgelassen habe – Ärger über die Polizei, über Nicholls, über mein eigenes Versagen.

Rastlos stehe ich auf und gehe zum Fenster. Wie hätte ich das Gespräch mit Nicholls besser führen können? Ich weiß nicht, ob es in meiner Macht gelegen hätte. Jetzt erinnere ich mich an seine Kommentare, als er mich anfangs angerufen hatte, darüber, wie es dazu kam, dass ausgerechnet ich den Anruf bei der Hotline angenommen habe.

»Aber … ich glaube, es hätte jeder sein können«, hatte ich da gesagt.

»Ja. Ein ziemlich großer Zufall«, war seine überfreundliche Antwort. *»Und ist es immer so ruhig, nur Sie allein?«*

Mir hätte auffallen müssen, worauf er hinauswollte. Dass ich vielleicht nicht einmal einen Anruf erhalten hatte, zumindest nicht von Sophie. Dass ich mindestens unzuverlässig war.

Weil es so seltsam *war,* dass ausgerechnet ich abgehoben hatte.

Vor mir selbst kann ich das eingestehen, solange ich niemanden sonst überzeugen muss. Zu allen Zeiten, zu denen sie bei der Hotline anrufen konnte, kam sie ausgerechnet bei mir an.

Ich runzle die Stirn. Irgendwie hatte es gewirkt, als sei die Anruferin ebenso überrascht gewesen wie ich … die Leitung so still, als ob sie in Panik geraten wäre.

Aber vielleicht hatte es sie einfach nur überwältigt. Was, wenn sie *wirklich* versucht hatte, mich zu erreichen? Wenn sie wusste, woher auch immer, dass ich dort arbeite.

Denk nach. Wenn man im Internet nach mir sucht … ich gehe an den Computer – ja, da bin ich. Man muss ein wenig runterscrollen, um es zu finden, aber da ist mein Name, in dem Zeitungsartikel, der letztes Jahr Weihnachten über die Hotline geschrieben worden ist. Auf dem Foto ziehe ich in der hintersten Reihe der Ehrenamtlichen eine Grimasse – es war der Versuch zu lächeln. Und ja, mein Name steht in der Bildunterschrift. Sie hätte mich dort finden können.

Also war es vielleicht doch kein Zufall. Vielleicht *war* dieser Anruf für mich gedacht: Möglicherweise konnte Sophie verstehen, wie sehr ich es brauchte, ihre Stimme wieder zu hören, sogar wenn sie mich darum bat, mir keine Sorgen mehr zu machen – sie loszulassen. Und natürlich bedeutete ein Anruf bei der Hotline auch, dass ich keine Möglichkeit hatte, ihn zurückverfolgen zu lassen, anders als zu Hause. Das hielt mich auf Abstand. Es gab ihr sicheren Abstand.

Es ist nur ein ziemlicher Aufwand, mich zu erreichen, nur um versteckt zu bleiben …

Und dann wandern meine Gedanken weiter, denn der Anruf ist nicht das einzig Seltsame bei der ganzen Angelegenheit. Das Tagebuch wurde von einem Spaziergänger gefunden, hatte mir die Polizei mitgeteilt. Dass dies ausgerechnet jetzt passiert, so kurz nach dem Anruf …

Ich rufe mir das Tagebuch noch einmal vor Augen, so wie Nicholls es mir in dem kleinen Zimmer gezeigt hat: Die Seite mit der E-Mail-Adresse sieht richtig aus – nur passt sie nicht zu der, die ich kenne.

Andererseits – wer außer Sophies Mutter würde dieses Detail erkennen?

Mein Herz schlägt schneller, nur ein wenig. Ich muss etwas ausprobieren.

Wieder rufe ich die Website des E-Mail-Kontos auf. Diesmal gebe ich nur Unsinn ein, absichtlich ein falsches Passwort, und komme so zu den Sicherheitsfragen.

So oft habe ich versucht, sie zu beantworten, mein Gehirn nach dem durchsucht, was Sophie als Antwort geben könnte: *Wie hieß dein erstes Haustier?*

Diesmal tippe ich schnell: *Matilda.*

So hieß der Corgi, mit dem ich aufwuchs, ein stämmiger kleiner Hund mit einem starken Gefühl für die eigene Würde. Als Sophie noch klein war, habe ich ihr Geschichten von Matilda erzählt, um sie zum Lachen zu bringen …

Die nächste Frage erscheint.

Was ist dein Geburtsort?

Ich nehme einen tiefen Atemzug. Ich bin einen Schritt weiter. Ich hatte recht: Die Frage *war* für mich bestimmt. Bleib ruhig.

London, gebe ich ein. Das wäre Sophies Antwort. Damals wohnten wir in einer kleinen Wohnung, südlich des Flusses.

Fehler. Natürlich.

Aber jetzt weiß ich es. Noch ein Versuch.

Dieses Mal schreibe ich *Manchester*, für mich.

Korrekt.

Tränen steigen mir in die Augen, meine Sicht verschwimmt, aber ich lächle, als die dritte Frage erscheint.

Die sind für mich gedacht. Sophie hat mich auf dieses E-Mail-Konto hingewiesen und Antworten eingegeben, die nur ich kennen kann. Sie wusste, dass ich immer nach ihr suchen würde.

Wie lautet der Mädchenname deiner Mutter?

Früher war ich eine Greenwood, aber mit der Zeit erschien es immer einfacher, eine Harlow zu sein. Als wir dann hierhergezogen sind und ich nicht mehr arbeitete, wurde der Wechsel definitiv.

Aber Mum hieß Rhodes, bevor sie Dad geheiratet hat.

Dennoch zögere ich, bevor ich es eingebe – ich stehe so kurz davor, dass ich fast nicht glauben kann. Was, wenn es nicht funktioniert? Was, wenn das Konto leer ist oder, schlimmer noch, inaktiv und ich niemals erfahre, was es darin gab. Bitte, Gott …

Ich tippe: *Rhodes.*

Ich bin drin und sehe den Posteingang.

Es gibt nur eine Nachricht, der Betreff »FW:«, eine weitergeleitete E-Mail. Ich klicke sie an und fange an zu lesen.

Dann lese ich sie schnell noch einmal. Mein Mund ist ganz trocken, in meinen Ohren dröhnt mein Puls. Ich schlucke.

O Sophie. O nein. *Was hast du getan?*

Teil 2

23. KAPITEL

Sophie

Es heißt, Weggehen ist einfach, schwierig sei es, wieder nach Hause zu kommen. Bevor ich es selbst getan habe, habe ich das irgendwo gelesen. Damals hätte ich nicht gedacht, dass das in meinem Fall so konkret werden würde.

So richtig kann ich mich nicht erinnern, wer zuerst auf die Idee gekommen ist. Es kam mir wie meine vor. Jetzt bin ich da nicht mehr so sicher. Mir war natürlich bewusst, dass es Menschen verletzen würde. Und das wollte ich nie. Aber sie werden schon damit klarkommen, hatte er mir gesagt, du wirst ihnen einen Brief dalassen. Und es ist ja nicht für immer.

Um das, was ich mitnehmen würde, sollte ich mir keine Sorgen machen, nur um das, was ich zurücklasse: mein Handy, meine Bankkarten; Sachen, die sich zurückverfolgen lassen. Und ich hob mein ganzes Geld ab, auch wenn ich wusste, dass ich keines benötigen würde. Es musste richtig aussehen.

Alles lief genau nach Plan. Ich nahm den Bus aus Manchester vom Busbahnhof in Amberton und kaufte eine Fahrkarte nach London. Drei Haltestellen weiter, nach dem Flughafen, verdrückte ich mich mit meinem Rucksack an die Tankstelle, ging mit einer Gruppe Schüler, die rauchen wollten. Nur ich ging nicht wieder zurück.

Wie abgemacht holte er mich ab.

Als er den vollgestopften Rucksack bemerkte, gefiel ihm das nicht, weil er befürchtete, jemand könnte daraus Schlüsse ziehen.

»Bleib locker«, sagte ich. »Niemand denkt sich was dabei. Ich habe Dad gesagt, dass ich bei Holly bin.«

»Und hat jemand gesehen, wie du aus der Schule raus bist?«

»Ich glaube nicht. Und selbst wenn, dann denken sie, ich mache blau. Keine Sorge.«

Ich fand es schön, als ich ankam, wie die Sonne des späten Nachmittags lange Schatten auf den Teppich warf. Es wirkte warm und gemütlich.

»Oh, schau«, rief ich. »Alles ist für mich vorbereitet.«

»Ich habe nicht viel gemacht.« Er wirkte angespannt. Ich dachte, er mache sich Sorgen, ob es mir gefällt.

»Ich liebe es!«

In der Ecke lehnte eine große Stehlampe über einem abgenutzten grünen Sofa. Es gab den Teppich, eine kleine Kommode mit Schubladen, eine umgedrehte Kiste.

»Für den Fernseher«, erklärte er. »Darum kümmere ich mich noch.«

Ich ging zur Wand und strich mit den Fingern über die Holzvertäfelung, weich und warm, dann folgten meine Fingerspitzen einer geschnitzten Blume. Jetzt, da ich hier war, wusste ich nicht so richtig, was ich tun sollte. Hinter einem altmodischen Raumteiler lag eine Matratze, mit Kissen und Decke, alles bezogen.

»Sehr edel.«

Ich lächelte, um ihm zu zeigen, dass mir alles gefiel. Es gab sogar einen Kühlschrank.

Ich sah hinein: Milch, Eier, Orangensaft.

»Was, keine Mini-Bar?«

»Du bist zu jung.«

»Ja, das war ein Scherz.«

Der Geruch nach Farbe kitzelte in meiner Nase. Ich musste niesen.

In einer anderen Ecke, hinter einer dünnen Wand, gab es ein Waschbecken und eine Toilette, eine alte, mit einer Kette zum Abziehen. Er folgte mir hinein, stieß beinahe mit dem Kopf an die nackte Glühlampe in der Fassung über uns und drehte sie auf und wieder zu.

»Funktioniert alles. Habe ich überprüft.«

Als ich die weiße Wand berührte, fühlte sie sich noch feucht an.

»Du hast viel gearbeitet«, stellte ich fest. »Und an alles gedacht.«

»Natürlich habe ich das«, erwiderte er. Da war ein Hauch von Vorwurf wegen meiner Überraschung.

»Es ist riesig«, erklärte ich, um meine plötzliche Nervosität zu übertünchen. »Und jetzt ist das alles meins.«

Ich wollte die Stimmung locker halten, für mich genauso wie für ihn; ich wollte, dass seine Aufregung so groß war wie meine.

»Keine Badewanne«, fügte ich hinzu.

»Da kann ich vielleicht was arrangieren«, antwortete er. »Sollte nicht allzu schwierig sein. Für den Moment musst du aber Wasser im Kessel heiß machen und die Plastikwanne benutzen.«

»Im Ernst?« Ich musste lachen, dann umarmte ich ihn. »Wirklich, alles gut, versprochen. Es wird ja nicht lang sein.«

Er streichelte meine Haare.

Mum sagt immer, dass ich schlau bin, und ich versuche wirklich, mir das einzureden. Aber ich fühle mich so dumm.

In dieser ersten Nacht blieb er bei mir. Ich fühlte mich gut, bestätigt.

Bevor er morgens ging, redeten wir darüber, was ich den ganzen Tag über tun würde: lesen, Essen kochen, fernsehen. Ich nickte.

»Ehrlich, wir haben das besprochen – ich verstehe das. Du kannst nicht überall sein.«

Dennoch war ich entsetzt, als ich, nachdem er weg war, die Tür öffnen wollte und sie verschlossen fand: Die Metallklinke bewegte sich nicht. Als er abends zurückkam, stritten wir deswegen. Damals kam er noch oft.

»Es ist zu deiner eigenen Sicherheit«, wiederholte er immer wieder. »Es ist sonst nicht sicher. Für dich, für mich. Jemand könnte dich sehen, sogar hier. Du kannst ohnehin nicht nach draußen. Also warum soll die Tür nicht abgeschlossen sein?«

»Aber warum musst du mich einsperren?« Ich war frustriert, heiße Tränen stiegen mir in die Augen. »Das ist nicht fair!«

»Sophie«, sagte er mit ernster Miene, »du musst Verantwortung übernehmen. Mein Leben steht ebenso auf dem Spiel wie deines.«

Ich zog eine Grimasse.

»Dein Einkommen«, korrigierte ich ihn. »Nicht unsere Leben.«

»Und sobald ich sicher bin, dass ich dir da vertrauen kann«, fuhr er fort, »nun, dann sehen wir weiter.«

»Aber ich gehe nicht raus, versprochen. Vertraust du *mir* nicht?«

»Natürlich tue ich das«, beruhigte er mich. »Es ist nur, du bist impulsiv. Es ist nicht fair, dir diese Verantwortung aufzubürden, deiner Sicherheit und meiner wegen. Aber du verstehst doch, oder? Solange abgeschlossen ist, kann auch niemand reinkommen. Es ist viel sicherer so. Du bist hier ganz allein. Der Gedanke, dass du schläfst und dann …«

Daran hatte ich gar nicht gedacht.

»Okay, das verstehe ich.« Ein tiefer Atemzug.

»Braves Mädchen.«

Er küsste sanft meine Stirn, und ich lächelte.

Wie immer ließ er alles so vernünftig klingen. Und er ist so gut darin, mir das Gefühl zu geben, unrecht zu haben. Am Ende nahm ich es hin. Das war nicht mein erster Fehler.

24. KAPITEL

Kate

Also ist sie nicht weggelaufen. Zumindest nicht so, wie wir dachten.

Meine Nachricht wurde von Sophies anderem Konto geschickt: *Sharlow90@gmail.com* – das wir überprüft hatten. Nach dem Senden musste sie die Mail gelöscht haben; ich weiß, dass sowohl der Postausgang als auch der Papierkorb des Kontos untersucht worden waren.

Ich bewege die Finger; sie sind kalt.

Es dauerte einige Sekunden, bis ich verstand, was ich da las. Es ist eine E-Mail-Konversation, eine Reihe von Nachrichten, die sie an sich selbst geschickt hat, an dieses geheime Konto.

Jetzt lese ich sie wieder, atme bewusst ruhig. Es ist sinnlos, jetzt in Panik zu geraten. Die Mails sind kurz; ich habe den Eindruck, es ist der Weitergang einer fortlaufenden Konversation:

Am 10. Mai 2016 um 18:05 schrieb King Pluto <King_pluto@hotmail.com>:
Alles bereit?

Am 10. Mai 2016 um 18:09 schrieb Sophie Harlow <Sharlow90@gmail.com>:
Ja! Ich bin bereit x

Das ist Sophies Konto bei Gmail, das wir kennen. Die Antworten kommen schnell:

Müssen wir den Plan noch mal durchgehen?

Sophie: Nur wenn du willst. Ich bin sicher. Und aufgeregt x

Du weißt, dass du ruhig bleiben musst. Verhalte dich nicht zu glücklich oder auffällig.

Ich weiß! Ich habe gerade einen weiteren Streit angefangen, Hausaufgaben diesmal. Fühle mich schlecht :(

Es muss getan werden. Nur noch ein paar Tage. Lösch die Nachrichten.

Du bist so ein Sorgenkopf. Mache ich doch immer!

Ich meine es ernst. Du weißt, dass ich nachsehe. Lösch sie.

Okay, mache ich. x

Ich kann es nicht erwarten, bis wir zusammen sind.

Ich auch nicht. Bis bald x

Bis ganz bald

Also wusste jemand, dass sie weglaufen würde. Nicht nur das, jemand hatte vor, mit ihr zu gehen. Und nun dreht sich eine Frage wieder und wieder in meinem Kopf: Wer? Denn alle, die sie kannte, sind noch hier.

Ich sehe mir das Datum der weitergeleiteten Nachrichten noch mal an – die ganze Konversation ist vom 10. Mai 2016 zwischen 18:05 und 18:17 – und sehe online in einen Kalender. Wie ich es mir schon dachte: Es war ein Dienstag. Hausaufgabenzeit, während ich unten herumlief, noch verärgert wegen unseres letzten Streits, war sie sicher oben in ihrem Zimmer. Mark war noch auf der Arbeit.

Aber sie war nicht sicher. Sie traf Vorbereitungen, drei Tage bevor sie ging, mit jemandem, der wollte, dass sie das Geheimnis hütete: »*Du weißt, dass ich nachsehe.*«

Wie?

Falls sie auch ihr Passwort kannten, konnten sie sich einfach selbst einloggen. Die Gewissheit, dass sie es tun würde, lässt es mir eiskalt den Rücken herunterlaufen. Kein Überreden, keine Koseworte – nur Befehle.

Und ich weiß, wann das war, begreife ich jetzt. Genau nach dem letzten Streit, in der letzten Woche. Ich erinnere mich, wie er geendet hat: Sophie schlug die Küchentür zu.

»Lass mich einfach in Ruhe. Ich ertrage das nicht! Kapierst du das nicht? Ich brauche meine Freiheit!«

Um dann nach oben zu gehen und mit wem auch immer zu reden.

Diesen Streit bin ich so oft im Kopf durchgegangen. Wenn ich mich an dem Abend doch nur anders verhalten hätte ... es schien aus dem Nichts zu kommen. Jetzt verstehe ich es. Sie haben es vorbereitet; eine altbekannte Geschichte erzählt: Ärger in der Familie, ein unglücklicher Teenager – ein Grund für ihr Verschwinden. Aber so war es gar nicht.

Und »*Bis bald*«. Aber wann? Am nächsten Tag in der Schule? Oder erst, als sie weggelaufen ist?

Aber ich weiß es.

Die Mail zeigt, dass sie am 13. Mai um 02:35 gesendet wurde – drei Tage nach dem Austausch. Der Tag, an dem sie weglief. Sophie hat diese kurze Konversation in der Nacht, bevor sie ging, an sich selbst weitergeleitet, ganz früh, als wir alle noch schliefen – hat sie dort archiviert, wo niemand sonst sie finden würde.

Das war ein Notfallplan, zur Sicherheit. Immerhin ist sie die Tochter ihrer Mutter: vorsichtig. Oh, nicht genug, um mir zu sagen, wohin sie geht. Nicht genug, um mir zu sagen, mit wem. Aber gerade genug, um eine Spur zu legen, falls ... falls sie jemals wollte?

Denn wohin meine Tochter auch ging und wem auch immer sie das anvertraute, ein Teil von ihr – wie klein er auch war – vertraute ihnen nicht. Nicht gänzlich.

Ich bleibe am Computer, durchforste das Internet nach dieser E-Mail-Adresse von King_Pluto. Natürlich erwarte ich nicht, eine Visitenkarte zu finden, aber ich hoffe, dass irgendjemand dumm genug war, einen Fehler zu machen, nur einmal, und diese Adresse benutzt hat, um sich für irgendwas zu registrieren, oder vergessen hat, dass sie noch eingeloggt ist und in irgendeinem Forum einen Kommentar hinterlassen hat. Einen Fußabdruck, irgendwo.

Es findet sich nichts.

Ich lehne mich zurück. Nun, da es passiert ist, bin ich seltsam ruhig.

Ich wusste es. Ich wusste, dass es keinen Sinn ergab. Nicht so, wie es angeblich geschehen war. Nicht meine Sophie.

Ich kann es nicht erwarten, bis wir zusammen sind.

Bevor ich nachdenken kann, tue ich es: Ich logge mich in mein eigenes E-Mail-Konto ein, das ich für alles nutze. In meinen Entwürfen suche ich nach meiner Standardnachfrage: »Haben Sie dieses Mädchen gesehen?«, mit ihrem Bild dazu.

Innerhalb von Sekunden bekomme ich eine Antwort und öffne sie.

Ihre Nachricht konnte nicht zugestellt werden ... die Mailbox des Empfängers ist nicht verfügbar.

Die E-Mail-Adresse existiert nicht mehr. Jemand hat seine Spuren verwischt.

Ich stütze die Ellbogen auf den Tisch und reibe mir die Augen. Wem könnte sie geschrieben haben? Denk logisch.

Danny? Oder einem Freund, dem sie sich anvertraut hat; jemandem, der oder die auch wegwill. Aber was geschah dann? Haben sie einen Rückzieher gemacht – und die ganze Zeit geschwiegen?

Nein. Das ist nicht nur ein Freund. *Ich kann es nicht erwarten, bis wir zusammen sind.* Aber es ist auch nicht Danny, da bin ich sicher, nachdem ich das Tagebuch gelesen habe, denn ich weiß, wie schlecht es zwischen den beiden am Ende stand ...

Mit einem Mal richte ich mich ruckartig auf: Dem Tagebuch kann ich kein Vertrauen mehr schenken. Weil nichts von alldem darin erwähnt wird – dieser Jemand, der meiner Tochter geheime E-Mails schreibt. Aus welchen Gründen auch immer wollte Sophie nichts über ihn ins Tagebuch schreiben, nicht mal, als sie Details ihrer Schwangerschaft festgehalten hat, die Probleme mit ihrem Freund, wie unglücklich sie war.

Also sind die Tagebucheinträge … falsch. Oder zumindest erzählen sie nicht die ganze Wahrheit.

Mein Herz schlägt heftig.

War irgendwas davon wahr? All die neuen Einträge, die wir nicht kannten, die es aussehen ließen, als läge ihr Verschwinden an einer unerwarteten Schwangerschaft, wegen der »Problemlösung« und einem hitzköpfigen Freund, der schlecht reagierte. Endlich hatte Sophies Handeln einen Sinn bekommen.

Aber eine leise Stimme flüstert mir zu: *Und dir einen Sündenbock präsentiert. Danny.*

Das ist alles so viel, ich will den Gedanken wegschieben.

Wie hätte ich es nicht bemerken können, wenn sich Sophie mit jemand anderem eingelassen hätte? Sie war sechzehn, das ist unmöglich.

Aber der Zeitpunkt stimmt. Nach zwei Jahren taucht das Tagebuch auf, und nur jetzt, als ich vom Schwangerschaftstest erfahren habe, als ich anfing, Fragen zu stellen … und was hat Nicholls gesagt? Er sagte, dass es richtig von mir war, meine Sorgen mitzuteilen. »*Denn das hat dazu geführt, dass Sophie bei uns wieder frisch im Kopf war, als das Tagebuch gebracht wurde. So was sollte nicht unter dem Radar laufen, natürlich nicht, aber manchmal wird die Bedeutung nicht so klar …*«

Was für ein Glücksfall, hatte ich da gedacht. Sonst hätten sie es vielleicht verpasst.

Jetzt denke ich: Alles zu einfach, es passt zu genau, als dass es nicht auffällig wäre.

Jesus. Falls ich Danny dadurch falsch verstanden habe … was hat er gesagt, als ich bei ihm war? Ich wünsche mir, ich hätte Notizen gemacht; ich bin alles falsch angegangen, so schludrig. Er hat gesagt, dass zwischen ihm und Sophie nie was passiert ist, da war er deutlich. Und da gab es sicher noch was. Irgendwas entgeht mir … nein, es ist weg.

Aber wenn es einen Sündenbock gibt, dann auch jemanden, der beschützt wird: King_Pluto. Der Mensch, der weiß, wo Sophie ist?

Derjenige, der sie wirklich geschwängert hat?

Ich muss mich bewegen und stehe auf. Aber warum hast du all das getan, Sophie? Warum führst du mich zu den Nachrichten? Warum überhaupt die Sache mit dem Tagebuch, wenn du mich doch wissen lässt, dass es nicht die ganze Wahrheit ist? Wieso für jemanden Spuren verwischen und es gleichzeitig zunichtemachen? Warum bei der Hotline anrufen, um mir zu sagen, dass es dir gut geht, und mich dann zu verängstigen?

Es ergibt keinen Sinn.

Bis es mit einem Schlag, der mir Übelkeit verursacht, doch welchen ergibt.

Wenn man es genau betrachtet, gibt es nur eine wirklich logische Antwort.

Weil das alles war, was sie tun *konnte*. Alles, was er ihr erlaubt hat.

25. KAPITEL

Sophie

Am Anfang war es wie Vater-Mutter-Kind spielen. Unsere eigene kleine Welt, nur ich und er – genau, wie ich es gewollt hatte. Und nach all der Heimlichtuerei war es befreiend, so viel Zeit zusammen zu verbringen.

Gleichzeitig war es aber auch seltsam. Manchmal hatten wir uns einfach nicht viel zu sagen. Von meinen Tagen gab es aus offensichtlichen Gründen nicht viel zu erzählen. Es war anders, als ich es mir vorgestellt hatte, falls ich mir darüber überhaupt Gedanken gemacht hatte.

So ist das, sagte ich mir. *Erwachsen sein. Also werde erwachsen.*

Oft saßen wir auf dem Sofa und sahen fern, wenn er da war, und später räumte ich auf und packte das Geschirr ins Waschbecken. Es war wirklich nicht einfach zu kochen, aber es gab eine Mikrowelle, einen Toaster und bald auch eine Herdplatte.

»Und du hast natürlich den ganzen Tag Zeit«, sagte er. »Du wirst noch eine gute Köchin.«

»Das ist wohl ein Witz«, erinnere ich mich, gesagt zu haben.

Meine Mahlzeiten waren wie beim Camping: gebackene Bohnen auf Toast, Rühreier. Einmal brachte er Fisch mit, den ich in der Pfanne zu braten versuchte. Nach kurzer Zeit stank alles – es gab keine Dunstabzugshaube.

Also blieb es das einzige Mal. Schon bald aß er nicht mehr die Ergebnisse meiner Kochkünste, sondern sagte, er würde zu Hause essen. Das bedeutete auch, dass er nicht mehr so viel Essen mitbringen musste, wenn er kam. Stattdessen gab es Zutaten für die kalte Küche: Brot, Müsli, viel Obst – »Damit du gesund bleibst.«

»Es geht mir gut.«

Es sei zu meinem Besten, ich nehme hier zu sehr zu, sagte er.

Aber zum größten Teil war es gut.

Dann fielen mir immer mehr Kleinigkeiten auf. Wie sein Trick, wenn er ging.

Die ersten paar Male glaubte ich wirklich, dass er mich nur vermisste. Immerhin behauptete er, das Gehen nicht ertragen zu können. Er war nur zwei Stunden weg, eine halbe Stunde, einmal sogar nur fünfzehn Minuten, dann sprang er durch die Tür, ganz wild darauf, mich zu sehen. Jedes Mal ein wenig anders.

Aber ich fing an, mir Fragen zu stellen. Denn normalerweise konnte ich seine Schritte auf der Treppe hören, wenn er kam. Aber immer wenn er früher auftauchte als erwartet, schwang die Tür auf, und ich erschreckte mich, denn ich hatte ihn gar nicht kommen gehört.

Und obwohl sich seine Worte nett anhörten, genau das waren, was ich hören wollte – »Ich habe dich vermisst, ich musste dich sehen« –, tat er immer das Gleiche, wenn er hereinkam: dieser schnelle, suchende Blick durch den Raum. Nur mit den Augen, ohne den Kopf zu bewegen – als sollte es mir nicht auffallen.

Natürlich sah er nach, was ich tat – versuchte zu erkennen, ob ich schon angefangen hatte, die Fenster auszutesten oder die Dielen, ob ich schon nach Fluchtwegen suchte. Und schlussendlich tat ich das.

Aber damals war ich nicht sicher, was es bedeutete, nicht bis zu jenem Tag, an dem er die Tür nicht abschloss. Immer wenn ich jetzt hier allein bin, warte ich ein wenig, nachdem er gegangen ist, und überprüfe dann die Tür – einfach nur, um nachzusehen. Sie ist immer abgeschlossen.

Nur einmal, in den Anfangstagen, war sie es nicht.

Als sich der Türknauf bewegte, war ich so begeistert, dass ich direkt die Treppe runterlief, immer zwei Stufen auf einmal nehmend, und die zweite Tür am Fußende der Treppe öffnete. Auch die war nicht abgeschlossen.

Und dort stand er, wartend. Mir schnürte es die Kehle zu, selbst während ich mir alles genau ansah: der beleuchtete Flur hinter ihm, die gleiche alte Holzvertäfelung. Dann schob er mich zurück, ohne ein Wort zu sagen, und schloss die Tür hinter sich.

»Du hast mich erschreckt!«, stellte ich fest. »Ich habe vergessen, dich zu fragen …«

Er drängte mich die Treppe empor.

»Kannst du mir mehr Obst besorgen? Ich glaube, ich brauche mehr Vitamine.«

Ich glaubte nicht, dass ich ihn täuschen konnte, wirklich nicht, aber so war es einfacher. Immer weiter etwas vorspielen.

Also plapperte ich drauflos, während er mich in den Raum schob, eine Hand auf meinem Rücken. Er verlor kein Wort darüber, nicht mal, als er am nächsten Tag mit dem Obst wiederkehrte, um das ich gebeten hatte. Er wusste es.

Ich habe ihn enttäuscht, dachte ich. *Ich hätte das nicht tun sollen. Deshalb ist er wütend.*

Heute verstehe ich es natürlich. Es war kein Versehen. Er hat mich kontrolliert.

Dennoch dauerte es Wochen, bis ich die Bedeutung des Fensters verstand. Ich hatte ewig versucht, das Dachfenster zu öffnen, auf dem Stuhl unter dem blauen Rechteck stehend. Da ich es nur so gerade eben erreichen konnte, hatte ich nicht genug Kraft.

»Die Farbe verklebt es wohl«, erklärte ich ihm, als er das nächste Mal erschien. »Ich sehe nicht mal, wie man es öffnet.«

Ich empfand bereits eine gewisse Klaustrophobie. »Es ist einfach zu warm hier drin«, fügte ich missmutig hinzu.

»Mach dir deshalb keine Gedanken«, beruhigte er mich. »Es klemmt wohl. Ich kümmere mich darum.«

Bei seinem nächsten Besuch brachte er einen Ventilator mit, einen richtig großen.

»Aber ich will frische Luft«, widersprach ich. Ich erinnere mich, dass ich mich als undankbar empfand.

»Kinder, die was wollen«, erwiderte er und lachte.

Diese Momente habe ich früher gehasst – wenn er mich wie ein Kind behandelte. Jetzt nicht mehr. Ich will das. Da ist diese Ahnung, dass es helfen könnte, wenn er denkt, ich verstehe nicht so richtig, was passiert.

Denn irgendwann begriff ich es. Wieder sah ich mir das Fenster an, an einem hellen Sommermorgen, während der Ventilator in der Ecke summte. Diesmal hatte ich Magazine auf dem Stuhl gestapelt, so hoch, dass ich näher rankam. Zuerst dachte ich, alles würde herunterrutschen, und balancierte vorsichtig. Aber dann fand ich mein Gleichgewicht, atmete vorsichtig.

Mit den Fingern ertastete ich den Rahmen des Fensters über meinem Kopf. Es war nicht so alt wie das meiste andere hier. Er musste es für mich erneuert haben. Es sah definitiv modern aus, der Rahmen weiß gestrichen, das Material auf keinen Fall Holz. Es war kühler, härter. Am Rand wirkte das Glas dicker, das schwache Spiegelbild meines Gesichts war dort leicht verschwommen. Doppelt verglast?

Mir kam ein Gedanke.

Ich sah es mir noch mal genauer an – es war keine Einbildung. Es war nicht durch die Farbe verklebt. Es klemmte auch nicht. Es gab keine versteckte Art, es zu öffnen. Es ließ sich *gar nicht* öffnen.

Danach achtete ich auf alles. Ich fing an, mir alles genauer anzusehen: nach Auswegen zu suchen. Für den Notfall, redete ich mir ein.

Die Wände waren solide, kalt unter meinen Händen, ebenso wie die Dachvorsprünge. Diese alten Häuser waren noch massiv gebaut worden. Das Dachfenster in der Mitte des Zimmers, dort, wo die Decke am höchsten war – nun, das hatte ich ja probiert.

An einem anderen langen Nachmittag, als die Sonne schon in den Abend herabglitt, zog ich in einigen Ecken den Teppich ab. Nur um mal nachzusehen. Das Holz war dick und sah massiv aus.

»Eiche«, erläutert er einige Tage später. »Das Material des Bodens.«

Ich erstarrte über meiner Zeitschrift. Im Fernsehen lief eine langweilige Sendung über Renovierungen, die Mum sicher gemocht hätte. Bestimmt sagte er das deshalb.

»Klopf mal drauf.«

Stumm beugte ich mich vor und klopfte auf den Teppich.

»Ist immer noch gut in Schuss und dick. Es wäre eine Schande, es zu beschädigen.«

Ich antwortete nicht, aber mein Gesicht wurde heiß. War er wütend? Wusste er Bescheid? Ich konnte es nicht erkennen.

Es ist meine Schuld, redete ich mir ein. *Ich zweifle ihn an, dabei muss ich ihm vertrauen.* Das sagte er immer wieder.

Ich weiß nicht, wie weit ich wirklich gegangen wäre. Auch wenn es beschämend ist, das zuzugeben, aber damals wurde mir das nie so klar. Dass ich was tun würde? Mit einem Löffel graben, an den Wänden kratzen? Mit einer Scherbe in der Hand hinter der Tür warten? So richtig konnte ich es vor mir selbst nicht zugeben. Und er prüfte mich die ganze Zeit, um zu sehen, ob ich das alles mitmachte. Um herauszufinden, ab wann ich Widerstand leisten und Nein sagen würde.

Doch am Ende war es egal, denn bald veränderte sich alles.

Und doch spielen wir weiter unsere Rollen, geben die ganze Wahrheit nicht voreinander zu, sogar jetzt noch. Er? Dass es gut so ist und dass ich damit einverstanden sein könnte. Und ich – dass ich nicht begreife, was los ist: dass ich nicht gehen kann.

Die Sache ist, dass ich diese Version von ihm vorziehe, auch wenn sie falsch ist. Ich will die Wahrheit gar nicht sehen.

Denn dann habe ich große Angst.

26. KAPITEL

Kate

Noch immer habe ich mich nicht bewegt, während ich versuche, mich zu entscheiden. Ich sollte die Polizei informieren.

Aber dann stelle ich mir Nicholls an meinem Küchentisch vor, der mir berichtet, dass aus der Telefonzelle nahe meines Hauses Anrufe getätigt wurden … ich kann nicht riskieren, schon wieder abgefertigt zu werden, mich der höflichen Andeutung zu stellen, dass ich da nicht ganz zuverlässig bin; dass das alles ein wenig zu viel für mich ist. Dass es sogar hierfür eine Erklärung gibt.

Fast kann ich es hören: »Also was Sie da sagen, Mrs Harlow, ist, dass jemand anderes wusste, dass Sophie weglaufen wollte – aber Ihnen fällt niemand ein, der vermisst wird. Nun, das ist doch positiv, oder? Und dass Sophie es nicht ihrem Tagebuch anvertraut hat … haben Sie nicht berichtet, dass sie es vorher schon einmal gefunden und auch gelesen haben? Das ist also eventuell verständlich. Aber selbstverständlich sehen wir uns das mal an … wenn es Ihnen hilft.«

Nein, das tun sie bestimmt nicht. Sicherlich werden sie *das* ernst nehmen. Das müssen sie.

Aber ich bin nicht zuversichtlich und nicht wirklich überzeugt.

Ich brauche Unterstützung.

Nach dem dritten Klingeln hebt Charlotte ab.

»Ich weiß, es ist ein Weilchen her, aber könntest du vorbeikommen? Dad auch? Es gibt einiges, worüber ich mit euch reden muss.« Ein tiefer Atemzug. »Ich brauche eure Hilfe. Ich würde das lieber von Angesicht zu Angesicht erklären.«

»Okay. Ich muss nur was für die Kinder organisieren. Und nachsehen, ob Phil da ist – keine Sorge, alles ist gut, wir kommen. Wann?«

»Wie schnell könnt ihr hier sein?«

Als ich auflege, fühle ich mich ein kleines bisschen erleichtert. Sie ist gut darin, Krisen zu bewältigen. Vielleicht ist es an der Zeit, ein wenig mehr mit meiner Familie zu teilen und ihre Hilfe anzunehmen – hoffe ich. Sie hat gesagt, sie spricht mit Dad und sammelt ihn morgens ein, dann kommen sie direkt zu mir. Dann kann ich ihnen alles berichten, was passiert ist. Ich werde dafür sorgen, dass sie die Tragweite begreifen, und dann können wir gemeinsam zur Polizei gehen.

Die Mails sind älter als zwei Jahre. Was kann eine Nacht schon für einen Unterschied machen? Aber selbst mit diesen Gedanken fühle ich mich unwohl. Ich will nicht warten.

Ruhelos stehe ich auf und gehe ins Wohnzimmer. Ihre Postkarten und der Abschiedsbrief liegen immer noch auf dem

Glastisch, natürlich unberührt. Einer der Vorteile, wenn man allein wohnt, nehme ich an.

Dann ist da ein kleiner Funke Aufregung.

Wenn in Sophies Tagebuch die E-Mail-Adresse versteckt war, was konnten mir diese Nachrichten noch mitteilen?

Mit neuer Energie hole ich den Notizblock. Die E-Mails habe ich geknackt. In den Nachrichten muss sich irgendwas finden lassen. Ich schaffe das.

Nach einer halben Stunde komme ich zu dem bereits bekannten Schluss. Die Worte sind zufällig gewählt. Keine geheimen E-Mails oder Wörter oder Puzzles. Da steckt einfach nicht viel drin.

Unsere Adresse. Eine pflichtbewusste, fade Nachricht an uns, gerade genug, um uns zu versichern, dass sie noch lebt. Ihre Handschrift unverändert, drei Küsschen – xxx – und immer die feine kleine Blume neben ihrer geschwungenen Unterschrift.

Ich frage mich, wann sie wohl zu alt dafür wird, lächle bei dem Gedanken und schnippe die Karten auseinander. Vielleicht ist sie das schon. Auf der ersten Karte war es wie ein Gänseblümchen, die Vorstellungen eines Kinds von einer Blume, wie vorher immer, aber dann hat sie es ein wenig verändert. Das hob meine Laune: War es ein kleines Zeichen, dass sie zu mir hingezogen wurde? Denn sie wurden detaillierter, kleine Kreise aus Blüten innen. Oder soll es vielleicht eine Rose sein?

Nun, Biologie war nie ihre Stärke. Ich frage mich, ob sie immer noch so viel malt wie früher.

Mein Lächeln schwindet. Wenn ich weniger Augenmerk auf schulische Fächer gelegt hätte, wäre sie vielleicht noch hier, um mir echte Blumen zu geben, nicht diesen traurigen kleinen

Strauß hier. Unerwartet steigen mir Tränen in die Augen, lassen die Schrift auf den Karten verschwimmen. Ich bin müde, sage ich mir, es war ziemlich viel heute. Es ist gut. Es wird alles gut, es muss einfach. Ich darf mich nicht ablenken lassen.

Also werde ich einfach was anderes versuchen. Was weiß ich noch?

Bei der Amberton Grammar erinnern sie sich noch an mich. Die Sekretärin, Maureen, kommt aus ihrem Büro, um mit mir auf einem der genoppten orangenen Sofas zu plaudern, die hell vor den beigen Wänden stehen. Sie hat sich nicht verändert, ihre hellblonde Frisur steht immer noch hoch wie eine Sahnehaube. Noch sind die Schüler nicht wieder da, weshalb es sehr ruhig ist. Sie erzählt mir, dass sie gerade Sommerschule in den Ferien anbieten.

»Mehr Aufwand, als sie manchmal wert sind, aber was muss, das muss. Und dann beginnt das Schuljahr! Und ... wie geht es dir?«, erkundigt sie sich vorsichtig.

Ich spüre einen Hauch von Scham wegen meines unerwarteten Auftauchens. Sophie war, wie auch immer man das betrachtet, nicht gerade eine akademische Erfolgsgeschichte der Schule.

Wie ich gehofft hatte, war es Maureen gewesen, die die Polizei wegen des Tagebuchs angerufen hatte, und es macht ihr nichts aus, darüber zu reden. Aber man hatte das Tagebuch nicht ihr gegeben, sondern einer Reinigungskraft, noch bevor die Schule ihre Pforten öffnete.

»Wir hatten in der Woche die jungen Künstler da. Oder war es der Ferienunterricht Sport? Egal, natürlich habe ich sofort gedacht, dass ich die Polizei informieren muss, als ich gesehen habe, dass es nicht der Name eines unserer, äh, jetzigen Schülers war, sondern Sophie Harlow. Nur falls es irgendwie relevant sein könnte. Man weiß ja nie.«

»Du hattest absolut recht«, bestätige ich. »Also, diese Putzkraft, ist sie noch da? Dann könnte ich vielleicht kurz mit ihr reden?«

»Oh. Nun …«

»Nur um ein paar Fragen für mich selbst zu beantworten«, werfe ich schnell ein. »Nichts Offizielles.«

Was immer das auch bedeuten mochte.

»Ich weiß nicht … sie kommen vor dem Unterricht. Und es werden uns immer verschiedene Leute geschickt.« Sie senkt die Stimme. »Und ich kann nicht sagen, wie gut ihr Englisch ist. Du *könntest* bei der Agentur anrufen …«

Man sieht ihr den Zweifel an: Du *könntest* dir mit einem Stift ins Auge stechen, aber warum solltest du das tun?

»Wenn es dir nichts ausmacht, könntest du mir vielleicht die Nummer geben …«

»Sehr gern«, antwortet sie entschieden. »Einen Moment.«

Damit klackert sie auf ihren Absätzen davon. Wenn das erledigt ist, wird mein Besuch wohl vorbei sein: die trauernde Mutter von der Liste abgehakt, jetzt die Bürosachen ordnen.

Vermutlich ist das nicht fair, denn sie versucht ja zu helfen. Aber ich bin in düsterer Stimmung, stelle mir vor, was vor mir liegt, der Anruf, der Versuch, an der Rezeption vorbeizukommen, erst die Verwirrung, dann die Verschlossenheit, weil sie denken, ich wolle etwas Unappetitliches.

Aber was habe ich erwartet?

»Ja, der Mann, der mir das Tagebuch gegeben hat, sah sehr verdächtig aus. Vielleicht weiß er was, ich habe mir alles notiert.«

Um mich abzulenken, blättere ich durch das Gästebuch vor mir. Nach all dem Aufwand, als Sophie verschwunden ist, kann ich nicht erkennen, dass sie ihre Systeme besonders erneuert haben; in dieses Buch müssen sich Besucher der Schule eintragen, es ist mehr ein Relikt alter Traditionen als ein Sicherheitsprotokoll.

Hier und da erkenne ich Nachnamen, als ich die Seiten umschlage und damit in der Zeit zurückwandere; das müssen die Eltern eines Kinds sein, das Sophie wohl erwähnt hat. Aber Schulen erneuern sich so schnell: Sophies Jahrgang wird diesen Sommer komplett verschwunden sein, da alle ihre Abschlüsse gemacht haben. Ich frage mich, wie viele der Schüler sich wohl noch an sie erinnern …

Ein Name springt mir ins Auge, saubere Großbuchstaben in blauer Tinte:

NICHOLLS, B.

Daneben steht:

Greater Manchester Police
2. Oktober 2017
Eintritt 14:30 Verlassen: 16:15,

dann seine enge, gekritzelte Unterschrift.

»Maureen«, rufe ich, als sie mit einem Zettel in der Hand aus ihrem Büro kommt, »mir ist aufgefallen, dass dieser DI Nicholls … also ich wusste nicht, dass er …« Was? »… etwas mit der Schule zu tun hat.«

»Oh, kennst du ihn?«, erkundigt sie sich.

»Ja, er hat mir sehr weitergeholfen« – fast eine Lüge –, »was das Tagebuch betrifft; er hat mir mitgeteilt, dass es aufgetaucht ist.«

»Er ist sehr gut«, pflichtet sie mir bei. »Er hält Vorträge für die Schüler; Sicherheit und persönliches Zeug, fast schon seelsorgerisch. Schon eine ganze Weile inzwischen. Er ist besonders bei den Mädchen sehr beliebt. Sagt ihnen, wie sie auf sich selbst aufpassen können.« Sie lacht wie ein Teenager. »Natürlich ist es hilfreich, dass sie alle in ihn verknallt sind, deshalb kommen sie immer zu seinen Vorträgen.«

Dabei wird ihr Teint selbst leicht rosa.

»Nicholls?« Das passt nicht wirklich zu meiner Version von ihm; brüsk, wenn man nett ist, langweilig, wenn nicht. Ich frage direkt heraus: »Aber warum macht er sich die Mühe?«

Sie streckt sich ein wenig. »Hier in Amberton sind wir stolz darauf, eine Verbindung zu unseren Ehemaligen zu erhalten, und wir glauben, beide Seiten haben etwas sehr Wichtiges davon …«

»Also war er hier Schüler?«

»Natürlich«, erklärt sie, Spiegelbild meiner eigenen Überraschung. »Nicht zu meiner Zeit, so alt bin ich noch nicht, zum Glück. Er ist eine Erfolgsgeschichte, er wird sicher mal Commissioner, weißt du, er …«

Ich blende sie aus, verdaue die neuen Informationen. Also war der Fall für ihn neu, aber die Gegend nicht. Überhaupt nicht.

Und ich weiß nicht, weshalb ich davon ausgegangen bin, dass er nicht von hier ist. Natürlich gibt es keinen Grund, warum er seine persönlichen Verbindungen oder Sophies Schule erwähnen müsste; er ist Profi. Aber er hatte jede Möglichkeit dazu …

Er hält Vorträge. Ich frage mich, ob Sophie jemals einen davon gehört hat.

Nein, jetzt, da ich darüber nachdenke, glaube ich nicht, dass sie sich mal getroffen haben, nicht mal kurz; das hätte Nörgeleien von Mark mit sich gebracht, da bin ich sicher. Also warum hat Danny angenommen, es war Sophies Dad und nicht ich?

Die Antwort ist plötzlich ganz klar. Er dachte, es wäre ihr Dad gewesen, weil da *wirklich* ein älterer Mann hinter dem Steuer gesessen hatte.

Ich muss mit Danny reden.

27. KAPITEL

Sophie

In der Anfangszeit gingen wir noch aus. Das erste Mal weckte er mich eines Abends, ich glaube, ich bin eingedöst, auf der Matratze zusammengerollt. Da ich noch angezogen war, kann es nicht so spät gewesen sein. Man würde nicht denken, dass man vom Nichtstun so müde werden konnte. Aber mir wurde schnell kalt, so ohne viel Bewegung, also kroch ich auch tagsüber unter die Bettdecke.

»Komm schon«, forderte er mich auf. »Schnell.«

Ich fragte nicht, warum er es so eilig hatte. Schon damals wusste ich, dass er nicht wollte, dass ich allzu viele Fragen stellte.

Stattdessen folgte ich ihm noch verwirrt durch die Tür und die Treppe hinab. Ein Stich der Vorfreude, gemischt mit Sorgen, fuhr durch mich hindurch, als er mit einem Schlüssel vom selben Bund eine zweite Tür aufschloss. *Von der wusste ich gar nichts.* Die stand wohl offen, als ich hineinging.

Das bläuliche Licht seines Handys durchdrang kaum die Schatten. Als ich hierherkam, war ich so in Eile, dass ich kaum etwas wahrgenommen hatte. Aber wieder hatte ich so ein Gefühl von Raum, etwas lag in dem Geräusch unserer Schritte. Er führte mich eine weitere Treppe hinunter, dann musste ich eine Decke über den Kopf ziehen, während er mich zum Auto leitete, genau wie an dem Tag, als ich ankam.

Damit mich niemand erkennen konnte, hatte er behauptet. Ich konnte nicht mal den Verkehr hören.

Das Auto war dieselbe dunkle Limousine. Er wies mich an, auf dem Rücksitz zu bleiben.

Da hatte ich eine lebhafte Erinnerung daran, wie er mich von der Schule abholte, damals, bevor er sagte, es sei zu riskant. Dieses Mal befahl er mir, mich hinzulegen, damit mich niemand sehen konnte.

Durch die Bewegung des Wagens wurde ich beinahe in den Schlaf gewiegt, aber nach einer halben Stunde, oder vielleicht wirkte es auch nur so lang, sagte er mir, ich solle mich hinsetzen. Beinahe war ich enttäuscht, als ich meine steifen Gliedmaßen streckte. Wir fuhren lediglich über Landstraßen, im Scheinwerferlicht sah ich Hecken und Asphalt, mehr nicht.

»Können wir vielleicht irgendwo anhalten?«, fragte ich. »Ich möchte ein wenig laufen.«

Mit einem Mal wollte ich so dringend rennen, spürte die gespeicherte Energie der letzten Monate in mir.

»Sei nicht albern«, erwiderte er. »Jemand könnte uns sehen, und was dann?«

Ich glaubte nicht, dass es dazu kommen konnte. Aber ich wollte mich nicht so viel beschweren.

Und es funktionierte. Danach nahm er mich wieder mit. Ich glaube, ihm wurde unser Haus schon zu viel, die Enge, die Stille, die Luft voller Staub und Vernachlässigung, egal, wie viel ich auch putzte.

Es war immer die gleiche Prozedur. Wir entfernten uns nie weit, nur durch die ruhigen Gassen, niemals dort, wo die Laternen enger zusammenstanden. Und wohin sollten wir auch fahren? Manchmal schlief ich einfach wieder ein. Im Auto kam es mir sicherer vor, fast so, als sei ich wieder Teil der Welt.

Aber einmal weckten mich grelle Lichter. Ich blieb ruhig liegen und spähte unter gesenkten Lidern hervor, mein Kopf gegen die Kopfstütze gelehnt. Wir waren an einer Tankstelle. Ich lauschte den Geräuschen: Er tankte den Wagen voll, bezahlte mit seiner Karte am Automaten. Der Gedanke kam mir in dem Augenblick: Ich könnte einfach aussteigen, gegen das Fenster hämmern, um Hilfe rufen. Irgendjemand würde in der Tankstelle sein. Ich erinnere mich, wie sich mein ganzer Leib anspannte, und dann – kam er zurück und drehte den Zündschlüssel um.

Wir fuhren weiter. Schreck flutete meinen Körper, wegen der Heftigkeit meiner Reaktion – wie sehr ich hatte gehen *wollen*. Mir ging es gut. Das hier war doch das, was ich wollte. Oder?

Noch immer frage ich mich: War ich so nah daran, wie ich dachte? Wohl nicht. Denn ein paar Male danach, wenn er sich auf die Fahrbahn konzentrierte, probierte ich den Türgriff im Auto aus. Aber die Kindersicherung war immer aktiviert.

Ohnehin gab es nur noch wenige nächtliche Fahrten danach, zwei oder drei, wenn überhaupt.

Schon als es passierte, wusste ich, dass es das letzte Mal sein würde. Den Abend über war ich still gewesen, nicht das lebhafte Mädchen, das ich für ihn sein sollte. Ich war einsam, war den ganzen Tag allein gewesen. Das hatte ich ihm sogar gesagt. Vielleicht tat er es deswegen – um mich zu bestrafen, wenigstens ein bisschen. Oder um mich einer weiteren Prüfung zu unterziehen, um zu sehen, wie ich reagieren würde.

Wir hielten vor einem Haus, das ich nicht kannte, ein kleines Cottage in einer Reihe solcher Häuser, mit einer ordentlichen dunkelgrünen Tür. Wir waren bestimmt eine halbe Stunde gefahren, vielleicht sogar länger. Er stellte den Wagen gegenüber ab, jenseits des orangenen Scheins der Straßenlaterne, und dann warteten wir mit abgeschaltetem Motor.

Es war kalt, aber ich wusste, dass es besser war, nicht zu fragen, weshalb wir da waren. Seine Handlungen erschienen nicht immer ganz, nun, vernünftig. Also saß ich auf meinen Händen, um sie zu wärmen, und wickelte mich in meinen großen Pullover ein. Alle Kleidung, die er mir brachte, waren zu große Secondhand-Teile. Dann würden sie eine Weile halten, sagte er mir.

Ich drehte das Gesicht zum Fenster, blies auf das Glas, um es beschlagen zu lassen, und malte eine Blume. Dann wischte ich sie wieder weg und starrte in die Dunkelheit. An der Haustür des Cottages gab es Bewegung, eine langsame Gestalt mit dunklen Schemen in den Händen – Müllbeutel.

Irgendwas in der Haltung des alten Mannes, seine müden Schultern, verriet es mir. Ich drückte meine Hand an das Fenster, beugte mich so weit vor, wie es ging. Bedächtig, nicht zu schnell, fuhr der Wagen weg, ohne eine Andeutung von Panik.

»War das Grandpa?«, erinnere ich mich, gefragt zu haben. »War das er?«

Er antwortete nicht, sondern fuhr einfach weiter, während ich versuchte, mich zu beruhigen.

Schon immer hat er meine Fragen ignoriert, als würde er sie gar nicht hören. Er zieht es vor, mir Dinge zu sagen – mich zu belehren. Zuerst war das eine der Eigenschaften, die ich an ihm mochte. Ich dachte, er sei so schlau, so sicher darin, zu wissen, was alle machen sollten und wo sie falschlagen. Die Banken, Politiker, Lehrer, meine Eltern. Ich.

Doch dieses Mal hörte ich nicht auf zu reden: »Warum hast du das gemacht? Er war es, das weiß ich.« Ich war kurz davor zu weinen, meine Stimme wurde immer schriller. »Geht es ihm gut? Er sieht so … so alt aus.«

Er wandte sich mir zu, seine Miene vor Wut verzerrt.

»Halt die Klappe«, blaffte er mich an. »Ich meine es ernst.«

Mit offenem Mund starrte ich ihn an. So sprach er sonst nie mit mir.

»Du wusstest, was es bedeuten würde.« Dann wurde seine Stimme weicher, und er sah wieder nach vorne. »Wir mussten beide Opfer bringen. Aber ist es nicht genug, dass wir zusammen sind?«

Darauf wusste ich nichts zu sagen.

»Doch«, antwortete ich schließlich stotternd. »Mehr als genug.« Ich wollte nur, dass er wieder normal wurde, so wie vorher. »Ehrlich, ich habe mich nur erschreckt, mehr nicht.«

Er benötigte so viel Zuspruch. Ich lehnte mich nach vorne und legte meine Hand über seine, die angespannt auf seinem Schenkel lag, spürte sie erst zucken, dann locker werden.

»Du bist mehr als genug. Das verspreche ich.«

Danach gab es keine Ausflüge mehr. Nicht für immer, behauptete er, nur, bis es sicherer war.

»Schau, wo das hinführt«, erklärte er mir. »Es hat uns nur beide aufgebracht.«

Du hast mich dahin gebracht, dachte ich. Aber natürlich sprach ich es nicht aus.

28. KAPITEL

Kate

Amberton Werkstatt, wie kann ich Ihnen helfen?«

»Danny?«

»Wer spricht da?«

Eilig sage ich: »Danny, ich bin's, Kate Harlow. Bitte leg nicht auf.«

Stille, dann: »Wollen Sie mich verarschen? Was wollen Sie?«

»Danny, es tut mir so leid, dass du in das alles hineingezogen wurdest – und ich versuche, das zu klären, wirklich. Aber ich muss etwas wissen: Das Auto, mit dem Sophie abgeholt wurde, als du dachtest, es sei ihr Vater …«

»Sie fragen mich nach Autos?« Seine Stimme wird lauter. »Wissen Sie eigentlich, dass mich die Polizei wieder einbestellt hat, wegen Sophie? Holly war sehr aufgebracht. Sie müssen damit aufhören, das ist nicht fair …«

»Danny, ich *weiß*. Und ich glaube dir inzwischen: Du hast Sophie nicht geschwängert.«

Als ich es ausspreche, merke ich, dass es mehr als der Versuch ist, ihn am Telefon zu halten. Ich meine es so. »Und ich weiß, wie seltsam das klingt, aber bitte. Die Sache mit dem Auto – ich muss es einfach wissen –, warum dachtest du, es sei Sophies Dad?«

Ich erwarte, dass er auflegt, aber er erklärt ruhig: »Ich weiß nicht. Nun, er war alt. Und als ich sie gefragt habe, wurde sie rot. Sie wissen schon, ich habe sie ein wenig damit aufgezogen, dass ihr Vater sie noch abholt.«

»Das verstehe ich – wie sah er aus?«

»Weiß nicht. Alt. Wie … ein Dad. Als könne er ihr Vater sein.«

Ich verdrehe die Augen – Teenager.

»Irgendwas sonst? Brille? Bart? Haarfarbe?«

»Weiß ich nicht. Ich erinnere mich nicht. Ich bin nicht hin und habe mich vorgestellt.«

»Und das Auto?«

»Ich erinnere mich nicht.«

Ich zucke zusammen. Komm schon, Danny.

»Vielleicht nicht die Marke, aber du weißt alles über Autos. Was ist mit der Farbe, kannst du dir die ins Gedächtnis rufen?«

»Nun«, antwortet er zögernd. »Schwarz vielleicht, oder dunkelblau. Dunkel auf jeden Fall, ja. Chic.«

Ich lehne mich gegen die Wand. Also war es sicher nicht Mark. Der mochte helle Farben, bleiches Metallic – Silber, Beige, ein Jahr lang dieses furchtbare Gold.

»Warum?«, erkundigt sich Danny. »Meinen Sie ... dass der Typ irgendwas gemacht hat?«

Seine Stimme klingt jetzt kleiner, ängstlich. So alt ist er nicht, erinnere ich mich. Er hatte nur viele Sorgen.

»Ich glaube, er weiß etwas. Und ich muss los. Danke, Danny. Ehrlich.«

Also, ein Kerl, älter, nicht ihr Vater, hat sie abgeholt. Und jemand hat ihr heimlich geschrieben. Derselbe? *»Ich kann es nicht erwarten ...«*

Ein älterer Mann. Zu alt für Sophie, deshalb mussten sie es geheim halten. Ein Geheimnis, das er bis jetzt halten konnte. Bis Holly mir von dem Schwangerschaftstest erzählt hat, weshalb ich anfing, Fragen zu stellen.

Ich tigere durch die Küche, die Anspannung zwingt mich zur Bewegung.

Aber was ist mit Nancy? Wie passt sie zu allem? Bilde ich mir da nur eine Verbindung ein, wenn es nicht mehr als eine Ähnlichkeit zwischen zwei Mädchen ist, die Jahrzehnte trennt?

Und eine einzelne, zufällige Wortwahl? Da ist noch dieser Freund ... Jay. Der, den sie befragt haben und der dann weggezogen ist.

Der würde auf einen Teenager wie Danny auch alt wirken.

Die ganze Sache mit Nancy ist lächerlich.

Der einzige Grund, warum ich überhaupt darüber nachdenke, warum ich überhaupt von ihr weiß, ist Lily, die dieser Tage kaum noch das Datum weiß.

»Nancy war dann wohl die andere ... Ich bin dieser Tage ein wenig durcheinander, was?«

Da erinnere ich mich: Lily, die vorgibt, nichts über Nancy zu wissen: *»Nein, Schatz, ich erinnere mich nicht. Ich hoffe doch, dass ich nicht schon wieder was vergessen habe.«*

Kein bisschen aufgebracht, dass es ihrem Gedächtnis entglitten ist.

Schnell ziehe ich meine Turnschuhe an und gehe hinaus, wedele die Mücken weg, die unter den Bäumen tanzen. Ich denke darüber nach, wie ich das angehen soll: Ich will nicht, dass sie dichtmacht, zuletzt war sie immer so schnell gereizt. Nicht sie selbst. Als ich reingehe, denke ich, dass ich es nur versuchen kann.

»Lily?«

»Hallo, Schatz.«

Ich ziehe einen Stuhl heran und frage sie, wie es ihr geht, was in ihren Soap Operas passiert ist. Aber sie ist immer ein wenig hinter meinen Fragen her; sie kann sich nicht an die letzten Folgen erinnern. Das Zimmer ist auch sehr unordentlich: Untertassen überall, alte Zeitungen, viel zu warm. Ich öffne ein Fenster – es ist so stickig.

Ein weiterer schlechter Tag: Ich muss bei der Praxis dranbleiben. Aber vielleicht bedeutet das ...

Auch wenn ich mich dabei nicht wohlfühle, knie ich neben ihr nieder.

»Lily, ich muss dich was fragen. Etwas sehr Wichtiges, über Nancy, die du neulich erwähnt hast?«

»Nancy?«

»Ja, Nancy.«

Ich zwinge mich, geduldig zu sein.

Sie starrt ins Nichts, dann: »Sie war wild. Hat immer nur Ärger gehabt.«

»Ja, das hast du letztes Mal schon gesagt, dass sie Ärger gemacht hat. Aber was ist mit ihr geschehen? Weißt du das?«

»Sie wollten sie auf eine andere Schule schicken – nachdem sie den Ärger hatte.«

Oh, das führt nirgendwohin.

Aber dann verstehe ich: »Sie hatte *den* Ärger.«

Dieser alte Euphemismus, aus Zeiten, als man über so was nicht deutlich sprach.

»Willst du sagen, dass sie schwanger war, Lily?«

»Sie war schon eine. Dauernd herumgeschlichen, hinten am Wildpark. Dahin gingen die jungen Leute damals, weißt du …«

»Also kanntest du sie?«

Ich muss sie im Thema halten. Dabei überlege ich: Wie lange war sie hier Hausmeisterin? Mir war nicht bewusst, dass ihre Wurzeln so weit in die Vergangenheit reichten.

»Kanntest du sie, Lily? Hat dich Sophies Bild deshalb an Nancy erinnert, an das Mädchen, das hier gelebt hat?«

Aber jetzt blendet sie mich aus, ihr Blick geht an mir vorbei. Ich lehne mich vor und greife ihre Hand.

»Und weißt du, was mit ihrem Freund passiert ist, Lily? Weißt du das? Er hieß Jay.«

Jetzt dreht sie den Kopf und sieht mich an, legt eine weiche Hand auf meine. »Du siehst so besorgt aus. Was ist denn los?«

»Ich habe wegen Nancy gefragt, Lily, erinnerst du dich?«

Ich versuche, die Anspannung aus meiner Stimme herauszuhalten.

»Nancy … nein, Schatz. Ich glaube nicht, dass ich den Namen schon mal gehört habe. Sollte ich?«

»Ja, du hast. Kanntest du Nancy? Was ist mit ihr passiert?«

Aber jetzt ist es zu viel, sie regt sich auf.

»Warum? Wo ist sie? Wohin ist sie verschwunden?« Sie lehnt sich im Sessel zurück. »Oh, ich bin so müde.«

Ich drücke ihre Hand. »Mach dir keine Sorgen, Lily. Alles wird gut. Mach ein schönes Nickerchen, und ich komme später wieder, wenn es dir besser geht.«

Ich stehe auf. Kann das sein?

Der Ärger.

Falls sie das meinte, was ich glaube … schwanger. Nancys kleine Schwester hat davon nichts erzählt; auch ihre Klassenkameradin Vicky nicht – so etwas würde in der ganzen Schule herumgetratscht werden. Aber nur, wenn es bekannt war. Falls man es ihrer kleinen Schwester nicht erzählt oder Nancy sich keinen Freunden anvertraut hatte, konnte man es unter den Teppich kehren.

Also sind sie zu zweit.

Zwei Mädchen, die weggelaufen sind. Zwei Mädchen mit Geheimnissen. Zwei Mädchen, die nie wieder nach Hause kamen.

29. KAPITEL

Sophie

Dieser Tage gibt es viel, woran ich nicht denken mag. Aber was mich wirklich schaudern lässt, wenn ich mich daran erinnere, ist mein früheres Ich.

Hier war ich so einsam, so vollkommen jeder Gesellschaft beraubt, dass ich immer so froh war, ihn zu sehen, wenn er auftauchte. Wie ein Hund, der noch dann mit dem Schwanz wedelt, wenn das Herrchen kommt, um ihn zu treten.

Selbst dann noch, als er sich veränderte. Manchmal war er mir gegenüber so kurz angebunden, wie er es draußen vorher nie war. Manchmal redete er kaum mit mir, wenn er kam, sondern stellte nur die Essenstaschen ab. Er ist beschäftigt, redete ich mir ein, das muss ich akzeptieren.

Aber auch wenn er blieb, war er nicht mehr der Gleiche. Es fühlte sich an, als sei nichts an mir richtig.

»Warum ist es hier so unordentlich?« und »Kannst du dir nicht die Haare bürsten? Du würdest dich dann wohler fühlen«.

»Ich weiß, und ich wollte ja gerade …«

Nur war ich immer so erschöpft, schlief jeden Tag ein. Was sollte ich schon tun? Aber ich wusste, dass ich das nicht sagen sollte.

»Es tut mir sehr leid«, sagte ich, während ich in Tränen ausbrach, so schnell inzwischen. »Ich gebe mir mehr Mühe.«

Aber er wollte mich nicht ansehen und mich schon gar nicht berühren. Manchmal sagte er, ich sei undankbar.

Auch darüber habe ich geweint.

Je länger ich hier drin bin, desto nervöser wird er. Ich ja auch.

Das ist mein dritter Sommer. Es ist schwierig, das genaue Datum zu wissen. Wir feiern kein Weihnachten, keine Geburtstage. Es hat mich nur aufgeregt, also hat er aufgehört. Ich hatte um einen Kalender gebeten, aus Papier, weil ich ja jetzt kein Handy mehr habe, aber der kam nie. Ich weiß, dass ich zwei Winter hier war. Die Tage sind so lang. Aber er mag es nicht, wenn ich mich langweile. Nein, falsch: Er mag es nicht, wenn ich gelangweilt wirke. Ob ich nun aus Frust über einen weiteren Tag in diesen vier Wänden weine, ist ihm egal, wenn ich ehrlich bin.

Ich habe einen Fernseher. Einen kleinen mit DVD-Player, und er hat mir Filme mitgebracht. Das war eine Erleichterung. Die Stille nagte an mir. Jetzt läuft er fast durchgehend, ich drehe ihn nur leiser, wenn ich mich schlafen lege. Eine Zeit lang dachte ich, dass ich vielleicht in den Nachrichten erscheinen würde, aber es war wohl schon zu spät: Er brachte ihn mir erst nach ein paar Wochen. Ich weiß nicht, was das bedeutet. Aber es ist schön, andere Stimmen zu hören. Ich habe mir angewöhnt, mit Teddy zu reden, ihm von meiner Familie und meinem Leben zu Hause zu erzählen, als ob er das verstehen könnte. Vermutlich ist es besser, als Selbstgespräche zu führen. Selbstverständlich mache ich das nicht, wenn *er* hier ist.

Ich lese die Bücher, die er mitbringt. Die Klassiker, »ordentliche« Bücher. Einige mochte ich sogar. *Jane Eyre* habe ich wieder und wieder gelesen. Sie ist inzwischen wie eine Freundin, meine Jane. Und ich mache Sport, Liegestütze und Sit-ups und Übungen, die ich mir ausdenke. Manchmal schalte ich einen Musiksender ein und tanze herum. Ich mag es, wenn meine Muskeln schmerzen, wenn der Schweiß auf der Haut trocknet. Es erinnert mich daran, dass ich noch echt bin. Und es lässt mich stark bleiben. Ihm gegenüber habe ich das nie erwähnt. Zuerst dachte ich, dass es albern klingt. Jetzt bin ich froh darüber.

An manchen Tagen habe ich den Drang herumzuspielen, einfach irgendwas mit den Händen zu tun. Am Anfang habe ich gemalt. Ich bat ihn um Papier und Stifte, und er brachte mir welche: Zuerst einen wunderschönen Skizzenblock; teure Malkreiden und Wachsmalstifte aus einem echten Künstlerbedarf. Aber er war wütend auf mich, als er sah, wofür ich sie benutzte. Keine schönen Landschaften, keine glühenden Porträts von ihm. Ich denke mir gern Dinge aus. Deshalb bin ich jetzt vorsichtig und verstecke die Sachen vor ihm.

Ich vermisse meine Mum. Natürlich vermisse ich alle, sogar die Leute, von denen ich dachte, ich könne sie nicht leiden. Unglaublich, aber ich vermisse die Schule, all meine Lehrer, wie die nette Mrs Vale und den mürrischen alten Mr Kethrick. Aber hauptsächlich vermisse ich Mum.

Es geht mir gut, wirklich. Immer dann, wenn ich es kaum ertragen kann, wenn mir alles zu viel wird, habe ich diesen Trick. Ich schließe die Augen und stelle mir vor, nichts davon sei passiert. Ich denke angestrengt daran, wie es früher war. Nicht an Menschen, das macht mich nur traurig.

Ich denke an den langweiligen Kram. Wie ich auf dem Bett sitze und meine Hausaufgaben mache, während die Geräusche des Radios in der Küche zu mir hochwehen. Auf dem Sofa eingerollt fernsehen, mit King schnarchend auf dem Teppich vor mir, während Regen in dicken Tropfen gegen das Fenster platscht. Die Szenen stelle ich mir ganz genau vor, damit ich sie niemals vergesse.

Nicht, wenn er da ist. Einmal hat er mich erwischt. Er kam herein, als ich an die Wand gelehnt auf dem Boden saß, die Augen geschlossen und beide Hände auf die Ohren gelegt. Das gefiel ihm ganz und gar nicht. Er will meine gesamte Aufmerksamkeit. Trotzdem mache ich das weiterhin, sogar wenn er denkt, ich wäre bei ihm. Wenn er mit mir zusammen sein will, kann ich in meinem Kopf verschwinden.

Früher dachte ich, das würde mich ihm sogar näherbringen. Er war immer so kontrolliert, so schwer zu fassen, trotz all der netten Dinge, die er da noch sagte. Und ich fühlte mich so besonders, so auserwählt.

Aber jetzt will ich ihm nicht nah sein, will gar keine Nähe mehr, auch wenn ich mich bemühe, mir das nicht anmerken zu lassen.

Während der Zeit hier drinnen hatte ich eine wichtige Erkenntnis. Vertrauen kann eine Waffe sein.

Ich habe ihm vertraut. Er kannte meine Geheimnisse, meine Ängste. Wie ich über die Schule dachte, über meine Eltern, wie viel sie stritten; ob Holly was von Danny wollte. Ganz alltäglicher Kram von Teenagern – auf eine Art gut, die ich damals nicht verstand.

Zu den Zeiten war das alles so viel. Mum und Dad im Streit, mehr als üblich. Der Umzug hierher hatte das nicht geändert, obwohl sie es gehofft hatten. Ich hatte keine guten Noten, und die Prüfungen dräuten am Horizont wie eine Katastrophe in Zeitlupe – ein Hurrikan oder Tsunami. Allein der Gedanke daran, wie sehr ich hinten lag … ich war keine Akademikerin wie Mum und Dad, nicht wirklich. Und dann Holly und Danny … das war so ein Durcheinander, wie eifersüchtig sie war, es war so peinlich. Ich konnte sie alle nicht glücklich machen, nicht mehr, also zog ich mich von ihm zurück. Damals erschien mir alles so wichtig.

Und dann kam er. Ich traf ihn über die Schule. Inzwischen weiß ich, wie sich das anhört. Aber zuerst war ich nur ein wenig verknallt. Warum mochte ich ihn, frage ich mich, weil er so sicher schien? Nichts würde geschehen; ich würde nicht verletzt werden. Er wirkte so sanft und so bestätigend.

Aber dann geschah es doch.

Ich war diejenige, die den ersten Schritt machte. Ich stellte mich auf die Zehenspitzen, meine Hand auf seinem Arm, und küsste ihn. Röte stieg mir ins Gesicht. Gerade erst hatte er mir gesagt, von oben herab, dass wir nichts machen konnten, egal, wie sehr wir es wollten, egal, wie sehr wie spürten, dass es Schicksal war … es fühlte sich an, als sei es an mir zu beweisen, dass wir doch konnten.

Also hütete er meine Geheimnisse, und danach hatten wir *unser* Geheimnis.

Aber nach all der Zeit, die ich zum Nachdenken hatte, bin ich nicht mehr so sicher, dass ich den Anfang gemacht habe oder ob er mir nur das Gefühl gegeben hat. Tatsächlich bin ich mir inzwischen in vielerlei Hinsicht sehr unsicher.

Es ist, als sei ich endlich aufgewacht, und ich kann kaum glauben, wie dumm ich war und wie verrückt das alles ist. Und wenn ich dem Gedankengang folge, dann breche ich zusammen und heule, und die Angst steigt wieder auf, und ich zittere und würge, und das geht nicht, überhaupt nicht, wenn er da ist, vor ihm.

Also tue ich das nicht, sondern atme nur langsam und bedächtig und reiße die Augen auf und sehe süß und hübsch aus, und die ganze Zeit denke ich, dass es noch nicht vorbei ist. Ich habe meine großen Augen und mein offenes Lächeln und nicke und sage nicht viel – das ist einfacher –, und denke meine Gedanken hinter der glücklichen Maske.

Denn jetzt soll er *mir* vertrauen.

30. KAPITEL

Kate

Ich schrecke in einem Augenblick vom Schlafen ins Wachen, kein langsames Treiben ins Bewusstsein, wie das manchmal passiert. Plötzlich sind meine Augen offen, und ich bin munter.

Ich seufze. Es lief so gut, dass ich schon lange keine Tabletten mehr genommen hatte. Gestern Abend wollte ich, weil ich so ruhelos und wütend war, aber schlussendlich habe ich mich dazu gezwungen, einfach nur einige Kapitel *Stolz und Vorurteil* zu lesen, das Buch, das mir immer Trost spendet. In seine ruhigen, sicheren Gewässer ließ ich meine Gedanken fließen, bis ich beruhigt einschlafen konnte.

Aber jetzt bin ich hellwach, mitten in der Nacht. Der Raum ist so dunkel, kein helles Mondlicht heute. Und die Vögel haben noch nicht ihren Chor zum Sonnenaufgang begonnen: Es ist still zur Geisterstunde.

Im Schlaf muss ich die Decke weggetreten haben; jetzt suche ich nach ihr. Etwas muss mich immer bedecken, selbst wenn es heiß ist.

Und dann erstarre ich, mitten in der Drehung, auf einen Arm gestützt.

Ich warte. Ein Herzschlag, noch einer. Vermutlich vergehen insgesamt nicht mehr als fünfzehn Sekunden, während ich so angestrengt lausche, dass ich das Rauschen des Bluts in meinen Ohren wahrnehme. Ich fange an, mich etwas zu entspannen, merke, dass ich den Atem angehalten habe.

Da höre ich es wieder. Ein Knarren. Nur das Stöhnen von altem Holz, so leise, dass man es ignorieren könnte, oder meinen, es sei nur das alte Haus, das sich um einen setzt. Wenn man nicht weiß, was es war.

Ein langsamer Druck von Gewicht auf den Dielen, nicht so nah, aber auch nicht weit weg. Direkt vor meiner Schlafzimmertür, im Flur. Ein vertrauter Laut. Dort liegt ein langer Teppich, aber der verhindert nicht, dass diese eine Diele immer knarrt, egal, wie vorsichtig man geht.

Jetzt gleite ich aus dem Bett, meine Füße auf dem Boden, bevor mir ein weiterer Gedanke kommt: Ich gehe einen Schritt auf die geschlossene Tür zu, ganz vorsichtig. Die Dielen im Schlafzimmer sind fest, das weiß ich. Sogar Mark, der groß ist, konnte aufstehen und herumlaufen, ohne mich zu wecken.

Aber ich darf gar kein Geräusch machen. Noch ein Schritt, mit übertriebenen Bewegungen, dann Innehalten. Nur mit dem weißen Baumwollnachthemd bekleidet, wie eine Statue so still, erinnert mich an so was Unpassendes wie ein Spiel aus meiner Kindheit: Bi-Ba-Butzemann. Gehen, dann stillstehen.

Kein weiteres Geräusch dringt von draußen herein. Ein dritter Schritt, ein vierter und ich erreiche die Tür.

Meine Hand ist nur wenige Zentimeter von dem silbernen Knauf entfernt. Ich greife danach, so langsam wie in einem Traum, dann erstarre ich. Ich könnte es jetzt beenden, die Tür aufreißen und meine Ängste Lügen strafen – die wilden Vorstellungen von jemandem im Stress, der zu viel allein ist. Ich weiß, dass ich das könnte, und doch kann ich es nicht. Ich warte einfach.

Erst denke ich, es wäre nur eine optische Täuschung, das Glänzen des Metalls. Dann verstehe ich: Der Türknauf dreht sich langsam, so langsam, dass man es kaum erkennen kann. Bruchteile von Zentimetern bewegt er sich.

Für einen Herzschlag zögere ich, aber dann handle ich mit der Geschwindigkeit reinen Instinkts und drehe schnell den schweren, kalten Eisenschüssel, der im Schloss steckt. Er leistet

Widerstand, ich drehe ihn sonst nie, warum sollte ich? Aber er schließt, das Metall fällt mit einem deutlichen Schlag an seine Stelle.

Der Türknauf springt zurück in seine Ausgangsposition, als hätte, wer auch immer auf der anderen Seite ist, einfach losgelassen.

Ich wappne mich für Schritte, den panischen Lauf eines Eindringlings, der überrascht wurde, schwere Schritte die Treppe hinab, zwei Stufen auf einmal, ein Ruf an jemanden unten: »Abhauen! Los, weg hier!«

Nichts. Ich lausche, seltsam ruhig, denke nicht, reagiere nur.

»Was willst du?«, frage ich.

Keine Antwort, aber ich spüre eine Präsenz; jeder Instinkt, jede Faser meines Körpers sagt mir, dass jenseits der Tür nicht nur leere Luft ist. Ich lege eine Hand auf das Holz, fast wie um mir Halt zu geben.

»Was willst du?« Meine Stimme ist schrill. »Mein Geld ist in der Handtasche in der Küche.«

Ebenso mein Handy; ich nehme es nie mit nach oben.

Ich bin auf der einen Seite der Tür. Und jemand anders ist auf der anderen.

Ich betrachte die Tür: Sie ist schwer, Massivholz, das Schloss ist altmodisch, aber robust. Dann konzentriere ich mich auf die Türangeln. Es wäre nicht schwer, die Tür herauszubrechen, nur ein paar Schritte zurück, eine Handvoll Versuche, vielleicht sogar nur einer.

Mit der Hand auf der Tür spüre ich mehr, als dass ich es höre, den verschwindend geringen Druck einer Bewegung, als verlagere sich draußen ein Gewicht.

Vollkommen unbewegt warte ich weiter. Dann höre ich es: Schritte, langsam und ohne Hast, jemand schlendert den Flur entlang, umgeht die knarrende Diele – diese Lektion ist wohl verinnerlicht – und dann die Treppe hinab, zum Absatz beim Fenster, und weiter, etwas schneller jetzt, als ob eine Entscheidung getroffen wurde.

Ich höre, wie die Haustür geöffnet und geschlossen wird, kein Bemühen mehr, leise zu sein, so beiläufig, als ginge jemand einfach nur zur Arbeit. Dann Stille.

Ich gleite die Wand hinab, meine Beine sind jetzt weich, meine Brust hebt und senkt sich, Tränen steigen mir in die Augen.

Einmal, vor Jahren, bin ich überfallen worden; ich weiß, dass es da diesen Moment gibt, wenn man hin- und hergerissen ist zwischen dem Wunsch, sich einzureden, dass alles in Ordnung ist, und der Erkenntnis, oh, es passiert, sie folgen dir wirklich, die ganze Bande, redend, jetzt schließen sie zu dir auf: »Gib mir deine Tasche, oder ich breche dir deinen verfickten Arm.«

Erst als ich das chinesische Restaurant um die Ecke betrat, wo sie mir süßen Tee gaben und mir sanft ihr Telefon für den Anruf bei der Polizei anboten, begann ich zu weinen. Erst da, als ich schon sicher war, ließ ich diese Reaktion zu.

Deshalb kann ich jetzt nicht nachgeben, noch nicht. Ich bleibe leise, wage nicht, einen Laut von mir zu geben, auch wenn er weiß, dass ich hier bin. Was, wenn es nur ein Trick ist? Die Tür, die sich öffnet und schließt, aber niemand geht, ich komme die Treppe herunter, die Gestalt tritt aus den Schatten, wo sie nur auf mich gelauert hat. Meine Stimme bricht: »Was willst du?«

In einem Ausbruch von Aktivität wirble ich herum, schiebe die Kommode vor die Tür, klemme meinen Stuhl auch noch dazwischen. Mein Herz rast. Dann öffne ich mein Fenster so weit wie möglich. Sollte es nötig werden, werde ich nach draußen klettern; ich werde springen. Vorher werde ich Kissen und Decke rauswerfen, zur Vorbereitung.

Ich lausche, aber es ist die stille Seite des Hauses, die Straße ist auf der anderen Seite; alles, was ich sehen kann, ist ein Stück Garten und die Bäume zwischen meinem und Lilys Haus.

Soll ich schreien? Lily wird es nicht hören. Keine Autos sind unterwegs, um diese Zeit ist kaum Verkehr. Ich zittere, der Schweiß ist in der Nachtluft kalt auf meiner Haut.

Und wenn er dann zurückkommt? Ich kann nicht.

Ich muss warten.

31. KAPITEL

Sophie

Beim letzten Besuch hat er mich wieder Nancy genannt. Ich habe nichts dazu gesagt.

Beinahe ist es lustig, wie wenig ich von ihm weiß. Wer er ist. Wer er war. Er hat nie gern über sich oder seine Familie gesprochen oder über die Vergangenheit. Wir haben über mich geredet: Schule, meine Freunde, meine Probleme. Ich dachte, es würde zeigen, wie wichtig ich ihm war. Aber jetzt reden wir nicht mehr über mich und auch nicht über ihn. Seine Besuche sind meist kurz. Seltsam förmlich irgendwie.

Aber ich achte auf alles, nehme jedes Detail an mich. Es geht nicht darum, dass ich jetzt mehr über ihn wissen will. Aber ich nehme an, es ist der Beweis, dass er nicht alles kontrollieren kann. Fast spiele ich ein Spiel, ein einseitiges. Um das durchzustehen. Was wird ihm herausrutschen, wenn …

Als er sich auf mich legt, ist es, als wäre er woanders.

»Nancy«, flüstert er. »Nancy …«

Als er fertig ist, wende ich das Gesicht ab. Keine Ahnung, ob er sich an seine Worte erinnert.

Beinahe hätte ich ihn nicht gefragt, als er es das erste Mal tat. Ich war wohl erst einige Wochen hier, vielleicht einen Monat, und ich wollte keine Wellen schlagen. Hier zu sein sollte mich ihm näherbringen, aber manchmal fühlte es sich nicht so an. Im Gegenteil, um genau zu sein, er wirkte so weit weg.

Wir waren in Sicherheit und zusammen – alles, was ich mir immer für uns gewünscht hatte. Und dennoch fiel es mir schwerer und schwerer, das Gefühl in meinem Bauch zu ignorieren, dieses kalte Nagen in meinen Eingeweiden.

Du hast Heimweh, sagte ich mir. *Das ist normal. Du musst dich nur daran gewöhnen.*

Aber er half nicht. Bald sprach er nicht mehr davon, was wir demnächst tun würden: Er sagte nur noch, ich solle mir deswegen keine Gedanken machen. All unsere Pläne, wohin wir gehen wollten, was wir erleben wollten – wir hatten sie nie so richtig festgelegt. Wir müssen auf die Situation reagieren, sagte er, bevor wir hierherkamen, erst mal müssen wir für unsere Sicherheit sorgen. Aber als ich sicher hier war, verschwand all seine Eile …

Dennoch zwang ich mich dazu, hinterher. Ich wusste, er würde entspannter sein, wie wir so in der Dunkelheit lagen.

»Wer ist Nancy?«

Ich sprach es einfach aus. Er antwortete nicht, sein Kopf lag auf dem Kissen hinter mir. Aber ich bemerkte, wie sich seine Atmung veränderte. Ich kann ihn besser einschätzen, als er glaubt.

»Was hast du gesagt?«

»Du hast mich Nancy genannt.« Ich versuchte, es locker erscheinen zu lassen, aber ich war genervt. Mehr als genervt. »Weißt du, manche Mädchen würden eifersüchtig werden …«

Das funktionierte nicht.

»Ich denke«, erwiderte er bedächtig, »dass es an der Zeit ist, einige Grenzen festzulegen.«

Dann schaltete er das Licht an, so hell in meinen Augen, ließ mich aufrecht sitzen, immer noch in die Decke gewickelt, während er mir eine Lektion erteilte. Er brauche seinen Freiraum, erklärte er. Ich könne nicht erwarten, alles von ihm zu wissen. Ich würde zu viele Fragen stellen. Ob ich wüsste, was ihm solche Fragen zeigten? Dass ich ihm immer noch nicht vertraue. Das verletze ihn.

Darauf wusste ich keine Antwort. Beinahe hätte ich gelacht, aber das verkniff ich mir. Er redete mit mir, als sei ich eine zu anhängliche Partnerin. Vielleicht war ich jung, was er immer wieder betonte, aber ich wusste, dass unsere Situation so weit davon entfernt war. Ihm schien das nicht aufzufallen.

Aber lachen durfte ich nicht. Etwas in seiner Miene sagte mir, dass das ein Fehler wäre.

Eine alte Freundin, entschied ich für mich. Er war so eifersüchtig auf meine Freunde, hatte er mir einst gesagt, dass er es nicht ertrug, von ihnen zu hören. Es gab ohnehin nur Danny.

Es zeigt, wie sehr er mich liebt, dachte ich.

Als er es ein zweites Mal tat, irgendwann im ersten Winter, war es anders. Wir lagen auf der Matratze, und ich streichelte sein Haar. Ich war wach, mein Blick auf das Rechteck nächtlichen Sternenhimmels in der Zimmerdecke gerichtet. Es war kalt – mein Atem schlug Wölkchen, obwohl wir drinnen waren.

Ich konnte nicht schlafen. Alles fühlte ich so anders an, wach und angespannt. Schon zu der Zeit schlief ich unregelmäßig, auch da hatten wir einen unterschiedlichen Rhythmus. Jetzt wollte ich nur noch, dass er ging, damit ich den Fernseher einschalten und es mir im Bett mit Teddy gemütlich machen konnte.

Vielleicht spürte er das, wie ich mich von ihm abwandte – meine Ungeduld, dass er endlich ginge. Ich weiß nicht, warum er sonst geblieben ist. Schon länger hatte er keine Nächte mehr mit mir verbracht. Er sagte, es sei das Beste, zu unserer beider Sicherheit.

Aber vielleicht gefiel ihm der Gedanke, dass ich wach war, wenn er schlief, nicht. Ich bemerkte, dass er versuchte, vor mir zu verbergen, wo er seine Schlüssel hatte; jedes Mal steckte er sie weg, bevor er die Klinke runterdrückte und hereinkam.

Natürlich mussten sie irgendwo in seinen Taschen sein – außer den Beuteln mit Essen hatte er heute nichts dabeigehabt. Vielleicht die kleine Tasche, die es in Anzügen gab; Dad hatte da immer sein Kleingeld.

Ich bewegte mich leise, überprüfte sein Gewicht hinter mir. Seit einigen Minuten hatte er sich nicht bewegt. Endlich war er doch eingeschlafen. Sein Atem ging langsam und beständig. Ganz vorsichtig glitt ich unter der Decke hervor …

»Nancy«, sagte er mit einem Mal, zu laut in dem stillen Raum. Er legte den Arm um mich. »Nancy, lass das.«

Ich erstarrte; es war ungemütlich, weil er schwer war. Das hatte ich noch nie an ihm gemocht, diese Wirklichkeit seines Leibs: die Hitze und den Schweiß. Also bewegte ich mich weiter, versuchte, seinen Arm abzuschütteln.

Bevor ich verstand, lagen seine Hände um meine Kehle.

»Nancy«, murmelte er, und dann noch andere Wörter, die ich nicht verstand. Dann laut: »Ich habe gesagt, du sollst es lassen!«

Schockiert zog ich an seinen Händen, wollte mich wegdrehen.

Dann veränderte sich etwas in ihm.

»Du Hure. Du verlogene Hure!«

Ich krabbelte unter ihn, halb von der Matratze hängend. Aber er war zu schwer, sein Atem heiß in meinem Gesicht. Mir blieb die Luft weg, noch immer wollte ich nur, dass er mich losließ. Meine bloßen Füße rutschten über den Teppich. Beide Hände rissen an seinem dicken, haarigen Unterarm. *Er ist stärker, als ich dachte, viel stärker*. Blut donnerte in meinen Ohren. Der Rand meines Gesichtsfelds wurde schwarz, alles rückte weiter weg.

Ich weiß nicht, was ihn aufhielt. Vielleicht wachte er auf, oder vielleicht besann er sich. Aber sein Griff lockerte sich, nur für einen Moment, und ich drückte ihn von mir weg. Ich krabbelte von der Matratze, den Rücken an die Wand gepresst, rang ich um Atem. Ich legte die Hände um meine brennende Kehle, ließ ihn nicht aus den Augen.

Eine Zeit lang verharrten wir so, sahen uns an.

»Beruhig dich«, bat er zittrig. »Beruhig dich. Sieh mich nicht so an.«

Ich konnte nicht reden, nicht so tun, als wäre alles in Ordnung.

»Du hast mich wieder Nancy genannt«, sagte ich schließlich. Meine Stimme klang ungewohnt, so rau. »Wer ist Nancy?«

Ich glaube, sogar da noch war ein Teil von mir eifersüchtig. Ich weiß, ich weiß. Es war so verrückt.

Er antwortete nicht, sondern begann nur, sorgfältig und methodisch aufzuräumen. Stellte den Tisch wieder hin, holte Küchentücher, um das Wasser aufzuwischen, das wir verschüttet hatten. Ich atmete nur ein und aus, langsam, um nicht durchzudrehen. Ich wusste nicht, was ich tun sollte.

Danach machte er uns beiden eine Tasse Tee und setzte mich auf das Sofa, bleich, aber mit kalten Augen. Er hielt meine Hand. Ich glaubte wohl, er würde um Verzeihung bitten.

Nein.

Es war meine Schuld. Ich bin in Panik geraten, ich habe ihn gestoßen. Weil ich so hysterisch war, musste er dafür sorgen, dass ich still wurde. Es war meine Schuld. Ich verspürte den Drang, ihm glauben zu wollen: Es war keine große Sache.

Aber irgendetwas in mir verhärtete sich. Als er ging, blieb ich ruhig. Er wies mich an zu schlafen.

Nein, erkannte ich. *Das ist nicht fair. Du hast unrecht. Wirklich, wirklich unrecht, irgendwas stimmt nicht mit dir. Und ich habe unsere Leben in deine Hände gelegt.*

32. KAPITEL

Kate

Nein, nichts fehlt, erkläre ich den Polizeibeamten noch einmal, wir haben alles überprüft.

Ja, ich bin vollkommen sicher ... nein, ich habe niemanden gesehen, aber ich weiß, dass jemand da war. Ich habe ihn gespürt – ja, durch die Tür – und Schritte gehört.

Dieses Mal ist der Blick, den sie wechseln, einfach zu deuten. Der zweite Polizist, der mit dem Block, hat schon aufgehört, Dinge aufzuschreiben.

Es läuft alles falsch.

Bis die Vögel zu singen begannen und der Himmel hell wurde, blieb ich im Schlafzimmer. Erst als ich den Motor hörte und das saubere rote Auto meiner Schwester vor dem Fenster sah, brachte ich es über mich, die Tür zu öffnen. Ich rannte barfuß hinunter, über den Kies, und fiel ihr um den Hals, was beide überraschte.

»Deine armen Füße, Kate«, sagte Charlotte und schlug die Autotür zu.

Dad stieg auf der anderen Seite aus, steif von der Fahrt. »Diese Steine ... und sie versauen den Wagen, wenn man nicht aufpasst.«

»Meinen Füßen geht es gut. Ich bin so froh, dass ihr hier seid.«

Sie folgten mir hinein, redeten über die Fahrt hierher – sie sind gut durchgekommen, so früh vor der Stoßzeit. Hier draußen gibt es das eigentlich nicht, das wissen wir alle, aber es rührte mich, dass sie so schnell gekommen waren – und ich war so erleichtert.

Da ich sie nicht erschrecken will, warte ich, bis wir in der Küche sind.

»Es war jemand im Haus, mitten in der Nacht, ein Einbrecher. Nein, keine Sorge« – als die Fragen kamen –, »mir geht es gut.«

Dad rief sofort die Polizei an, 999, während mich Charlotte alles erzählen ließ; dann gingen wir gemeinsam durch das Haus, zu dritt in einer engen Gruppe. Am meisten Sorge hatte ich wegen Sophies Zimmer, aber es war unberührt. Auch der Rest schien unangetastet zu sein.

»Ich *glaube* nicht, dass was fehlt«, wiederholte ich immer wieder, auf eine unangenehme Überraschung vorbereitet – Schubladen herausgerissen; Kabel, die aus der Wand ragten, wo ein Fernseher weggezogen wurde; Kleidung und Besitztümer über den Boden verteilt. Dann verstand ich – ich erinnerte mich an den Traum von neulich, die Suche in meinem geplünderten Zuhause. Aber nichts fehlte. Alles war an seinem Platz.

Das sorgte dafür, dass ich mich noch unwohler fühlte.

Die beiden Polizisten kamen an, uniformiert im Einsatzwagen; den Mann erkannte ich vom letzten Mal wieder, als ich jemanden im Garten gesehen hatte: der Jüngere mit dem offenen, runden Gesicht. Diesmal lasse ich mir ihre Namen geben – die Kontrolle behalten. Er ist PC Kaur; seine Kollegin, PC Sweet, ist gedrungen und professionell, mit sorgfältig aufgelegtem Make-up.

Selbstverständlich ist es viel zu spät, um etwas zu tun, das ist offensichtlich. Ich glaube, es muss so halb drei gewesen sein, sage ich ihnen, aber ich habe nicht einmal auf den Wecker geschaut, bis ich irgendwann meinen Platz am Fenster verlassen habe, um mir die grünen Ziffern einzuprägen: 03:21.

Es fällt Kaur zu, es auszusprechen, als wir alle in der Küche versammelt sind.

»Mrs Harlow, wie soll jemand hineingelangt sein? Es gibt keine Anzeichen für ein gewaltsames Eindringen. Und Sie haben selbst gesagt, es gibt zwei Schlösser an der Eingangstür, und beim Hinausgehen haben sie beide aufgeschlossen.«

Darüber habe ich auch schon nachgedacht. Während sie sich drinnen und draußen alles angesehen haben, die Türen und Fenster überprüft, habe ich heimlich auch etwas nachgesehen, während Dad und Charlotte einen Kessel Tee aufgesetzt haben.

Am besten zeige ich es ihnen.

»Kommen Sie mit und sehen Sie selbst«, erkläre ich. »Wir können zur Hintertür raus.«

Nacheinander gehen wir durch die Waschküche; erst die Polizisten, dahinter meine Familie. Für einen Augenblick erinnert es mich an mein altes Leben: eine Gastgeberin, die ihre Gäste in den Garten führt. Was ist nur mit mir geschehen?

Draußen bringe ich sie zur Seite des Hauses und hebe den Ziegel an, der unter einem Busch versteckt ist. Krabbeltiere huschen vom Licht aufgeschreckt davon, graben sich zurück in die dunkle Erde. Die Schlüssel liegen noch da: der Sicherheitsschlüssel und der schwerere für das Riegelschloss.

»Ich habe vorhin nachgesehen«, erläutere ich. »Und sie gefunden. Ich hatte komplett vergessen, dass sie da sind. Wir haben sie für Sophie, meine Tochter, hier versteckt, wenn sie aus der Schule kam und ich nicht da war. Und als sie weglief, nun, es hat sie wohl einfach nie jemand weggenommen.«

Die Gegend ist ohnehin so sicher. Wer sollte sie schon finden? Dann war nur noch ich hier, und der Gedanke ist mir nie gekommen.

Hinter mir hustet jemand.

»Und das sind Schlüssel für die Hintertür?«, fragt PC Kaur.

»Nein, für die Haustür.«

Jetzt ist es Sweet, in beeindruckend neutralem Ton: »Mrs Harlow, wollen Sie damit sagen, dass jemand diese Schlüssel benutzt hat, um durch die Haustür einzudringen, und sie nachher wieder hierhergelegt hat?«

»Ich glaube nicht, dass Einbrecher so was machen, Schatz«, erklärt Dad.

»Ich weiß, dass sie das nicht tun«, erwidere ich ruhig. »Aber das ist die einzige Sache, die mir eingefallen ist. Und wissen Sie, selbst falls ich die Kette abends vorgelegt habe …«

»Kate!«

Dad, natürlich.

»… ich weiß, ich sollte das tun, und vielleicht habe ich es auch, ich erinnere mich nicht. Egal, jedenfalls ist die Kette gerade lang genug, dass man die Hand durchbekommt und sie öffnen kann. Wenn Sie wollen, zeige ich Ihnen das.«

Ich sehe in ihre Gesichter: die der Polizisten ausdruckslos, die meiner Familie sorgenvoll.

Ich fülle die Stille: »Ich meine, natürlich werde ich eine neue besorgen. Und wohl auch die Schlösser austauschen.«

»Das ist eine … gute Idee«, stellt Kaur fest. »Haben Sie schon darüber nachgedacht, wo Sie heute übernachten werden, falls Sie Angst haben? Immerhin gab es da ja schon die Sache neulich, nicht wahr?«

Er ist zu nett.

»Noch nicht. Ich meine, ich habe ja meine Familie.« Ich deute in ihre Richtung. »Aber wie geht es jetzt weiter?«

Ein Gedanke steigt auf: Wissen sie von den Anrufen aus der Telefonzelle? Würde Nicholls diese Informationen weitergeben?

»Nun, wir haben alles abgesucht«, erläutert die Frau. »Es gibt keinerlei Hinweise auf ein Eindringen, wie Sie sagen, es fehlt nichts. Falls sich das ändert, geben Sie uns bitte Bescheid.«

»Aber werden Sie nicht nach Fingerabdrücken suchen?« Ich wende mich an Kaur. »Nach dieser Gestalt in meinem Garten neulich, als Sie auch schon kamen …«

»Ich glaube nicht, dass das in diesem Fall nötig ist, Mrs Harlow«, erwidert Kaur. »Wir nehmen das auf, natürlich. Wenn also doch etwas fehlt, haben Sie schon eine Aktennummer und können das Ihrer Versicherung melden.«

Sweet redet weiter. Es wäre vielleicht schlau, wenn ich erst mal bei Freunden oder Familie bleibe, nur eine oder zwei Nächte, bis ich mich mehr … wie ich selbst fühle. Dad und Charlotte sagen natürlich sofort, dass ich bei ihnen bleiben kann, für eine ganze Weile; vielleicht wäre es das Beste. Ich sage nichts mehr.

Danach bleiben die beiden Polizisten nicht mehr lange. Inzwischen bin ich sicher. Sie wissen Bescheid. Sie wissen von den Anrufen. Es stand in einer Datenbank, oder jemand hat es erwähnt. Irgendwie.

Und sie glauben mir kein Wort über letzte Nacht.

33. KAPITEL

Sophie

Bis zum Morgen habe ich mich entschieden. Es war an der Zeit für mich zu sagen – nein, klarzumachen –, dass ich gehen würde. Es war Zeit zu verschwinden. Im Sonnenlicht, das durch das Dachfenster fiel, konnte ich die letzte Nacht klein halten. *Es wird gut laufen,* bestätige ich mir, *ich kann das klären.*

Aber er kam nicht. Weder in dieser Nacht noch in der danach. Meine Essensvorräte schrumpften. Die Milch wurde schlecht, also aß ich mein Müsli mit Orangensaft und bemühte mich, nicht in Panik zu verfallen. Als er früh am nächsten Abend auftauchte, kam er wohl direkt von der Arbeit, im Anzug.

Mein Herz machte wirklich einen Freudensprung, so erleichtert war ich, jemanden zu sehen. Dann erinnerte ich mich.

Ich ging es vernünftig an, kochte uns beiden erst mal eine Tasse Tee, während ich mir im Kopf die Worte zurechtlegte. Als wir beide auf dem Sofa saßen, erklärte ich, so ruhig ich konnte, es sei so weit, dass ich gehen sollte. Dass der Plan immer gewesen war, dass ich mich hier nur eine Weile verstecken würde, um uns Zeit zu verschaffen, alles zu organisieren. Dass es alle möglichen Orte gab, zu denen wir reisen konnten, jetzt, da alle glaubten, ich sei seit Monaten verschwunden. Niemand würde nach uns suchen.

»Wie wir es vorher gesagt haben«, erinnerte ich ihn. Das hatten wir, nur – nur fragte ich mich jetzt, was wir eigentlich geplant hatten, wie konkret das alles war. Es war nicht nötig gewesen, über Termine zu reden oder wann genau wir fortgehen würden. Einfach, nachdem Gras über die Sache gewachsen war … ich konnte mich nicht erinnern.

Sein Gesicht war ausdruckslos.

»Nein«, stellte er fest, mit fast schon milder Stimme. »Nein, du gehst nicht.«

»Aber warum nicht?«, fragte ich bewusst leise. Vernünftig. »Ich kann mich um mich selbst kümmern. Du kannst vorbeikommen und mich besuchen, egal, wo ich bin. Ein neuer Anfang, wie wir es besprochen haben.«

»Nein. Das ist unrealistisch. Dass du irgendwohin ziehst und dich einrichtest. Wo überhaupt? Auch da müsstest du dich verstecken. Jemand könnte dich sonst erkennen.« Er schüttelte den Kopf. »Das ist keine Option.«

»Aber du verstehst nicht.« Das wollte ich nicht sagen, aber die Wahrheit ergoss sich einfach aus mir. »Ich ertrage es hier nicht länger! Ich kann nicht mehr!«

Seine Miene wurde hart. »Sophie. Das ist das, was wir beschlossen haben. Was du wolltest.«

»Aber nicht so. Es sollte nur so lange gehen, bis wir alles vorbereitet haben, um uns Zeit zu verschaffen. Und jetzt bin ich sechzehn, das ist doch wichtig, oder nicht, sogar falls sie noch nach mir suchen?« Meine Stimme wurde laut. »Ich kann nicht für immer hierbleiben.«

»Es ändert gar nichts.« Er starrte mich mit kalten Augen an. »Du warst minderjährig. Vor Gericht gäbe es da keinen Zweifel. Ich bin mehr als zwanzig Jahre älter als du. Das bedeutet Gefängnis, das Ende meiner Karriere. Und ich kann nicht ins Gefängnis gehen.«

Das entsetzte mich. Aus seinem Mund klang es so furchtbar. So hatte er vorher nie darüber gesprochen.

»Aber das muss nicht sein … wir erklären es … wir waren verliebt. Sind verliebt.« Ein Blitz der Erkenntnis: »Ich kann verschwinden, auch wenn du das noch nicht kannst. Das denken sie doch sowieso.«

»Ohne Arbeit? Oder unter der Hand bezahlt, damit du nicht sagen musst, wer du bist? Das wäre nichts für dich, nicht langfristig. Und was würdest du dann machen? Nein«, stellte er fest, beinahe reumütig. »Du würdest am Ende doch zusammenbrechen und zu Mummy und Daddy zurückkriechen. Darüber habe ich schon nachgedacht. Es gibt keine Alternative.«

»Aber du könntest mir helfen ... mir Geld geben ...«

Als die Drohung kam, war sie so nüchtern, dass ich sie erst nicht verstand.

»Ich habe dir gesagt, dass ich nicht ohne dich leben kann, Sophie. Ich lasse dich nicht gehen.«

Es fühlte sich so irreal an. *Das sind wir also, zum ersten Mal, ohne uns zu verstellen.*

»Aber ich will hier weg«, bettelte ich. »Du kannst mich nicht ewig hier halten. Bitte ...«

Wut stieg in mir auf, die geballten Gefühle von Wochen und Monaten des Verschweigens, immer runtergeschluckt.

»Es ist nicht deine Entscheidung«, erklärte ich mit allem Mut, den ich noch hatte. »Und ich will gehen. Jetzt. Gib mir die Schlüssel.«

Ungerührt sah er mich von der Couch aus an.

»Lass das, Sophie. Das meine ich ernst.«

»Gib mir die Schlüssel.«

»Das ist nicht lustig.«

»Du hast recht, das ist es nicht.«

Aus dem Augenwinkel sah ich sein Jackett über die Stuhllehne hängen. Direkt neben der Tür.

Ich weiß, dass es dumm war, aber noch immer verstand ich nicht wirklich. Ein Sprung dorthin, ich suchte nach dem Gewicht in den Taschen, zog sie dann hervor. Am Rande meines

Blickfelds sah ich, wie er aufstand und zu mir kam, aber ohne Eile. Er fing mich ab, bevor ich sie auch nur im Schloss hatte. Einen Moment lang kämpften wir, dann entwand er sie meinem Griff.

»Nein!«, schrie ich. »Lass mich!«

Ich erstarrte wie betäubt.

Sein ganzes Gewicht lag auf mir, presste mir die Luft aus den Lungen, ich war rücklings auf dem Boden. Er verpasste mir eine Ohrfeige, nur eine.

Es war nicht mal sonderlich fest. Vermutlich war es mehr der Schock als sonst was.

»Es geht immer nur um dich, was? Was du willst«, fauchte er. Seine Stimme klang anders, als verrutschte irgendwie sein Dialekt. »Du kleine Schlampe.«

Mit der Zunge fuhr ich mir über die Lippe, schmeckte Metall. Noch immer konnte ich nicht begreifen, was gerade passierte.

»Ich gehe jetzt, Sophie, bis du dich wieder beruhigt hast.« Seine Stimme war wieder wie vorher, weich und gebügelt wie die eines Nachrichtensprechers. »Und wenn ich wiederkomme, benimmst du dich lieber.«

Er stand auf, ließ mich auf dem Boden liegen.

»Das wird hier ab jetzt anders laufen. Ich habe genug von deinem Geheule und den Beschwerden. Genug davon. Verstehst du mich?«

Ich konnte ihn nicht ansehen.

»Verstehst du mich?«

»Ja«, flüsterte ich.

Bis er weg war, blieb ich ruhig liegen, lauschte darauf, wie die Riegel vorgeschoben wurden. Langsam stand ich auf. Berührte die Seite meines Gesichts.

Dann drückte ich mein Ohr an die Tür, hörte seinen Schritten die Treppe hinab zu. Meine Beine zitterten.

Ich bin nicht wirklich verletzt. Ich hätte ihn nicht bedrängen sollen.

Aber ich wusste es. Ich wusste, dass es dieses Mal anders war, dass eine Grenze verletzt worden war. Sogar mehr noch als neulich, als sich seine Hände um meine Kehle schlossen, seine Augen ins Nichts starrten.

Jetzt? Jetzt wusste er genau, was er tat.

Eine Minute oder zwei wartete ich, bis ich sicher war, dass er gegangen war. Etwas sagte mir, dass er dieses Mal für eine ganze Weile nicht wiederkommen würde. Dann rannte ich zum Fenster, zog den Stuhl darunter, legte so viele Magazine darauf, bis ich es erreichte.

Ich gestehe, dass dies der Moment war, in dem ich endlich schrie. Fast nur, um zu sehen, ob jemand es hörte und kam, um mir zu helfen. Meine Kehle war noch wund von der Nacht. Dennoch fühle ich mich zuerst albern. Theatralisch, als sähe ich mich selbst in einem Stück. Das konnte doch nicht ich sein, in dieser Situation.

Aber lange hielt das nicht.

Und dann schrie und schrie ich und hämmerte gegen das Fenster, schlug gegen das Glas. Es zersplitterte nicht; nicht mal ein Kratzer. Schließlich, als meine Kehle noch roher war und brannte, hörte ich auf.

Ich lauschte. Von draußen drang kein Geräusch herein, kein leises Säuseln eines Motors oder so. Nicht mal die Vögel konnte ich durch das dicke Glas hören.

Und niemand kam. Damals nicht. Später, als ich es wieder versuchte, auch nicht.

Also kletterte ich wieder runter. Ich nahm Teddy in den Arm und kuschelte mit ihm. Ich weiß, dass das lächerlich klingt, aber so ging es mir immer besser. Fast, als hätte ich einen Freund hier drinnen.

»Es ist okay«, versprach ich ihm, auch wenn es natürlich mir selbst galt. »Es ist okay. Er wird verstehen. Es wird alles gut. Ich schaffe das.«

Aber darunter wiederholte sich ein Gedanke, den ich nicht ignorieren konnte.

Ich habe einen gewaltigen Fehler gemacht.

34. KAPITEL

Kate

Möchtest du noch eine Tasse Tee?«

Dad beschäftigt sich wieder, nachdem sie gegangen sind. Das macht er immer, wenn er sich unwohl fühlt.

Charlotte verschränkt die Arme vor der Brust und schüttelt den Kopf. »Was ist noch los, Kate? Warum wolltest du, dass wir vorbeikommen, bevor … vor alldem hier?«

Wie Mum nimmt sie nicht den sanften Weg. Jetzt gerade fühle ich mich nicht in der Lage, damit umzugehen.

»Ich konnte euch das nicht erzählen, solange sie da waren«, fange ich an. »Und ich weiß, dass ich mich … ein wenig zurückgezogen habe. Aber ich glaube nicht, dass es nur ein Einbruch war. Neulich war auch jemand in meinem Garten. Und da gibt es noch mehr. Ich habe E-Mails von Sophie gefunden – jemand wusste, dass sie weglaufen wollte, und ich glaube, diese Person wollte mit ihr gehen.«

Es gibt eine überraschte Pause.

»Wer denn?«, fragt Charlotte.

Ich schüttle den Kopf. »Das weiß ich noch nicht, aber ich versuche, es herauszufinden. Aber das ist immer noch nicht alles. Moment, lasst es mich richtig erzählen. Von Anfang an.«

Und dann berichte ich: Alles strömt aus mir heraus, als wäre ein Staudamm geborsten. Ich beginne mit dem, was sie schon wissen: der Anruf von Sophie; dass sie meiner Meinung nach verängstigt geklungen hat, dass sie den Anruf nicht wie sonst beendet hat. Dann berichte ich von Hollys Aussagen über den Schwangerschaftstest, dass er in Wahrheit von Sophie war; Dannys Abstreiten, dass irgendwas passiert ist, und dieser Kommentar darüber, dass Sophies Dad sie abgeholt hat.

»Und ihr wisst, dass er sie nie abgeholt hat, also frage ich mich jetzt, wer das sonst gewesen sein könnte.«

»Mhm«, murmelte Charlotte mit vor Konzentration zusammengezogenen Brauen.

Jetzt erzähle ich den ganzen Rest: wie der Polizei Sophies Tagebuch zugespielt wurde; der Inhalt – die scheinbare Bestätigung, dass sie schwanger war.

»Und dann«, fahre ich fort, wobei ich Dad nicht ansehen kann, »hat sie das geregelt.«

Aber Danny, ihr Freund, war darüber nicht glücklich. Wie mich das dazu verleitet hat zu glauben, dass sie wirklich eine Spur hatten, dass ich herausfand, warum Sophie gegangen war, wie schmerzhaft das auch war.

Beide sind still, hören mir zu.

Aber dann geschah was Wichtiges: Ich konnte mich in ihr E-Mail-Konto einloggen – ein Konto, von dem wir nichts wussten, das sie in ihrem Tagebuch erwähnt hatte. Und darin waren die Nachrichten, in denen sie mit jemandem darüber sprach, wegzulaufen.

»Und dann gibt es da Nicholls – diesen Polizisten –, dem habe ich davon noch nicht berichtet.«

Ich erläutere, wie er mir gesagt hat, dass jemand die Hotline von der Telefonzelle in unserer Straße angerufen hat. Und wie wenig hilfreich ich ihn finde.

»Er ist vor Jahren selbst Schüler an Sophies Schule gewesen und hat das gar nicht erwähnt. Und dann habe ich ihn bei Nancys Haus gesehen …«

»Nicht so schnell, wer ist Nancy?«, unterbricht mich Charlotte mit gerunzelter Stirn.

»Stimmt, dazu bin ich noch gar nicht gekommen. Sie hat in Parklands gewohnt, da in dem großen Haus.« Ich weise Richtung Garten. »Und sie ist weggelaufen, so vor, oh, zwanzig Jahren, aber sie sieht genauso aus wie Sophie. Und ihr Abschiedsbrief klingt so ähnlich. Also nicht identisch, aber es gibt so eine Redewendung, die in beiden auftaucht. Lasst mich kurz Sophies holen, dann zeige ich es euch, ihr seht es dann mit eigenen Augen …«

Ich gehe in den Flur, halte an, drehe mich um. »Kommt ihr nicht? Ich habe sie im Wohnzimmer. Es ergibt alles Sinn.«

Sie bewegen sich nicht.

»Es tut mir leid, das war zu schnell.«

Ihre Mienen sind fast schon komisch identisch, sorgenumwölkte Augen, die Mundwinkel herabgezogen.

»Es ist okay«, füge ich sanfter hinzu. Ich will sie nicht schockieren. »Das macht mir natürlich auch Sorgen, es ist so viel auf einmal – und endlich bewegt sich wieder was. Aber ich habe das Gefühl, dass ich auf was gestoßen bin.« Ich muss sie überzeugen. »Sie ist da draußen, wisst ihr, und sie versucht, mit mir in Kontakt zu treten, mit *uns,* egal, was sie darüber gesagt hat, keinen Kontakt mehr zu wollen. Und ich weiß einfach, dass wir nur ein wenig mehr Schwung brauchen, wenn wir ein wenig Druck auf die Polizei ausüben können – oh, nicht auf die beiden, die hier waren. Und ganz sicher nicht auf Nicholls.«

Mir kommt ein Gedanke.

»Wo ist eigentlich die Nummer, die mir die Polizei gegeben hat? Denn mir ist neulich doch aufgefallen, dass was fehlt. Sophies alte Decke, ihre Schmusedecke, und ich dachte, wer kann das alte Ding schon wollen, außer … und ihr Teddy fehlt auch, nicht wahr? Aber wenn das alles zusammenhängt …« Ich halte inne, mein Blick geht ins Nirgendwo. »Aber das war damals. Mein Gott, bedeutet das, er war schon mal hier …?«

»Kate, hör auf.« Charlotte hebt abwehrend die Arme. »Wir müssen mit dir reden. Über all das hier.«

Sie hat recht, ich muss ihnen Zeit geben, das zu verdauen, aber …

»Du bist wie im Wahn, merkst du das nicht?«

»Was? Nein, bin ich nicht. Ich versuche nur, euch das zu erklären.«

In mir steigt wieder diese Angst auf: Wenn ich sie nicht erreichen kann, wird mir Sophie davongleiten …

»Aber Kate, Schatz«, wirft Dad ein. »Denk bitte nach. Fang ganz vorne an. Falls sie wirklich Angst hat, falls sie Probleme hat – warum die Hotline anrufen? Warum nicht einfach die Polizei anrufen?«

»Vielleicht will sie das nicht, ich weiß nicht, warum«, erwidere ich und verstehe in dem Moment, dass ich ihnen nicht sagen kann, was ich wirklich denke: dass dieser Anruf irgendwie für mich gedacht war. »Oder vielleicht hat sie Sorgen, dass es Ärger gibt …«

»Kate, ich weiß, wie schwierig das alles für dich war«, sagt Dad. »Aber …«

»Das ist falsch«, unterbricht ihn Charlotte. »Das alles, was du gerade gesagt hast … ist dir nicht bewusst, dass du paranoid klingst? Der Detective ist gegen dich, verhält sich seltsam? Was kommt als Nächstes, eine Vertuschung?«

Die Erkenntnis schlägt Wurzeln, all meine hoffnungsvolle Energie verschwindet.

»Ihr seid nicht hier, um mir zu helfen.«

Sie sehen sich an.

»Wir wollen dir helfen, Kate, natürlich wollen wir das«, erklärt Dad. »Aber wir haben das Gefühl, dass du das nicht bewältigst.«

»Nun, ihr liegt falsch«, erwidere ich.

Charlotte schüttelt ihr kurzes Haar, die Arme wieder wütend verschränkt. »Ich wünschte, du könntest dir selbst zuhören. Dich selbst sehen.«

Ich blicke an mir hinab, der Pullover, die bloßen Füße. Ich weiß, dass mein Haar ungekämmt ist.

»Dad, ich habe dir erzählt …«

Jetzt unterbricht er mich: »Du hast recht, die Geschichte wiederholt sich. Es tut mir so leid, Kate, wir hätten mehr für dich tun sollen, vorher, nachdem Mark dich verlassen hat und du all diesen Ärger hattest.« Er wechselt von einem Fuß auf den anderen. »Jetzt haben wir gehört, dass er eine neue Partnerin hat, also ist es vielleicht nicht allzu erstaunlich, dass es für dich gerade sehr schwierig ist …«

»Das ist mir doch egal! Ich meine, nicht völlig, aber verglichen mit *dem* hier.« Der herannahende Kopfschmerz kündigt sich an, diese Schwere hinter meinen Augen. »Deshalb seid ihr gekommen«, fahre ich stumpf fort. »Aber ich brauche keine Kindermädchen. Hilfe, ja. Um meine Tochter zu finden. Warum hört ihr mir nicht zu?«

»Kate!«, ruft Charlotte frustriert. »Diese … diese *Geschichte*, die du uns gerade erzählt hast, und dann? Jemand ist eingebrochen, ohne irgendein Anzeichen dafür?« Ich sehe, wie sie versucht, sich zu beruhigen, was nicht gerade ihre Stärke ist. »Ich habe Angst um dich, wirklich. Du hast Wahnvorstellungen. Du brauchst Hilfe, professionelle Hilfe. Er hat gesagt …«

»Charlotte«, wirft Dad ein, ein warnender Ton in seiner Stimme.

»Nein, Dad, es muss sein«, redet Charlotte weiter. »Kate, als du wolltest, dass wir die Überdosis nicht weiter verfolgen, dachte ich, wir würden dir helfen, aber das stimmte nicht. Wir haben das alles aus dem Ruder laufen lassen.«

»Wie kannst du das sagen?« Das lasse ich nicht zu. »Du weißt, dass das ein Unfall war, kein echter – Gott! – Versuch, mir was anzutun. Und ich *bin* okay: Ich habe kein Problem mit den Tabletten, ich bin vorsichtig.«

Warum ist sie so?

»Wisst ihr, ich nehme sie nur zum Schlafen, und in letzter Zeit nicht mal das.« Mir kommt ein ernüchternder Gedanke: »Was glaubt ihr denn, warum ich mitten in der Nacht aufwache und wen auch immer im Haus gehört habe?«

Was wäre gewesen, wenn ich eine Tablette genommen *hätte*, wie vorher so oft? Wenn mich das Knarren nicht geweckt hätte, sondern sich nur langsam und lautlos der Türknauf gedreht hätte, während ich weiterschlief … Ich unterdrücke ein Frösteln. Darüber kann ich gerade nicht weiter nachdenken.

»Alles, was ich herausgefunden habe, nach allem, was passiert ist: Warum glaubt ihr mir nicht?«

Charlotte wirft einen Blick zu Dad, dann zu mir.

»Du hättest richtige, professionelle Hilfe in Anspruch nehmen müssen, Kate. Einen Psychiater, nicht diese Trauerberaterin, die du eh nicht mehr siehst.«

Endlich kocht meine Wut über, die Belastung und Angst der Nacht, der Zorn über die Polizisten, alles läuft über.

»Ich weiß, warum du das machst. Du warst immer neidisch auf das, was ich hatte. Jetzt kannst du mich klein halten, und das konntest du gar nicht abwarten, was?«

Charlotte nimmt einen tiefen Atemzug, ihre Augen füllen sich mit Tränen. »Vielleicht war ich … eifersüchtig. Früher. Aber wer wäre das jetzt noch?«

Ich zucke zusammen.

Sie ringt um Fassung, ich kann beinahe sehen, wie sie sich beruhigt.

»Ich glaube nicht, dass dein Verhalten gesund ist; wir müssen das richtig angehen. Nicht hier, nicht so.« Sie geht in den Flur, nimmt ihre Handtasche. »Dad, ich gehe. *Jetzt.* Ich denke, du solltest mitkommen.«

»Kate, ich wollte nie …«

Er sieht mich flehentlich an.

»Wir reden später«, bringe ich hervor. Ich kann es nicht ertragen, ihn so aufgewühlt zu sehen. »Wir klären das. Machen wir einfach … eine kleine Pause.«

Als der Motor aufheult, bewege ich mich nicht, dann rast Charlotte davon, kümmert sich nicht darum, ob der Kies den Lack zerkratzt. Ich bin zu weit gegangen, wird mir bewusst, während ein anderer Teil von mir denkt: Nein, warum hat sie mir nicht geglaubt? Was ist nur in sie gefahren?

Während der Kopfschmerz hinter meiner Stirn pulsiert, lehne ich mich gegen die Arbeitsplatte.

Also bin ich wieder allein.

Nein, schlimmer.

Keine Polizei auf meiner Seite. Keine Familie. Nur ich.

Um sie zu finden.

35. KAPITEL

Sophie

Man sollte meinen, diese Nacht hätte alles geändert: seine Hände um meinen Hals. Und für mich tat sie das auch. Aber als er das nächste Mal kam, verhielt er sich, als sei nichts passiert, stellte einfach die Tüte mit dem Essen ab und packte aus. Also folgte ich seinem Beispiel. Ich wollte nicht. Aber es war einfacher.

Sicherer.

Ich gab vor, nicht zu bemerken, dass ihm meine Nervosität und Schreckhaftigkeit auffiel.

Und die Tage vergingen, wurden zu Wochen, dann Monaten, dann länger. Wenn er nicht da war, weinte ich. Weil er es nicht mochte, wenn ich weinte. Durch das Dachfenster sah ich dem Wechsel der Jahreszeiten am Himmel zu: weißer Winter; ein grünes Blatt im Wind, Verkünder des Frühlings. Wolkenfetzen, dann das lange Blau des Sommers, bis es grau wurde. Schließlich wieder das stumpfe Weiß des Winters.

Aber ich konnte nicht vergessen, was geschehen war. Nun, da ich hinter die Maske geblickt hatte.

Ich wusste, dass er es auch nicht konnte. Immer länger blieb er weg, ließ Tage zwischen seinen Besuchen verstreichen. Wenn er heutzutage kommt, dann nie für lang.

Aber das wirklich Kranke daran ist, dass wir noch immer so tun, als sei es nicht das, was es ist.

Dieses Frühjahr tauchte er abends auf und wirkte sehr zufrieden mit sich. Er hatte eine Plastiktüte dabei, aber darin war nicht die übliche Essenslieferung.

Als er sie mir gab, während ich auf der Matratze saß, sagte er nichts. Schon durch seine Aura der Erwartung wusste ich, wie ich mich zu verhalten hatte – alles unterhalb von Enthusiasmus wäre eine schlechte Idee gewesen.

Darin befand sich ein kleiner Haufen Stoff, pink und flauschig.

»Mein Deckchen, nicht wahr?«, stellte ich fest.

Ich zog sie hervor, um daran zu riechen. Zuhause. Dabei senkte ich den Blick, damit er die Tränen in meinen Augen nicht sah.

»Danke«, brachte ich hervor. »Aber wie ... woher hast du sie?«

»Freust du dich nicht?«

In seiner Stimme war eine scharfe Kante, die mir inzwischen nur allzu vertraut war.

»Doch, natürlich«, erwiderte ich und versuchte, mein glückliches Gesicht aufzulegen. »Ich habe sie vermisst.«

Das zu sagen war falsch.

»Vielleicht war es doch keine so gute Idee. Ich gebe mir so viel Mühe, all diese netten Dinge für dich zu tun.« Er seufzte. »Deine Eltern haben dich verzogen, das ist das Problem.«

Ich hasse es, wenn er davon anfängt. Tatsächlich glaubt er das wohl wirklich.

Beim ersten Mal war ich entsetzt.

»Eine verzogene kleine Prinzessin«, hatte er mich genannt. Ich weiß schon gar nicht mehr, weshalb, vielleicht hatte ich das Zimmer nicht ordentlich genug aufgeräumt oder war nicht schnell genug aufgestanden, als er kam.

»Aber du hast gesagt ...«

Meine Stimme versagte, als ich den Ausdruck seiner Miene sah, während ich an die vielen Male dachte, als er mir genau das Gegenteil gesagt hatte: wie unfair meine Eltern zu mir waren, dass sich jemand richtig um mich kümmern müsste. Jetzt reagiere ich gar nicht.

»Danke, wirklich. Es war so klug von dir, sie zu besorgen«, erkläre ich bedachtsam. Mir wird schlecht dabei, wie durchschaubar ich bin, aber seine Schultern entspannen sich. »Das hätte ich mich niemals getraut.« Auch das gefällt ihm. »Ich hätte angenommen, dass es schwierig sein muss, ins Haus zu kommen …«

Auf keinen Fall werde ich ihn fragen, wie er das gemacht hat.

»Es war nicht allzu schwierig.«

Er greift sich die Fernbedienung und schaltet um.

Also hat ihn jemand ins Haus gelassen? Mir fällt keine Ausrede ein, die er dafür hätte benutzen können. Aber welche andere Möglichkeiten gab es – dass er gewartet hatte, bis alle weg waren, und … was? Selbst die Tür aufbekam?

Ein Frösteln läuft meinen Rücken runter, als ich mich erinnere.

Einmal hatte er mich zu Fuß nach Hause begleitet, mich nicht wie sonst am Ende der Straße abgesetzt. Mum und Dad waren wohl unterwegs, ihre Autos standen nicht in der Einfahrt. Selbst dann kam er nicht mit bis zum Haus, weil er sah, wie die Sicherheitslampen durch mein Nahen angingen. Ich hatte gekichert, wusste ich ihn doch hinter mir in den Schatten, während ich im Gebüsch unter den alten Ziegeln nach dem Schlüssel suchte. Vor der Haustür winkte ich der Dunkelheit zu, sicher, dass er mich beobachtete.

So viele Jahre später beobachtet er immer noch mein Haus – meine Familie?

Auf jeden Fall war mir eines bewusst: Das war kein Geschenk. Es war eine Drohung.

Aber selbst dieser Tage ist er noch oft süß. Es gefällt ihm, so zu tun, als seien wir ein normales Paar. Solange ich genau das tue, was er will.

»Du bist glücklich, nicht wahr, Schatz, nur wir beide?«, hat er mich neulich abends gefragt, als er neben mir auf dem Sofa saß. Er sieht gern fern und fährt dabei mit seinen Fingern durch mein langes Haar.

Schon lange bitte ich nicht mehr um eine Schere. Er ist nicht dumm.

Sag ihm, was er hören will.

»O ja«, hatte ich geantwortet. Mir fiel der hohle Ton meiner Stimme auf, also versuchte ich es noch mal: »So glücklich.« Beinahe hätte ich da aufgehört. »Aber die Sache ist, ich finde, also jetzt, da so viel Zeit vergangen ist, können wir vielleicht mal schauen – was als Nächstes ansteht. Wohin wir gehen können, zusammen.«

Selbst in mir drin klang das schwach, besiegt. Aber ich kann nicht aufgeben, es zu versuchen.

»Mhm«, war seine Antwort, während er seinen langen Arm auf die Lehne des Sofas legte. Ich verbot mir zusammenzuzucken.

»Weißt du«, begann er, seine Stimme sanft in meinem Ohr. »Weißt du … jetzt sind es nur wir beide, nicht? Niemand sonst weiß, dass du hier bist. Sollte mich irgendwas von hier fernhalten, was auch immer …« Er strich über meine Schulter, zog kleine Kreise auf meiner Haut. »Niemand wüsste dann, dass du hier bist. Und was würdest du dann tun?«

Das hat er alles schon vorher gesagt. Dennoch wird mir kalt, und ich starre auf den flackernden Bildschirm.

»Wir müssen zusammenhalten«, gab ich zurück.

Weil das meine einzige Chance ist. Er muss mir vertrauen.

36. KAPITEL

Kate

Jetzt, da sie weg sind, bin ich zugleich aufgedreht und erschöpft, bereit abzustürzen. Aber gerade gibt es nichts zu tun, außer ein wenig auf dem Sofa zu schlafen.

Als ich aufwache, ist es still im Haus, und die Sonne geht bereits unter, woraus ich schließe, dass es später Nachmittag ist. Zu leise wirkt es, nur Wind in den Bäumen, manchmal das ferne Brummen eines Autos auf der Straße.

Ich will raus hier. Eine schnelle Dusche, deren heißes Wasser mich etwas wacher werden lässt; unten höre ich das Telefon klingeln. Ich ziehe Jeans und ein T-Shirt an. Ich muss darüber nachdenken, was ich als Nächstes mache. Aber hier kann ich nicht bleiben. Mein Kopf bringt mich um: Ich spüre den Druck in der Luft, denn der Himmel ist nicht mehr so blau, sondern hat diesen schweren, leeren Schein – sicherlich wird es bald regnen.

Bevor ich gehe, nehme ich noch mein Handy. Schon zwei verpasste Anrufe von Charlotte und eine Nachricht auf der Mailbox. Während ich meine Handtasche nehme und meine Autoschlüssel hole, spiele ich sie ab.

»Kate, ignorierst du jetzt meine Anrufe?«

Sie klingt gestresst; nein, sie ist aufgebracht. »Ich muss dringend mit dir reden, Katherine.«

Katherine, wie Mum mich gerufen hat. »Ich lasse nicht zu, dass du mit mir das tust, was du mit allen anderen gemacht hast. Das lasse ich nicht zu. Ruf mich bald zurück, oder ich komme vorbei. Noch mal. Wir klären das.«

Ich hatte nicht gedacht, dass sie mich so schnell wieder nerven würde.

Und dann noch eine Nachricht: Ich brauche einen Moment, um die männliche Stimme zuzuordnen.

»Kate, Dr. Heath hier. Nick. Hör mal, ich hatte deine Familie in der Leitung – sie machen sich recht große Sorgen um dich. Wir glauben, es wäre eine gute Idee, wenn ich vorbeikäme und mal nach dir sehe. Bist du heute zu Hause? Ruf mich doch bitte zurück.« Er spult seine Mobilnummer ab. »Heute mache ich ohnehin meine Runden, also schaue ich auf jeden Fall vorbei.«

Ich fluche leise vor mich hin. Deshalb ruft mich Charlotte so bald, nachdem sie mit Dad gefahren ist, wieder an. Sie haben schon meinen Arzt mit hineingezogen. Dürfen sie das überhaupt? Ich erinnere mich, dass ich ihnen erlaubt habe, mit ihm zu sprechen, damals, als sie sich solche Sorgen gemacht hatten – aber läuft das nicht irgendwann aus? Keine Ahnung. Sie können nicht wirklich etwas tun? Oder? Mich irgendwo hinbringen. Wo ich nichts für Sophie tun könnte.

Das festigt meinen Entschluss – ich werde hier nicht darauf warten, dass sie vorbeikommen und mit mir reden –, und ich gehe raus zu meinem Wagen. Ich achte kaum auf die Straße, als ich aus der Einfahrt rechts abbiege, das Fenster runterlasse und an der Kreuzung halte, während sich alles noch mal in meinem Kopf abspielt.

Der gesichtslose Mann. Sophie. Nancy. Wo war die Verbindung zwischen ihnen?

Dieser Freund, Jay, hat Nancy vielleicht geschwängert. Und dann geschah was? Und jetzt, dreißig Jahre später, wiederholt sich die Geschichte? Es kann unmöglich derselbe sein. Unmöglich. Aber ich muss ihn irgendwie finden … Nancy ist der Schlüssel zu allem.

Hinter mir hupt jemand. Ich blicke auf – die Ampel hat auf Grün geschaltet. Ich gebe Gas, der Wagen ruckt vor. Ich muss von der Straße runter, ich bin viel zu abgelenkt, das ist regelrecht gefährlich.

Als ich im Dorf ankomme, parke ich vor dem Supermarkt: Mit einem Mal merke ich, dass ich Durst habe. Ich werde mir ein Wasser besorgen.

Kaum bin ich drinnen, denke ich wie immer, dass der Laden viel zu groß für so ein Dorf ist. Und dennoch kann man sich darauf verlassen, dass man jedes Mal jemanden trifft, den man nicht …

»Katie! Bist du das?«

Ich drehe mich um. Eine Sekunde benötige ich, um die beiden schlanken Blondinen in ihren Leggings und hellen Turnschuhen zu erkennen: Ellen Fraser, mit einem Korb am Arm, und Lindsey Brookland, die Freundin meines Ehemanns.

Ausgerechnet heute kann ich das nicht.

»Kate, wie geht es dir?«, fragt Ellen und wirft einen Blick auf Lindsey neben ihr. Aber Lindseys Kinn ist ein wenig erhoben, um mir zu zeigen, dass es nichts gibt, wofür sie sich schämen muss. »Alles okay? Du siehst …«

Lindsey unterbricht sie: »Kate, eigentlich habe ich versucht, dich zu erreichen. Aber du gehst nie ans Telefon …« Sie ist größer als ich und macht einen Schritt auf mich zu. »Aber wir können das auch genauso gut jetzt hinter uns bringen. Siehst du, Mark macht sich große Sorgen, alle machen sich große Sorgen. Du brichst ganz offensichtlich zusammen. Aber es ist wirklich an der Zeit, dass du loslässt und ich …«

Als ich ihrem Einkaufswagen einen kleinen Stoß gebe, der sie einen Schritt nach hinten zwingt, hält sie inne.

»Nein. Bitte nicht«, sage ich höflich, aber bestimmt.

Lindsey wird rot vor Ärger.

»Aber hast du jemals darüber nachgedacht, dir einen Anwalt zu nehmen oder hier auszuziehen …«

»Ich sagte, bitte nicht.« Etwas in meiner Stimme lässt sie zögern. »Du gehst deinen Weg und ich meinen.«

Wieder stoße ich gegen ihren Einkaufswagen, sodass er ihre Knie rammt. Sie gehen mir aus dem Weg.

»Kann man das glauben …«, höre ich Ellen leise hinter mir sagen, während ich gehe.

Tatsächlich verstehe ich mit einem Mal, dass es mir wirklich egal ist, dass sie mir wirklich egal sind – aber meine Sorgen kehren verstärkt zurück. Alle sind meinetwegen beunruhigt, wegen dem, was ich als Nächstes anstellen könnte. Aber was soll ich als Nächstes anstellen? Es fühlt sich an, als würden alle Türen vor mir zugeschlagen. Fragmente von Gesprächen dringen an meine Ohren, während ich seltsam körperlos durch die Gänge gehe.

»… warum sie Diät-Chips heißen? Weil man nur sieben in einer Tüte bekommt! Das ist ein Witz, also wirklich …«

»Äpfel, Milch, Küchenrolle. Äpfel, Milch, Küchenrolle. Da war doch noch was …«

»Mummy, schau mal, können wir die kaufen, bitte, Mummy?«

»Nein, ich bin immer noch hier.« Pause. »Würde ich gehen, ohne Bescheid zu sagen? Nein, ich bin noch hier.« Die Stimme eines Mädchens. »Du musst zurückkommen und mich abholen …«

Ich drehe mich um und sehe sie, das Handy noch in der Hand, wie sie zum Ausgang stampft, ein Bild von wehendem langen Haar und Groll, offensichtlich erzürnt darüber, vergessen worden zu sein.

»Ich bin noch da …«, hatte Sophie am Telefon gesagt, bei dem Anruf, der alles ausgelöst hatte. »Ich bin noch da.«

Das hatte bedeutet, dass sie noch am Telefon war, natürlich. Anders als dieses Mädchen.

Das Mädchen ist noch da. Sie war nirgendwo anders …

Mit einem Mal wird mir schwindelig, der Boden schwankt unter mir. Ich lehne mich gegen die Regale, Dosen fallen zu Boden.

»Vorsicht!«, ruft mir ein Mitarbeiter zu, der schon auf mich zuläuft. Er bleibt stehen: »Geht es Ihnen gut, Madam? Sie sehen ein wenig bleich um die Nase aus …«

Ich nicke, richte mich langsam wieder auf.

»Entschuldigung. Ja, mir geht es gut.«

Damit gehe ich weiter.

Natürlich ist Sophie weggelaufen. Das weiß jeder. Darüber gibt es keinen Zweifel, das war von Anfang an sicher. Es gab so viele Hinweise: ihr Abschiedsbrief, das Video vom Busbahnhof, die Postkarten. Der Anruf bei der Flaschenpost-Hotline, einem Sorgentelefon für Ausreißer, um Himmels willen.

Obwohl sie verängstigt klang, hatte sie mir kein »Ich liebe dich, Mo« geschenkt. Nur »ich bin noch da« …

Dazu das Tagebuch, das darauf hinwies, warum sie wirklich gegangen war. Nur falls, sagen wir mal, jemand Fragen stellte. Aber am Ende war das Tagebuch gar nicht das, was es zu sein schien.

»Ich bin noch da …«

Ich halte inne. Hinter mir öffnet und schließt sich die Tür, die Sensoren nehmen mich wahr, aber ich bewege mich nicht mehr.

Ich weiß es. Ich weiß, was mir die Postkarten sagen wollten. Es war die ganze Zeit da, direkt vor mir: Man muss sie nur richtig lesen. Es ist so einfach, dass ich laut loslache, dann aufhöre, von meinem eigenen Verhalten überrascht.

Kein Wunder, dass ich es nicht verstanden habe. Sophie hat sich nie für Kreuzworträtsel, Wortspielereien und all den Kram interessiert, den ich mochte. Sie war ein visueller Mensch, liebte Kunst, ihre Malerei. Und darüber hat sie versucht, mit mir zu kommunizieren, sogar jetzt noch.

Es waren nicht einfach Kritzeleien von Blumen auf ihren Nachrichten an uns. Oh, natürlich waren es Blumen, aber das war nicht die ganze Geschichte.

Ich kenne sie. Ich weiß jetzt, wo sie sind.

Stilisiert und symmetrisch wirken sie nicht so sehr wie reale Rosen. Aber das liegt daran, dass sie keine Rosen malt, sondern Schnitzereien von Rosen, die Art, die man sie in altem Mauerwerk sehen kann. Hübsche, gemeißelte Steinrosen, die sich zum Beispiel um ein großes viktorianisches Gebäude schlingen mochten, mit ordentlichen kleinen Blütenblättern, die Art von Detailfreude, die wir heute beim Bau unserer Heime nicht mehr aufbringen.

Langsam laufe ich los, Richtung Auto, dann schneller und schneller. Weil ich sie jetzt erkenne – ich weiß vollkommen sicher, wo ich sie gesehen habe.

Es war vor Parklands. Sophie hat die Rosen gemalt, die sich im Mauerwerk von Parklands befinden, hat mir das Motiv des Hauses geschickt. Ich würde wetten, dass man drinnen auch Rosen findet – in Parklands, dem Haus, in dem Nancy aufwuchs.

Denn Nancy war immer die Antwort.

37. KAPITEL

Sophie

Es gab nichts, was ich tun konnte, zumindest nicht am Anfang. Mir erschloss sich kein Ausweg: Ich musste es einfach durchstehen, sagte ich mir, es aussitzen. Ich erlaubte mir nicht, darüber nachzudenken, worauf ich wartete. Kein Zusammenbruch! Sollte ich die Kontrolle verlieren … irgendwas sagte mir, dass das keine gute Idee war. Also musste ich einfach auf eine Gelegenheit warten. Geduldig sein.

Und eines Tages im ersten Winter kam die Gelegenheit: Er sagte, es sei an der Zeit für eine weitere Postkarte.

Die erste war meine Idee gewesen, etwas, das wir vor meinem Weggang besprochen hatten. Wir hatten überlegt, wie wir zusammen sein könnten, ohne dass jemand nach uns suchte. Das Wort Polizei fiel dabei nie.

»Ich muss nur eine Nachricht nach Hause schicken, oder nicht?« Es erschien mir so einfach. »Damit sie sich keine Sorgen machen.«

»Wie?«

Wir saßen wie so oft in seinem Auto, denn er hatte mich abgeholt, damit wir uns ein paar Minuten stehlen konnten. Es war einfacher, als man denken würde, wenn einen niemand suchte.

»Nun, ich könnte anrufen.«

»Sie würden es zurückverfolgen. Du kannst ohnehin nicht direkt zu Hause anrufen. Das lenkt zu viel Aufmerksamkeit auf dich.«

Ich fühlte mich töricht.

»Dann ein Brief. Mit meiner Handschrift, dann wissen sie, dass er echt ist.«

Durch sein Schweigen wusste ich, dass er darüber nachdachte.

Aber ich mochte die Postkarten nicht. Es waren wohl so zwei Wochen vergangen, als er sie mir zeigte. Die frühe Phase. Selbst damals fühlte es sich nicht richtig an. Keine Ahnung, woher er sie hatte, vielleicht auf der Website eines Sammlers bestellt oder so. Sie wirkten so anonym. Spanien! war der Aufdruck der obersten.

Also sollten sie von mir denken, dass ich mich an sonnigen Stränden bräunte? Das wirkte auf mich wie ein Schlag ins Gesicht für alle, die ich zurückgelassen hatte.

»Das sind aber viele«, erinnere ich mich gesagt zu haben.

Er trug Latexhandschuhe, um keine Fingerabdrücke zu hinterlassen. Die Haare auf seinen Handgelenken waren dadurch zu sehen. Aus irgendeinem Grund wollte ich mir das nicht genauer anschauen. Es ließ alles so echt erscheinen, so albern das jetzt auch klingt – wenn man bedenkt, wie weit sich die Dinge schon entwickelt hatten.

Aber ich tat es, wie beschlossen. Ich schrieb die Nachricht, die er mir diktierte, Wort für Wort – »wir können da kein Risiko eingehen oder irgendein Detail verraten, du musst genau das schreiben, was ich dir sage« –, dann unterschrieb ich, wie immer mit dem kleinen Gänseblümchen. Es war so eine kurze kalte Nachricht, ich konnte mir nicht vorstellen, was Mum denken würde.

Ich hoffte nur, dass sie sich nicht allzu viele Sorgen machen würde.

Mir war nicht bewusst, dass er mich noch mal dazu bringen würde. Die Tage wurden schon länger, es wurde wohl Frühling. Ich konnte kaum glauben, dass ich immer noch da war, jedenfalls wenn ich mir erlaubte, das Verstreichen der Zeit überhaupt zu bemerken. Ohne zu wissen, was draußen vor sich ging, und er sagte mir nichts.

Wie vorher auch diktierte er mir die Nachricht.

»Weißt du«, erwiderte ich, »ich bin nicht sicher, ob ich so ein Wort überhaupt benutzen würde.«

Ich hatte darüber nachgedacht, nur falls er mir sagen würde, ich müsse noch eine schreiben. Zum Nachdenken hatte ich ja viel Zeit.

Irgendwie würde ich eine kleine Botschaft darin verstecken. Der erste Buchstabe jeder Zeile würde ein Wort ergeben: Hilfe. Oder vielleicht SOS. Was immer ich auch vor ihm verbergen konnte, das wusste ich ja nicht. Also machte ich Fehler – nicht alle absichtlich –, um das eine oder andere meiner speziellen Wörter unterzubringen. Aber jedes Mal ließ er mich von Neuem anfangen, und er wurde immer genervter.

»Es tut mir leid«, sagte ich mit Tränen in den Augen. »Es klappt einfach nicht.«

Es war nicht nur Schauspielerei. Diese Postkarten, diese Nachrichten nach Hause – sie machten mir Angst, denn sie verbargen unsere Spuren immer weiter. Wie sollte mich jemals jemand finden?

Aber er wurde wütend, und das war schlimmer. Weshalb ich schlussendlich genau das tat, was er wollte. Ich schrieb seine Worte, die öde, sorgfältig formulierte Nachricht.

»Ist das alles?«, erkundigte ich mich, als ich gerade unterschreiben wollte. Ich saß mit gekreuzten Beinen auf der Matratze, die Karte auf ein Buch gelegt. Und da sah ich sie, eine der kleinen Blumen auf der Wandvertäfelung hinter seinem Kopf. Ich hatte sie immer gemocht. Also malte ich sie einfach, die Rose mit ihrem kleinen inneren Blütenkranz statt meines üblichen Gänseblümchens. Es war nur eine schnelle Kritzelei.

Als ich ihm die Karte gab, tanzten Schmetterlinge in meinem Bauch.

Er sagte kein Wort, sondern las sie nur bedächtig, hielt sie in behandschuhten Fingern. Das war kein hohes Risiko, nicht wirklich.

»Das geht schon«, stellte er fest und steckte sie in seine Jackentasche, bevor er ging.

»Es wird alles gut werden, nicht wahr?«, flüsterte ich in Teddys Ohr, als ich allein war. »Alles gut, alles gut, alles gut.«

Zum ersten Mal seit Ewigkeiten fühlte ich mich leicht.

Selbstverständlich passierte gar nichts. Niemand kam. Aber es war ein gutes Gefühl, etwas zu tun, von dem er nichts wusste.

Also machte ich es beim nächsten Mal wieder, kopierte sie noch genauer von den Wänden: die abgerundeten, identischen Blumen, die in einer Reihe über die Wände des Zimmers liefen, die Blüten in ihrer Mitte angeordnet, sodass sie aussahen wie doppelte Rosetten.

Ich erlaubte mir nicht, wirklich zu hoffen. Und je länger ich hier war, desto schwieriger wurde es, sich überhaupt vorzustellen, dass noch jemand nach mir suchte. Wer sollte die Blumen auch erkennen? Mir war ja bewusst, dass niemand mehr herkam. Es war wie ein Märchen, in dem ich Brotkrumen-Spuren legte, die von Mäusen gefressen wurden. Aber es hinderte mich daran, jedes Mal zu verzweifeln, wenn er mir eine Postkarte gab, ließ mich mir selbst vorlügen, alles sei gut.

Und es war noch mehr: etwas zu tun, das er nicht wusste. Rebellion. Wie einen kleinen Muskel zu bewegen, den ich lange nicht gespürt hatte. Vielleicht Übung, auch wenn ich immer noch nicht genau weiß, wofür.

38. KAPITEL

Kate

Ich werde ein Fenster finden. Sie können nicht allzu sicher sein, nur aus Holz, verzogen von Regen und Hitze. Wenn es sein muss, hole ich einen Hammer. Aber erst einmal werde ich es an der Vordertür probieren, um zu sehen, ob ich recht habe.

Mit zitternden Fingern fahre ich über die Linien einer der Blumen: Es sind, wie erwartet, Rosen. Ein ganzer Bogen davon, Dutzende, wenn nicht Hunderte dieser stilisierten Blumenmotive, in den Stein von Parklands geschnitten.

Genau wie auf ihren Postkarten an uns.

Auf der ersten war noch das übliche Gänseblümchen, wie sie es immer malte. Als sie anfing, das zu verändern, habe ich es noch nicht begriffen.

Aber jetzt sehe ich die Rosen klar und deutlich, verstehe endlich ihre Botschaft. Auch die Ziegel des Gebäudes sind derart verziert, mit Rosen um die vernagelten Fenster, so wie auf den Steinplatten unter meinen Füßen: ein Ausbruch geometrischer Blüten, überall, jetzt, da ich es weiß. Drinnen werden sie auch sein.

Mir bleibt keine Zeit, um innezuhalten, die Furcht treibt mich an. Mit meiner Schulter drücke ich fest gegen die Doppeltür. Sie ist solide, aber ihre Angeln sind alt, Metall rostet – die rechte Tür gibt ein wenig nach. Nicht allzu viel, aber …

Ich packe den Türknauf und drehe. Sie ist nicht abgeschlossen.

Ein großer Schritt über den Haufen Briefe, ich lasse die Tür hinter mir offen, warte darauf, dass sich meine Augen an das Zwielicht gewöhnen. Die Eingangshalle ist riesig, mit dunklem Holz vertäfelt. Die Luft ist kühl, dieser Hauch, den man in Häusern verspürt, die zu lange leer stehen. Die Umschläge unter meinen Füßen rutschen über den Boden, Jahre von Rundschreiben, von Staub bedeckt. Der Briefträger kommt wohl schon lange nicht mehr. Es riecht nach altem Papier und Schmutz. Diese Stille …

Ich gehe hinein.

Überall gibt es Türen, rechts von mir windet sich eine geschwungene Treppe bis zu einem innen liegenden Balkon. Ich beginne mit der Tür zu meiner Linken, die ein wenig offen steht, mit einem altmodischen Schlüssel noch im Schloss unter der Klinke. Ich erinnere mich, wie Lily mir erzählt hat, dass die Räume einzeln vermietet wurden.

Ein Stoß gegen das dunkle Holz, und ich trete langsam ein.

Ein Flackern in einer Ecke des Raums, ein dunkler Schatten, der sich erhebt …

Adrenalin schießt mir in die Adern. Ich springe zurück, erstarre.

Die Bewegung ebenfalls.

Dann begreife ich es, nehme die Hände von meinem Hals: nur ein Spiegel, in einer Ecke angelehnt, der mich beim vorsichtigen Betreten des Raums zeigte.

Mit tastenden Fingern entdecke ich einen Schalter, betätige ihn. Eine Glühlampe flackert ins Leben, dann gibt es einen elektrischen Schlag, und sie verlischt – durchgebrannt.

Aber ich kann schon besser in der Dunkelheit sehen. Die Möbel sind längst fort, mitgenommen oder verkauft; sogar die Tapete wurde abgezogen. Nur der Stuck an der Decke zeugt vom einstigen Glanz des Hauses. Der lange Riss im Spiegel, der mein Spiegelbild teilt, verrät mir, warum man ihn nicht auch mitgenommen hat. Mein Herz schlägt mir bis zur Kehle, mein Körper verarbeitet noch den Schreck. Ich kann mich nicht selbst belügen: Ich habe Angst.

Im Uhrzeigersinn gehe ich die Räume im Erdgeschoss ab: leere Zimmer; offene Kabel hängen aus den Wänden, wo Telefone oder Lampen entfernt wurden; blasse Rechtecke an den Wänden, wo einst Bilder hingen. Die vernagelten Fenster oben lassen an ihren Rändern dünne Streifen Licht herein, gerade genug, um Dinge zu erkennen. Mir kommt der irre Impuls, die Bretter abzureißen, um frische Luft und Sonnenlicht in die abgestandenen Räume zu lassen. Aber es ist einfach, die Zimmer zu betreten – die Türen stehen offen, die Schlüssel stecken in den Schlössern, wer auch immer das Haus ausgeräumt hat, hat sich nicht die Mühe gemacht, die leeren Zimmer zu verschließen.

Die ehemalige Küche ist hinten im Haus: ausgeweidet, alle Geräte verschwunden, offene Rohre ragen aus den Wänden. Dann gibt es noch einen kleinen Korridor mit mehr Türen. Ich gehe weiter, schneller jetzt, erkunde die Zimmer in diesem Teil des Gebäudes – wohl einst Dienstbotengemächer, klein, eng, schäbig. Es gibt keinen Hinweis, dass hier in den letzten Jahren irgendjemand war, nicht einmal Eindringlinge.

Also gehe ich zurück in die Eingangshalle und atme tief durch, lehne mich an die Vertäfelung. Es dauert einen Augenblick, bis ich erkenne: Auch hier fühle ich sie unter meinen Fingern. Kleine Holzblumen. Die floralen Motive wiederholen sich hier, laufen als Band hüfthoch die Wand entlang, dazu an der Seite der Treppe

So unausweichlich, als sei ich in einem Traum, trete ich auf die unterste Stufe.

39. KAPITEL

Sophie

Alles verändert sich. So lange wollte ich so dringend, dass etwas passiert, aber jetzt ist es so, und es geht zu schnell. Und alles wegen des Anrufs, da bin ich sicher.

Vor etwa einer Woche teilte er mir mit, dass wir diesmal keine Postkarte verschicken würden. Stattdessen würde ich anrufen.

Mein Herz tat einen Sprung. *Es funktioniert, er vertraut mir.* Ich hatte mir solche Mühe gegeben …

Dann sagte er, wir würden erst mal üben. Er würde mir beibringen, was ich sagen solle. »Was?«, blaffte er mich an.

Er hatte wohl die Enttäuschung gesehen, die ich zu verbergen versuchte.

»Denkst du etwa, ich lasse dich eine Botschaft nach draußen senden? Oder ihnen erzählen, was dir gerade in den Sinn kommt?«

Das war so nah an der Wahrheit, dass ich erstarrte.

Aber er wurde ruhig, fast schon vernünftig.

»Sophie, wenn du jemals etwas Dummes oder Gefährliches tust« – ich merkte, dass ich die Luft anhielt –, »weißt du, es wäre nur ein Augenblick für mich. Lange bevor die Polizei hierherkommt. Oder sonst wer.« Er sah mich nicht mal an. »Du verstehst doch, dass ich es tun müsste, für meine eigene Sicherheit. Ich kann niemanden in Gefahr bringen lassen.« Er schaffte es, fast traurig zu klingen. »Nicht mal dich.«

Und dann sagte er mir, was ich zu sagen hatte.

Eines Abends, entschied er, dass jetzt der richtige Zeitpunkt war. Er verschwand kurz und kam mit einem klobigen Handy wieder. Danach ließ er mich erst ein wenig warten, rief selbst jemanden an, beendete das Gespräch.

»Komm her«, befahl er endlich, und ich setzte mich neben ihn aufs Sofa. »Also, wirst du vernünftig sein?«

Ich nickte.

»Egal, was passiert?«

Ich verstand nicht, was er damit meinte.

»Egal, was passiert.«

Er wählte eine Nummer, legte das Telefon zwischen uns und schaltete den Lautsprecher ein.

»Hallo«, sagte die Stimme, dann Rauschen, schließlich: »... Flaschenpost ...«

Ich wiederholte, was ich sagen sollte, wie ein Papagei. Der Empfang war furchtbar schlecht: Dauernd war der Ton weg, vermutlich wegen der dicken Wände. Die Frau war ein wenig älter, klang freundlich. Und ich war so erleichtert, nach all der Zeit einfach nur mal eine andere Stimme als seine zu hören.

»Ich muss schnell sein«, erklärte ich ihr. »Sie müssen ihnen sagen, dass sie sich nicht mehr um ihre Tochter zu sorgen brauchen. Dass sie ... dass es *mir* gut geht ...«

Wieder Unterbrechungen in der Verbindung, dann kam ihre Stimme durch: »Wem? Wem soll ich das sagen?«

»Sie sollen sich keine Sorgen machen, wenn sie dann nicht mehr von mir hören, es schmerzt nur uns alle.« Diesen Teil hasste ich. »Mein Name ist Sophie Harlow«, fügte ich hinzu, als er nickte. »Meine Eltern sind Kate und Mark Harlow. Hallo? Hallo?«

»Sophie?«, fragte die Frau fast gedankenverloren. Dann wirklich ruhig: »Bist du das, Sophie?«

Ein Augenblick der Verwirrung, bevor man etwas versteht, wie eine Figur in einem Cartoon, deren Füße durch die Luft wirbeln, kurz bevor sie von der Klippe stürzt.

Das war nicht unser Plan – ich sah ihn an: keine Spur Überraschung in seiner Miene. Er nickte.

Mir wurde übel.

Natürlich. Selbstverständlich ist sie das. Das hat er die ganze Zeit vorgehabt. Mich mit ihr reden lassen, damit sie denkt, es geht mir gut ...

»Bist du noch da?« Tränen stiegen in meine Augen. Halt dich ans Drehbuch. Ich konnte nicht riskieren, davon abzuweichen. »Bist du noch da?«

In dieser Sekunde traf mich die geballte Angst. *Das ist es. Er verwischt alle Spuren.*

»Ja, ja, ich bin noch dran.« Als ich es sagte, erkannte ich, dass dies mein Hinweis war – meine einzige Chance. Vertrau ihr. Ich gab dieser Phrase jede Unze Gewicht, das ich aufbringen konnte, als hätte ich die Worte in Stein gemeißelt.

Langsam und bewusst erkläre ich: »Ich bin noch da.«

Aber sie antwortete nur: »Ich liebe dich, So.«

Sie klang so traurig. Besiegt. Nicht wie Mum.

Die Leitung wurde still.

»Ich liebe dich, Mo«, wisperte ich. Seine Finger drückten den Knopf des Telefons noch einen Moment, einfach nur um sicherzugehen, dann nahm er es wieder an sich und entfernte den Akku mit geschickten Bewegungen.

Danach erklärte er keineswegs, warum er das so arrangiert hatte – und ich weiß es besser, als ihn danach zu fragen. Aber wenn er sie davon überzeugen will, dass es mir gut geht, sie aber nichts mehr von mir hören wird … was hat er dann als Nächstes vor?

Als er mir das Tagebuch zeigte, erschütterte er mich bis in mein Innerstes. Ich hatte es damals mitgebracht, als ich ging, und niemals mehr hineingeschrieben. Ich konnte ohnehin nicht schreiben, was ich wirklich empfand. Aber er hatte es wohl gefunden und mitgenommen.

Es war ja nicht so, dass ich dem Tagebuch alles anvertraut hatte. *War mit dem Hund spazieren,* solche Sachen, kleine Erinnerungen nur für mich, die niemand sonst verstehen konnte, falls es mal jemand las – *war mit dem Hund spazieren, und er hat mich am Ende der Straße abgeholt*. Und ich hatte recht behalten, denn Mum fand es. Damals war ich so wütend – aus Angst, etwas verraten zu haben. Aber ich war vorsichtig genug gewesen.

Dieses Mal hatte er schon vorher aufgeschrieben, was ich nur noch abschreiben sollte, während er über mir stand und es überprüfte. Ich verstand, während ich schrieb. All diese Sachen, die er mich schreiben ließ, dieser Haufen Lügen, über mich und Danny, wie wir das Baby losgeworden waren ... irgendwer hatte herausgefunden, dass ich schwanger geworden war.

Aber diese bösen Sachen, die ich schrieb, würde die jemand glauben? Sie verbargen mich nur noch mehr, so als würde man Äste auf einen Körper im Wald legen. Ich weiß nicht, warum ich an so schreckliche Bilder denken musste.

Also schrieb ich so langsam wie möglich, versuchte mir was einfallen zu lassen. Dann war ich fertig, blätterte zurück, bevor ich es ihm zurückgab – und sah die erste Seite.

»Aber da fehlt ja mein Name«, protestierte ich.

»Was schlägst du vor, dass wir es mit einem Begleitschreiben an die Polizei schicken?«

»Nein, natürlich nicht«, pflichtete ich ihm bei. »Es ist nur ... wie du immer sagst, die Leute haben mich längst vergessen.«

Auch wenn er nicht zugeben konnte, dass ich im Recht war, blätterte er irritiert darin herum und gab es mir dann wieder. »Schreib Namen und Adresse und so rein. Aber keine Fehler!«

Da tat ich es – ich schrieb meine E-Mail-Adresse hinein, aber es war die falsche.

Hier drinnen hatte ich einfach viel Zeit zum Nachdenken – darüber, was ich tun würde, falls ich jemals die Möglichkeit bekam.

Er hatte mir befohlen, unseren letzten Mailwechsel zu löschen, und ich hatte es getan. Aber direkt davor hatte ich auf

»Weiterleiten« geklickt und alles in meinen Entwürfen gespeichert. Warum, kann ich wirklich nicht sagen. Er war so gründlich. Eventuell hatte mir die Endgültigkeit des Ganzen Angst eingejagt.

Damit würde ich nichts anfangen. Aber in der Nacht konnte ich nicht schlafen. Ich blieb auf, leise in meinem Zimmer, machte nur Unsinn. Bloß nicht darüber nachdenken, was ich vorhatte. Alles war vorbereitet. Fast alles, fiel mir ein, und ich schaltete den Computer ein.

Eigentlich wollte ich den Entwurf löschen. Aber ich tat es nicht, nicht richtig jedenfalls. Stattdessen eröffnete ich ein neues E-Mail-Konto, aus einem Impuls heraus, um alles darin zu verstecken. Es war weniger ein Plan als vielmehr … ein Souvenir. Ich glaube, ich wollte einfach eine Spur hinterlassen, auch wenn sie nur für mich selbst war. Der Beweis, dass das alles wirklich geschah.

Natürlich musste ich Antworten auf die Sicherheitsfragen finden. Nun, er kannte meine Antworten. Also richtete ich sie so ein, als wären es die Antworten von Mum. Ich redete mir ein, dass es ein kleiner Seitenhieb sei. Noch immer war ich wegen des Tagebuchs sauer. Aber vielleicht wusste ein Teil von mir einfach: Du kannst deiner Mum vertrauen.

Sogar noch als ich ihm das Tagebuch wieder aushändigte, spürte ich, wie dieses Grau über mich kam. *Wem mache ich da was vor? Niemand wird das sehen.* Nicht zum ersten Mal wollte ich nur in der Zeit zurückreisen und mich selbst schütteln, mir ins Gesicht brüllen.

Das war alles so schrecklich, so komplett jenseits meiner Kräfte. Aber vielleicht … nur vielleicht …

Falls mich jemand finden kann, dann sie.

40. KAPITEL

Kate

Die Treppe macht einen langen Schwung bis zum offenen Absatz oben, unter hohen Bleiglasfenstern durch, die ebenfalls mit Brettern vernagelt sind. Einst war das wohl ein teurer Teppich, aber jetzt ist der dicke Stoff abgetragen und löchrig. Hier im ersten Stock hat irgendjemand die Vertäfelung hell gestrichen in einem fehlgeleiteten Versuch, die Räume aufzuhellen. Aber es sind die Badezimmer, die mehr als alles andere alt wirken, sogar im Vergleich zum klassischen Mauerwerk: Da ist eines so aus den Achtzigern, in Avocadofarbe, mit Rost unter den Hähnen.

Vom Absatz aus, der über der Eingangshalle thront, führen mehr sich windende Korridore zu weiteren heruntergekommenen Räumen, in denen der Unrat der vorherigen Bewohner verstreut liegt: ein schräger Klapptisch. Eine alte Sonnenliege, die sicher nicht für drinnen gedacht war. Stapel von Magazinen, *National Geographic*. Ich hebe eins hoch und schlage es auf, worauf ein kleines Insekt hervorkrabbelt. Schnell lasse ich es wieder fallen. Silberfischchen.

Danach gehe ich vorsichtig durch halb offene Türen weiter, da ich nichts mehr berühren will. Ich weiß nicht, warum leere Häuser so verdrecken – dicke graue Staubklumpen liegen in den Ecken.

Fast bin ich durch. Den Großteil des Hauses habe ich schnell angesehen und will schon wieder runtergehen, für einen letzten Blick, als ich eine Tür entdecke, die mir in einer Ecke entgangen ist. Aber der alte Eisenschlüssel lässt sich gut drehen, und die Tür führt zu einer schmalen Treppe mit niedriger Decke, die ich gleich emporsteige.

Jetzt bin ich wohl unter dem Dach, in einem kleinen Flur unter schrägen Wänden. Ich erkunde alles: Hier sind die Räume kleiner, mit seltsamen Proportionen. Dienstbotenräume vielleicht? Nein, erkenne ich, sie sind zu hübsch. Die Außenwände, noch original, sind mit dem gleichen Holz vertäfelt und mit Rosen dekoriert, wie die Präsentationsräume unten. Vielleicht waren das Kinderzimmer oder der Rückzugsort für die Dame des Hauses, in den man Zwischenwände eingezogen hat. Meine Schritte kratzen über den fadenscheinigen Teppich, als ich am Ende des Flurs ankomme.

Ich stehe vor der allerletzten Tür. Sie ist auch verschlossen, aber der Schlüssel steckt.

Durch den Schlitz unter der Tür scheint Licht hindurch, und es gibt einen Riegel oben und noch einen weiter unten.

Massive Stahlriegel, wie ich feststelle. Mit denen man die Tür nur von außen verschließen kann.

Die Härchen auf meinen Armen stellen sich auf. Gänsehaut, bemerke ich geistesabwesend.

Ich bücke mich zum unteren Riegel, dann schiebe ich den oberen zurück. Drehe den Schlüssel und spüre, wie sich das Schloss bewegt.

Ich öffne die Tür.

Schon ein Blick genügt: Der Raum ist leer. Jetzt sehe ich auch, warum es hier heller ist, noch bevor ich das Licht einschalte. Die neueren Zwischenwände haben die ursprünglichen Fenster des Dachgeschosses verdeckt, weshalb hier ein modernes Dachfenster eingebaut wurde. Man sieht den Himmel hindurch, ein violettes Rechteck. Man hat sich keine Mühe gemacht, es zu vernageln – ich gehe davon aus, dass niemand über das Dach einsteigen würde.

Sorgfältig sehe ich mich um, aber meine letzte Hoffnung schwindet.

Unter den Dachvorsprüngen winden sich die Rosen über die Vertäfelung. Hinter einer Tür am Ende des Raums finde ich eine Toilette samt Waschbecken; altmodisch in Schwarz und Weiß mit einer Kettenspülung. Vielleicht wurde das installiert, als sie hier einen Ort für die Kinder geschaffen haben, ein Spielzimmer oder so. Aber das war es dann.

Damit bin ich durchs ganze Haus.

Hier ist gar nichts.

Wahnvorstellungen, flüstert eine Stimme in meinem Kopf. *Paranoid.*

Sie ist nicht hier.

Inzwischen habe ich überall gesucht. Dieses Haus ist mir unheimlich. Kein Wunder bei seiner traurigen Geschichte. Vielleicht haben Nancy und ihre Schwester hier oben gespielt. Aber Sophie ist nicht hier.

Ich gehe zum Fenster, blicke hoch: Dicke Regentropfen fallen herab, einer nach dem anderen. Regen, endlich. Natürlich ist sie nicht hier. Was dachte ich denn: dass sie sich nur hinter irgendeiner Tür versteckt? Also glaubte ich, sie wolle mir sagen, dass alles mit Nancy zu tun hatte. Oder mit Nancys Haus. Dass es bedeutete, sie wäre wirklich hier. Sie meinte wohl was anderes, und ich habe sie falsch verstanden.

Jetzt ist es an der Zeit, nach Hause zu gehen. Der Wahrheit ins Auge zu blicken. Sophie ist weggegangen. Ich muss mit meiner Familie reden, vielleicht kann Dad – wenn ich die Polizei dazu bringe … Erschöpfung überwältigt mich. Ich weiß nicht, was ich tun soll. Ich versage. Sie hinterlässt mir diese Botschaften, und ich versage. Müde gehe ich zur Treppe.

Ich beginne, die Tür hinter mir zu schließen, so, wie ich sie vorgefunden habe.

Der Schmerz ist wie ein Biss. Ich reiße meine Hand weg – ein Splitter.

»Au!«

Im grauen Licht quillt ein Tropfen dunkler Flüssigkeit aus meiner Fingerspitze. Ich schiebe ihn instinktiv in den Mund, und weil ich neugierig bin, wo ich mir den Splitter eingefangen habe, schließe ich die Tür ein wenig.

Jemand hat vergessen, sie abzuhängen. Das ist mein erster Gedanke, als ich all die Zeichnungen sehe, die hinten an die Tür gepinnt sind.

Es müssen Dutzende Papierbogen sein, mit Reißzwecken befestigt oder mit Klebeband, und alle voll mit Buntstiftmalereien – Blau, Grün, Purpur, Gelb. Auf einem Bogen ist eine wacklige rote Spirale – eine Schnecke? Oder es war einfach nur eine lustige Form, wenn man kleine Finger und einen bunten Stift hat. Auf einem anderen ein Regenbogen-Fleck. Wer das auch immer gemalt hat, kann noch keine Strichmännchen – und es gibt keine Bäume oder Blumen oder Tiere. Aber irgendwer hat sich trotzdem die Mühe gemacht, sie alle zu sammeln. Genau wie ich mit Sophies ersten Malversuchen.

Ein weiteres Bild fängt meinen Blick ein, und ich gehe näher heran, um mir die großen Schneidezähne und die Cartoon-Augen anzusehen – ein Häschen, zum Ausmalen, von einem Erwachsenen mit geübter Hand mit Bleistift gezeichnet. Buntes Gekritzel zieht sich über die klaren Linien. Die Künstlerin hat ihre Initialen in die Ecke geschrieben – SH für Sophie Harlow, wie sie es immer getan hat –, aber ich habe ihren lockeren, selbstsicheren Stil längst erkannt.

Beinahe hätte ich sie übersehen. Es wäre einfach gewesen, so, wie die Tür offen stand. Man konnte sicher vergessen, dass die Bilder da hingen, wenn man den Raum ausräumte. Vielleicht ein wenig gehetzt, warum auch immer. Man konnte vergessen, auch hinter die Tür zu sehen, die flach an der Wand stand. Man konnte einfach daran vorbei hinausgehen, wenn einem andere Dinge im Kopf herumgingen.

Wie er es tat. Er hat sie vergessen. Er hat vergessen, sie mitzunehmen.

Nun knie ich auf dem Boden. Meine Beine waren zu schwach, registriert ein Teil meines Hirns, während ich beide Hände Richtung Tür ausstrecke. Das ist es. Sophie. Ich weiß es. Hier ist sie.

Mein wunderschönes Mädchen. *Und ihr Baby.*

41. KAPITEL

Sophie

Was ich in den Abschiedsbrief schrieb, war keine Lüge. Ausreißen. Weglaufen. Ich mag das nicht. Es klingt feige, als könnte ich mich nicht den Konsequenzen stellen. Ich glaubte, etwas Mutiges zu tun. Aber wem mache ich was vor?

Ich brachte Holly dazu, den Schwangerschaftstest mit mir gemeinsam zu machen. Im letzten Moment brachte mich irgendein Instinkt dazu, allein ins Badezimmer zu gehen. Ich weiß wirklich nicht, wieso. Sie lief ohne Oberteil herum, ließ die Tür zum Plaudern offen, wenn sie aufs Klo ging, aber ich war anders. Und er hatte mich immer gewarnt, dass wir vorsichtig sein sollten, dass es unser Geheimnis bleiben musste.

Also glaubte sie mir. Irgendwie gelang es mir, mit einem Lächeln auf dem Gesicht herauszukommen.

»Negativ«, stellte ich fest, dann nahm ich einen tiefen Atemzug. Ich wickelte den Test in Toilettenpapier und steckte ihn heimlich in meine Tasche. Ich konnte ihn nicht im Haus lassen.

Noch immer weiß ich nicht, wie mir die Packung entgehen konnte. Ich war wohl zu aufgeregt. Holly nahm die Schuld auf sich. Sie war eine gute Freundin. Jetzt wünsche ich mir, ich könnte mit ihr reden. Aber ich spürte, dass er wissen würde, was zu tun war. Er war immer so fähig in allem.

Ich weiß noch, wie ich es ihm erzählte. Mum und Dad sagte ich, dass ich mit dem Hund spazieren gehen wollte, dann verschwand ich zum Ende der Straße. Sie glaubten mir alles. Ich lief zu seinem Wagen, der Regen strömte herab, ich schob King auf den Rücksitz und stieg vorne ein, während mein Herz wie wild schlug.

Danach war er so ruhig.

»Weil sie nicht ganz sicher sind«, erklärte ich. »Sie können reißen, habe ich gelesen, ohne dass man es merkt …«

Meine Stimme versagte. Natürlich wusste er das. Aber ich musste diese Stille füllen.

»Ich weiß. Keine Sorge, es ist alles gut.«

Ich war so erleichtert. Er schien nicht mal sonderlich überrascht zu sein.

Und ich sagte ihm, dass ich es behalten wollte. Ich sprach das Wort – Abtreibung – nicht aus. Es konnte den Gedanken realer machen, ihn als einzigen Weg erscheinen lassen.

»Bald werde ich sechzehn«, wiederholte ich immer wieder, während er nach vorne starrte. »Es ist okay. Wir werden klarkommen.«

Wir verbrachten so viel Zeit in dem Auto. Es gab sonst nicht viele sichere Plätze für uns.

Als er sich mir zuwandte, blieb sein Gesicht im Schatten. »Nein.« Er schüttelte den Kopf. »Du verstehst das nicht. Du warst da fünfzehn. Und das wird man herausfinden.«

Für einen Moment war es seltsam – als würde ich ihn gar nicht richtig kennen. Er wirkte so weit weg. Ich konnte nicht sagen, was er dachte.

Dann streckte ich den Arm aus, berührte ihn sanft an der Schulter. »Lass uns verschwinden«, schlug ich vor. »So wie wir es uns vorgestellt haben.«

Es war, als sei damit der Zauber gebannt.

»Das würdest du für mich tun?«, kam seine Stimme aus der Finsternis.

Ich wünschte, ich könne sein Gesicht sehen.

»Ja.« Es gab keine Zweifel. »Für dich.«

Ich wollte ihn nicht verlieren.

»Lass mich nachdenken«, bat er mich, aber er klang dabei zufrieden, schon spekulierend. Er beugte sich vor, um mich zu küssen, doch seine Augen blieben im Schatten. Dunkel mit Gefühlen, dachte ich. Es war so romantisch, wie wichtig ich ihm war. Die Sachen, die er sagte, so liebevoll und überraschend. *Ich kann nicht ohne dich sein. Ich tue, was nötig ist. Ich lasse dich nicht gehen.*

Und heute? Heute weiß ich es besser – er erinnert mich an etwas anderes. Seit ich es einmal gedacht hatte, bekam ich es nicht mehr aus meinem Kopf. Es war eine Naturdoku, die ich auf Granpas Fernseher geschaut hatte, als ich noch klein war, weshalb ich mich erschreckt hatte, als der große Fisch an der Kamera vorbeizog. Daran erinnert er mich, so seltsam das auch klingt. Er hat die Augen eines Hais. Lebendig und gleichzeitig doch tot.

Mich überfiel die Panik. Mein Bauch war noch flach, aber irgendwie auch hart dabei. Wenn ich allein im Bett lag, drückte ich meine Hand dagegen, spürte, wie fest er war. Schließlich erschien mir sein Vorschlag … nicht nur wie die beste Möglichkeit, sondern wie die einzige. Es wäre viel weniger aufwühlend, wenn sie nur nach mir suchten, erklärte er mir. Dann konnten wir alles zu unserer Zeit erklären – wenn wir bereit dazu waren.

»Wir müssen in ein Krankenhaus«, sagte ich oft.

Wir könnten das Land verlassen, schlug er vor, als wir unsere Pläne schmiedeten – alles wird gut. »Mach dir darüber keine Gedanken. Ich habe alles unter Kontrolle. Vertraust du mir nicht?«

Nie wusste ich genau, was ich darauf antworten sollte. Also versuchte ich, mir keine Sorgen zu machen, als ich erst mal hier drinnen war. Ich aß all das Grünzeug, das er mir brachte. Ich las die Bücher, die er mir gab. Mein Bauch fühlte sich an wie ein Fremdkörper, riesig und geschwollen und mit blauen Adern. Selbst da noch konnte ich es nicht ganz annehmen. Es war wie ein Traum.

Als es begann, an diesem kühlen Herbstabend, als die Schmerzen wirklich schlimm wurden, war er da. Damals sah er noch dauernd nach mir. Er leitete mich durch das Atmen und den ganzen Rest.

»Wir müssen los«, flehte ich, auch wenn ich wusste, dass ich ruhig bleiben musste. »Bald.«

»Noch nicht.«

»Bald.«

Irgendwann, als aus dem Tag Nacht wurde, verstand ich – ich würde nirgendwo hingehen, nicht jetzt. Ich glaube, das habe ich ausgesprochen. Da war alles schon so verschwommen. Vielleicht ahnte ein Teil von mir das bereits immer, derjenige, den ich tief vergraben hatte.

»Mach weiter so«, wiederholte er wieder und wieder. Ich wollte seine Hand nicht halten.

Es war gut. Ich stand es durch. Er verabreichte mir etwas gegen die Schmerzen. Weit weg hörte ich jemanden flüstern und verstand, dass ich es selbst war. Dann habe ich wohl geschlafen.

Irgendwann wachte ich auf. Es war wieder hell. Er war nicht da. Das Baby schlief in einer Wiege neben der Matratze. Vorsichtig auf einen Arm gestützt, betrachtete ich es, die kleinen Fäuste, die winzigen Wimpern. Ich streichelte es mit einem Finger. Seine Haut war so unglaublich weich. Langsam und sanft nahm ich ihn auf den Arm.

Er sagte mir, ich könne mir den Namen aussuchen. Allerdings wusste ich, dass er keine Familiennamen mochte: Mark wie mein Dad, oder Harlow. Aber mit einem Mal wusste ich es einfach: diese Knopfaugen, und so kuschlig: Teddy.

»Weißt du, das ist das Gute daran, so jung ein Baby zu haben«, erklärte er mir, als er wiederkam, »du wirst dich schnell erholen.«

Ich antwortete nicht. Es fühlte sich alles so … anders an. Er hatte gesagt, wir würden ins Krankenhaus fahren. Das hatte er versprochen.

Du hast gelogen, musste ich immer wieder denken, wenn ich ihn ansah – *du hast mich angelogen* –, die große Gestalt am Fußende der Matratze, wie er die Handtücher und den Rest aufräumte. *Wer bist du? Mit wem habe ich es zu tun?*

Dann sah ich runter. Kleine Seestern-Hände, dunkle Augen. Auch wenn ich wusste, dass das Baby noch nicht wirklich etwas erkennen konnte, war es, als ob es mich anstarrte. Also drückte ich ihn an mich und sog seinen Säuglingsduft ein. Und da empfand ich es zum ersten Mal. Ganz still, nichts, was man von außen bemerken konnte. Ich wusste, dass *er* es nicht konnte. Aber meine ganze Welt verschob sich. *Du kommst jetzt zuerst, kleiner Teddy.*

Mit einem Mal war es vorbei, das spürte ich. Eine Welle purer Angst. So stark, dass es mir den Atem verschlug. Später verstand ich nicht, was über mich gekommen war, nach allem, was ich überstanden hatte, aber jetzt weiß ich es.

Ein Teil von mir verstand, was ich mir damals nicht ganz eingestehen konnte: was ich jetzt alles zu verlieren hatte.

Es gab nur einen Moment, in dem ich es vergaß, nur eine Sekunde lang. Dieser Morgen, nachdem er mich gewürgt hatte, als ich zur Tür sprang, schon beinahe draußen war – und dann diesen kleinen Schrei aus der Ecke hörte. Das war der Moment, als ich erstarrte, betäubt davon, dass ich ihn vergessen konnte. *Teddy …*

Dann war sein ganzes Gewicht auf mir, und ich hatte meine Chance vertan. Aber in Wirklichkeit hatte ich nie eine gehabt. Ohne das Baby konnte ich nicht gehen. Und jetzt kann ich nichts tun, was ihn gefährden könnte.

Ich war nicht die Einzige, die sich nach dem Baby veränderte. Selbst als er dafür sorgte, dass ich die Wiege in die Ecke stellte, weg von der Matratze, konnten wir Teddy weinen hören, wenn er Hunger hatte, also hörte er damit auf, hier zu übernachten, und kam seltener. Am Tag schlief ich viel, wie Teddy. Es ärgerte ihn, wenn er mich schlafend vorfand.

Aber es war noch mehr. Einmal hatte ich gerade das Baby gefüttert. Er war gereizt, weil ich nicht aufgestanden war, um ihn zu begrüßen.

»Musst du ihn die ganze Zeit im Arm halten?«, fragte er schroff. »Du verziehst ihn.«

»Ich verziehe ihn? Aber er ist doch nur ein kleines Baby«, erwiderte ich und kuschelte Teddy an mich.

Dieser Blick, den er mir zuwarf – so kalkulierend, als habe er gerade etwas verstanden.

Also spielte ich das herunter, was ich immer noch mache, wenn er da ist – wie sehr ich das Baby liebe, seine lachenden braunen Augen kleine Halbmonde über den properen Wangen. Jetzt, da er größer ist, kommt er schwankend zu mir herübergekrochen, legt seine pummeligen kleinen Arme um meinen Hals und gibt mir ungeschickt Küsschen. Wenn er da ist, muss ich das ignorieren. Weil er uns beobachtet.

Eigentlich ist es lächerlich. Man könnte fast lachen. Aber das mache ich nicht.

Wenn ich darüber nachdenke, fällt es mir schwer, nicht in Panik zu verfallen. Vor allem, wenn er unsere Abläufe ändert.

Es geschah diesen Winter, mein zweiter hier. Teddy und ich wachten auf, sahen Eis innen am Fenster und wussten, die Dunkelheit würde früh kommen. Teddy war so bleich. Ich tat mein Bestes, sorgte dafür, dass er im Lichtschein des Fensters spielte, aber es reichte nicht. Auch wenn er jetzt älter war als ein Jahr, wusste ich nicht, ob er so groß war, wie er sein sollte.

Also versuchte ich, das Thema so sanft wie möglich aufzubringen.

Ich mache mir Sorgen, erklärte ich ihm. Es ist nicht gesund, wenn ein kleiner Junge immer nur drinnen ist. Dein Junge. Dein Sohn.

Draußen hatte es immer gewirkt, als wollte er ihn unbedingt, aber hier drin beschäftigte er sich nie mit ihm. Vielleicht lag es daran, dass er mit Babys nichts anfangen konnte, dachte ich. Oder dass es nur ein Weg gewesen war, mich hierherzubekommen, ging mir später durch den Kopf.

Danach war er so vorsichtig, damit es nicht noch einmal passieren konnte.

Aber danach fing er an, Teddy mehr Aufmerksamkeit zu schenken, wenn er plapperte und krabbelte.

Eines Abends sagte er: »Ich habe über Teddy nachgedacht.«

Ich lag mit dem Rücken zu ihm an der Kante der Matratze. Ich glaube, es war eines der letzten Male, dass wir miteinander geschlafen hatten. Es tut mir nicht leid. Ich hatte schon mal überlegt: Vielleicht werde ich ihm zu alt. Aber das schiebe ich noch von mir weg. Bis ich hier raus bin.

»Oh?«

Er lehnte sich zu mir und legte mir einen schweren Arm auf die Hüfte. »Er ist jetzt ein großer Junge und wird immer größer.«

»Ja«, stimmte ich zu. »Du hast so recht. Er wächst und braucht frische Luft und Sonnenschein …«

»Deshalb«, unterbrach er mich, »werde ich ihn mitnehmen, wenn ich gehe.«

Mein Körper wurde ganz steif.

»Du … du willst ihn mitnehmen?«

»Ist es nicht das, was du wolltest?« Er sprach es so gelassen aus. »Frische Luft, eine Pause für dich.«

Und er tat es tatsächlich, während ich mit rasendem Puls unter der Decke kauerte. Er weckte Teddy, den schläfrigen, verwirrten Teddy, und nahm ihn mit nach draußen, mitten in der Nacht. Lange waren sie nicht fort, dieses Mal, während ich durch den Raum tigerte, bis sie mit einem kalten Windzug zurückkamen. Teddys Wangen waren kühl.

Er erzählte mir nicht viel darüber, was sie gemacht hatten: »Wir waren draußen. Er mag wohl Pflanzen.«

Natürlich konnte Teddy nichts berichten, auch wenn es ihm gut zu gehen schien. Nach einer Weile genoss er die Ausflüge wohl sogar.

So hatten wir den Anruf organisiert. Er nahm Teddy mit raus, gab ihm ein Stück Schokolade, um ihn ruhig zu halten. Nach ein paar Minuten kam er ohne wieder. Meine Angst las er sofort.

»Keine Sorge, du bekommst ihn zurück.«

Die Worte hingen unausgesprochen zwischen uns: *Solange du genau das tust, was ich dir sage.*

Aber ich kann nicht länger über die Vergangenheit grübeln. Trotz der Hitze ahne ich, dass sich der Sommer seinem Ende nähert: Es wird früher dunkel, die Schatten auf dem Boden werden immer länger. Ich glaube nicht, dass ich hier noch einen Winter ertragen kann, aber als er mir sagte, dass ich das nicht müsse, fühlte ich nichts außer Angst.

»Wir verschwinden bald von hier.« Er hatte mir den Rücken zugedreht, sodass ich sein Gesicht nicht sehen konnte. »Und?«, fragte er, als er sich mir zuwandte. »Freut dich das nicht? Ist es nicht das, was du immer wolltest?«

»Natürlich.« Ich stehe auf, zwinge Begeisterung in meine Stimme. »Das ist wunderbar. Wohin denn?«

Er schüttelte den Kopf, wobei er sich den Raum genau ansah.

»Du wirst es lieben.«

Da ist so eine neue Aura um ihn herum – fast schon Vorfreude. Er ist fröhlich, beinahe heiter.

Jetzt hat er mich allein gelassen, damit ich meine Sachen zusammenpacken kann. Es gibt nicht viel, nur ein paar Kleidungsstücke und Hygieneartikel. Ich brauche nur ein wenig Zeit, um innezuhalten und mich darauf zu konzentrieren, was ich tun muss, aber es ist alles so gehetzt.

Das ist gut für mich, endlich. Oder es ist sehr schlecht.

Aber ich rede mir ein, dass es positiv ist, dass wir gehen. Ich war so brav, oder zumindest denkt er das wohl. Ich muss nur weiter warten und aufpassen, bis meine Chance kommt.

Aber dann kommen die Gedanken zurück.

Er hat genug von dir. Er könnte dich loswerden wollen.

Die Härchen auf meinen Armen stellen sich auf.

Nein, sei nicht albern, du stehst auch das durch.

So wie ich bislang alles andere überstanden habe.

Dennoch kann ich meine Gedanken nicht aufhalten, frage mich, was das alles bedeutet. Wie er Teddy von mir fernhält, das Baby an sich gewöhnt. Mir das letzte bisschen Kontakt mit meiner Familie nimmt, mich dazu bringt, ihn zu beenden. Dieses Verwischen von Spuren. Diese plötzliche Eile, hier alles leer zu räumen.

Ich wüsste nicht, was es sonst bedeuten könnte.

Dass er etwas tun wird. Dass mich niemand jemals finden wird.

Dass dies das Ende für mich sein wird.

Teil 3

42. KAPITEL

Kate

Hier war sie. Hier waren sie beide. Und ich bin zu spät. *Ich habe sie verloren. Ich habe versagt. Und jetzt habe ich sie wieder verloren, für immer.* Die Gedanken kreisen ohne Unterlass durch mein Hirn, während ich wieder runtergehe. Es regnet jetzt richtig, die Tropfen prallen mit der geballten Energie eines Sommergewitters auf den Boden. Ich bleibe in der Eingangshalle, geschützt. Noch immer habe ich das Bild in der Hand, Sophies Zeichnung, die Ausmalversuche des Kinds. Mein Gesicht ist taub. Trüb frage ich mich, ob ich mich im Schock befinde. Aber ich muss weiter. Ich ziehe mein Handy hervor, um anzurufen. Wen? Dad. Nein. Charlotte. Nein, die Polizei. Ich muss ... Beweise. Ich hätte nichts anfassen sollen. Aber dann sehe ich, dass ich eine SMS bekommen habe.

> Hallo! Haben Sie es? Sagen Sie mir, was Sie denken. Was für ein Fund! Vicky x

Nach einem Moment fällt es mir ein: Vicky, die Schwester des Bibliothekars. Wovon redet sie? Wie auf Autopilot öffne ich meine E-Mails und scrolle runter; nichts zu sehen. Also schaue ich in den Ordner für Spam, warte, bis er lädt – und da ist sie, ihre E-Mail von gestern Abend.

Hey Kate,
das raten Sie nie! Nach unserem Gespräch dachte ich mir: Vielleicht habe ich es noch. Also bin ich zu meiner Mum, und raten Sie! Ich habe es gefunden! Es war wegen der Jubiläumsfeier, wir mussten alle raus auf den Sportplatz. Letzte Reihe – neben Nancy. Ich sagte doch, er war ein echter Kerl. Vx

Jay. Es fühlt sich an wie eine Ewigkeit: Sie wollte irgendwie seinen Nachnamen herausfinden. Ich bin wie ein Schwimmer, der vom Boden des Beckens auftaucht – zurück in die Wirklichkeit. Aber ein Teil von mir ist immer noch da oben in dem Raum. Er war so klein. Nur dieses winzige Dachfenster.

Ich klicke auf den Anhang. Mein Telefon friert ein, der rotierende Kreis sagt mir, dass es langsam lädt: verschwommene schwarze und weiße Schemen. Vicky hat das Bild wohl mit ihrem Handy abfotografiert – es lädt auf die Seite gekippt, scheint mir – Reihen deuten … was an? Ich drehe mein Telefon hin und her, bis es Sinn ergibt.

Ja, so herum ist es richtig, jetzt erscheinen auch Details. Teil eines Schulfotos. Sie hat sich nicht die Mühe gemacht, alles aufs Bild zu bekommen, nur einen Teil der Schülerschaft; vielleicht drei Dutzend kleine Figuren, aufgestellt in vier Reihen, dahinter grüne Wiese.

Die Gesichter sind winzig, kaum mehr als Flecken über dem Blau der Uniformen. Ich ziehe am Bild, um auf die hinterste Reihe zu zoomen, aber es wird zu groß – lediglich ein Gesicht füllt den Bildschirm aus.

Nancy. Lächelnd, die Schultern nach hinten geschoben.

Ich frage mich, ob es der gleiche Tag ist, an dem sie das Porträt aufgenommen haben, das in der Zeitung gelandet ist, denn ihr Haar ist genauso zusammengebunden. Ich sehe es mir genau an, suche nach Hinweisen, Spuren von dem, was mit ihr geschehen ist, aber natürlich gibt es kein Zeichen – nichts, was schreit: »Das ist das Mädchen!« Sie ist ein hübsches Mädchen, nicht mehr, nicht weniger, und so jung …

Vorsichtig ziehe ich das Bild nach rechts, nur eine Stelle, und warte, bis mein Telefon den Jungen präsentiert.

Ein Mopp dunklen Haars, helle Haut, schläfrige Augen. Er sieht jünger aus, als ich erwartet habe.

Vermutlich habe ich ihn mir immer etwas älter als mich selbst vorgestellt, ebenso gealtert. Aber damals war er natürlich ein Teenager, gerade mal sechzehn.

Da ist er. Jay.

Nein, das kann nicht sein.

Ich scrolle runter zu der Stelle, wo die Namen aufgelistet sind. Es ist fast unmöglich, sie zu lesen, sie sind nicht scharf, und das glänzende Fotopapier hat die Kamera geblendet, ein heller Streifen direkt über den Buchstaben. Ich lese quer, um den richtigen Namen zu finden … Billingsley, E – ich kneife die Augen zusammen –, Elisabeth. Curran, Helena. Mein Blick wandert weiter: Kerrigan, Nancy, da ist sie. Und neben ihr, Nicholls … ich vergrößere noch mehr, versuche, die verschwommenen Buchstaben zu lesen. Nicholls, Benjamin.

Da ist er, rechts neben Nancy, am Ende der Reihe. Benjamin Nicholls.

Ich denke: Sie vertut sich. Vicky hat sich vertan. Das ist nicht Jay.

Dann: Es ist lange her, kein Wunder, dass sie da was verwechselt hat, nach all den Jahren. Und ich weiß ja schon, dass Nicholls hier aufgewachsen ist, nicht wahr? DI Ben Nicholls, Ehemaliger, der immer noch zur Schule kommt, wie mir Maureen, die Sekretärin, so stolz mitgeteilt hat.

Gleichzeitig rechnet ein anderer Teil meines Hirns alles aus. Jay war damals wie alt? Sechzehn? Sechsundzwanzig Jahre später, dann wäre er ... Anfang vierzig? Wie ich. Wie Nicholls. Also konnte es durchaus sein, dass sie im selben Jahrgang waren. Vielleicht sogar befreundet.

Wieder scrolle ich hoch, meine verschwitzten Finger hinterlassen Spuren auf dem Glas. Ich ziehe am Bild, bis sein Gesicht alles ausfüllt, grobkörnig bei der Vergrößerung.

Kinn gereckt, selbstbewusst, starrt er mich durch die Jahrzehnte an. Jetzt kann ich die Ähnlichkeit mit dem Mann, den ich kenne, deutlich sehen. Dieses dichte Haar, alle Jungs hatten damals diese Frisur. Jetzt hat er einen professionellen Kurzhaarschnitt. Er ist älter geworden – sein Gesicht ist natürlich von mehr Falten durchzogen. Wie lange ist das noch mal her, über fünfundzwanzig Jahre? Das macht die Zeit mit einem.

Und dann endlich fallen meine Gedanken zusammen, ergeben eine Art Sinn.

Jetzt gibt es überhaupt keinen Zweifel mehr.

DI Nicholls. Benjamin Nicholls. Benji.

Jay.

Okay, keine Panik. Denk nach.

Das ist unmöglich. Nicht ausgerechnet ein Polizist.

Jemand, der von einer alten Tragödie betroffen war, könnte sicher entscheiden, neu anzufangen, einen alten Namen abzulegen. Und es gab keinen Grund für ihn, mir von seiner Vergangenheit zu berichten, von einem vermissten Mädchen vor fast dreißig Jahren.

Aber jetzt gehen mir unzusammenhängende Bilder durch den Kopf. Maureen, in der Schule: »Er hält Vorträge für die Schüler ... er ist besonders bei den Mädchen sehr beliebt.«

Nicholls, bei unseren ersten Treffen: *»Ich bin auf dem Laufenden, was den Fall angeht, ich habe die Akte schon gelesen.«*

Und doch, gleich von Anfang an, irgendwie ... seltsam. Unzufrieden damit, dass ich zu involviert bin.

Und dann, wie er mir von den seltsamen Anrufen erzählte, aus der Umgebung meines Hauses, die mich verrückt wirken ließen. Weiß sonst jemand von ihnen? Gab es die wirklich?

Sagen wir mal, er hat Sophie an der Schule gesehen. Hat das, Nancys Ebenbild zu entdecken, etwas in ihm losgetreten, eine alte Obsession angefeuert? Er sah eine Gelegenheit ... um was zu tun? Die Vergangenheit zu wiederholen?

Und dazu der Anruf, als ich ihm berichtete, was Holly mir über den Schwangerschaftstest gesagt hatte, wie er mich warnte: *»Aber ich würde Sie bitten, keine Ermittlungen auf eigene Faust anzustellen. Das ist selten ... hilfreich.«*

Es war eine deutliche Warnung.

Und ich habe ihn hier getroffen. Der dunkle Schemen vor dem Sonnenlicht, als ich ihn hier sah, direkt hier, am Haus.

»Dennoch würde ich Ihnen raten, nicht auf eigene Faust nach Eindringlingen zu suchen.«

Meine Verwunderung darüber, seinen Wagen nicht gesehen zu haben.

»Man kann da hinten am Weg parken.« Er weist an Parklands vorbei. »Es gibt einen kleinen Pfad, der bis zur Straße führt.«

Mein Magen rebelliert. Losgelöst von allem frage ich mich, ob ich mich wohl übergeben muss. Mein Fokus lag so darauf, hier entdeckt worden zu sein. Er hat behauptet, das Haus überprüft zu haben. Hat er? Oder war er das die Nacht zuvor in meinem Garten, wie er nach mir sah? Neugierig vielleicht. Bevor er zurückging – zurück zu Parklands. Zurück zu Sophie. Ein Polizist hatte keine Probleme zu erklären, was er bei einem leeren Haus machte. Und er wüsste, wie man hineinkommt.

Ich bin so in meinen Gedanken verloren, dass ich wie angewurzelt dort stehe. Deshalb höre ich wohl nicht das Geräusch, so leise, einfach nur sanfte Schritte auf der Veranda. Das Licht verändert sich, der bleiche Schein in die Halle wird dunkler, während ich auf das Display in meiner Hand starre.

Ich blicke auf.

Der Schemen in der Tür blockiert das Licht.

43. KAPITEL

Mein Geist wird ganz leer. Ich trete einen Schritt zurück, sehe mich nach Fluchtwegen um.

Und dann passen sich meine Augen der Dunkelheit an, und ich erkenne: Es ist nur Dr. Heath – Nick –, der sich neugierig umsieht.

»Oh, Gott sei Dank! Ich dachte …«

Meine Knie sind schwach, wie Wasser.

Er wirkt beschämt, hat die kleine Notiz, die ich an meiner Haustür gelassen habe, in der Hand.

»Oh, es tut mir leid, falls ich störe. Ich hatte deinen Zettel am Haus gesehen – wir können einen anderen Termin ausmachen, wenn es gerade schlecht ist …«

Unpassenderweise verspüre ich den Drang zu lachen, ein Reflex der Erleichterung nach dem Schrecken.

»Die Nachricht ist für meine Schwester.« Ich wollte nur nicht, dass sie sich noch mehr Sorgen machte, wenn ich nicht sofort ans Telefon ging. »Ich habe ganz vergessen, dass du auch vorbeikommen wolltest. Aber jetzt geht es.«

Ich atme tief ein. »Du musst mir helfen. Sie war hier, genau in diesem Haus, auf dem Dachboden, die ganze Zeit. Ich weiß das, ich habe Bilder gesehen, die sie gemalt hat. Verstehst du? Das ist der Ort, wo sie war, die ganze Zeit. Wo er sie eingesperrt hat.«

Seine Miene ist argwöhnisch, als erwarte er, dass ich jeden Moment zusammenbreche.

»Okay, langsam. Wer hat wen hier eingesperrt?«

»Es ist Jay. Nancys Freund, der Freund des Mädchens, das hier gelebt hat, DI Nicholls – es ist ein und dieselbe Person. Er ist mit dem Fall betraut. Ich habe es gesehen. Ich habe ein Foto! Verstehst du?«

Er wirkt verunsichert. »Kate, ich bin nur vorbeigekommen, um nach dir zu sehen, und finde dich hier vor, in diesem heruntergekommenen Haus. Das ist *Hausfriedensbruch!*«

Als ob das so schlimm wäre. Ich packe seinen Arm.

»Ich weiß, wie das aussieht, aber du musst mir glauben. Sie war genau hier, meine Tochter, Sophie …«

»*Sophie* war hier?« Er sieht an mir vorbei, als könne er sie hinter mir entdecken. »Wie meinst du das … hast du die Polizei angerufen?«

»Nein, ich … ich kann nicht. Da ist etwas sehr Seltsames im Gange, und ich glaube, es liegt an ihm. Der Polizist, er steckt hinter alldem.« Ich halte ihm mein Telefon vor die Nase. »Schau, das ist er, da bin ich sicher, sieht genauso …«

Er sieht auf das Display, dann wandert sein Blick zu mir, seine Stirn ist in Falten gelegt, als versuche er, ein Puzzle zusammenzufügen. »Und das ist dieser Detective, der nach deiner Tochter sucht?«

»Ja, der da.«

»Aber der war gerade erst hier.«

»Was?«

»Ich habe ihn gesehen, gerade als ich zu dir abgebogen bin. Er fuhr von hier weg, in seinem Wagen. Vor ein paar Minuten.«

Wir nehmen das Auto von Dr. Heath. Er hatte mich zugeparkt.

»Das geht schneller«, hatte er festgestellt. Er wirkt wie benebelt, behandelt das wie einen ganz normalen Teil seines Arbeitsalltags, aber er nimmt mich ernst, begleitet mich. Eine große Wahl habe ich ihm nicht gelassen, als ich ihn halb hinter mir her über die Schwelle zog, fort von Parklands.

»Bitte, wenn ich falschliege, liege ich falsch, aber wenn ich recht habe ... bitte vertrau mir einfach erst mal. Ich erkläre später alles, aber bitte ...«

Es war sinnlos, es weiter zu versuchen, also ließ ich ihn los, wollte an ihm vorbei ...

»Na gut, dann gehe ich allein.«

»Nein, es ist okay. Ich helfe dir. Nur ... nur langsam.«

Jetzt fährt er vorsichtig aus der Einfahrt, sieht in beide Richtungen. Ich will schreien: Gib Gas, gib Gas, mein rechtes Knie zuckt vor Anspannung.

»Er ist also sicher hier langgefahren?«, frage ich erneut.

Er biegt nach links ab.

»Ja, die Richtung, zum Park.«

»Vielleicht wollte er dorthin? Es gibt viele Orte im Wildpark, der ist so groß ...«

Was hat Lily noch mal gesagt? Dass die jungen Leute in den Park gingen.

»Es ist eine gerade Straße«, stellt er fest. »Keine Abzweigungen, also werden wir ihn irgendwo parken sehen, wenn er da ist. Oder er fährt zurück, dann sehen wir ihn auch. Halte die Augen offen.«

Er klingt so ruhig, beruhigend. Aber mein Geist galoppiert. Die Haustür war offen, als ich ankam. Bedeutet das, er kam von dort? Hat sie mitgenommen, vielleicht in Eile, und deshalb vergessen abzuschließen? Sollte ich einfach die 999 anrufen und ihnen erklären, dass ihr Detective in meinem Fall alles vertuscht hat?

»Wenn ich bei der Polizei anrufe, kann Nicholls das über Funk mitbekommen?« Ich habe keine Ahnung, wie das alles funktioniert. Meine Stimme wird zu einem Schluchzen: »Ich weiß nicht, was ich tun soll.«

»Sag mir, was du weißt.«

Seine Ruhe erfasst auch mich. Jetzt versuche ich, es ihm zu erklären, so schnell ich kann. Es ist eine Erleichterung, die Last meines Wissens weiterzugeben, was mich in dieses leere Dachgeschoss geführt hat, wo ich die Zeichnungen hinter der Tür fand.

»Und alles ist irgendwie verbunden, dieser Jay, ich meine Nicholls, ich glaube, er hat irgendwas mit Nancy gemacht und dann Sophie versteckt, sie irgendwie dazu gebracht, das zu tun, was er wollte. Er ist hier aufgewachsen, das hängt alles zusammen.«

Ich sehe starr nach vorne, will nicht den Ausdruck des Unglaubens bemerken.

»Glaubst du mir?«

Jetzt sehe ich ihn an. Seine Miene ist grimmig.

»Ja. Ja, das tue ich. Ich sollte nicht, aber ich tue es. Zumindest … stimmt irgendwas an der ganzen Sache nicht.«

Ich lehne mich im Sitz zurück.

»Die Polizei, ich weiß nicht, ich habe keine Ahnung, wie er da so eingebunden wurde in die Ermittlungen, aber er ist überall. Ich kann kaum erwarten, dass sie endlich die Augen öffnen. Wenn er sie fortgebracht hat – das kann nicht weit weg sein …« Und wenn er was anderes getan hat? Wenn ich ihm genug Angst eingejagt habe, dass er was Dummes gemacht hat – nein, nicht daran denken. »Wenn wir ihn einholen – falls er im Park ist –, werden wir schon sehen, was er vorhat.«

»Ja«, antwortet er. »Ich glaube, das ist klug. Wir sehen, wohin er gefahren ist, erst mal, um sicherzugehen. Dann rufen wir die Polizei an.«

Ich bin so erleichtert, dass mich endlich jemand ernst nimmt – keine Ausrufe, keine ungläubigen Fragen, nur Akzeptanz.

Einen Moment lang sacke ich erschöpft in mich zusammen; ich bin leer. Wir schweigen. Der Regen prasselt nun noch härter gegen die Windschutzscheibe. Fast ist es gemütlich in dem Wagen, und die Normalität des Augenblicks trifft mich. Wir könnten auch ein Paar auf dem Weg zum Supermarkt sein, wäre da nicht die Geschwindigkeit, mit der er fährt; die Hecken kratzen über die Flanke des Autos. Er ist sehr konzentriert, während wir die sich schlängelnde Landstraße entlangrasen. In meiner Tasche summt es – ich ziehe mein Telefon hervor und schaue drauf: eine Sprachnachricht. Wie automatisch klicke ich sie an und halte es an mein Ohr, der Ellbogen gegen das Fenster gestützt,

»Hallo«, kommt die freundliche Stimme einer Frau. »Hier spricht Valerie von der Praxis in Amberton. Wegen Ihrer Anfrage wegen der Rezepte für Mrs Green.« Lily. Papiere werden bewegt. »Alle ihre Akten sehen gut aus« – also nichts Dringendes, und ich will schon auflegen –, »aber können Sie uns bitte zurückrufen, wenn Sie Zeit haben? Dr. Heath sollte nicht ihr behandelnder Arzt sein, weil er ja verwandt ist – oh« – ein kleines Lachen –, »das war für mich bestimmt, nicht für Sie, Entschuldigung. Aber rufen Sie uns an. Tschüss!«

Ich hänge auf – und sehe, wie er mir einen Blick zuwirft.

»Mit wem hast du gesprochen? Ich dachte, du wolltest mit der Polizei abwarten?«

»Stimmt. War nur eine Sprachnachricht.«

Ich lege das Telefon in meinen Schoß. Also geht es ihr gut, und ihre Akten sind in Ordnung, nun ja, das würden sie immer sagen, auf jeden Fall liefert das natürlich keine Antworten. Typisch. Aber mit Dr. Heath verwandt? Inwiefern? Vielleicht ist sie seine Tante? Oder Cousine? Ärzte sind so vorsichtig, mit all diesen Verschwiegenheitsklauseln und Patientengeheimnissen und ihren Akten. Lass dich nicht ablenken.

»Also, wenn wir dort ankommen …«, fange ich an. »Wenn wir dort ankommen …«

Ich bringe den Gedanken nicht zu einem Abschluss.

Es gab keinen Grund, warum Lily wissen sollte, dass er mein Arzt ist. Aber er hätte es mir einfach sagen können, immerhin habe ich ihn direkt gefragt. Ich habe nach Lilys Tabletten gefragt, gesagt, dass ich mir Sorgen mache, und seine Antwort war, dass er sich darum kümmern würde.

Jetzt werfe ich ihm einen Blick zu, wie er sich auf die Straße konzentriert. Im Profil verliert sein Gesicht die offene Freundlichkeit.

Ich kenne ihn nicht wirklich. Der Gedanke kommt wie aus dem Nichts.

Aber es stimmt. All diese Sorgen um meine Familie, die beflissenen Fragen nach meinem Wohlergehen, meiner Gesundheit, haben ein Gefühl von Intimität geschaffen, wie eine gemeinsame Vergangenheit, seit wir hierhergezogen sind. Und doch. Er weiß sehr viel über mich. Ich hingegen weiß wenig über ihn, außer dass er nach einiger Zeit von woanders hierherkam. Aber wo war er davor?

Ich starre auf die nasse Straße vor uns.

Dr. Nick ist mit Lily verwandt. Dementsprechend ist er derjenige, der ihr die Tabletten gibt, die sie verwirren. Vergesslich machen. Unsicher darüber, was um sie herum vorgeht. In dem Haus, um das sie sich früher gekümmert hat.

Und Lily kannte Nancy. Sie war viel länger Hausmeisterin von Parklands, als ich zuerst dachte. Also kannte Dr. Heath Nancy auch? Er ist auch ungefähr in Jays – ich meine Nicholls' – Alter.

Und dann ist da der ältere Mann, der Sophie von der Schule abholt. Jemand, dem sie vertraut. Dem wir vielleicht alle vertraut haben. Das dunkle Auto, in das sie eingestiegen ist. Die Motorhaube vor mir ist blau, dunkelblau, und wir werden langsamer, damit wir nicht die Einfahrt in den Wildpark verpassen – es ist eine scharfe Abzweigung auf den Parkplatz. Und ich denke, Dr. Heath muss wie alt sein? Anfang vierzig? Also auch etwa Nancys Alter.

Es ist einfach zu unglaublich.

Aber jetzt biegen wir auf den Parkplatz vor dem Eingang ab, der fast leer ist, nur ein Wagen am anderen Ende.

Mein Telefon liegt noch in meinem Schoß.

Ich halte den Kopf hoch erhoben, als würde ich nach vorne sehen, blicke aber hinab. Ich fange an, die Nummern einzutippen, ohne große Bewegung, heimlich. Als gäbe es einen Grund, warum ich niemanden anrufen dürfte. Du glaubst doch nicht an diesen lächerlichen Einfall …

»Wen rufst du an?«

Seine Stimme ist monoton.

»Ich will nur meiner Schwester sagen, wo ich hingefahren bin; sie wird nach mir suchen, weißt du, und du hast meine Nachricht an sie mitgenommen …«

»Gib mir das.«

»Nur einen Moment.«

»Ich sagte, gib mir das.«

Meine Finger zittern jetzt, ich treffe die Tasten nicht. *Er ist es, er ist es …*

Der Schlag schleudert meinen Kopf gegen das Seitenfenster, das Glas klatscht gegen meinen Schädel. Ich falle nach vorne gegen den Sicherheitsgurt, dunkle Flecken tanzen vor meinen Augen. Ich höre mich keuchen. Das Telefon rutscht mir aus den Händen, die jetzt schlaff herabhängen, meine Augen schließen sich, weshalb ich nur spüre und nicht sehe, wie er zwischen meinen Beinen danach sucht.

Viel zu schnell gleitet alles davon, und die Welt wird schwarz.

44. KAPITEL

Mein Kopf brummt. Ich öffne die Augen. Der Boden ist flach und braun. Festgestampfte Erde, grob an meiner Wange, bedeckt von grauweißer Jauche. Vogelkot von vielen Jahren. Hier muss es Nester geben. Etwas auf meiner Unterlippe ist nass und warm, metallisch.

Übelkeit steigt in mir auf. Sollte ich die Augen schließen, um vorzugeben, noch bewusstlos zu sein? Aber dann würde ich ihn nicht kommen sehen. Nein, lass sie einen Schlitz geöffnet, als könnte ich sie kaum offen halten.

Vor mir sind Füße, glänzende Lederschuhe. Ich kann nur die Fußspitzen erkennen.

»Ich weiß, dass du wach bist.« Er hockt sich neben mich und nimmt mit einer kühlen Hand meinen Puls. »Du bist okay, Kate.« Er richtet sich auf und geht. »Hör auf, und das meine ich so.«

Meine Augen wandern hoch, von seinen Schuhen zu dem, was er in den Händen hält.

Ich hebe den Kopf, nur einige Zentimeter vom Boden, dann entfalte ich mich vorsichtig und lehne mich gegen die Wand, sie ist rau. Mein Gesicht pulsiert noch, meine Wange brennt. Ich hebe eine Hand, berühre ihn.

Das Messer ist silbern und bösartig. Es passt nicht in die Hand dieses Mannes, in seinem Hemd mit Krawatte, seiner schicken Arbeitskleidung.

Ich behalte ihn im Blick, erweitere aber mein Gesichtsfeld, um die groben Wände zu sehen, den Erdboden, die Tür hinter ihm. Es ist kalt, vom Boden steigt eine feuchte Kühle auf, und die nackte Glühbirne an der Decke ist voller Spinnweben. Ich bin in einem Nebengebäude, kaum mehr als ein Raum mit Decke. Solche habe ich im Wildpark gesehen, Relikte aus der Zeit als Bauernhof.

Ich muss es laut aussprechen. Ich will es von allen Dächern schreien.

»Du warst das.« Meine Stimme ist brüchig, als wäre ich nach langem Schlaf aufgewacht. »Du hattest sie die ganze Zeit.«

Er lächelt, zeigt seine Zähne.

»Bisschen spät, aber am Ende bist du doch drauf gekommen.« Die Klinge bewegt sich in seiner Hand, ein silbernes Glänzen im Licht. »Ich fürchte nur, zu spät. Für dich.«

Dr. Heath, Nick Heath, hier vor mir, und dennoch kann ich es kaum verarbeiten. Mein Arzt, der Mann, dem ich meine Ängste erzählt habe, der mir Tabletten verschrieb, immer ein offenes Ohr hatte, so verständnisvoll war. Aber jetzt ist da eine andere Energie in ihm; die milde Fassade ist verschwunden, da ist etwas angespannt und scharf in ihm. Der wahre Mensch zeigt sich endlich.

Und das Messer … es ist ein Küchenmesser, lang und scharf. Aber ich weiß mit absoluter Gewissheit, dass er es benutzen würde.

Unsicher komme ich auf die Beine, lehne mich an die Wand. Mit dem Sonnenuntergang leert sich der Park, sogar die Hunde-Spaziergänger gehen. Er muss den Wagen in der Nähe abgestellt und mich dann ein kurzes Stück bis hierher getragen haben.

»Sie kommen, das weißt du«, stelle ich fest, irgendein Instinkt, der sich rührt. »Selbst jetzt noch werden sie nach mir suchen. Sie werden was bemerkt haben, sich Sorgen machen. Du solltest mich gehen lassen. Wir finden schon eine Lösung ...«

Aber in mir steigt Panik auf, als ich mich erinnere: Selbst wenn jemand nach mir sucht – wir sind nicht mit meinem Wagen gefahren. Er meinte, wir sollten seinen nehmen.

»Oh, wirklich? Wer sucht dich denn? Die Polizei?« Er legt den Kopf zur Seite, seine Miene fast verständnisvoll. Ich bin wieder in der Praxis, er hört mir zu, mit professioneller Maske. »Deine Familie? Das glaube ich nicht, Kate. Ich denke nicht, dass irgendwer nach dir suchen wird.«

Hinter ihm kommt ein dünner Lichtschein unter der verschlossenen Holztür hindurch. Der Verschluss ist ein einfacher Hebel. Wenn ich an ihm vorbeikomme ... an dem Messer vorbeikomme. Da gibt es noch eine kleinere Tür, links von mir, leicht offen – nein, das muss ein anderer Raum sein oder eine Kammer, und dann wäre ich nur gefangen.

Also ist es die Tür hinter ihm. Mein ganzer Körper spannt sich an, bereit zu rennen, zu kämpfen ...

»Denk nicht mal dran.«

Er hebt den Arm nur ein Stückchen.

Ich erstarre. Halte ihn am Reden, sage ich mir, spiel auf Zeit. Warte auf deinen Moment.

»Aber sie werden es herausfinden. Sie finden es raus, du bist direkt vor ihrer Nase. Du kannst mir ... nichts tun.«

Doch meine Worte klingen leer.

»Oh? Aber noch haben sie gar nichts herausgefunden, oder?«, fragt er sanft. »Und ich denke nicht, dass du jemandem was erzählen wirst.«

Er wirkt seltsam entspannt, mehr er selbst als sonst.

»Was hast du mit Sophie angestellt?«

»Als ich deinen Zettel gefunden habe, habe ich mir ein wenig Sorgen gemacht, stimmt«, fährt er fort, als hätte ich gar nichts gesagt. »Es war so gehetzt. Alles umzuräumen. Aber es wurde eher ungemütlich, so in deiner Nähe. Es hat mich überrascht, dich wirklich in Parklands vorzufinden. In der Eile hatte ich die Vordertür nicht abgeschlossen. Unglücklich.« Er hebt eine Augenbraue. »Oder glücklich, je nach Sichtweise. Denn jetzt sind wir hier.«

»Du musst nichts tun«, erkläre ich wild. »Du musst mir nichts tun. Du kannst weggehen, neu anfangen.« Irgendwie muss ich zu ihm durchdringen. »Du willst mir doch gar nichts tun. Wir haben uns doch immer gut verstanden, oder nicht?«

»Oh, bitte, sei nicht so dumm, Kate«, entgegnet er ungeduldig. »Ich weiß, dass du nicht dumm bist. Es ist nichts Persönliches. Aber ich kann nirgends hingehen. Ich *muss* nicht weggehen. Ich muss nur so weitermachen wie bisher.«

Natürlich, jetzt erinnere ich mich an meine Verwirrung, als ich Sophies geheime Mails gelesen habe: Jemand wollte mit ihr gehen. Aber alle, die sie kannte, waren noch hier. *Er* war noch hier.

»Weil du genau das getan hast, die ganze Zeit – einfach weitergemacht.« Für alle sichtbar, aber doch verborgen. Jetzt steigt Wut in mir auf. »Und du hast … was? Sie besucht? Sie die ganze Zeit in diesem schrecklichen Raum weggesperrt?«

Er zieht die Brauen zusammen.

»Das war das, was wir geplant hatten, um zusammen zu sein. Und dann, später, was getan werden musste. Es war der einzige Weg für uns, sicher zu sein. Sie war noch zu jung, um das zu verstehen.«

Beim Gedanken an den einsamen Dachstuhl schüttle ich den Kopf. »Was immer auch Sophie dachte, du weißt, dass sie kein Gefängnis wollte. Du weißt das.«

Und wo ist sie jetzt? Wohin hat er sie gebracht?

»Wir waren glücklich«, behauptet er. »Aber du konntest einfach nicht loslassen.« Seine Stimme wird hart. »Das ist alles deine Schuld. Die Postkarten, das alles war nicht genug. Und dabei waren sie schon so ein Risiko. Was wäre geschehen, wenn ich mal einen Fehler gemacht hätte und einen Fingerabdruck oder sonst eine winzige Spur für die Polizei hinterlassen hätte? Also ließ ich sie dich anrufen, auf eine Art, die man niemals zu uns zurückverfolgen konnte. Eine Gnade, für euch beide, um euch zu verabschieden. Aber du hast es ruiniert. Du konntest es einfach nicht sein lassen …«

Keine Gnade, denke ich mir. Kontrolle. Du musst der Puppenspieler sein, schlauer als alle anderen. Von diesem Gefühl kann man abhängig werden, zu viel Risiko eingehen. Ich schlucke, mein Mund ist trocken.

»Das warst du. In meinem Garten. Nachts in meinem Haus. Weil ich dir immer näherkam.«

»Beim ersten Mal wollte ich nur … sehen. Nichts Schlimmes. Es ist gut, sich vorzubereiten. Das zweite Mal?« Er sieht beinahe hämisch aus. »Lass uns einfach sagen, dass es Mittel und Wege gibt, Dinge in einem anderen Licht erscheinen zu lassen.«

Aber ich bin aufgewacht, habe ihn unterbrochen, aufgehalten. Was soll ihn jetzt noch aufhalten?

Wieder plappere ich drauflos: »Du kannst das nicht verstecken, diesmal nicht. Sie finden dich. Sie werden mich finden. Du kannst nicht …«

»Kann ich nicht?«

»Nein, auf keinen Fall«, bringe ich hervor. »Heutzutage gibt es jede Menge Möglichkeiten, DNA, Forensik, sie finden es heraus. Wenn du mir irgendwas antust …«

Ich wünschte nur, ich würde weniger verängstigt klingen.

»Da hast du recht«, pflichtet er mir bei, so vernünftig, dass es mir die Sprache verschlägt. »Es geht nicht. Es ist ein zu hohes Risiko.«

Damit zieht er etwas aus seiner Anzugtasche, wirft es mir zu. Reflexartig fange ich es auf. Erst verstehe ich nicht, was es mit der kleinen Flasche auf sich hat, bis ich den Namen lese: Kate Harlow.

Er stellt fest: »Du wirst es selbst tun.«

»Woher hast du die?«

Sie sehen genau wie meine Tabletten aus.

»Ich bin Arzt. Das war nicht schwierig.« Er nickt in Richtung des Tablettenfläschchens. »Und du wirst sie nehmen.«

»Was?«

»Es ist alles sehr traurig. Eine Mutter, die den Verlust ihrer Tochter einfach nicht bewältigen konnte. Einmal hat sie es schon versucht, ohne Erfolg. Aber dieses Mal …«

Jetzt verstehe ich: eine Überdosis. Nur wird dieses Mal niemand helfen, niemand mich finden und wieder aufwecken.

»Du bist verrückt. Das wird niemals klappen …«

Er unterbricht mich einfach: »Eine Patientengeschichte voll von erratischem Verhalten. Akten, die das belegen. Eine Familie, die bestätigen wird, egal, wie traurig alle sind, dass sie sich zuletzt viele Gedanken gemacht haben. Bei der Polizei Bedenken nach den Zwischenfällen – zwei Eindringlinge, aber ohne Anzeichen. Seltsame Anrufe an eine Hotline.«

Mein Kopf ruckt hoch. »Das warst du! Du hast die Hotline von der Telefonzelle aus angerufen!«

»Na ja, ich konnte schlecht mein Handy benutzen oder aus der Praxis anrufen, oder? Ich musste herausfinden, wann du da warst, wann du Pause gemacht hast, wann deine Kollegin weg war; wann du allein warst. Deine Routinen.«

»Und du hast die Anzeige in Lilys Küche platziert«, verstehe ich jetzt. »Ich dachte, sie wäre das.«

»Niemand sollte diese Anruferlisten sehen«, erklärt er rügend. Als ob ich gegen die Spielregeln verstoßen hätte. »Das soll anonym sein, und es gab keinen Grund dafür. Natürlich hatte ich ein besonderes Telefon für Sophie. Aber ich musste ... handeln, als du immer weitergemacht hast. Es hat besser funktioniert, als ich mir erhofft hatte«, fährt er fort. »Die Polizei nahm an, dass du angerufen hattest. Kate ist wieder kurz vor dem Zusammenbruch.«

Selbstgefällig lächelt er, Stolz klingt in der Stimme mit.

Aber seine Prahlereien zeigen mir, dass er nicht unfehlbar ist. Weil er seinen Plan verändern musste, auf das reagieren, was ich tat. Etwas Kleines öffnet sich in mir. Noch keine Hoffnung, nur der Funke einer Möglichkeit.

»Also hast du vielleicht deine Spuren verwischt, und sie haben dir geglaubt. Aber du kannst nicht ewig so weitermachen. Du hattest auch das Tagebuch, nicht wahr? Hast Sophie dazu gebracht, die neuen Einträge zu schreiben, als du erfahren hast, dass ich über den Schwangerschaftstest Bescheid wusste. Um das wegzuerklären und den Freund zu belasten. Du musstest immer wieder deine Spuren verwischen. Und dann habe ich auch noch nach Lilys Medikation gefragt, sie wissen jetzt in der Praxis davon und dass ihr verwandt seid ...«

»Das kann ich erklären«, entgegnet er nun wütend. »Sie werden mir glauben.«

Mit weit offenen Augen gibt er sich unschuldig.

Da sehe ich es: an der Art, wie seine blauen Augen in diesem Gesicht liegen.

»Du bist Lilys Sohn. Deshalb warst du da, deshalb kanntest du Nancy. Im Schatten des großen Hauses lebend, um das sich deine Eltern kümmerten.«

»Nein«, widerspricht er mir irritiert. »Bob war mein Stiefvater. Sie hat noch einmal geheiratet, als er verstarb.«

»Und du hast seinen Namen nicht angenommen. Den Deckel darauf gehalten. Hat es dir nicht gepasst, es an der Schule zu erzählen, was deine Eltern von Beruf waren?« Ich rate nur, aber sein Mund spannt sich an. Ich lege so viel Überzeugung in meine Stimme, wie ich aufbringen kann: »Und was ist jetzt mit alldem hier? Du weißt, dass es das Ende für dich bedeutet. Sie werden dir nichts mehr abnehmen.«

»Oh, sie nehmen mir alles ab.« Er lacht. »Du wärst überrascht, was Menschen so glauben.«

Er ist so selbstsicher, macht sich nicht mal Sorgen.

Ja, denke ich mir, weil du das alles schon einmal getan hast. Sophie, die Ausreißerin, die keine war. Jetzt ich, der Selbstmord, der keiner ist. Und …

»Nancy«, sage ich. »Sie ist auch nicht weggelaufen, nicht wahr?«

Er antwortet nicht.

»Also, was ist passiert? Hast du mit ihr das Gleiche gemacht wie mit Sophie, sie irgendwo versteckt?«

Ich schleudere ihm Worte entgegen, versuche, ihn aus der Balance zu bringen, in seinen Kopf zu gelangen. Die Tür hinter ihm, das sind vielleicht acht, neun Schritte.

»Und dann? Wurde sie dir langweilig? Hast du entschieden, sie loszuwerden? Sie zu *ermorden* …«

»Nein!« Seine Stimme dröhnt in dem kleinen Raum. »Halt's Maul!« Auf seiner Oberlippe bilden sich kleine Schweißperlen. »Nancy war ein Unfall. Es war ihre Schuld, alles war ihre Schuld.«

»Warum? Weil sie schwanger wurde? Von Jay? Hast du es deshalb getan? Weil das Mädchen, das du wolltest, einen anderen hatte? Das ist es, nicht wahr? Sie trug sein Kind.«

»Es war nicht seins«, bricht es aus ihm hervor.

Ich schweige.

»Es war unseres. Sie hatten sich getrennt. Ich habe sie getröstet. Sie wollte nicht, dass jemand davon erfährt. Ich habe das verstanden: Wir waren … unterschiedlich.«

Das kann ich mir vorstellen: der Sohn der Hausmeisterin, noch niemand, der auffiel; Nancy, eine jugendliche Prinzessin. Er ihr total verfallen.

»Und dann wurde sie schwanger. Sie war so aufgebracht, aber ich wusste, was wir tun mussten. Weggehen, bis wir älter waren, bis ihre Familie sie nicht mehr herumschubsen konnte.« Sein Mund zuckt. »Wir hatten die Abschiedsbriefe geschrieben, entschieden, was wir sagen wollten. Aber sie hat mich hängen lassen.«

Nun klingt in seiner Stimme ein weinerlicher Ton mit.

»An dem Abend, als wir abhauen wollten, kam sie zu mir. Sagte mir, es wäre alles *gut*.« Seine Stimme bricht an dem Wort. »Sie war nicht mehr schwanger, weil sie mit ihren Eltern gesprochen hatte. Sie hatten sich darum gekümmert, das hat sie gesagt, und jetzt würde sie weggehen. Man würde Gras über die Sache wachsen lassen, als wäre nichts geschehen.«

»Das Internat.«

Genau, wie Lily mir erzählt hatte.

»Es war ihr nicht wichtig. Sie sagte, sie wolle einen neuen Anfang. Ich erwiderte, dass wir immer noch zusammen gehen könnten. Wir könnten immer noch eine Familie sein. Das habe ich immer gewollt. Sie sagte, das sei einfach nur Wahnsinn, dass sie viel zu jung sei, um ein Baby zu bekommen. Ich wurde wütend. Habe sie angeschrien. Und sie sagte, sie wollte nie wirklich mit mir zusammen sein. Sieh dich an, sagte sie. Sieh mich an. Und dann … hat sie gelacht.«

Es ist sehr still im Raum. Ich kann die feuchte Erde riechen.

»Also hast du die Kontrolle verloren«, stelle ich langsam fest. Jetzt verstehe ich. Kein Plan. Aus dem Affekt. Ein zurückgewiesener Teenager, der mit blinder Wut reagiert. »Was hast du getan? Sie erstochen? Die Leiche versteckt.« Mit einem Mal kocht Wut in mir hoch; ich will ihn verletzen, wie er so viele verletzt hat. »War es das? Hast du sie erstochen?«

Das Messer in seiner Hand blitzt wieder auf, und ich sinke zurück an die Wand.

»Sie hat mich provoziert.«

»Aber warum hat sie dann den Abschiedsbrief zurückgelassen …« Im gerissenen Schwung seines Munds lese ich die Antwort. »Nein, *du* hast den Brief platziert.«

Mit dem Brief musste er sich in Parklands eingeschlichen haben, in Nancys Heim, und dort ihren Brief auf das Bett gelegt haben. Dort wurde er gefunden, am nächsten Tag, als alle aufwachten.

»Aber Sophie? Warum musstest du ihr das auch antun?« In meiner Stimme schwingt meine Verzweiflung mit. »Einfach nur, um jemandem Schmerzen zuzufügen?«

»Nein. Nein, genau deshalb wusste ich, dass es niemand verstehen würde. Keine Schmerzen – es war Liebe. Als ich sie sah, wusste ich es sofort. Sie hätten Schwestern sein können. Sie wohnte sogar direkt nebenan.« Seine Stimme wird weicher. »Es war, als ob das Schicksal es so wollte: meine zweite Chance. *Unsere* Chance – die Vergangenheit zu kitten.«

Also war es kein Unfall, als Sophie schwanger wurde.

»Aber du konntest nicht einfach mit ihr davonlaufen, nicht dieses Mal, weil man euch gefunden hätte. Stattdessen hast du sie versteckt.«

»Niemand hätte das verstanden, aber wir liebten uns.«

»Aber jetzt weißt du es.« Ich muss zu ihm durchdringen. »Das hier ist das Ende – es ist vorbei.«

Er schüttelt langsam den Kopf. »Noch nicht. Ich kann das wieder in Ordnung bringen. Ich habe das schon mal gemacht.«

Er zeigt mit dem Messer auf das Fläschchen in meiner Hand. »Weil du die Pillen schlucken wirst.«

»Nein.«

Nicht noch mal wird er alles vertuschen können, selbst wenn ich das nicht überlebe – seine Haut unter meinen Fingernägeln, Kratzer in seinem Gesicht, was es auch sein wird, ich werde Spuren zurücklassen. Die jemand finden wird, und sie werden zu Sophie führen.

»Du wirst das nicht vertuschen. Ich tue das nicht.«

»O doch, wirst du.« Seine Sicherheit rüttelt an meinen Grundfesten. »Du wirst schon sehen.«

Er geht einen Schritt zurück, immer noch mit dem Messer in der Hand, und jetzt winkt er jemanden aus dem Nebenzimmer heran.

»Du kannst jetzt rauskommen.«

Zuerst höre ich gar nichts. Dann ein leises Rascheln. Die Schritte sind langsam, müde.

Sie kommt herein.

45. KAPITEL

Ihr Haar ist länger. Natürlich. Und sie ist so bleich unter all dem Schmutz. Sie hat keine Schuhe an, nur gräuliche Socken, ein zu großes T-Shirt unter dem Pullover, dazu eine Jogginghose. Sie ist auch größer geworden.

Meine Augen füllen sich mit Tränen. Sophie. Sie lebt. Wirklich. Wilde Freude erfüllt mich – dann Angst.

»Sophie …«

Ich gehe mit ausgestreckten Armen einen Schritt auf sie zu.

»Bleib stehen.«

Das Messer ist auf mich gerichtet, ich erstarre.

Über dem Klebeband sind ihre Augen voller Furcht, wie bei einem in der Falle sitzenden Tier. Auch ihre Hände sind mit dem Band gefesselt, ungelenk an den Handrücken aneinandergebunden.

»Deshalb wirst du die Tabletten schlucken«, sagt er ruhig und sachlich. »Weil ich ihr sonst wehtun werde.«

Jetzt verstehe ich endlich.

»Du musst das nicht tun. Du kannst weggehen. Du musst nicht. Ich werde niemandem was sagen. Lass uns einfach gehen und …«

Er gestikuliert ungeduldig.

»Lass das, Kate.« Er seufzt, als wäre ich ihm lästig. »Natürlich würdest du es erzählen. Sieh dir doch nur an, was du bis jetzt schon alles angestellt hast.«

»Ich wollte nur herausfinden, was geschehen ist«, erwidere ich mit gefasster Stimme.

»Wir wollten zusammen sein. Nicht wahr, Sophie?«

Sie nickt. Er hat sie gebrochen, erkenne ich, mein armes Mädchen.

»Aber du konntest sie einfach nicht gehen lassen. Und dennoch konntest du sie auch nicht finden, oder? Direkt nebenan, und du hast es nie bemerkt. Du hast ihr gegenüber versagt, bis jetzt«, wiederholt er meine eigenen Worte. »Das hast du mir gesagt. Aber jetzt hast du deine Chance: deine Chance, sie zu retten. Alles richtig zu machen, genau so, wie du wolltest.«

Sie zu retten … ich halte inne. Und was kommt dann? Ein Halb-Leben mit ihm, verborgen irgendwo? Oder Schlimmeres?

Alles richtig zu machen. Ich bin nicht perfekt. Aber nichts davon war meine Schuld.

Mein Hass schlägt ihm entgegen, während ich ihn anstarre. Es war nicht meine Schuld. Sophie hat nicht mich verlassen, nicht für immer; sie hat nur einen Fehler gemacht. Sie sollte nach Hause zurückkommen. Ich bin keine schlechte Mutter.

Er war das. Er hat mir das angetan, es uns angetan. Meiner Tochter. Er hat unsere Leben auseinandergerissen.

»Deshalb also«, fährt er fort, »wirst du genau das tun, was ich dir sage. Nimm die Tabletten.«

»Das würdest du nicht tun.« Mein Mund ist so trocken vor Angst, dass mir die Zunge am Gaumen klebt. »Du willst ihr nicht wirklich wehtun. Nancy war ein Unfall.«

Nein, ich kann ihr nicht so nahekommen, um sie dann wieder zu verlieren. Er geht einen Schritt auf Sophie zu, hebt eine Hand.

»Du würdest nicht …«

»Nein, ich will das alles nicht. Nie will ich das. Aber sie war ein böses Mädchen, nicht wahr, Sophie? Eine Enttäuschung, ohne dass ich es bemerkt hätte. Und bis deine Mutter es mir erzählt hat, wusste ich nicht mal davon, all deine kleinen Tricks, um von mir wegzukommen.«

Über dem hässlichen silbernen Tape sind ihre Augen tränennass.

»Genau deshalb«, wendet er sich wieder an mich, »wirst du es tun. Dann können wir von vorne anfangen. Dann wird alles ganz anders, denke ich.«

»Jetzt!«

Er geht auf sie zu, hält das Messer an ihre Wange, nah am Auge, übt beinahe sanft Druck aus. Eine kleine rote Perle quillt unter der Spitze hervor, rinnt wie eine Träne herab.

»Aufhören!«, rufe ich, dann: »Es wird alles gut, Sophie.«

Kein Spiel auf Zeit mehr. Zumindest hat sie so eine Chance. Ich schraube den Deckel ab, mühe mich mit zittrigen Fingern an der Kindersicherung. Ich könnte mich übergeben, denke ich. Oder sie ausspucken. Oder im Mund verstecken.

»Ich werde dich genau beobachten. Zeig mir deine Hände.«

Er war schon immer schlau.

»Woher weiß ich es?«, frage ich und sehe ihn an. »Woher weiß ich, dass du ihr nicht trotzdem wehtust?«

»Das weißt du nicht. Aber Sophie wird ein braves Mädchen sein. Sie weiß, was passiert, wenn sie das nicht ist. Nicht wahr?«

Schnell nickt sie.

Endlich sehe ich sie an: »Überlege, Süße. Tu, was immer du tun musst, um zu überleben. Um mehr bitte ich dich nicht.«

Ich bin so langsam wie möglich. Vielleicht überlebe ich es, denke ich, das letzte Mal hat es auch funktioniert. Aber dann sehe ich, dass da sicher fünfzig Tabletten in dem Fläschchen sind. Viel mehr als damals. Das ist genug, kein Zweifel. Und ich werde hier sein, langsam in der schmutzigen Ecke dieses leeren Gebäudes einschlafen, wo mich niemand findet.

Die erste Tablette liegt auf meiner Zunge, ich schlucke. Ich muss würgen, Tränen füllen meine Augen. Ein hartes Husten, dann ist sie wieder in meinem Mund.

Seine Augen sind weit aufgerissen, man sieht viel Weiß.

»Ich habe dir gesagt, keine Tricks. Wenn du irgendwas versuchst …«

Ich schüttle den Kopf. Tränen rinnen über Sophies Wangen, folgen der Spur des Bluts.

»Ich versuche gar nichts. Ich kann sie nur nicht schlucken.«

»Tu es. Noch mal!«

Also versuche ich es. Aber es passiert wieder. Ich kann die Tablette nicht mal in die Kehle bekommen; ich bin auf allen vieren, huste sie wieder hervor, mein ganzer Körper zuckt. Er ist jetzt aufgewühlt, geht hin und her.

»Es ist okay.« Beruhig ihn. »Ich brauche nur etwas Wasser.«

»Wasser?«

»Ja.«

Ich brauche das Wasser. Wenn er abgelenkt ist, wenn er den Raum verlässt …

Aber er sieht von mir zu Sophie, mit einem Mal unsicher. Sie starrt ihn an, ihre Augen sind ganz groß, und er trifft eine Entscheidung.

»Also hol welches.«

Zuerst bewegt sie sich nicht.

»Los. Hol. Eine. Flasche. Wasser. Vom. Stapel.«

»Ich kann sie holen«, werfe ich ein.

»Du bleibst, wo du bist.« Er richtet die Klinge wieder auf mich.

Wie stark er wohl ist. Aber ich kann kein Risiko eingehen, nicht, wenn er meiner Tochter so nah ist.

Sie geht durch die Tür und verschwindet aus meinem Blickfeld. Aus dem anderen Raum ertönt ein dumpfer Schlag, als ob etwas umgefallen ist. Sie wird Mühe haben, so, wie ihre Hände gefesselt sind.

»Beeil dich«, ruft er. Aber da kommt sie schon wieder, etwas Verbogenes im Arm. Eine dieser großen Wasserflaschen aus Plastik. Wie lange will er sie hier behalten? Sie rutscht aus ihrem Griff, als würde sie gleich wieder fallen.

Ungeduldig entreißt er sie ihr, dann kommt er zu mir. Ich spanne mich an, stütze mich gegen die Wand, einen Fuß gegen die kühlen Ziegel gedrückt, als er mir die Flasche mit ausgestrecktem Arm hinhält.

»Nimm das.« Er ist jetzt ganz nah, will genau sehen, was ich tue. »Keine Tricks. Keine Tabletten im Ärmel verschwinden oder fallen lassen.«

In seinen Augen funkelt fast schon Hunger.

Das kann nicht sein. Aber es passiert, und ich kann es nicht aufhalten.

Ich nehme ihm die Flasche mit beiden Händen ab, kann sie kaum zusammen mit den Pillen halten. Alles geschieht in Zeitlupe. Es wird passieren.

Er ist jetzt so nah, dass ich sein Aftershave riechen kann, holzig, vermischt mit dem Geruch der Erde. Ich spüre das Gewicht der Flasche in meinen Händen. Ich sehe Sophie hinter ihm, ihr Blick auf mich gerichtet. Ich fühle die Kühle der feuchten Luft. Den Druck unter dem Plastik in meiner Hand, und Sophie, ihr Ausdruck schwankt nicht. Wir tun, was er will. Ich sehe, wie ihr Blick zu der Flasche in meinen Händen gleitet, dann wieder zu meinen Augen.

Also tue ich, was er verlangt. Ich halte die Flasche gegen meinen Körper gedrückt, positioniere sie genau richtig, drehe den Verschluss. Das Wasser spritzt hervor, klatscht auf seine Brille; Sophie hat die Flasche geschüttelt. Er zuckt zurück, reißt reflexartig die Hände hoch, um die Gläser abzuwischen, nur einen Moment, bevor er sich fängt.

Aber es reicht, reicht so gerade eben, da ich die Flasche schon habe fallen lassen, um mich gegen ihn zu werfen, auf die Hand mit dem Messer, danach zu greifen, mit ihm zu ringen, mein ganzes Gewicht an seinem Arm, ihn zu Boden ziehend. Jetzt sind wir beide am Boden, sein Arm unter mir, mein Gewicht auf ihm. Mit einem Mal habe ich das Messer, meine Nägel graben sich in seine Haut, und er lässt tatsächlich los, und ich werfe es so weit weg, wie ich kann. Aber er ist stark, natürlich.

»Du Schlampe, du verfickte Schlampe«, kreischt er und wirft mich unter sich, die Brille halb vom Gesicht hängend, seine Miene eine Maske rasenden Zorns. Dann hat er mich.

Ich werfe einen Arm hoch, mein Ellbogen trifft knirschend etwas, aber er drückt ihn wieder runter, bekommt beide Arme unter seine Knie. Dann legen sich seine Hände um meine Kehle, er kniet über mir, seine Schwere zerquetscht mich, seine Augen voller Hass. Ich spüre seine Finger, hart und stark, sein Gewicht dahinter. Und jetzt ist Sophie hinter ihm, viel zu nah, sie muss weg, sie will helfen, aber ihre Hände sind gefesselt; ich kann ihre gedämpften Schreie hören, ihr Gesicht ist rot unter dem silbernen Klebeband; sie versucht, ihn von mir wegzuziehen, ihre Hände packen seine Schulter, rutschen ab; sie kann nicht richtig zugreifen, und er hält für einen Moment inne, schlägt nach ihr, und sie fliegt durch den Raum, zurück in den Schmutz.

Solange seine Hände von meiner Kehle weg sind, sauge ich Luft ein, fülle meine kreischende Lunge, aber noch immer kann ich mich nicht bewegen. Meine Beine treten nutzlos umher, suchen nach Halt im Dreck. Dann ist er wieder über mir, beide Hände noch fester als zuvor, sein Wille ist so deutlich. Sophie steht auf, und es ist nichts zwischen ihr und der Tür, der Weg ist frei, dennoch dreht sie sich um, angsterfüllt, ihre Augen auf mich gerichtet. Ich kann keine Wörter bilden, deshalb will ich ihr mit Blicken sagen: *Geh!*

Aber sie flieht nicht, kommt einen Schritt näher, die falsche Richtung, sie muss laufen, bevor sie versteht, was passiert, und ich habe solche Angst um sie.

Geh! Geh! Geh!

Dann entscheidet sie sich, ich sehe es in ihrem Gesicht, sie nickt, ihre Miene eine Grimasse unter dem Band. Ihre Schritte sind unsicher von dem Schlag, aber sie bewegt sich weg von uns. Seine Finger winden sich noch enger um meine Kehle, er ist still und ruhig über mir: Er wird mich umbringen, *genauso, wie er Nancy umgebracht hat,* und mein Blickfeld wird enger, dunkel an den Rändern. Ich habe solch entsetzliche Angst, aber in mir singt auch eine Stimme, weil sie weg ist, ich kann sie nicht mehr sehen, während das Blut in meinen Ohren dröhnt. Wenn sie wegläuft, kann sie frei sein.

Aber ich muss ihn hier beschäftigen, solange ich kann, oder er wird ihr nachlaufen, *es wäre alles umsonst* – der Gedanke durchströmt mich, während er sich über mich beugt, er ist jetzt so nah, sein heißer Atem schlägt mir ins Gesicht, und – *ja!* – ich reiße den Kopf hoch, treffe seine Nase und spüre etwas brechen. Eine warme Flüssigkeit spritzt über mein Gesicht, und ich winde mich unter ihm, befreie einen Arm, nur für einen Moment, und ich werfe ihn von mir, suchend, greifend, nach irgendwas, einem Stein, aber da ist nichts, nur der harte, blanke Boden. Er ist so still, seine Augen starren mich an, seine Finger wieder um meine Kehle, enger und enger …

Und dann ist da plötzlich das Messer, ich weiß nicht, woher es kommt, ich habe es weit weggeworfen, ohne daran zu denken, es zu benutzen. Aber jetzt ist es da, und ich kann nicht glauben, dass das passiert, fast bin ich wie entrückt, sehe mir selbst von außen zu, aber ich sehe, wie es zwischen seine Rippen gleitet, bevor er es bemerkt.

Er grunzt. Jetzt die flüssige Hitze zwischen unseren Leibern, so schockierend warm. Er ist so schwer, seine Finger noch auf meiner Kehle, aber sein Griff wird schwächer, der Druck lässt nach. Mit einem Mal kann ich ihn von mir runterrollen, ihn ganz von mir werfen; ich krieche unter ihm hervor.

Seine Augen sind glasig im Schock, er sieht hoch, versteht noch nimmer nicht, was gerade geschieht, bis er langsam eine Hand da hinlegt, wo das Messer steckt, nah am Herzen.

Das Blut ist dunkel auf dem Boden, sickert bereits in die Erde.

46. KAPITEL

Wir sind draußen. Von ganz weit weg höre ich Sirenen heulen. Es ist jetzt dunkel, der Regen nur noch ein Nieseln, das mich wäscht. Noch nie habe ich mich so frei gefühlt. Ich fühle mich gut, mehr als das, losgelöst von der Welt, vermutlich besser, als ich sollte, reite immer noch die Welle von Adrenalin und Energie. *Sie ist hier, sie ist hier,* mein ganzer Leib jauchzt in dem Wissen. Aber es geht ihr nicht gut, das kann ich sehen. Meine Tochter verdreht die Hände neben mir, das Klebeband rutscht zusammen, ist aber immer noch fest, und ich weiß, was ich tun muss. Ich gehe hinein und hole das Messer, wische es an meiner Jeans ab, dann durchtrenne ich das Klebeband, sorgsam darauf bedacht, nicht ihre Haut zu berühren.

»Schhh, es ist alles gut. Alles gut.«

So sanft wie möglich ziehe ich das Klebeband von ihrem Mund. Die Haut darunter ist rot, ihre Lippen trocken.

»Mum.«

Die Stimme ist dünn vor Angst. Ich umarme sie. Die Sirenen sind jetzt näher, klingen schriller.

»Sophie. Alles ist gut, Sophie. Es wird alles gut. Lass uns gehen.«

Ich gehe los, stütze sie, halte sie noch im Arm – lasse sie nicht mehr los. Ich spüre ihr Gewicht in meinem Arm, rieche ihr Haar, aber sie zittert und zieht sich zurück, die Augen wild aufgerissen, ihr Mund ein Schrei.

»Mum«, bringt sie hervor. »Mum, er hat Teddy. Er hat Teddy!«

Einen Augenblick lang verstehe ich nicht. Er hat Teddy, wiederholt sie wieder und wieder. Und ich begreife es einfach nicht, vor meinem geistigen Auge erscheint ein Stofftier.

»Teddy? Das ist okay, wir besorgen dir einen neuen …«

Sie muss im Schock sein nach allem, was passiert ist. Wie ein Kind, das nach seinem Teddy brüllt.

Aber sie packt mich mit erstaunlich festem Griff.

»Nein, Mum, *nein*. Er hat ihn mitgenommen. Teddy. Er hat mein Baby mitgenommen. Mein Baby.« Ihre Stimme wird lauter, verzweifelter. »Was hat er mit ihm gemacht? Mit Teddy?«

Das betäubt mich einen Moment lang, dann durchflutet mich die Erkenntnis. Danach ist es, als wäre das Wissen schon immer da gewesen wäre.

»Sophie, ich weiß. Ich weiß, wo Teddy ist.«

Wir nehmen seinen Wagen, der Schlüssel steckt noch.

»Er hat ihn nirgendwo hingebracht«, erkläre ich. »Er ist in Sicherheit, ich weiß, wo.«

Die Fahrt dauert nur wenige Minuten, aber es fühlt sich viel länger an. Ich beginne zu beten, halte Sophies Hand, während ich mit der anderen lenke. Wir reden nicht: Gerade gibt es keine Worte. Lieber Gott, bitte, bitte … mehr Form kann ich meinen Gedanken nicht geben, bis wir vor dem Cottage anhalten. Ich renne hinein.

»Lily«, rufe ich, als ich die Tür aufreiße. »Lily!«

Keine Antwort. Vielleicht liege ich falsch. Ich renne durch die Räume ins Wohnzimmer. Sophie ist direkt hinter mir, atmet zu schnell, ein halbes Schluchzen. Vielleicht …

Und da ist Lily, vornübergebeugt, in der Ecke beim Fenster. Sie streckt sich und lächelt ein breites, frohes Lächeln.

»Oh, Kate«, sagt sie. »Genau passend zum Tee.«

Sie lässt eine Hand fallen, ein sanftes Tätscheln auf den Kopf der kleinen Gestalt, die sich an ihrem Rock festhält.

»Vorsicht mit den klebrigen Fingern, Schatz. Oh, ich bin so froh, dass du da bist, Kate. Darf ich dir meinen lieben kleinen Jungen vorstellen?«

47. KAPITEL

Sophie

Jetzt wissen sie alles. Als er mir von dem Haus erzählte, dass er einen Ort kannte, an den wir gehen konnten, wo man uns niemals trennen würde, fühlte es sich wie Bestimmung an. Und die Situation war einfach so … groß geworden, so erschreckend, so schnell.

Er war für einen Vortrag an die Schule gekommen, über Karrieren im Gesundheitswesen, zu Beginn des Schuljahrs. Ich ging nur mit, weil sich Holly dafür interessierte. Aber danach blieb ich, einfach nur, um Hallo zu sagen. Und dann schlug er vor, dass ich ihn mal in der Praxis besuchen könnte, nur ich. Die Arzthelferin dachte sich nichts, als ich sagte, ich wolle einen Einzeltermin bei ihm. Ich habe es niemandem erzählt. Immerhin war er mein Arzt.

Aber ich mochte ihn. Und bald wurde aus Dr. Heath nur noch Nick. Er war nicht wie meine Eltern oder deren Freunde oder wie unsere Lehrer. Er sprach überhaupt nicht so mit mir. Er behandelte mich wie eine Erwachsene. Es war so aufregend.

Und dann … ich nehme an, schlussendlich war es nur das, und das war das Problem. Ich wurde erwachsen.

48. KAPITEL

Kate

Sie fanden Nancy.

Es war Nicholls' Idee, in dem Gebäude zu suchen, in das er uns gebracht hatte – ich hörte zufällig, wie Kirstie es einem Kollegen erzählte. Sie ist wieder da und hilft uns. Es war nur ein Bauchgefühl, aber ein korrektes: unter der festgestampften Erde nachzusehen, warum Heath genau diesen Ort gewählt hatte, nachdem er Sophie aus dem Dachgeschoss geholt hatte. Es war, wie Heath vorging, sich selbst wiederholend, seinen eigenen Schritten nachlaufend – der Versuch, mit der Gegenwart seine Vergangenheit in Ordnung zu bringen.

Mir tut Nancys Schwester Olivia leid. Es ist eine Sache, eine Vermutung zu haben, aber eine ganz andere zu wissen, dass jemand, den du liebst, nie zurückkommen wird …

Sie war nicht tief vergraben. So ganz genau ließ sich nicht feststellen, wie er es getan hatte, aber mit unserem Wissen über ihn – er hat sie wohl erwürgt. Sie glauben, sie wollte ihn nur dort im Park treffen, als alle im Bett waren. Vermutlich hatten sie sich vorher schon dort getroffen. Teenager, die einen Ort für sich suchten.

Aber dieses Mal kam nur er zurück.

Danach hat er wohl entweder die Schlüssel seines Vaters oder die seiner Mutter – Lily – genommen, um in Nancys Haus zu gelangen. Beide hatten welche, da sie oft dort arbeiteten. Niemand wusste von ihm und Nancy: Es wäre peinlich gewesen, um es freundlich zu sagen, falls ihre Eltern herausgefunden hätten, dass sie sich mit dem Sohn der Bediensteten traf. Ich frage mich, ob ihr das gefiel, ein kleines bisschen wenigstens – die Aufregung eines Geheimnisses.

Später hat er einfach so weitergemacht wie vorher, verschwand unbeachtet im Hintergrund. Vielleicht half er, die Gerüchte über Jay zu verbreiten, wir wissen es nicht. Aber wenn ich daran denke, was er mir angetan hat, erscheint es mir wahrscheinlich.

Aber ich eile zu weit voraus. So viel ist seitdem geschehen. Seit Sophie zurückgekommen ist.

Mein Haus war sehr voll. Es gab Lichter in der Einfahrt, und noch mehr Autos kamen, überall Leute, die so viele Fragen stellten. Jemand hatte mir eine Decke übergelegt. Ich stellte fest, dass ich in der Sommernacht fröstelte, mit heftig zitternden Händen.

Endlich hatte ich Charlotte ruhiggestellt. Sie bekam keinen geraden Satz heraus.

»Kate, ich hatte so große Sorgen ...« Sie hockte sich vor mir hin, um mir eine weitere Tasse Tee zu reichen. Ihr Gesicht war blass. »Als du nicht hier warst, dein Auto aber schon ... ich dachte ...«

»Ich weiß. Uns geht es gut.«

Aber ich konnte es ebenfalls kaum glauben.

Und dort, inmitten von allem, die Sonne, um die wir uns alle drehten, war Sophie, ganz nah bei mir auf dem Sofa im Wohnzimmer. Sogar die Polizisten spürten es – ich hörte es in ihren Stimmen: so etwas wie Ehrfurcht. Teddy saß auf ihrem Schoß, ein kleiner Junge mit großen Augen bei so vielen Menschen. Sie hatten ihm die Fernbedienung zum Spielen gegeben – er liebt es, Knöpfe zu drücken –, während ich das Reden übernahm, mit Sophie stumm an meiner Seite. Irgendwann schlief sie mitten in all dem Trubel ein. Sie musste so erschöpft sein.

Zwei Jahre, drei Monate und elf Tage hatte sie auf Zeit gespielt, nach Möglichkeiten gesucht, nach Öffnungen in seiner Rüstung. Die Botschaft im Anruf versteckt. Die E-Mail-Adresse im Tagebuch. Die Zeichnungen auf den Postkarten. Und dann ihre letzte

Rebellion, kurz vor Ende, so simpel, dass es wie Dummheit wirkte. Es *war* dumm, so ungeschickt, so riskant, noch immer wird mir angst und bange, wenn ich daran denke – das Wasser fallen zu lassen in der Hoffnung, dass er herausspritzen würde, um seine Aufmerksamkeit für einen Herzschlag abzulenken.

Ihre Augen, die mir das mitteilten – um unsere letzte Chance zu ergreifen.

Ein Polizist war bei Lily; ich hatte nachgesehen.

Am Ende passte alles wie ein Puzzle zusammen.

»Mein kleiner Junge.«

Sie hatte sich nichts eingebildet. Ja, sie war konfus, aber es war mehr als das: Diese Medikamente, die sie mehr verwirrten, als normal sein sollte, die ihre natürliche geistige Schärfe stumpf werden ließen.

Und dann waren da meine Träume, als ich kindliches Gelächter wie von Sophie hörte. Natürlich. Es war Sophies Kind.

»Manchmal nahm er ihn mit raus«, berichtete sie uns. »Nachts.«

Aber Heath war nicht immer nur draußen gewesen. Er hatte Teddy auch mit zu Lily genommen. So konnte er Sophie besser kontrollieren, ohne sich um den Kleinen kümmern zu müssen. Und so gewöhnte sich Teddy daran, dass jemand anderes bei ihm war. Deshalb hatte Heath entschieden, ihn dort zu lassen. Bevor er …

Um die Gedanken loszuwerden, drücke ich Charlotte an mich. »Wirklich, es geht mir gut. Hast du schon Dad erreicht und es ihm gesagt?«

Ich will nicht, dass sie sich Vorwürfe macht, denn am Ende war sie für mich da. Am Nachmittag war sie vorbeigekommen, wie sie es mir gesagt hatte, und hatte den Wagen in der Einfahrt vorgefunden, aber ich war nicht zu Hause. Sie ging hinein, fand alles verlassen vor. Vermutlich hatte sie uns nur um ein paar Minuten verpasst.

Als Nächstes rief sie mich an, aber mein Telefon klingelte ungehört im Fußraum seines Autos. Charlotte geriet in Panik beim Gedanken daran, was ich getan haben könnte.

»Etwas Dummes«, ist alles, was sie dazu sagt.

Also rief sie die 999 an, und die schickten zwei Beamte im Polizeiwagen vorbei. Aber das reichte ihr nicht; sie ging in die Küche und fand Nicholls' Karte, neben das Telefon gesteckt. Also rief sie auch ihn an.

Daher suchte man bereits nach uns, ein Polizeiwagen in meiner Einfahrt, als wir im Auto von Heath ankamen und ins Cottage rannten. PC Kaur, der schon mal nach dem Einbruch gekommen war, fand uns dort. Seine Kinnlade fiel runter, als er mich sah, blutverschmiert und dreckig. Als er Sophie hinter mir sah, wurde sein Mund noch größer, ihre geisterhafte Blässe, mit dem kleinen Jungen mit den zu langen Locken im Arm.

»Da ist eine Leiche im Park«, berichtete ich Kaur. »Im Nebengebäude, das dem Parkplatz am nächsten ist. Es handelt sich um Dr. Heath.«

Ich wiederholte das immer wieder, je mehr Leute ankamen und sich in der Einfahrt versammelten.

»Dr. Heath«, sagte ich wieder und wieder. »Er war es. Er hat Sophie entführt.«

Dann erblickte ich Nicholls, der mit zerknülltem Anzug aus meinem Haus kam.

»Und er hat Nancy ermordet«, sagte ich über ihre Köpfe hinweg.

Das ließ ihn innehalten. Für einen Moment sah er so jung aus wie auf dem Schulfoto. Er wusste es noch nicht, begriff ich da.

»Es tut mir leid«, fuhr ich sanfter fort. »Sie ist tot. Und er ist der Mörder. Nick Heath.«

49. KAPITEL

Es wird keine Gerichtsverhandlung geben. Nicholls hat mir das neulich morgens mitgeteilt, als er an meinem Küchentisch saß, in seinem Anzug, nachdem er uns herumgefahren hatte. Er hatte es über Kontakte im Crown Prosecution Service erfahren: Niemand will eine Mutter vor Gericht zerren, die klar in Selbstverteidigung gehandelt hat.

Eine Menge Aufmerksamkeit richtet sich auf mich. Alle wollen mit mir reden, vom Frühstücksfernsehen bis hin zu seriösen Zeitungen.

Ich habe geredet und geredet, bis ich heiser war. Die Polizei war höflich, aber gründlich, ging meinen Bericht immer wieder mit mir durch. Aber sie glaubten mir von Anfang an – ich sah es in ihren Augen. Sophie und Teddy wurden natürlich nur mit Samthandschuhen angefasst, bekamen Sozialarbeiter zugewiesen, und man ließ ihnen »Zeit, um zu heilen«, wie man sagte. Zu ihrer Zeit kann sie der Welt ihre Geschichte erzählen, falls sie das möchte.

An jenem Morgen dachte ich, Nicholls würde nach dem Überbringen der guten Neuigkeiten und dem Erkundigen nach uns wieder gehen. Sie spielten im Garten, und wir beobachteten sie eine Weile durch das Fenster, während wir unseren Kaffee tranken. Aber er schien nicht in Eile zu sein, also erwähnte ich es einfach. So vieles war mir bewusst geworden, durch die Polizisten, die mich befragten, oder aus dem, was in den Zeitungen stand, aber ich wollte es von ihm hören. Es war unsere erste Gelegenheit zu einem echten Gespräch – er musste sich aus den Ermittlungen zurückziehen, als klar wurde, dass Nancy und Sophie zum selben Fall gehörten. »Wissen Sie, einen Moment lang glaubte ich, Sie hätten Sophie in Ihrer Gewalt«, erklärte ich. »Ich sah das Schulfoto von Nancy mit Ihnen und habe erkannt – Sie sind Jay.«

Eine kurze Weile schwieg er. »Ich *war* Jay«, korrigierte er mich dann sanft. »Als wir wegzogen – meine Familie ging in den Süden –, nannte mich niemand mehr so. Es sollte ein Neustart werden. Aber ich mochte es hier immer.« Er wandte sich mir zu. »Heath muss auch auf dem Bild sein, das hätten Sie gesehen, wenn Sie es sich genauer angesehen hätten. Ihm war das wohl bewusst.«

»Hätte ich nur die Zeit gehabt …«

Ich erinnerte mich wieder an den argwöhnischen Blick, als ich ihm sagte, es sei Jay – Nicholls –, der Sophie in Parklands gefangen gehalten hatte, und damit preisgab, dass ich nicht ihn verdächtigte. Da hatte er sich wohl entschieden, was er mit mir machen wollte.

»Ich schätze, es war sicherer, mich zu dem einsamen Gebäude zu bringen, statt irgendwas hier zu versuchen.«

Aber mit einem hatte ich recht: Es war nicht ganz zufällig, dass ausgerechnet Nicholls Sophies Fall übernommen hatte.

»Es brachte eine Saite in mir zum Klingen, nehme ich an. Unter anderem deshalb bin ich zur Polizei gegangen. Damals kam es mir vor, als würde sich niemand um sie kümmern, als sie verschwand.« Er zog eine Grimasse. »Ich meine natürlich Nancy. Auch wenn ich meine Vergangenheit nicht gerade offen vor mir hertrug. Man sagte, wir hätten uns gestritten – das stimmte nicht. Aber die Leute reden.«

Ich nickte und fragte mich, ob Heath das nicht aus Versehen ein wenig mit vorbereitet hatte.

»Ich wechselte zwischen den Einheiten, vor ein paar Jahren. Ich war bei den wichtigen Fällen dabei, arbeitete näher am Stadtzentrum. Bis dahin hatte ich nicht wirklich was von Sophie mitbekommen. Erst letztes Jahr bin ich dann zu der Einheit versetzt worden, näher an Amberton und, nun ja, dem Ort, in dem ich aufgewachsen war.«

»Als dann Sophies Anruf kam«, fuhr er fort und rieb sich den Nacken, »da fühlte es sich so nah an, auf unterschiedliche Art. Ich wollte sichergehen, dass wir alles getan hatten, was möglich war. Aber es erschien sehr eindeutig. Dann tauchte das Tagebuch auf, deutete an, dass es um ihre Schwangerschaft ging und ihren beschissenen Freund« – ich lächle, als er zur Abwechslung mal nicht so perfekt professionell klingt –, »und ich dachte, kein Wunder, dass das Mädchen nicht nach Hause will.«

»Das habe ich gemerkt.«

Er zog die Stirn in Falten. »Das hätte ich nicht so kommunizieren dürfen. Aber ich fragte mich tatsächlich, ob Nancy auch so was passiert war. Dass sie Angst vor dem hatte, was ihre Eltern sagen und tun würden.«

»Das wollte Heath, dass alle denken, wir hätten bei Sophie versagt.«

»Ja. Trotzdem ... irgendwas daran ... es war zu glatt, wie das Tagebuch genau dann auftauchte. Also hielt ich die Augen offen. Als Sie sagten, jemand sei in Ihrem Garten gewesen, und ich begriff, wo Sie wohnten, da kam ich vorbei und sah mir Nancys Haus an ...«

»Wo ich sie traf«, warf ich ein. »Und dachte, Sie wirken ...«

»Verschlagen«, sprach er es an meiner Stelle aus. »Vielleicht. Ich redete mir ein, dass ich nur meinen Job machte, aber es war mehr als das. Es ließ mich nachdenken – was hätte ich damals anders machen können, nach Nancys Verschwinden. Weil es für mich nie einen Sinn ergeben hat. Wie auch immer, ich blieb aufmerksam. Als dann diese Anruflisten kamen, erschien es mir, als ob Sie ...«

»Durchdrehen«, stellte ich trocken fest. »Und sie wussten von meiner Geschichte.«

»Ihr Ehemann hat es erwähnt, als er kam, um über das Tagebuch zu sprechen.« Er sah nach unten.

Ich kann mir vorstellen, welche Richtung Mark der ganzen Sache gegeben hat. Es ist einfacher, jemand anderem die Schuld in die Schuhe zu schieben, als bei sich selbst nachzusehen

Und natürlich war da noch Heath, der mit seinen Lügen meine Familie gegen mich einnahm.

Noch so eine Sache, die im Nachhinein ans Licht kam. Nachdem ich aus Versehen die Überdosis genommen hatte, hatte ich ihm als meinem Arzt offiziell erlaubt, in Kontakt mit meiner Familie zu treten. Er behauptete, es sei eine gute Idee. Und ich hatte es nie rückgängig gemacht, nicht mal daran gedacht. Also hatte er sich hinter einer Fassade der Besorgnis versteckt und sie über meinen Geisteszustand auf dem Laufenden gehalten, sie dazu angehalten, nach mir zu sehen und ihm Bescheid zu geben – nur für den Fall, dass ich zum Beispiel schlecht auf Marks neue Freundin reagiere, hatten sie eigentlich schon davon gehört? Ohne Alarm schlagen zu wollen, nein, gar nicht, aber er machte sich einfach Sorgen …

So fand er heraus, was ich so trieb, und konnte später fruchtbaren Boden vorbereiten. Falls mir jemals was passieren sollte …

Alle vertrauen schließlich einem Arzt.

Einige deuteten an, mit viel Taktgefühl, dass ich mich vertun könne: dass ich zu viel aus meinen Träumen herauslas. Und ich werde es wohl nie wirklich sicher wissen. Diese dunkle Gestalt, von der ich geträumt habe, die sich über mein Bett gelehnt hat … die Polizei sagt, dass es sehr unwahrscheinlich war, dass es ein zu hohes Risiko für ihn gewesen wäre, mehr als einmal in mein Haus einzudringen.

Aber ich weiß es. Ich erinnere mich an die Nacht, in der ich aufwachte und diese Präsenz spürte, wartend, atmend, auf der anderen Seite meiner Schlafzimmertür – die mich schlafend vorzufinden erwartet hatte. Er hatte mich angewiesen, die Tabletten weiterhin zu nehmen.

Heath stellte seinen Wagen für gewöhnlich hinter Parklands ab, glauben wir, um nach Sophie zu sehen, nahm diesen Pfad, den Nicholls erwähnte, als ich ihn dort traf. Und wenn jemand den Wagen des Doktors auf einer Straße stehen sah, nun, Allgemeinmediziner machen zu allen Tages- und Nachtzeiten Hausbesuche.

Man nimmt an, dass er schon vor langer Zeit Kopien der Schlüssel von Parklands anfertigen ließ. Vielleicht schon, als Nancy noch dort lebte: ein Teenager, der an einem ruhigen Nachmittag die Schlüssel seiner Eltern vom Tisch im Hausflur stahl.

»Es war ein guter Schutz«, riss mich Nicholls aus meinen Gedanken zurück in den hellen Morgen. »Aber als ich erfuhr, dass Sie einen weiteren Einbruch gemeldet hatten, machte ich weiter – ich sagte, ich würde mir das genauer ansehen. Dann endlich kamen die Anruferlisten. Das braucht Wochen, wissen Sie?«

»Und?«

»Und der Anruf ließ sich nicht zurückverfolgen, wie ich es erwartet hatte. Es war nur eine Mobilnummer, die Sie bei der Hotline angerufen hatte zu der Zeit, die Sie uns gesagt hatten. Das Telefon war nicht registriert, aber das war nicht überraschend, es war Prepaid. Es wurde ziemlich lokal benutzt, der Anruf ging über einen Funkmast hier in der Nähe. Aber die decken ein großes Gebiet ab.«

»Der Empfang hier draußen ist übel«, fügte ich hinzu.

»Dennoch, das fühlte sich falsch an. Sehen Sie, das Telefon wurde nur an dem Abend benutzt: für zwei Anrufe, nur ein paar Sekunden nacheinander.«

»Der Testanruf, um zu sehen, ob ich da war ...«

»Und dann war es Sophie. Darüber dachte ich tatsächlich gerade nach, als Ihre Schwester anrief und mir sagte, sie könne

Sie nicht finden, also kam ich direkt vorbei. Aber es tut mir sehr leid, ich war beinahe zu spät.«

»Es war, als wollten Sie mich loswerden.«

»Ein wenig. Es ist einfacher zu ermitteln, wenn nicht ...« Er lässt es unausgesprochen. »Aber es war mehr als das. Ich fühlte mich mit der ganzen Sache nicht wohl. Es erinnerte mich zu sehr an meine eigene Vergangenheit, und ich befürchtete, dass mich das von meinen Aufgaben ablenkt.«

Ich wechselte das Thema: »Und Sie hatten ihn – Heath – seit Schulzeiten nicht mehr gesehen?«

»Nein. Selbst wenn, ich hätte gerade noch seinen Namen gewusst, um ehrlich zu sein, geschweige denn, wo er aufwuchs. Ich wusste nichts von ihm und Nancy. Niemand wusste etwas.«

Andere Dinge kamen ans Licht, teilweise in Zeitungen, teilweise erfuhren wir es von der Polizei. Nach der Universität ging Heath ins Ausland, dann zog er viel umher, verlor dabei anscheinend seinen weichen Cheshire-Dialekt. Es gab Beschwerden, Andeutungen über ungebührliches Verhalten bei einigen jungen Patientinnen. Zu freundlich. Aber dann zog er weiter, wurde irgendwo anders Vertretungsarzt. Als er schließlich zurück nach Amberton zog, lebte er zurückgezogen. Weshalb niemand in der Praxis daran dachte nachzusehen, ob eine der älteren Patientinnen des ruhigen jungen Doktors seine Mutter war – und das war ohnehin nur eine Kleinigkeit.

Doch dann erfuhr er, dass Nicholls sich des Falls angenommen hatte: Ich habe es ihm ja selbst gesagt. Und ich wette, *er* hat sich an *ihn* erinnert. Bestimmt erschien ihm die Gefahr, entdeckt zu werden, jetzt zu groß.

»Wie geht es Mrs Green?«, erkundigte sich Nicholls und unterbrach meine Gedanken.

»Lily geht es gut, denke ich. Es ist schwierig einzuschätzen, aber sie wirkt viel heller. Klarer.«

Wir wissen nicht genau, was Heath mit den Medikamenten vorhatte, die er ihr gab. Er hatte ihr gesagt, dass sie immer dann eine Tablette nehmen sollte, wenn sie ein wenig verwirrt war oder sich verloren fühlte. Sie sorgten jedenfalls dafür, dass sie konfus blieb. Aber vielleicht war sie schwerer zu kontrollieren, als Heath gehofft hatte. Stellte zu viele Fragen über den kleinen Jungen, oder vielleicht war es unsere Freundschaft, die ihm Sorgen bereitete – was konnte ihr alles herausrutschen? Wie leicht wäre es, dass sie sich vertut, zu viel von ihrer starken Medizin auf einmal nimmt …

Weil er sich nach Vertretungsstellen außerhalb von Cheshire erkundigt hat, wie man jetzt weiß, denken wir, er wollte irgendwo mit Teddy neu anfangen. Sie haben sein Haus durchsucht, ein ordentliches Reihenhaus am Stadtrand von Amberton, und einiges aus der Dachkammer gefunden: Teddys Kleidung und Spielzeug, in Taschen auf dem Speicher.

Es dauerte eine Weile, bis ich herausfand, für wen Lily Teddy wirklich hielt – ich wollte sie nicht aufregen.

»So ein lieber Junge«, sagte sie leicht wehmütig. »Ein guter Junge, unter der Schale.« Sie redete von Heath. Er hatte ihr vorgelogen, dass Teddys Mutter eine gefährdete Patientin war, die einfach ein wenig Hilfe dabei brauchte, ihn zu versorgen. Aber man dürfe niemandem was erzählen. »Die Behörden, du weißt schon«, erklärte sie mir mit großen Augen. »Sie nehmen ihn sonst mit.«

Und irgendwie ist es ja sogar wahr. Heath verbarg sein Geheimnis in der Öffentlichkeit. Sie hatte vor langer Zeit gelernt, nicht von ihrem Sohn zu erzählen, der seine bescheidene Herkunft gern verschwieg. Das war dann sogar praktisch, als er nach Amberton zurückkehrte und niemand unangenehme Fragen stellte.

Doch ich frage mich, wie viel sie über ihn wusste oder im Laufe der Jahre erraten hatte. Ich erinnere mich daran, wie sie zu Beginn so tat, als kenne sie Nancy nicht. Natürlich würde die Hausmeisterin nicht über die Familie schwatzen, für die sie arbeitete, und später war da die traurige Vergangenheit. Und doch. Ich weiß, wie weit wir gehen, um jene zu beschützen, die wir lieben.

Am Ende lass ich es einfach sein.

Ihr neuer Sozialarbeiter hat ihr gesagt, dass er tot ist, aber sie haben ihr die Details erspart. Sie scheint zu glauben, dass Heath in einen Kampf geraten ist. Auch jetzt noch ist sie manchmal verwirrt, aber sie wurde aus dem Krankenhaus entlassen, wo man sie beobachtete. Sie ist in eine neue Wohnung gezogen, wo sie betreut wird, und wir besuchen sie manchmal, Teddy und ich, und einmal sogar Sophie. Ich habe das in die Wege geleitet: Heaths Vermögen fiel an sie, wie es korrekt war. Er musste gehen, sage ich ihr, wenn sie fragt, und einmal – ich hoffe, sie kann mir die Lügen vergeben – »Oh, richte ihm bitte meine Grüße aus.«

Auch einiges von Sophies Sachen hat man gefunden. Er hatte es schon zur Müllkippe gefahren. Falls er hätte tun können, was er wollte, glaube ich nicht, dass er sie mitgenommen hätte.

Mit einem Mal wollte ich nicht mehr darüber nachdenken. Ich setzte den Kessel wieder auf.

»Also, halten Sie noch Vorträge an der Amberton Grammar? Maureen würde es sehr begrüßen.«

Nicholls sah überrascht aus, dann lachte er. »Vielleicht. Sie sollten vermutlich auch einen halten.«

50. KAPITEL

Sie sagen, dass sich Sophie, wenn man alles bedenkt, außergewöhnlich gut erholt. Ich habe nie wirklich verstanden, wie stark sie ist. »Ihre Jugend, vielleicht«, meint die Therapeutin, Sally. »Teddy. Und die Hoffnung, dass Sie sie finden würden.«

Ich habe wieder Termine. Es ist gut, und Sophie denkt, es wird mir guttun.

Und Teddy? Er ist ein kleines Bündel der Freude. Natürlich mussten wir das Haus kindersicher machen. Es ist jetzt voller Menschen. Mark ist überraschend oft hier. Sophie gefällt das, alles ist für mich machbar, und er tut mir schon leid. Er ringt mit dem Wissen, dass er aufgehört hat, nach ihr zu suchen – dass er sie aufgegeben hat. Aber vielleicht, dachte ich neulich, war es nicht unser Fehler. Es kam aus dem Nichts, aber etwas in mir lockert sich langsam.

Er ist in ihrer Nähe immer noch nervös, und er versucht weiterhin, sich bei mir zu entschuldigen. Ich versuchte, großzügig zu sein, wirklich, ich versuchte es, aber es kam an einen Punkt, an dem ich nur noch wollte, dass er aufhörte.

»Mark, ich vergebe dir. Nur bitte – hör auf, mir wie ein waidwunder Welpe durchs Haus zu folgen, und setz uns einen Tee auf.«

»Nun«, erwiderte er, den Wind aus den Segeln genommen, »es ist nicht nötig, so unhöflich zu sein.«

Unglaublich, aber ich hörte ein leises Lachen jenseits der Tür. Wir wandten uns um, beide rot im Gesicht. Ich hatte nicht bemerkt, wie Sophie in die Küche gekommen war und uns beim Streiten zugehört hatte.

»Ihr beiden ändert euch wohl nie, was?«

Aber es schien ihr nichts auszumachen. Und die Wahrheit ist, er muss mich nicht um Verzeihung bitten. Niemand muss das.

Ben kommt auch hin und wieder vorbei. Nicholls, meine ich natürlich. Tatsächlich ist er eine angenehme Gesellschaft – lustig, auf eine trockene Art. Maureen von der Schule hatte recht: Da war etwas an ihm, wenn man genauer darüber nachdachte.

Ich weiß nicht, ob daraus mehr wird. Jetzt genügt mir ein Freund. Er weiß, wie es ist, wenn in der Vergangenheit eine Dunkelheit ist, die nicht verschwindet.

Ich hatte so ein Glück. Fast kann ich es nicht fassen.

Wenn ich nachts allein bin, das große Haus wieder still, und alle anderen schlafen und ich in diesem treibenden Zustand zwischen Wachen und Schlafen bin, dann spüre ich es: diese altbekannte kalte Angst, die mich wieder packen will.

Wenn ich die Augen schließe, spüre ich es in den Knochen: Sophie kommt nie wieder. Die Fragen, die uns umtreiben – wo, warum, was wäre wenn? –, werden nie beantwortet. Da bist nur du, ganz allein, wartend. Keine Veränderung, keine Enthüllung, keine Tochter, die wie im Märchen wiederkehrt. Nur noch mehr lange Jahre zu überdauern …

Dann fange ich mich und merke, dass ich es wieder tue. Denn auch wenn diese ewigen Jahre des Verlusts ein Ende gefunden haben, auf eine gewisse Art werden sie für mich nie ganz vorbei sein. Sie haben den dünnen Schleier gelüftet, zwischen der sicheren normalen Welt, die, in der die meisten von uns leben, und der Welt, von der ich weiß, wie sie sein kann – ein Ort scharfer Kanten und Gefahren, an dem schlechte Menschen mir und meinen Lieben wehtun wollen. Also schließe ich die Arme um mich, ganz fest, und versuche, nicht über diese Nacht im Spätsommer nachzudenken, als das Sommergewitter kam.

Es ist leichter, als man denken könnte. Sie stellen keine Fragen mehr, alle offiziellen Angaben wurden gemacht. Es gab einige unangenehme Artikel über die ersten Ermittlungen, wie sie von dem Abschiedsbrief und den Postkarten hereingelegt wurden. Der Rest: Flüstereien darüber, dass es eine Untersuchung geben solle, ob Lektionen gelernt wurden.

Aber hat Heath uns nicht alle getäuscht? Das ist die Frage, die ich mir stelle, während ich jedem versichere, dass wir das alles als Familie hinter uns lassen wollen. Dass wir es erst wieder betrachten, wenn es ein gutes Stück in der Vergangenheit liegt. Vielleicht. Und alle akzeptieren das. Es ist überraschend, was Menschen glauben.

Die meisten jedenfalls.

Es war nur etwas, das Ben ganz zu Beginn sagte, als ich noch die ganze Zeit auf der Wache verbringen musste. Ich saß vor einem dieser kleinen Räume und trank zuckrigen Kaffee aus dem Automaten. Der Anwalt, der dabeisaß, war kurz für ein Telefonat verschwunden, als er vorbeikam, um Hallo zu sagen.

Er fragte, wie es mir ginge.

»Es geht mir gut«, erwiderte ich wahrheitsgemäß. »Ich kann mit alldem umgehen.«

Dass das hier nach den letzten zwei Jahren ein regelrechter Spaziergang für mich war, musste ich nicht sagen.

»Natürlich können Sie das.« Er streckte die Beine aus. »Das war Heaths Fehler, nicht wahr? Er hat Sie unterschätzt.«

»Wie meinen Sie das?«

Ich wandte mich ihm zu.

»Genau das, was ich gesagt habe«, stellte er locker fest. »Zu denken, dass Sie Sophie jemals loslassen würden. Das hat er nicht verstanden. Dass es nichts Stärkeres gibt als diese Verbindung. Es gibt nichts, was eine Mutter nicht für ihr Kind tun würde. Für ihr Baby. Gar nichts.«

Da war etwas in seinen Augen, das es mir verriet. Nicht nur Mitgefühl … eine Frage.

»Sie haben recht«, antwortete ich und konnte nicht wegsehen. »Gar nichts.«

Der Polizist DS Hopper kam zurück und teilte mir mit, dass wir wieder hineingehen sollten, um die Befragung fortzusetzen, falls ich bereit sei. Also hörten wir an der Stelle auf. Ich bezweifle, dass wir jemals wieder darüber reden werden.

Es gab keinen Plan von mir und Sophie. Sie war dafür nicht in der Verfassung. Schon von Beginn an gingen sie einfach davon aus. Meine Kleidung war blutdurchtränkt. Und ich … ließ sie. Sophie war so jung, so verletzlich, so traumatisiert. Natürlich war ich es.

Und ich erzählte ihnen alles, genau so, wie es passiert war, bis zum Ende.

»Dann sah ich das Messer«, wiederholte ich so oft in den folgenden Tagen, als wir wieder und wieder alles durchgingen. »Es fühlte sich so irreal an. Aber ich hatte keine andere Wahl, ich konnte ihn nicht aufhalten.«

Weil es das war, was er mich gelehrt hatte: die Lüge unter der Wahrheit verbergen.

Vom ersten Moment an, als ich entschied, wieder hineinzugehen, wusste ich, was ich zu tun hatte. Ich nahm das Messer, wischte die Klinge an meiner Jeans ab und ebenso den Griff, bevor ich ihn umschloss, um sicherzugehen, dass meine Fingerabrücke überall waren.

Ich sage mir, dass es das Richtige war. Dass ich keine Wahl hatte, dass ich meiner Tochter gegenüber nicht wieder versagen konnte. Nicht nach dem, was sie für mich getan hatte.

Er kniete auf mir, seine Hände auf meiner Kehle, als ich einen Arm befreien konnte und nach etwas suchte. Nach einem Stein, irgendwas. Aber es gab nichts, nur nackte Erde. Nichts.

Und dann sah ich sie: über seiner Schulter, das Messer ungeschickt in der noch gefesselten Hand. *Sie ist nicht gegangen. Sie ist nicht gegangen – sie hat es nur geholt,* begriff ich mit aufsteigendem Entsetzen. Ich hatte es weit geworfen, so weit ich konnte, ohne einen Gedanken daran zu verschwenden, es zu nutzen, einfach nur, damit er es nicht mehr hatte. Ich konnte nicht glauben, was geschah, fast war ich wie entrückt, beobachtete sie nur von außerhalb meines Körpers, so voller Angst – *er wird sie bemerken, er wird sie hören* –, aber nichts davon geschieht, er ist wie von Sinnen, also erscheint sie einfach hinter ihm und stößt es ihm leise, fast schon delikat, zwischen die Rippen, bevor er begreift, was passiert.

Er grunzt. Er ist so schwer, seine Finger noch auf meiner Kehle, aber ihr Griff wird schwächer, der Druck lässt nach. Mit einem Mal kann ich ihn von mir runterrollen, ihn ganz von mir werfen; ich krieche unter ihm hervor.

Seine Augen sind im Schock glasig, er sieht zu uns beiden hoch, unsere Gesichter spiegeln unser Grauen. Langsam legt er eine Hand dahin, wo das Messer steckt, nahe seinem Herzen, und dann versteht er: wer ihm das angetan hat. Was er verpasst hat.

Das Blut ist dunkel auf dem Boden, sickert bereits in die Erde.

Weil sie zurückkam.

EPILOG

Heute

Auf dem Parkplatz versucht die Frau, eine Parklücke zu finden. Es ist einer dieser gloriosen Herbsttage, die klare Luft riecht nach Blättern und Rauch. Endlich gelingt es ihr, und sie fährt vorsichtig hinein. Sie ist sehr jung, kaum mehr als ein Mädchen, obwohl – da ist etwas in ihrer Haltung, die Neigung ihres Kopfs – man würde sie nicht mehr Mädchen nennen.

Noch immer ist sie beim Fahren unsicher, aber sie hat ihrer Mutter gesagt, dass sie das allein machen will. Immerhin war es nicht allzu weit. Und sie muss das tun. Es gibt viel nachzuholen.

»Bist du fertig?«

Sie schnallt den kleinen Jungen ab und hebt ihn heraus.

»Ja, Mumma.«

Sie nimmt seine Hand und geht mit ihm los, langsam, damit er mithalten kann.

Er wächst so schnell, das Glühen seiner Wangen ist so hell, dass es wirkt, als trüge er ein Licht in sich. Schon jetzt vergisst er langsam, dass er jemals woanders als in Oakhurst gelebt hat, mit Nana und dem Kater.

Dann sieht er, was sie in der anderen Hand hält.

»Nana Blumen?«

»Nicht diese Blumen, Teddy.«

Seine Brauen senken sich, die Unterlippe steht vor.

»Nana Blumen«, beharrt er. »Nana mag Blumen.«

Das schreckliche zweite Jahr, denkt sie, da kommt es. Sie weiß, dass er irgendwann in dieser Jahreszeit Geburtstag hat.

»Das stimmt. Nana mag Blumen. Aber das sind besondere Blumen, für eine, die du nicht kennst. Jemand, die Nancy hieß.«

»Nan-cy«, sagt er sorgsam. »Sehen wir Nancy?«

»Irgendwie schon«, erwidert sie. »Nancy ist nicht mehr hier. Wir legen sie ihr hin.«

Es ist nicht an dem Ort, wie sie erfreut feststellt, sondern an einer schönen schattigen Stelle am Eingang des Wildparks, am Fuße der ersten Eiche am Wegesrand. Über einer kleinen Ansammlung von Blüten und Cellophan schwebt ein einsamer Ballon auf Halbmast, das Gummi schon porös.

»Ballon!«, ruft er und zieht sie weiter.

Lange brauchen sie nicht. Als sie ankommen, benötigt sie einen Moment, bis sie sich entscheidet, die Rosen hinter den Stapel zu legen, wilde Gewächshausblüten, pfirsichfarben und pink und gelb und pink und weiß, außerhalb ihrer Saison, aber wunderschön mit ihrem schweren Duft. Es gibt keine Karte dazu: nichts, was sie schreiben wollte.

Der kleine Junge bleibt nah bei seiner Mutter, er ist unsicher. Etwas an ihrem feierlichen Ernst hat ihn berührt.

»Kann ich Ballon ham?«

»Nicht den. Der muss hierbleiben. Aber wir können dir unterwegs einen neuen holen. Gleich.«

Sie zittert.

»Vom Supimarkt?«, fragt er hoffnungsvoll.

Sie lacht. Es ist sein liebster Ort: die vielen Menschen, die Süßigkeiten und das Schaukelpferd, das ihn für fünfzig Pence langsam hoch und runter trägt.

»Ich denke, wir können einen im Supermarkt kaufen. Bist du fertig?«

»Ja!«

»Na dann, auf geht's.«

Und damit verlassen sie den Ort, gehen zu ihrem Auto zurück, zwei kleine Gestalten, die immer noch kleiner und kleiner werden, während der Sonnenuntergang die ganze Welt vor ihnen leuchten lässt. Sie drehen sich nicht noch mal um.